SCHMITTS LETZTER FALL

MANFRED
KLIMANSKI

Schmitts letzter FALL

DER DRITTE FALL DES PRIVAT-ERMITTLERS SCHMITT

KRIMINALROMAN

ZUM BUCH

In der fiktiven 300.000-Einwohner Metropole Ostratal irgendwo in Süddeutschland tobt eine heftige Auseinandersetzung um die zukünftige Kulturpolitik. Langfristig liegt der Fokus auf einer marktwirtschaftlichen Ausrichtung des Kunstbetriebs. Das philharmonische Orchester ist schon aufgelöst, ein Ensemble für Neue Musik beschlossene Sache. Heftig umstritten ist die Vergabe der Leitung an eine finnische Komponistin. Gekämpft wir mit allen Mitteln, von der Streuung unschöner Gerüchte bis hin zu handfester Verleumdung. Und nicht zuletzt Mord.

Schmitt, der eigentlich nur ein paar Instrumentendiebstähle aufklären soll, gerät unvermittelt in den Sog der dramatischen Ereignisse, die unter anderem tief in die Geschichte Finnlands hineinreichen. Die finnische Musikgeschichte muss nach diesem Roman dennoch nicht neu geschrieben werden ...

ZUM AUTOR

Manfred Klimanski, Jahrgang 1947, war insgesamt zweiundvierzig Jahre in der Verwaltung von Musikhochschulen tätig, zunächst in Stuttgart, dann seit 1979 bis zu seiner Pensionierung im Jahre 2011 als Kanzler der Hochschule für Musik Freiburg. Kein Wunder, dass er es auf Musiker abgesehen hat.

Der erste Roman seiner Trilogie »Schmitts Fall« aus dem Musiker- und Musikbetriebsmilieu mit dem Privatermittler Schmitt, dessen Exfrau Mälis und dem Kriminalhauptkommissar Ringwald erschien im Juni 2014, der zweite »Schmitts tiefer Fall« im Mai 2015. Mit dem vorliegenden Buch wird die Reihe abgeschlossen. Weitere Bücher sollen folgen, sofern Schmitt seinen letzten Fall überlebt.

Für Marek, Mirja und Mascha.
Meine Wonnen, meine Augenweiden.

Eine Ähnlichkeit der Figuren dieses Romans mit lebenden oder toten Personen ist nicht beabsichtigt und wäre rein zufällig. Soweit Personen der Zeitgeschichte namentlich genannt werden, können deren Hintergründe wahr oder erfunden sein ...

»Es gibt kein richtiges Leben im falschen.«
THEODOR W. ADORNO
»Doch.«
SCHMITT

IMPRESSUM

Manfred Klimanski »Schmitts letzter Fall«

© by Manfred Klimanski
Alle Rechte verbleiben bei Manfred Klimanski
Erste Auflage Dezember 2016
Layout und Umschlaggestaltung: Saskia Bannasch
Herstellung und Verlag:
BoD – Books on Demand, Norderstedt
ISBN 978-3-7431-2824-8

KUNST UND KULTUR IN OSTRATAL

EINS

»Ich bitte Sie, meine Damen und Herren.« Dr. Peter Rechenberg versuchte zum wiederholten Mal, sich Gehör zu verschaffen. »So lassen Sie mich doch ...« Aber auch dieser x-te Anlauf, den Mitgliedern des Kulturausschusses im Stadtrat von Ostratal nebst dem Arbeitskreis sachverständiger Bürger das Vorhaben zur Auflösung des städtischen Philharmonischen Orchester zumindest zu erläutern, blieb fruchtlos. Die Empörung und vor allem die Lust, sich zu empören, kochten und brodelten unbeeinflussbar. Und nahmen Formen an, die denen der Ultras der Fanszene des VfR Ostratal in keiner Weise nachstanden.

Rechenberg zog kurz die Augenbrauen hoch, starrte verzweifelt die Tischplatte vor sich an, auf der Tabellen, Statistiken und Zahlenreihen auf ihren Einsatz warteten. Er atmete tief durch.

»Bitte hören Sie mir zu! So geht das doch nicht!«

»Sehr richtig, so geht das nicht!«, donnerte der kulturpolitische Sprecher der Mehrheitsfraktion, Sigmund Altener.

Und plötzlich wurde es tatsächlich still.

»So geht das ganz und gar nicht«, fuhr Altener mit lauter Stimme fort. «Vor sieben Jahren haben Sie uns mit den Schreckenszahlen einer Überschuldung dazu gebracht, unser Theater aufzulösen. Gleichzeitig versprachen Sie dem damaligen Opernorchester eine Zukunft als Philharmonisches Orchester, einem – wie Sie es ausdrückten – künstlerischen *Leuchtturm* unserer Stadt. Und jetzt kommen Sie mit demselben Murks und behaupten, das Orchester sei nicht mehr finanzierbar. Und wollen uns mit einem anderen *Leuchtturm* ködern, einem festinstallierten Ensemble für Neue Musik nebst der Stelle eines Stadtkomponisten. Als Alleinstellungsmerkmal. Lauter inhaltslose Schlagwörter. Und was wird dann in weiteren sieben Jahren folgen? Ein *Einmann-* oder *Einefrau-Leuchtturm* als Stadtblockflöte? Nicht mit uns, Herr Kulturabbruchbürgermeister!«

Rechenberg schüttelte den Kopf, sammelte seine Unterlagen ein und entschuldigte sich mit einem unaufschiebbaren Termin, den er noch wahrnehmen müsse. Dann verließ er die Ausschusssitzung. Er war ganz und gar nicht glücklich mit der seitens der Oberbürgermeisterin und deren Partei betriebenen Auflösung der Ostratäler Philharmonie. Und noch weniger glücklich damit, dass sich diesem Vorhaben selbst seine politische Gruppierung angeschlossen hatte. Wenigstens hatte er aber immerhin einen neuen Klangkörper ausverhandelt. Wenn auch nur durch die glückliche und völlig unerwartete Fügung in Gestalt einer engelsgleichen Sponsorin. Die bei Lichte betrachtet eher eine rabiate Geldgeberin war.

Der nette Dr. Peter Rechenberg. Mittlerweile siebenundfünfzig Jahre alt, seit neun Jahren Kulturbürgermeister in Ostratal. Feinsinnig, charmant, stets bestens gekleidet, schlank und sportlich und immer tipptopp frisiert. Nach außen vermittelte er den Eindruck, nicht sehr durchsetzungsfähig, geschweige denn kämpferisch zu sein. Aber auf seine nachdrückliche, konziliante Art fand er doch häufig Kompromisslinien, die dann auch hielten. Vor allem, weil die Verhandlungspartner regelmäßig der Illusion unterlagen, die Vorschläge stammten von ihnen. In seiner eigenen Partei wurde er in einer diese Tatsache verkennenden Einschätzung als *wandelnder Kleiderständer* verspottet.

Vor drei Jahren unterlag er einer frischen, frechen CUV-Kandidatin bei der Oberbürgermeisterwahl und konnte von Glück sagen, mit ihrer Unterstützung voriges Jahr für eine letzte Amtszeit als Bürgermeister seiner DPU durchgeboxt worden zu sein. Seitdem konnten ihm beide, seine Partei ebenso wie seine Chefin auf der Nase herumtanzen, was allerdings die Frau

Oberbürgermeisterin nur sehr sparsam tat. Und eigentlich nie zu ihrem reinen Vergnügen. Eigentlich ...

Einige Tage nach der Ausschusssitzung versuchte Rechenberg erneut, das Stadtoberhaupt in dessen außerordentlich sachlich und nüchtern eingerichtetem Büro im achten Geschoss des Rathauses, einem schrecklichen Zeugnis architektonischer Phantasielosigkeit der siebziger Jahre im Herzen Ostratals, unter Verweis auf die heftigen Widerstände von dem Vorhaben abzubringen, das städtische Orchester aufzulösen. Er fühle sich als Minenhund, der austesten müsse, wie stark das Feld der Auflösungsgegner sei und inwieweit diese Gegner größere Bürgerbewegungen zu mobilisieren vermögen. Er erhalte deswegen von allen Seiten Prügel. Von den Kulturpolitikern und deren Unterstützern werde er – und niemand anderer – als Totengräber des Orchesters beschimpft, als Weichei, als einer, der sich mit einer lächerlichen Ersatzlösung zufrieden gebe. Desgleichen von den Finanz-, Sozial- und Sportpolitikern: Ein Geldvernichter übelster Sorte sei er, zugunsten einer brotlosen Kunst, einer »Neuen Musik, die nur einige verquaste Einzelgänger interessiere«.

»Aber Herr Dr. Rechenberg.« Diesen etwas gönnerhaften Ton kannte der Kulturbürgermeister mittlerweile zur Genüge. »Lieber Herr Dr. Rechenberg, ich goutiere doch Ihre internen Bemühungen um den Erhalt des Orchesters. Und erst recht Ihr loyales externes Verhalten in der Frage der Auflösung. Aber Sie wissen auch, dass ich bereits eine Mehrheit im Stadtrat für dieses Projekt habe. Nicht nur in Ihrer, sondern verblüffenderweise auch in meiner Partei«, bei dieser Wortwahl musste sie selbst breit lächeln, »und bei den Blauen. Und ehrlich gesagt, aber nur unter uns: Mir ist es völlig schnurz, ob wir statt des Orchesters Ihre Idee mit dem Ensemble für Neue Musik und dem Stadtkomponisten umsetzen oder nicht. Ich würde am liebsten einen Strich unter das Ganze ziehen. Wir brauchen schließlich jeden Cent für den Wohnungsbau und für die Integration der Zuwanderer.«

»Flüchtlinge«, warf Rechenberg ein.

Frau Dr. Scherpen sah ihn mitleidig an.

»Jaja, Flüchtlinge. Aber viele werden hierbleiben. Und dann sind es Zuwanderer. Und die werden ihre Familien nachholen. Das erfordert nicht nur zusätzlichen Wohnraum, sondern Kindergärten, Schulen, Sozialarbeit. Wem sage ich das, das wissen Sie ja alles selbst.«

Frau Dr. Sandra Scherpen, die einundvierzigjährige, flotte Oberbürgermeisterin, mit ihren schulterlangen, dunklen Haaren und dem Retro-Pony, dezent geschminkt, im hellen Hosenanzug, durchaus füllige Figur, wenngleich dies aufgrund ihrer 1,75 Meter Körperlänge nicht sonderlich auffiel, ertappte sich selber bei dieser *Wahlkampfrede* und verstummte. Völlig unangemessen, sich derart ins Zeug zu legen. Mit nur einem Zuhörer.

Rechenberg war verwirrt. Oder tat wenigstens so.

»Ich dachte, wir seien uns einig gewesen mit der Gründung des Ensembles. Wir brauchen diesen künstlerischen *Leuchtturm*. Vor allem, nachdem das Streichquartettfestival auch noch weggefallen ist. Und seit ich Frau Von der Kamp als Sponsorin gewonnen habe, waren Sie doch mit der parallelen längerfristigen Auf- und Abbaustrategie der Ensembles einverstanden.«

»Ja, natürlich«, beschwichtigte Scherpen. »Dabei bleibt es auch. Ich wollte Ihnen nur noch einmal meine grundsätzliche Position klarmachen. Selbstverständlich ist ein bisschen Hochkulturpolitik für das Image unserer Stadt wichtig. Wobei ich mir ein wenig mehr Unterstützung seitens unserer verehrten Ober- und Mittelschichtsangehörigen gewünscht hätte. Die halten doch alle die Taschen ihrer Spendierhosen zugenäht. Aber maulen, wenn die Stadt kürzt und streicht. Es hat mich allerdings schon immer gestört, dass für einen dermaßen kleinen Kreis an Klassikliebhabern überproportional viel Steuergeld aufgewendet wird. Und von denen wiederum ist nur eine Minderheit für die zeitgenössische Musik zu begeistern. Das sind dann vielleicht mal fünfhundert oder bestenfalls tausend Wähler, für die wir uns in dieser Sache krummlegen. Nicht falsch verstehen, mein Lieber, aber ich habe schließlich den Auftrag, mich vorwiegend um die Mehrheit und deren Anliegen zu kümmern.«

»Aber das Ensemble wird sich ja auch mit dem Jazzbereich befassen.«

Scherpen verzog das Gesicht.

»Diese Art von akademischen Jazz kann ein normaler Mensch doch genauso wenig hören wie die völlig verkopfte Neue Musik. Aber beruhigen Sie sich. Ich halte Ihnen die Stange bei Ihrem Vorhaben, zumal die Musiker Ihrem Modell zufolge ihren Auftrag auch in der Musikschule, bei den Chören und Laienensembles wahrnehmen. Sie haben mein Wort. Und dabei bleibt es.«

Rechenberg hätte darauf wetten können, dass seine Chefin hinter ihrem Rücken Zeige- und Mittelfinger kreuzte.

»Noch einmal: Kunst und Kultur können wir für Ostratal auch einkaufen. Dabei muss es sich ja nicht um das Tournee-Theater Deichgraf handeln. Wir holen uns Produktionen aus Avignon, Sprechtheater aus Zürich und Frankfurt, Ballett aus Amsterdam. Orchester aus Überall. Das müssen wir nicht alles selbst unterhalten. Mit Museen wäre das weitaus komplizierter.«

Scherpen schaute Rechenberg belustigt an. Plötzlich fröstelte es ihn. Meinte sie das etwa ernst? Waren das jetzt die neuen Zeiten?

»Oder sind Sie etwa anderer Meinung?«, konnte sie es nicht lassen, ihn zu provozieren.

So verbindlich, nett und immer positiv die Oberbürgermeisterin auch wirkte, so pragmatisch sie auch sein konnte, im Kern war sie knallhart, zynisch, schnoddrig. Und stets erfolgsorientiert. Die macht noch eine große Karriere, ein ganz große. Dessen war Rechenberg sich sicher.

»Meine Damen und Herren, ich eröffne die heutige nicht öffentliche Sitzung des Kulturausschusses. Tagesordnungspunkte sind erstens die Auflösung des städtischen Philharmonischen Orchesters und zweitens die Gründung eines ebenfalls städtischen Ensembles für zeitgenössische Musik einschließlich der Schaffung der Stelle eines Stadtkomponisten beziehungsweise einer Stadtkomponistin. Wie wichtig mir diese in sich zusammenhängende Angelegenheit ist, ersehen

Sie daraus, dass ich in Absprache mit meinem geschätzten Kollegen Dr. Rechenberg die Sitzung selbst leite. Herr Dr. Rechenberg, ich bitte Sie, das allen seit geraumer Zeit vorliegende Beschlussvorhaben zu erläutern. Im übrigen sage ich bereits jetzt in aller Klarheit, dass ich darauf bestehen werde, heute zu einer Abstimmung zu kommen, damit wir nächste Woche im Stadtrat einen Beschluss fassen und die notwendigen Folgen ohne weitere Verzögerung in Angriff nehmen können. Herr Dr. Rechenberg, bitte.«

»Wir lassen uns doch nicht unter Druck setzen! So eine Unverschämtheit!«

»Herr Altener, jetzt aber mal langsam. Die Angelegenheit wird bereits seit Wochen hin und her, rum und num, rauf und runter diskutiert. In den Fraktionen, in Bürgerinitiativen, in der Presse. Irgendwann muss es auch mal gut sein. Und dieses Irgendwann ist zum einen hier und heute und zum anderen nächste Woche Dienstag im Stadtrat.«

»Ihre Spar- und Streichpolitik muss doch erstmal in ihrer Gesamtheit dargestellt und diskutiert werden und nicht Salamischeibe für Salamischeibe.«

»Sie haben nicht das Wort, Herr Altener. Aber Sie können versichert sein, dass die Einsparungen im Vergleich zu den anstehenden enormen zusätzlichen Ausgaben nur einen verschwindend kleinen Aspekt darstellen. Die Auflösung des Orchesters ist vor allem Teil einer zukunftsorientierten, nachhaltigen Kulturpolitik. Und für mich hat Kultur eine umfassendere Ausrichtung als sich im herkömmlichen Kunstbegriff zu erschöpfen. Mir ist auch klar, dass nicht jede größere Stadt ein Orchester mit dem ewig gleichen, angestaubten Repertoire, alibigestützt durch ein paar wenige Werke der Moderne, für ein immer gleiches, ebenfalls weitgehend angestaubtes Publikum ...« (»Pfui!«, »Schweinerei!«, »Arrogante Zicke!«) »... benötigt. An der Qualität der Zwischenrufe kann man übrigens durchaus die Notwendigkeit für einen umfassenderen Kulturbegriff erkennen. Nein, meine Damen und Herren, wir brauchen heute nicht mehr die museale Musik, die können wir uns einkaufen.

Stattdessen ist es hohe Zeit für ein Ensemble, das sich mit dem Jetzt befasst, hochprofessionell und gegenwartsbezogen, ein klingendes Museum für moderne Kunst sozusagen, in dem durchaus auch das zwanzigste Jahrhundert seinen Platz haben wird. Herr Dr. Rechenberg, bitte.«

Rechenberg legte dar, innerhalb welchen Zeitraums das Philharmonische Orchester aufgelöst und durch ein zwölfköpfiges Ensemble nebst der neu geschaffenen Position eines Stadtkomponisten (»Ähnlich einem Hofkomponisten früherer Epochen, verstehen Sie«) ersetzt werden sollte. Dass diese Figur nicht nur das Ensemble leiten und die Programme bestimmen würde, sondern darüber hinaus als Ansprechpartnerin für die pädagogische Arbeit in Musikschule und örtlichen Musikvereinigungen zur Verfügung stünde. Dass sie verpflichtet wäre, mindestens vier Konzerte jährlich in Ostratal zu dirigieren und Konzerttourneen zu vereinbaren, die den Namen Ostratal in alle Welt trüge. Rechenberg schaffte es mit seiner freundlich-temperamentlosen Art, selbst bei diesem höchst umstrittenen Vorhaben den Großteil des Ausschusses in einen Dämmerzustand zu versetzen.

»Und die im übrigen auch Einnahmen einspielen werden. Dem Leiter zur Seite steht ein Geschäftsführer. Verstehen Sie bitte alle Positionen auch in weiblicher Form. Verstärkt wird das Team durch eine Halbtagssekretärin, die Sie bitte auch in männlicher Form verstehen wollen.« (»Wie witzig«) Rechenberg erläuterte im Folgenden ausführlich die Kostenseite, die er mit insgesamt rund anderthalb Millionen Euro pro Jahr bezifferte, plus einmaligen Ausstattungskosten von rund dreihunderttausend Euro.

»Durch die Auflösung des Orchesters entfallen mittelfristig zweiundsiebzig Personalstellen und ungefähr eine halbe Million Euro an laufenden Sachkosten jährlich. Sie sehen, das bedeutet sozusagen als Abfallprodukt ...« (»Unerhört!«) »... – jetzt seien Sie doch nicht so empfindlich – eine Einsparung von annähernd acht Millionen Euro jährlich. Hinzu kommen einmalige Einnahmen von etwa zweihunderttausend Euro durch den

Verkauf der stadteigenen Orchesterinstrumente. Rechnet man den Zuschuss des Landes ein, kommen wir mittel- und langfristig auf eine Summe von jährlich rund drei Millionen Euro Minderausgaben. Und das ist schließlich nicht Nichts, auch wenn diese Einsparung nicht das vorrangige Motiv unserer Oberbürgermeisterin war und ist, wie sie selbst mehrfach darlegte.«

Nun berichtete Rechenberg voller Stolz von einer Sponsorin, die er für eine Mitfinanzierung des Projekts gewonnen habe. Sie unterstütze das geplante Ensemble für Neue Musik mit jährlich fünfhunderttausend Euro auf zehn Jahre. Diese Unterstützung sei allerdings ausschließlich für dieses Projekt zu haben. Sollte es nicht beschlossen oder innerhalb der Laufzeit beendet werden, flössen die Gelder nicht.

»Und so, dank dieses privaten Engagements, mit dieser großzügigen Unterstützung, sehen wir uns in der Lage, das vorgeschlagene Ensemble bereits heute zu gründen, unserem Orchester eine Übergangszeit von fünf Jahren einzuräumen und einen Großteil der Stellen sukzessive im Rahmen einer normalen Fluktuation abzubauen. Deswegen muss die Vorlage der Verwaltung als Gesamtpaket abgestimmt werden. Sollten Sie nicht zustimmen, besteht die Gefahr, dass nach derzeitiger politischer Stimmungslage dann im Plenum des Stadtrates das Orchester aufgelöst wird, ohne ein künstlerisches Äquivalent zu haben.«

»Das ist ja Erpressung!«, ereiferte sich Altener.

»Ach, Herr Altener«, Scherpen konnte nicht anders, das latent Gönnerhafte war ihr augenscheinlich in die Wiege gelegt. »Herr Altener, der Hinweis des Kollegen Rechenberg ist eine notwendige Information. Ohne diese wären Sie gegebenenfalls der Erste, der sich im Fall des Falles höchlichst empören würde.«

»Wie soll denn die Stelle des Stadt- und Landkomponisten besetzt werden?«, witzelte Altener.

Scherpen und Rechenberg schauten sich an. Wusste der was?

»Das ist in der Tat eine etwas heikle Frage. Üblicherweise wird eine solche Stelle mit eingehender Schilderung des Profils und der Aufgabenstellung öffentlich ausgeschrieben. Aber

in diesem Fall ...« Rechenberg suchte nach Worten. »Tatsächlich beabsichtigen wir, diese Position für jeweils vier Jahre befristet auszuschreiben und die Besetzung durch eine Fachjury entscheiden zu lassen. Dabei haben wir eine Verlängerungsmöglichkeit nicht vorgesehen. Nach vier Jahren ist für den Stelleninhaber definitiv Schluss. Dies erscheint uns notwendig, damit immer wieder neue Impulse in das Projekt eingehen. Soweit die Regel. Die Sponsorin macht es jedoch zur Auflage, für die erste Besetzung eine ihr bekannte finnische Komponistin vorzusehen. Ich weise Sie an dieser Stelle übrigens ausdrücklich auf ihre Verschwiegenheitspflicht hin!«
Mit dieser Information schaffte Rechenberg ein Höchstmaß an Unruhe und Zwischenrufen von »Hört, hört!« bis »Das ist doch Korruption!« und holte auch das letzte Ausschussmitglied aus dem Dämmerschlaf. Scherpen hatte alle Mühe, sich vermittels ihrer Schiffsglocke Gehör zu verschaffen.
»Haaaalloooo, nun mal langsam!«
Nach und nach verebbte der Aufruhr.
»Diese eine Kröte muss man schlucken«, erläuterte Rechenberg. »Aber: Ich werde aushandeln, dass die Erstberufung nur auf zwei Jahre erfolgt mit einer einmaligen Verlängerungsmöglichkeit um weitere zwei Jahre. Und zweitens: Diese Komponistin ist eine ausgewiesen erfolgreiche. Sie hat bereits mehrere Auszeichnungen erhalten. Ihre Werke werden häufig gespielt, übrigens von durchaus namhaften Orchestern. Sie hat nicht nur Komposition sondern auch Dirigieren studiert und darin einige Erfahrung. Sie ist Mitte vierzig und beruflich alles andere als ein heuriger Hase. Sie hätte alle Chancen, sich in einem regulären Ausschreibungsverfahren durchzusetzen. Mit ihr bekämen wir eine ausgezeichnete Vertreterin dieses Genres. Dessen seien Sie versichert.«
»Und ein deutscher Komponist hätte es nicht sein dürfen?«
»Ah, die Vertreterin der nationalen Rechten. Darauf erwarten Sie doch wohl keine Antwort.« Frau Oberbürgermeisterin triefte vor Süffisanz.
»Doch!«

»Wenn es nach diesem herausragenden Beispiel internationaler Sachkunde keine weiteren Wortmeldungen mehr gibt, und wie ich sehe, ist das der Fall, kommen wir nun zur Abstimmung ...«
Mit knapper Mehrheit votierte der Ausschuss für die Verwaltungsvorlage. Und mit wesentlich größerer Mehrheit folgte eine Woche später das Plenum des Stadtrates.

DIE INSTRUMENTENVERSICHERUNG

EINS

Nicht weit entfernt vom Rathaus befassten sich einige Herren der Garant-Versicherung AG mit einem Thema, das in ausgesprochener Nähe zum Ostrataler Orchester lag. Die Garant hatte sich vor einigen Jahren durch eine offensive, um nicht zu sagen aggressive Marketingkampagne gegen die führende deutsche Instrumentenversicherung einige Marktanteile geholt und es geschafft, die Dienstinstrumente eines Großteils deutscher Orchester zu versichern. Besonders lukrativ waren dabei Verträge für private, teilweise sehr wertvolle Instrumente einzelner Orchestermitglieder, die diese der Einfachheit halber in die *ruhige* und *zuverlässige* Hand der Garant gaben.

Im repräsentativen, etwas pompösen Büro des Vorstandsvorsitzenden Kamphusen hoch über den Dächern Ostratals wurde Rechenschaft verlangt. Und zwar vom Chef der Sparte *Instrumente*, Axel Steven. Der pummelige Mitfünfziger sah sich einem Triumvirat gegenüber, dem außer Kamphusen noch der Leiter der Revisionsabteilung Ellenbrecht und der Justiziar Roth angehörten. Steven fühlte sich ausgesprochen unwohl. Und er bemerkte, dass er entschieden gegen seinen Willen begann, heftig zu schwitzen.

Kamphusen kam ohne Umschweife zum Kern des Treffens.

»Innerhalb der letzten achtzehn Monate wurden Mitgliedern des hiesigen Orchesters zwei Violinen im Gesamtwert von dreihundertdreiundsiebzigtausend Euro, ein Cello im Wert von einhundertachtzigtausend Euro, eine Bratsche für dreiundneunzigtausend Euro und eine Gold-Querflöte im Wert von dreißigtausend Euro gestohlen. Ist das bis hierhin richtig?« Kamphusen wartete eine Antwort nicht ab. »Zusammengerechnet handelt es sich also um einen Versicherungsschaden von fast siebenhunderttausend Euro. Und Ihnen ist nicht spätestens nach dem dritten angezeigten Versicherungsfall etwas aufgefallen? Die Häufung von Diebstählen privater Instrumente in einem einzigen Orchester hat Ihnen nicht zu denken gegeben? Und der seltsame Zufall, dass die betroffenen Musiker alle Mitte fünfzig oder älter sind?«

»Natürlich fanden meine Mitarbeiter und ich das etwas komisch ...«

»Komisch? Haben Sie sich wenigstens köstlich amüsiert?«

Kamphusen, ein durchtrainierter Mittvierziger asketischen Zuschnitts, wie mittlerweile die meisten Wirtschaftsführer offensichtlich mit dem Gen *Typ Triathlet* ausgestattet, wirkte nicht annähernd amüsiert.

»Nein, natürlich nicht«, versuchte Steven sich zu rechtfertigen. »Ich habe meine Mitarbeiter schon vor Monaten auf die verdächtige Häufung hingewiesen, aber die sprachen nur von einer Delle, wie sie immer mal vorkommen könne. Und ich bin ja erst seit einem Jahr ...«

»Nun laden Sie das mal nicht auf Ihre Mitarbeiter ab, Herr Steven!« Die Miene des Vorsitzenden verfinsterte sich zusehends. »Sie hätten den Zusammenhang zwischen der Häufung der Diebstähle, dem Alter der Bestohlenen und nicht zuletzt der in aller Öffentlichkeit diskutierten vorgesehenen Auflösung des Orchesters erkennen müssen. Das stank doch zum Himmel!«

»Diesen Zusammenhang habe ich sehr wohl erkannt. Aber es gab eben keine belastbaren Hinweise auf eine verabredete, konzentrierte, ja bandenmäßig betriebene Aktion bestellter Diebstähle. Bei den Opfern sind keinerlei Anzeichen von krimineller Energie feststellbar. Die Instrumente sind nicht auf den uns bekannten Märkten zum Verkauf angeboten worden. Auch nicht im Internet. Und die Musiker werden sich kaum ihrer eigenen Arbeitsmittel berauben.«

»Das brauchen sie auch nicht«, meldete sich jetzt Roth zu Wort, ebenfalls ein *Hungerhaken*. »Sie haben nämlich Anspruch auf ein qualifiziertes Dienstinstrument seitens des Orchesterträgers. Und dieses Instrument dürfen sie natürlich auch für ihre Konzerte, Orchesteraushilfen, ihren Unterricht und so weiter nutzen. Wenn auch solche Nebentätigkeiten kaum noch üppig gesät sein werden. Das dürfte Ihnen eigentlich bekannt sein, Herr Steven.«

»Natürlich ist mir das bekannt. Und übrigens habe ich die Polizei auf meine Vermutung aufmerksam gemacht, dass da was nicht koscher läuft. Aber der zuständige Kommissar, ein Schönling namens Kohl, wollte davon nichts wissen.«

»Nun gut, ich will keine Köpfe rollen sehen«, lenkte Kamphusen versöhnlich ein. »Wir müssen uns aber gegen einen weiteren *Ausverkauf*, wenn ich so sagen darf, wappnen. Und ich will, auf welchem Wege auch immer, die gestohlenen Instrumente zurückbekommen. Dafür sollten wir eine einschlägig befähigte Detektei einschalten. Unsere eigenen Leute wären damit überfordert. Was meinen Sie, Herr Ellenbrecht?«

Der Leiter der Revisionsabteilung nickte.

»Das sehe ich ganz genauso.«

»In Ordnung. Hat jemand einen Vorschlag?«

»Ja, äh, da gab es doch vor einiger Zeit diesen spektakulären Fall von Mord, Millionenbetrug und ähnlichem im Zusammenhang mit dem letzten Streichquartettfestival hier in Ostratal. Der Fall wurde maßgeblich von einem Privatdetektiv namens Schmitt aufgeklärt, soweit ich mich erinnere«, drängte sich Steven eifrig vor.

Kamphusen runzelte die Stirn.

»Wurde der nicht selber wegen ... was weiß ich, Behinderung der Behörden oder so ins Gefängnis gesteckt?«

»Nein, er bekam zwar eine Geld- oder vielleicht eine Bewährungsstrafe. Aber er hat auf jeden Fall praktische Erfahrungen im Instrumentenmilieu, wenn ich das so salopp sagen darf ...«

»Das kommt gar nicht in Frage«, donnerte Ellenbrecht überraschend los. »Schmitt! Der war bis vor etwa zehn Jahren bei uns in der Schadensabteilung beschäftigt. Und hat gemeinsam mit einem dubiosen Typ, äh, ich komme gerade nicht auf dessen Namen, unsere Versicherung ausgenommen. Mit manipulierten Autounfällen. Außerdem ist das ein Einmann-Unternehmen. Der ist gar nicht in der Lage, ein komplexes Netzwerk von Instrumentenschiebereien zu erkennen, geschweige denn, es aufzudecken.«

»Na ja«, ließ sich Roth süffisant vernehmen, »immerhin hat er Erfahrung mit kriminellen Strukturen. Denn auch manipulierte Autounfälle bedürfen, wenn auch in geringerem Umfang, eines kriminellen Zusammenwirkens.« Er lächelte in die Runde.

»Das mag alles richtig sein«, Steven kämpfte für seine Idee, »Aber erstens spielt auch der Kostenfaktor eine Rolle. Eine einschlägig erfahrene Detektei käme uns sehr teuer. Schließlich wird meine Abteilung damit belastet. Zweitens könnte es sich für uns und eine eventuell nicht ganz gesetzeskonforme Rückkaufaktion als vorteilhaft erweisen, wenn der Ermittler nicht übermäßig skrupulös agiert. Darüber hinaus hat Schmitt, wie zu lesen war, über seine Exfrau, eine Musikwissenschaftlerin, einen hervorragenden Zugang zur Musikerszene. Und«, setzte Steven in fast schon triumphalem Tonfall noch einen drauf, »er soll auch gute Kontakte zu einem leitenden Beamten bei der Kripo haben, der zwar nicht für Diebstahl und Betrug zuständig ist, sondern für Mord und Totschlag. Aber schaden kann das jedenfalls nicht.«

Steven schwieg erschöpft. Er hoffte, dass der Vorstandsvorsitzende Kamphusen bemerkt hatte, dass er sich schon im Vorfeld eine Strategie zur Schadensbegrenzung ausgedacht hatte. Und das positiv vermerken würde. Kamphusen schwieg. Kamphusen dachte nach. Auch Roth dachte nach. Oder tat so, immerhin gekonnt. Ellenbrecht dachte nicht nach. Der blickte finster in die fernen Weiten der Ebene vor der Stadtgrenze Ostratals.

»Nun gut«, ließ sich der Vorsitzende nach einer gehörigen Weile vernehmen. »Versuchen wir es mal mit diesem Schmitt. Aber Sie führen ihn an der kürzestmöglichen Leine, Herr Steven!« Langsam wandte sich der Leiter der Revisionsabteilung wieder dem Geschehen zu.

»Ich will aber immerhin zu Protokoll geben, dass ich größte Bedenken habe. Und mich gegen die Verpflichtung dieses Herrn Schmitt ausspreche.«
»In Ordnung, Herr Ellenbrecht. Angekommen.«
Jeder merkte Kamphusen an, dass er diese Bemerkung nicht über das Trommelfell hinaus in seine etwas zu großen Ohren gelangen ließ.

»Schmitt.«
Eine müde Stimme. Ohne jeden Elan. Ohne Neugier, Erwartung, Spannung. Nichts davon. Kein Vergleich zum messerscharf herauskatapultierten »Schmitt« vergangener Zeiten. Auch wenn dieser erste Eindruck schon damals nicht von Dauer war. Schmitt. Mittlerweile gute fünfundfünfzig und unaufhaltsam die sechzig im Blick. Ein geschlagener Held. Ex-Jurastudent ohne Abschluss, Ex-Ehemann, Ex-Versicherungsangestellter und fast auch Ex-Detektiv. Wenig Vergangenheit, kaum Zukunft. Mittlere Größe, mittleres Gewicht. Schmale Augen in undefinierbarer Farbe, dünne Lippen, unausgeprägte Nase, kurze Haare. Seit einiger Zeit zogen sich zwei nicht zu übersehende Kerben von den Nasenflügeln an den Mundwinkeln vorbei bis fast zum Unterkiefer. Wer es nicht besser wusste, musste annehmen, dass diese auf eine chronische Magenschleimhautentzündung hindeuteten. Wer allerdings dem äußerst überschaubaren Kreis derer angehörte, die Schmitt näher kannten, wusste um die wahre Ursache: Schmitt war infolge seines letzten Auftrags zu einer Gefängnisstrafe von neun Monaten auf Bewährung verurteilt worden, und zwar wegen Behinderung der Justiz, Beihilfe zur Geldwäsche respektive versuchter Erpressung und Unterschlagung von Beweismitteln. Die Oberstaatsanwältin Dr. Grosse-Uckermann, damals noch nicht mit der »Leitenden« geschmückt, hatte ihn geradezu verbissen verfolgt und wollte ihn unbedingt im Gefängnis sehen. Schmitt konnte noch von Glück sagen, dass der Richter und die Schöffen beim Landgericht Ostratal die Vehemenz der Staatsanwältin als persönlichen

Rachefeldzug einzuordnen wussten und dies zu seinen Gunsten ausgelegt hatten. Und pures Glück war auch, dass sein Gewerbeschein nicht eingezogen wurde. Vielleicht hatte sein, nun ja, Freund Ringwald hier ein gutes Wort für ihn eingelegt. Hinsichtlich der von anderen Personen begangenen, erheblich schwereren Verbrechen im Zusammenhang mit dem genannten Fall hatte Grosse-Uckermann ihren Furor merkwürdigerweise ziemlich im Zaum gehalten. Vor dem Schwurgericht wurde ohne Umschweife ihre vorauseilende Bereitschaft zu den heutzutage üblichen Deals erklärt. Aus eigennützigen Gründen. Wirklich überrascht war Schmitt von dieser Art Umgang mit dem Recht nicht. Darauf war er durch besagten Ringwald, Erster Hauptkommissar und Leiter des Dezernats Gewaltverbrechen im Polizeipräsidium Ostratal, bereits im Krankenhaus hinlänglich vorbereitet worden, wo Schmitt die Folgen seines *Ostrataler Fenstersturzes* auskuriert hatte. Und zweitens entsprach das Vorgehen der Justiz seinem misanthropischen Weltbild: Die wahren Schuldigen lässt man laufen, nur ihn fasst man immer bei den Hammelbeinen.

Schon mit seinem ersten großen Fall, einer widerlichen Erpressungsgeschichte, hatte er diese üble Erfahrung gemacht. Er musste das Erpressungsgeld von zwanzigtausend Euro, das er gefunden und sichergestellt hatte, an die Erben eines Oboisten zurückzahlen. Gut, zunächst wurde es von ihm auf ein Anderkonto in Luxemberg eingezahlt. Aber trotzdem: Nur um es in Sicherheit zu bringen! Es war ihm im weiteren Verlauf nicht gelungen, bei der Rückgabe eines Großteils der Summe sein Honorar und seine Auslagen zu verrechnen. Die Erben waren stur, geizig, gierig. Der damalige Leitende Oberstaatsanwalt wollte Schmitt sogar wegen Diebstahls oder wenigstens Fundunterschlagung drankriegen, konnte aber letztlich die Behauptung der *Sicherstellung* nicht widerlegen. Und hatte nach dessen Versetzung in das Justizministerium niemand in der Staatsanwaltschaft irgendein Interesse an einer weiteren Strafverfolgung. Glück gehabt. Und dennoch: Wieder mal wurde nur er bei den Hammelbeinen gefasst.

Auch Schmitts Sorgenfalten auf der Stirn hatten sich in letzter Zeit gleichzeitig vermehrt und vertieft. Nachdem seine Verletzungen so leidlich abgeklungen waren – das rechte Bein zog er immer noch etwas nach –, sah er ein, dass er als Privatermittler keine großen Sprünge mehr machen würde. Er hatte deshalb einen Job als Kaufhausdetektiv angenommen, der ihn zwanzig Stunden in der Woche in Anspruch nahm. Über das Wochenende war er als Nachtportier in einem der billigeren Hotels in der Bahnhofsgegend tätig. So fiel er wenigstens nicht Peter Hartz und seinem IV. Buch zur Last. Und war als Kaufhausangestellter ordentlich renten- und günstig krankenversichert. Als Hotelmitarbeiter bevorzugte er die Cash-Entlohnung, was dem Eigentümer auch lieber war. Ab und zu bekam er noch Aufträge, eine diebische Kellnerin oder einen langfingrigen Supermarktmitarbeiter zu überführen. Selbst solchen Kleinkram allerdings selten. Durchschnittlich dreimal im Jahr. Nie was Größeres. Das war's dann. Auch seine Exgattin Susanne Mälis konnte ihm keine Aufträge mehr zuschanzen. Verbrannte Erde, zerstörte Brücken.

Nun also: »Schmitt.«

»Steven, Garant-Versicherung.« Schmitt fiel fast der Hörer seines Festnetztelefons aus der Hand »Ich rufe Sie an wegen eines Auftrags. Also nicht gleich auflegen!«

»...«

»Und ich hoffe auf Ihr Einverständnis, wenn wir auf jegliches Geplänkel bezüglich Ihrer Vorgeschichte bei uns verzichten und ich gleich zur Sache komme.«

»Einverstanden«, quetschte Schmitt mühsam heraus.

»Wir haben ein gewisses Problem mit unserer Sparte Instrumentenversicherung. In der letzten Zeit wurden gezielt und planmäßig wertvolle Instrumente aus dem privaten Besitz von Mitgliedern des hiesigen Orchesters gestohlen. Und wir vermuten, dass dies im Einvernehmen und unter Mitwirkung der Eigentümer geschah.«

Armbruster, schoss es Schmitt durch den Kopf. Das konnte nur Armbruster ausgeheckt haben, dieser manipulative Drecksack,

dessen Machenschaften ihn vor vielen Jahren den Job bei der Garant-Versicherung gekostet hatten.
»Aha«, sagte Schmitt. »Und wie sind Sie ausgerechnet auf mich gekommen? Es gibt doch genug einschlägig spezialisierte Detekteien.«
»Schon, aber erstens nicht vor Ort. Und zweitens dachte ich, dass Sie mit ihren Verbindungen zur hiesigen Musikszene und auch über Ihre ehemalige Frau ... Na ja, Sie wissen schon.«
Schmitt wollte es seinem etwas ins Trudeln geratenen Gesprächspartner einerseits nicht allzu schwer machen. Schließlich ging es um etwas – vielleicht – Großes. Andererseits konnte er ihn auch nicht einfach so davonkommen lassen.
»Und außerdem habe ich gute Kenntnisse in Sachen Schiebereien. Wie damals bei der Garant mit den Autos.«
»Ach, da wären wir ja glücklich beim *Geplänkel* angekommen. Das wollten wir doch lassen.«
»Sie haben recht. Wieviel Zeit würden Sie mir für meine Ermittlungen geben?«
»Einen Monat, höchstens zwei. Dann müssten Sie Ergebnisse liefern oder unser Vertragsverhältnis würde enden.«
»Um dann doch eine große Detektei zu beauftragen. Aber gut. Und das Honorar? Ich müsste schließlich alle anderen Tätigkeiten einstellen.«
Was hast du denn schon für *Tätigkeiten*, dachte Steven.
»Das können wir alles besprechen, sobald Sie im Grundsatz einverstanden sind. Auf jeden Fall erhielten Sie eine Erfolgsprämie von zehn Prozent aus dem Versicherungswert der wiederbeschafften Instrumente beziehungsweise aus der Rückkaufsumme, wenn eine andere Möglichkeit nicht in Frage kommt. Sie wissen, was ich meine?«
Idiot, dachte Schmitt.
»Um welchen Betrag handelte es sich denn im besten Fall?«
»Etwa siebzigtausend Euro«, erwiderte Steven.
Schmitt meinte, ein nur ungenügend unterdrücktes Vergnügen aus dessen Stimme herauszuhören. Er musste schlucken. Siebzigtausend Euro! Damit wäre er wieder im Spiel. Und für

sein Honorar müsste die Garant auf jeden Fall mit mindestens zehntausend Euro pro Monat rüberkommen. Plus Spesen.
Steven und er verabredeten sich auf den nächsten Vormittag in die Räume der Versicherung. Dort sollten dann die Details des Vertrags festgelegt werden. Anschließend rief Schmitt bei Mälis an in der Hoffnung, dass sie nicht gerade ihre Honorarprofessur in Aarhus wahrnahm oder mit ihrem Derzeitigen, einem Banker, turtelte. Mit dem sie jetzt auch schon einige Jahre zusammen war. Schmitts Meinung nach völlig unverständlich. Ein Banker! Wie auch immer, er würde diese Gelegenheit nutzen, um mit Mälis mal wieder fröhlich und ausgeglichen, ohne sein ewiges Maulen und seine Larmoyanz, etwas trinken zu gehen. Allerdings musste er das erst wieder üben. Am besten zunächst allein für sich im »Neustädter Hof«, dem Gasthaus, das seiner Wohnung in der Falkensteinstraße gegenüber lag. Und das er wesentlich lieber als *Büro* verwendete als seinen eigentlichen Arbeitsraum, den er sich in seiner Behausung eingerichtet hatte. Beide *Arbeitsplätze* hatte Schmitt in der letzten Zeit wenig bis gar nicht genutzt.

Sie trafen sich nicht im »Neustädter Hof«. Mälis konnte wegen ihrer Pflichten in der Universität Ostratal nicht. Oder sie wollte nicht. Schon nachmittags in einer Gaststätte zu sitzen und trüben Kaffee zu trinken, musste nicht sein. Sie verabredeten sich auf vier Uhr im Café Heidenreich zwischen den architektonisch uneinheitlichen Gebäuden der geisteswissenschaftlichen Fakultät und der Fußgängerzone des Zentrums. Dem letzten klassisch-konventionellen Café in der Ostrataler Innenstadt. Keine Lounge, keine Bar, kein Bistro, kein Café à Go Go, sondern ganz im herkömmlichen Stil: Gepflegt und gediegen. Schmitt saß schon bei einem Kännchen Kaffee, schwarz ohne alles, und einem Stück Käsesahnetorte. Konnte er sich leisten nach dem Vertragsschluss am Vormittag. Mälis kam, wie fast immer, etwas zu spät. Sie ging mit einem Lächeln an den Tischen vorbei auf Schmitt zu. Manchmal, wenn auch selten, spürte Schmitt bei ihrem Anblick einen leicht Stich ins Herz.

So auch jetzt. Obwohl die Liebe seit Jahren verbraucht und die Leidenschaft noch länger verraucht waren. Aber wie er sie so sah. Mit ihrem mittlerweile sicherlich etwas stärker nachblondierten Pagenschnitt. Dem runden, fast faltenlosen, herzförmig geschnittenen Gesicht. Der nicht übermäßig, aber sichtbar pummeligen Figur. Mit ihren inzwischen dreiundfünfzig Jahren war sie schlicht und einfach niedlich. Sofort rief Schmitt sich zur Ordnung. Zum einen war es sicherlich nicht statthaft, eine promovierte Musikwissenschaftlerin, Honorarprofessorin an der Universität Aarhus in Dänemark, Lehrbeauftragte mit Fachgebiet Biografieforschung an der hiesigen Hochschule, niedlich zu nennen. Und Schmitt war sich darüber hinaus sicher, dass es heutzutage äußerst unkorrekt war, Frauen überhaupt niedlich zu nennen.

»Hallo Schmitt, lange nicht gesehen.« Mälis verkniff sich aus Erfahrung die Frage nach dem Wohlbefinden, um seinem ewigen Lamento zu entgehen.

Tatsächlich sind sie sich einige Monate nicht über den Weg gelaufen. Schmitt hatte sich nach seinem *tiefen Fall* in Selbstmitleid vergraben. Mälis hinwiederum hatte keine Veranlassung gesehen und erst recht keine Lust gehabt, seinen im wahrsten Sinne niedergeschlagenen Zustand unmittelbar mitzubekommen. Zumal es auch keinen konkreten Anlass gab, sich zu treffen.

»Du siehst keinen Tag älter aus als beim letzten Mal«, versuchte Schmitt sich in Galanterie.

Was ihm auch gelang. Mälis fühlte sich geschmeichelt. Wider Willen.

»Das Kompliment kann ich leider nicht zurückgeben, Schmitt. Du siehst mitgenommen aus. Müde, grau und alt.«

Mälis konnte bei Schmitts erbarmungswürdigem Anblick nicht anders als ehrlich sein. Ungebügeltes, abgetragenes Karo-Hemd, Sakko von 1980, Cordhosen von 1970. Mindestens. Tränensäcke, Bartstoppeln. Schmitt sah von oben bis unten aus wie ein »Haste mal ….-Typ«.

»Kein Problem. So fühl' ich mich auch. Fühlte mich, genau gesagt. Bis gestern. Und seit heute Vormittag noch dreimal besser.« Schmitt grinste breit. »Stell dir vor, ich arbeite wieder für die Garant.«

Mälis schaute fragend und höchst interessiert. Nach einer Weile, in der er auf Bemerkungen seiner Ex wartete, sie hingegen darauf, dass er fortfuhr, woran Schmitt wiederum nicht im geringsten dachte, kam von ihrer Seite dann doch ein »Und?«.

»Na, das ist doch«, Schmitt suchte nach dem richtigen Begriff, aber ihm fiel nur »sensationell« ein.

Die Bedienung kam und Mälis bestellte einen Milchkaffee.

»Kein Kuchen?«, fragte Schmitt. »Ich lade dich ein.«

»Danke dir. Aber ich muss ein bisschen aufpassen.«

»Schade. Na gut. Also hör zu. Offensichtlich wurden in den letzten ein, zwei Jahren auffällig viele wertvolle Instrumente aus dem Privatbesitz einiger Ostrataler Orchestermitglieder gestohlen. Und zwar seit sich das Gerücht verdichtet hatte, dass das Orchester aufgelöst wird. Die betroffenen Musiker sind alle schon älter, von Mitte fünfzig bis kurz vor Renteneintritt und die Garant vermutet, dass irgendjemand die Diebstähle in die Wege geleitet hat. Sprich: Auf die Musiker zugekommen ist, den Plan erläuterte, schmackhaft aufbereitet und bestens organisiert. Die Instrumente wurden bei den verschiedensten Gelegenheiten geklaut. Aus verschlossenen Autos ebenso wie aus Probenräumen oder zu Hause. Die Garant vermutet, dass sie nach Asien verschwinden und dort mit gefälschten Papieren renommierter und vor allem toter europäischer Geigenbauer und anderer Experten versehen in den Handel geschleust werden. Die Bestohlenen erhalten die Versicherungssumme. Und zusätzlich, wie ein gewisser Steven von der Garant glaubt, rund fünfzig Prozent der Verkaufssumme. Er geht darüber hinaus davon aus, dass ähnliches auch bei anderen Orchestern passiert, immer kurz vor Renteneintritt derjenigen, die teuer versicherte Instrumente besitzen. Die Musiker erhalten für den Rest ihrer Orchestertätigkeit ein Dienstinstrument. Und falls sie danach noch weiter musizieren, kaufen sie sich eben für zehn- bis fünfzehntausend Euro eine Geige oder ein Cello oder was auch immer. Für diesen Preis gibt es schon ganz gute für den normalen Gebrauch.«

»Nicht schlecht, Herr Specht«, meinte Mälis anerkennend.
»Und wie kam die Garant ausgerechnet auf dich?«
Schmitt wurde verlegen.
»Sie nehmen offensichtlich immer noch an, dass ich damals bei der Unfallbetrügerei meine Finger im Spiel hatte und deshalb gute Kontakte zur Schieberszene habe. Außerdem bin ich billiger als die auf Kunstdiebstähle spezialisierten Detekteien.«
Nun lebte er doch etwas auf. »Und natürlich sprechen meine Erfolge für sich, auch wenn sie schon etwas länger zurückliegen.«
»Wieviel billiger?«
»Bitte?«
»Was bekommst du für den Job?«
»Ach so. Halt dich fest. Zwölftausend Euro Grundgage monatlich als freier Mitarbeiter für zwei Monate. Ab heute bis zum 20. Oktober. Ich hatte mir nur zehntausend ausbedingen wollen. Insgesamt vierundzwanzigtausend Euro, auch wenn ich die Sache schon vorher aufgeklärt haben sollte. Plus Spesen. Davon die Hälfte in bar, unter der Hand. Du weißt ja, wegen meiner Schulden bei der verehrten Staatskasse. Meine Arbeit im Kaufhaus kann ich daneben fortsetzen. Vielleicht in geringerem Umfang und nach Möglichkeit flexibler. Das müsste aber drin sein. Darüber hinaus bekomme ich zehn Prozent des Wertes beziehungsweise der Rückkaufsumme der gestohlenen Sachen, wenn sie durch mich wieder auftauchen. Ich habe vorhin den Vertrag unterschrieben. Alles in trockenen Tüchern.«
Schmitt war sichtlich hochzufrieden. Mälis merkte ihm an, dass er sich *wieder im Rennen* fühlte.
»Dann kannst du dir endlich die Modelleisenbahn kaufen, die du dir als Zehnjähriger so sehr gewünscht hast«, sagte sie ironisch.
Schmitt überhörte diese Äußerung ungewohnt souverän.
»Du bist übrigens die Erste, die das erfährt«, verkündete Schmitt, als sei dies für Mälis eine besondere Auszeichnung, ähnlich mindestens dem Leibniz-Forschungspreis.
»Du kennst ja auch nicht so viele andere, denen du das erzählen könntest«, spottete Mälis.

Schmitt war sofort eingeschnappt und verzog sauertöpfisch das Gesicht.

»Na hör mal. Und Ringwald? Der muss mir sowieso mit ein paar Tipps helfen.«

»Aber ist der nicht immer noch bei Mord und Totschlag?«

»Wenn schon. Dann kann er mir wenigstens einen Kontakt zu einem zuständigen Kollegen herstellen.«

Nach einer Weile beleidigten Schweigens ließ sich Schmitt dazu herab, nach Mälis Befinden zu fragen. Und da diese ihren Schmitt kannte und zudem nicht nachtragend war, erzählte sie ihm von ihrem derzeitigen Forschungsprojekt.

»Stell dir vor, ich habe von der DPU-Stadtratsfraktion den Auftrag erhalten, Gerüchten über eine Nazi-Vergangenheit des Großvaters mütterlicherseits der ins Auge gefassten finnischen Stadtkomponistin nachzugehen. Du weißt schon, die Idee mit dem Ensemble für Neue Musik statt unseres Orchesters und ... Aha, du weißt nicht.«

Mälis war stets aufs Neue überrascht, wie ignorant Schmitt in allen gesellschaftlichen Dingen geworden war, egal, ob es sich um Kunst, Sport, Soziales oder Wirtschaft handelte. Und auch immer wieder überrascht davon, wie überrascht sie war.

»Aber was gibt es da groß zu forschen? Das ist doch einfach. Wenn du weißt, wie er heißt und einen Blick in die Archive wirfst ...«

»Nein, so einfach ist das nicht. Der betroffene Großvater mütterlicherseits war auch Komponist, Toivo Hämäläinen, wenn auch nicht ansatzweise so berühmt wie Jean Sibelius. In Deutschland völlig unbekannt. Sibelius wird dir doch wohl ein Begriff sein.« Schmitt knurrte nur abschätzig. »Finnland war ja rund hundert Jahre bis zur Unabhängigkeit ein russisches Großfürstentum. Erst ein General mit dem urfinnischen Namen Carl Gustav Emil Freiherr von Mannerheim nutzte die Revolutionswirren 1917/18 für die Gründung des freien Finnlands. Und es dauert bis 1920, bis Russland Frieden mit dem neuen Land im Nordosten Europas schloss.« Mälis merkte, dass sie Schmitt wieder einmal schrecklich langweilte. Er musterte angelegentlich die Decke des Café Heidenreich. »Aber das weißt du wohl schon alles.«

»Stimmt. Die Geschichte Finnlands ist mir in Grundzügen tatsächlich bekannt.«

»Gut. Dann weißt du auch, dass der finnische Nationalismus in den ersten Jahrzehnten durch die Decke schoss. Die deutschen Nazis genossen hohe Sympathiewerte, insbesondere in der Mittel- und Oberschicht und bei den Intellektuellen. Das wurde erst anders, als Mannerheim 1944 mit den Russen Frieden schloss und die deutsche Wehrmacht sich unter Hinterlassung verbrannter Erde zurückzog. Da waren Hitler und Konsorten nicht mehr so beliebt.« Mälis sah, dass Schmitt erneut die Augen verdrehte, ließ sich aber in ihrer *Vorlesung* nicht aus dem Konzept bringen. »Und hier wird es spannend. War Toivo Hämäläinen nur ein nationalistisch-romantischer finnischer Volkskomponist oder ein völkisch-germanischer Ideologe, der mit seinen Werken den Übermenschen verherrlichte, um den jüdisch-bolschewistischen Untermenschen zu vernichten? In welchem gesellschaftlichen Kontext stand er? Wie waren seine Verbindungen zu deutschen Nazi-Komponisten? Hat er Böses nicht nur bewirkt sondern auch getan? Oder war er nur ein opportunistischer Mitläufer wie zum Beispiel der niederländische Komponist Henk Badings, der sich der deutschen Besatzung als Kollaborateur andiente und später Kompositionsprofessor an der Stuttgarter Musikhochschule war.«

Schmitt war nur mäßig beeindruckt.

»Und warum?«

»Wie bitte?«

»Warum sollst du das rausbekommen?«

»Ich kann mir vorstellen, dass die Gegner des Projekts oder der finnischen Komponistin die Ergebnisse politisch verwenden wollen. Die glauben, dass der Großvater belastet ist und hoffen, dass diese Belastung ausreicht, um das Ganze zu skandalisieren.«

»Und für so eine schmutzige Sache gibst du dich her?«

»Mich reizt eben die geschichtliche Seite, die damalige gesellschaftliche Stimmung, auch wenn es ein fehlgeleiteter

Aufbruch war. Und vielleicht bleibt auch etwas über den berühmten Jean Sibelius hängen ...«
Schmitt gab sich nicht geschlagen.
»Na, ich weiß nicht. Da wirst du doch instrumentalisiert!«
»Nee, das habe ich im Griff.« Mälis wirkte außerordentlich überzeugt. »In diesem Zusammenhang muss ich übrigens nach Helsinki. Komm doch mit!«
»Warum das denn? Was soll ich denn da?«, fragte Schmitt erschreckt.
Mälis sah ihren Exgatten nachdenklich an.
»Manchmal bist du schon sehr begriffsstutzig. Die Garant hat doch Geld. Und du hast die Spesenzusage. Dann gönn dir doch mal was. Komm raus aus deinem Schneckenhaus. Ein paar Tage im schönen Helsinki wären genau das Richtige.«
»Und wie stellst du dir das vor? Ein Doppelzimmer im Hotel für uns beide?«
Schmitt guckte weiter völlig ratlos. Mälis schüttelte sich. Schmitt konnte nicht erkennen, ob vor Lachen oder als Abwehr.
»Bilde dir bloß nichts ein. Ich nehme mir vielleicht ein Doppelzimmer. Für meine Arbeit benötige ich ein bisschen Platz. Und vielleicht kommt mein Banker mit. Und du nimmst brav ein Einzelzimmer.« Mälis musterte seinen Aufzug. »Natürlich müsstest du dir einige neue Kleidungsstücke besorgen.«
»So gerne ich das täte, aber bei dieser Größenordnung von Ausgaben bräuchte ich vorab eine Genehmigung, soviel ich weiß. Ich kann ja noch mal einen Blick in den Vertrag werfen, aber ... Außerdem müsste ich mich im Kaufhaus beurlauben lassen.«
Schmitt, der Bedenkenträger. Und schwang in seiner Stimme nicht so etwas wie Erleichterung über diese Komplikationen durch? Mälis war sich nicht sicher. Würde aber zu dem Miesepeter, der er geworden war, passen.
»Jetzt hör mir mal zu«, dozierte Mälis. »Falls das mit den Diebstählen tatsächlich bandenmäßig organisiert laufen sollte, dann können die Instrumente nicht einfach so ausgeführt werden. Sie brauchen meines Wissens eine Ursprungsbescheinigung und eine Ausfuhrerklärung, wenn sie außerhalb

der Europäischen Union gehandelt werden sollen. Und für das Zielland eine Einfuhrerklärung. Das Risiko ist zwar nicht extrem hoch, dass beim Verbringen ins außereuropäische Ausland etwas auffliegt, Korruption gibt es schließlich überall. Es liegt aber auch nicht bei Null. Der Transport nach Finnland ist dagegen risikofrei, da innerhalb der EU. Und dann weiter über die endlose und mittlerweile löchrige Grenze nach Russland, von dort über die ebenfalls endlose und löchrige Grenze nach China und schwupps zu den Fälschern einwandfreier Wert- und Herkunftsgutachten.«

Schmitt hörte fasziniert zu.

»Du meinst, dass das auf dieser Route so passiert?«, fragte er mit großen Augen.

Mälis sah ihn mitleidig an.

»Keine Ahnung. Aber es klingt jedenfalls plausibel, meinst du nicht? Du müsstest das Ganze nur noch ein bisschen aufmotzen mit anonymen Tippgebern, Hinweisen aus der Polizei und vom Zoll, beispielsweise von Ringwald oder so. Wär' doch gelacht, wenn die bei der Garant nicht darauf einstiegen. So könntest du zu ein paar bezahlten Urlaubstagen in Skandinavien kommen. Du müsstest nur ein bisschen Finnisch lernen, um mir beim Übersetzen zu helfen.«

»Was?«

Mälis lachte glockenhell.

»Ein Scherz. Diese Sprache ist gar nicht zu erlernen.«

Aber immerhin: Die Idee mit der Helsinki-Reise war in der Welt. Und Schmitt begann langsam, sich mit ihr anzufreunden.

DAS MÄZENATENTUM

EINS

In Wolfersbergen, einer kleinen Stadt etwa zwanzig Kilometer nördlich von Ostratal gelegen, lebte eine neunundsechzigjährige Frau, oder besser gesagt eine Dame, zu der sich Rechenberg drei Tage nach der denkwürdigen Sitzung des Stadtrats auf den Weg machte. Ausgestattet mit den Insignien seines Amtes, einem Sondermodell des flotten Audi 6 nebst Chauffeur und einem mehrfach von allen siebenundzwanzig in der Stadtverwaltung beschäftigten Juristen sowie einer renommierten Anwaltskanzlei geprüften Schenkungs- beziehungsweise Erbvertrag. Seine Adressatin Ingrid Von der Kamp hatte zwei Ehemänner überlebt und wurde dadurch, obwohl von Hause aus selbst nicht unvermögend, immer reicher. Nur ihr augenblicklicher, Joachim, passte nicht in diese Ahnengalerie. Der neun Jahre jüngere Playboy-Typ hatte zwar eine beträchtliche Summe von seiner vor sieben Jahren verstorbenen Ehefrau geerbt. Das Erbe hatte er aber längst vertan und vor zwei Jahren mit der erneuten Heirat aus gutem Grund den Namen seiner jetzigen Gattin angenommen. Sein Hang zu nicht mehr in der Blüte ihrer Jahre stehenden, betuchten Damen ließ ihn auf großem Fuß leben, allerdings hatte er sich mit Ingrid Von der Kamp eine ausgesprochen kontrollwütige Partnerin ausgesucht. Die gönnte sich zwar auf den letzten Kilometern ihres irdischen Daseins einen jugendlich gut aussehenden, äußerst charmanten, galanten und witzigen Lebemann, versorgte ihren Richard-Gere-Verschnitt aber im wesentlichen mit großzügigen Sachmitteln statt eines üppigen Taschengeldes.
Ihr Sohn Dirk Vesalainen war nicht sehr glücklich über diese Eskapade seiner Mutter, zumal er als mehr oder weniger

erfolgloser Musikmanager mit seinen mittlerweile fast fünfzig Jahren dringend ihrer liebevollen, durchaus auch materiellen Zuneigung bedurfte. Immerhin hatte er sie sehr zum Missvergnügen ihres Gatten darin bestärkt, mit einer Millionenspende an die Stadt Ostratal indirekt seiner Frau, der finnischen Komponistin Kaijsa Vesalainen, für ein paar Jahre ein gesichertes Einkommen als Stadtkomponistin zu vermitteln. Letztlich stammte die Idee von ihm, ein festes, hauptberufliches Ensemble für Neue Musik zu gründen mit seiner Frau an der Spitze, auch wenn er seiner Mutter suggerieren musste, sie selbst sei auf diese Möglichkeit eines Sponsoring gekommen. Tatsächlich hatte sie ihrem persönlichen Musikgeschmack entsprechend mit der Einrichtung eines kleinen Kammerorchesters mozartscher oder haydnscher Prägung geliebäugelt. Wenn schon das philharmonische Orchester nicht zu halten war. Und fast war sie darüber schon mit dem rührigen Sigmund Altener handelseinig geworden. Der kannte sie sehr gut als engagiertes Mitglied des Kunst- und Kulturvereins Ostratals. Besser jedenfalls, als Rechenberg wusste. Aber sie wurde dann doch zu der Auffassung gebracht, dass ein solches Kammerorchester weder einzigartig noch sonderlich spannend war. Wobei ihr Sohn in trauter Komplizenschaft mit dem Kulturbürgermeister die notwendigen Einflüsterungen übernahm. So konnte Frau Von der Kamp ihre Schwiegertochter etwas nach vorne schieben, die das mit ihren nunmehr neununddreißig Jahren schließlich auch verdient habe. Sie war zwar in ihrem Metier durchaus erfolgreich. Finanziell aber lohnte das kaum. Das bisschen GEMA-Gebühr und die wenigen Auftragshonorare ermöglichten ebenso wenig ein üppiges Leben wie der eine oder andere Musikpreis. Zumal all diese Einnahmen sehr unregelmäßig eintrafen. Da musste man schon Nono, Henze oder Boulez heißen. Noch deren Erben erfreuten sich eines großartigen Lebensstils. Und die Komponisten selber zu ihren Lebzeiten auch.
Sowohl der Neu-Ehemann als auch der einzige Sohn, überhaupt das einzige Kind der Wolfsbergener Großsponsorin, waren sich, wenn auch sonst in nichts, so doch in Einem einig:

Sie konnten sich gegenseitig nicht ausstehen und missgönnten einander die Gelder, die Ingrid Von der Kamp für die Zwecke des jeweils anderen ausgab. Bei ihrem Gatten kam noch erschwerend hinzu, dass ihre in seinen Augen farblose Schwiegertochter eine Zumutung für jeden normalen Mann darstellte. Und er musste diesen freudlosen Anblick fast jeden Tag ertragen, denn Sohn und Schwiegertochter dachten nicht daran, das Nest in Wolfersbergen zu verlassen. Immer wieder aufs Neue sinnierte Joachim Von der Kamp, wie aufregend doch der Anblick eines Glases Buttermilch im Vergleich zu der Erscheinung der ätherischen, blassen und temperamentlosen Kaijsa Vesalainen war. Mit ihren strähnigen, graublonden Maushaaren, die ihr ohne Frisur gebenden Schnitt bis auf die Schultern hingen. Nichts von wegen skandinavisch-spröder, erotischer Ausstrahlung. Und er konnte nach wie vor nicht glauben, dass sich die Komponistin auf dem Dirigenten-Podest vom Mäuschen zur Raubkatze wandeln sollte.

In diese Menage á quatre begab sich Rechenberg also an diesem Freitag pünktlich um elf Uhr.

Das Anwesen Von der Kamp erstreckte sich über einen weitläufigen, ebenen Park mit einem kurzgehaltenen Rasen und mannigfaltiger Buschbepflanzung anstelle eines zu üppigen Baumbestandes. Das Ganze krönte eine edelgepflasterte Auffahrt bis zu einem großzügigen, dreiflügeligen Bungalow im originalen Bauhausstil. Dieses herrliche, immer noch moderne Anwesen hatte sich die Familie Herzog in den zwanziger Jahren des vergangenen Jahrhunderts erstellen lassen, eine jüdische Versicherungsdynastie, deren Mitglieder 1936 rechtzeitig aus Deutschland emigrieren konnten. Sofort danach hatte der Gau Ostramark Land und Gebäude in Besitz genommen. Die damalige Rinklinstraße, an der das Anwesen lag, wurde in Leo-Schlageter-Allee umbenannt. Nummer sechzehn diente hinfort dem damaligen Gauleiter als Familienresidenz. Der machte in späteren Jahren eine große Karriere im näheren Umfeld Hitlers. Am 2. Mai 1945 erschoss er seine Familie und sich im Esszimmer *seines* Hauses. Für den Edelfaschisten war ein Leben ohne den

Führer offensichtlich weder für ihn noch für seine Frau noch für seine drei Kinder vorstellbar. Leider versammelte sich seit 1991 jährlich zu diesem Termin widerwärtiges, braunes Volk auf der wieder nach Rinklin benannten Straße vor dem Haus, um diesem hohen Nazi und dem zu huldigen, was dieser und seine ehemaligen Volksgenossen vertraten. Alle Versuche der Familie Von der Kamp, diese Veranstaltung zu verhindern, schlugen fehl, da sich die Blut- und Boden Fanatiker alle Mühe gaben, um nicht mit geltendem Recht zu kollidieren. Sie standen lediglich dort, das Haupt gebeugt, ohne Ansprache, ohne ihre sonst so geliebten Fackeln, ohne jegliche Nazi-Symbole, standen exakt dreißig Minuten da und murmelten gebetsartig unverständliches Zeug vor sich hin. Immer etwa zwanzig bis dreißig Leute jeden Alters in uniformähnlichem Braun-, Braunschwarz- und Schwarzlook.

Abgesehen von diesem 2. Mai war Wolfersbergen ein reizendes Städtchen, bekannt für eine erfolgreiche Spezialitätenbrauerei, eine der größten deutschen Nudelfabriken (»Von der Kamp – NICHTS ALS NUDEL«) sowie ein weltweit tätiges, florierendes Software-Unternehmen. Das machte seine Einwohnerschaft wohlhabend und versetzte die Gemeinde in den Stand, einen liebevoll renovierten Stadtkern zu unterhalten, reizende kleine Siedlungen zu ermöglichen und eine ansehnliche Villengegend vor baulichen Sünden zu bewahren, wenn auch nicht vor dem jährlich einmal aufquellenden braunen Sumpf. Brauerei und Nudelfabrik allerdings aromatisierten die *gemeindeeigene Luft* mit einer unverkennbaren Note. Ein Duft, na ja: Geruch, der nicht wirklich unangenehm war. Bei auffrischendem Nordostwind bekam man selbst in Ostratal mit, was in Wolfersbergen produziert wurde. Dennoch kamen die Ostrataler gerne aus ihrer überwiegend verschandelten Stadt, durch amerikanische Bomben ebenso wie durch Nachkriegsarchitekten und -stadtplaner in privaten und in städtischen Büros zerstört, zu Besuch. Am Wochenende oder auch mal abends. Die Familie Von der Kamp hatte das Anwesen Rinklinstraße 16 in den fünfziger Jahren erworben, trotz der elendiglichen Geschichte. Vielleicht wegen des deshalb außerordentlich niedrigen Preises. Die Nudelfabrik hingegen wurde von ihr vor fünfzehn Jahren für einen mittleren dreistelligen Millionenbetrag verkauft.

Rechenberg also saß im weitläufigen, großzügigen Salon. Dieser war durch die bis auf den Boden reichenden Fenster sehr hell und freundlich. Hinter ihm befand sich ein nicht in Betrieb genommener offener Kamin. Nach einer Weile bedauerte Rechenberg, dass darin kein Feuer loderte, denn für Ende August war es doch recht kühl. Ihm gegenüber saßen an einem großen, viereckigen, einfach wirkenden, bei genauerer Betrachtung jedoch unverkennbar teuren Holztisch Frau Von der Kamp mit Gemahl, an der rechten Seite des Tisches ihr Sohn nebst Gattin und zu seiner Linken Dr. Emmanuel Gebhart, Ostratals zwar nicht einziger, aber in Kunstkreisen unvermeidlicher, allanwesender Rechtsanwalt.

Viel war eigentlich nicht mehr zu besprechen. Alle Bedingungen waren seitens der Familie Von der Kamp mehrfach und in eindeutiger Klarheit festgelegt worden. Es gab keine Eventualitäten juristischer Fallstricke mehr. Jedenfalls soweit sich vorhersehen ließ, wie die Hirne Recht sprechender Richter tickten oder in Zukunft ticken würden. Rechenberg referierte kurz, wie die Beschlüsse des Stadtrates zu Stande gekommen waren, hob hervor, dass er gleichsam heldenhaft gegen eine zunächst vorhandene Mehrheit die Stimmung gedreht hat und die Beteiligten nun selig zur Unterschrift schreiten konnten. Joachim Von der Kamp schaute etwas säuerlich drein, sah er doch fünf Millionen seines Erbes entschwinden. Dirk Vesalainen blickte zufrieden, seine Frau saß da wie ein abgemagerter Vanillepudding. Gebhart suchte sichtlich nach Möglichkeiten, sich ein letztes Mal wichtig zu machen. Und Frau Von der Kamp? Verharrte aufrecht, fast stocksteif, mit hochkonzentriertem Gesicht und forschte in Rechenbergs Miene nach etwas ... etwas Hinterhältigem. Aber Rechenberg schaute unverändert freundlich in die Runde.

»Es ist klar und deutlich geregelt, dass meine Unterstützung entfällt, wenn die Stadt das Ensemble auflöst, verkleinert oder in anderer Weise einschränkt, ja? Ich will vermeiden, dass nach der Erfahrung mit der Schließung des Theaters und jetzt mit der Auflösung des Orchesters nochmal etwas Ähnliches passiert.«

»Nein, gnädige Frau, das ist ganz in Ihrem Sinne geregelt«, beeilte sich Gebhart, sie zu beruhigen.

»Und bis dato geleistete Beträge an mich zurückzuzahlen sind?«

Sowohl Rechenberg als auch Gebhart runzelten die Stirn. Beide wurden etwas unruhig.

»Also, das war bisher nicht Bedingung, soweit ich mich erinnern kann«, wandte sich Rechenberg an Gebhart.

»Nein, eine solche Klausel verstieße auch gegen alle Rechtsgrundsätze von Treu und Glauben, liebe Frau Von der Kamp«, versicherte Gebhart seiner Mandantin.

Joachim Von der Kamp hingegen witterte Morgenluft.

»Aber es müsste doch möglich sein, dass meiner Frau eine zusätzliche Sicherheit gegen eventuell leichtfertige zukünftige Entscheidungen der Stadt eingeräumt wird.«

»Mama, wir hatten doch alles besprochen. Wir können jetzt nicht wieder von vorne anfangen. Das müsste wieder zurück in die Stadtverwaltung zu den Juristen. In die Ausschüsse. In den Stadtrat. Und du weißt, wie leicht sich die Stimmung bei der knappen Mehrheit dort drehen kann«, sprang Dirk Vesalainen Gebhart bei.

Frau Von der Kamp wackelte nachdenklich mit ihrem wohlfrisierten Haupt.

»Wenn ihr meint. Also gut.« Ihr Mann unterdrückte seine Enttäuschung mehr schlecht als recht. »Noch eine Frage: Gibt es überhaupt genug geeignete Spielstätten für diese Musik? Das soll doch wohl nicht alles im Konzerthaus oder in unserem altehrwürdigen Theater stattfinden?«

Ihr Sohn seufzte vernehmlich. Aber Rechenberg war gewappnet.

»Nein, natürlich nicht. Wir haben einige Konzerträume vorgesehen in Schulen, ehemaligen Kinos, in der Musikschule. Leider gibt es in Ostratal bekanntlich kaum wirklich alte Gebäude mit interessantem Interieur. Alles im Krieg kaputt gegangen oder in der Nachkriegszeit abgeräumt. Aber ich habe keine Sorgen, dass wir dem Ensemble nicht genügend Auftrittsmöglichkeiten bieten können.«

Frau Von der Kamp warf nochmals einen forschenden Blick in das offene, freundliche Gesicht des Kulturbürgermeisters. Nach einigen Augenblicken der Anspannung ergriff sie ihren marineblauen, eleganten Tintenschreiber, zog die Kappe ab und fragte, wo sie unterschreiben solle. Nachdem auch Rechenberg seine Unterschrift unter den mehr als zwanzigseitigen Vertrag gesetzt und Gebhart das Werk in seiner Eigenschaft als öffentlich bestallter Notar beurkundet hatte, verschwand Dirk Vesalainen und kehrte kurz danach mit der Flasche eines teuren Veuve-Champagners in der einen sowie einem Tablett mit sechs dazu passenden Kelchen in der anderen Hand zurück. So wurde stilgerecht beprostet, dass die Bedingungen einer massiven Besponserung des neuen Ensembles erfüllt waren und Rechenberg ließ sich mit einem Gefühl tiefer Befriedigung zurück nach Ostratal fahren.

KUNST UND KULTUR IN OSTRATAL

ZWEI

Der darauffolgende, endlich warme und sonnige Samstag bescherte dem Kulturbürgermeister einen vollen Terminkalender. Nachmittags musste er im etwas heruntergekommenen Fußballstadion dem Regionalligisten VfR Ostratal 1898 in einem DFB-Pokalspiel gegen Union Berlin beistehen. Was er gerne tat. Abends hatte er einen Pflichttermin zum Saisonauftakt der Ostrataler Philharmonie im Konzerthaus mit Kompositionen von Mozart, Bruckner und – als unvermeidlichen Beitrag aus dem 20. Jahrhundert – ein frühes Stück von Olivier Messiaen. Diese Art Termin hatte er früher gerne wahrgenommen. In letzter Zeit jedoch nicht mehr, weil sich das Publikum angewöhnt hatte zu zischen, sobald es seiner angesichtig wurde. Er vermutete, dass die Orchestermitglieder lautstark mitzischten, wenn sie ihre Plätze auf der Bühne einnahmen. Am Vormittag war er Ehrengast und Laudator bei der Verleihung der Rahner-Medaille, einer Auszeichnung des hiesigen Jesuiten-Kollegs. Bei seiner Ankunft begrüßte ihn der Rektor dieser universitätsähnlichen Einrichtung, Professor Dr. Karlfried Böhringer, herzlich und machte ihn mit dem diesjährigen Preisträger bekannt, einem der wenigen liberalen Schweizer Moraltheologen, zu dessen Leben und Leistung Rechenberg anschließend persönliche und profunde Worte finden sollte. Die Außenstehenden bekamen den Eindruck, dass Preisträger und Laudator sich bereits jahrelang kannten und schätzten. Soweit sie es nicht besser wussten. Nach Ansprachen und festlichem Verleihungsakt nahm Böhringer den Bürgermeister beiseite.
»Herr Dr. Rechenberg, ich habe gehört, dass Sie noch nach Spielorten für das neue Ensemble für zeitgenössische Musik

suchen. Spielorte, die einen etwas anderen Charakter als die üblichen Konzerträume haben.«

»Welches Vögelchen hat Ihnen denn das gezwitschert? Aber es stimmt. Ich würde mich über die eine oder andere unkonventionelle Spielstätte freuen.«

»Vielleicht habe ich da etwas für Sie. Unsere Kirche St. Michaelis ...«

»Sie räumen uns Auftrittsmöglichkeiten in ihrer Kollegkirche ein?«, fiel Rechenberg ihm verdutzt ins Wort.

»Nein, nein, das wäre nicht möglich. Schwierig genug mit weltlicher Musik, ganz ausgeschlossen ist die moderne. Das ließe die viel zu hallige Akustik unserer Kirche übrigens auch gar nicht zu. Nein, aber Ihnen ist vielleicht bekannt, dass die Krypta sich quasi als Katakombe unter der gesamten Kirche erstreckt. Ein Teil stammt sogar noch von der viel kleineren romanischen Kirche aus dem Jahre 978. Die Gruft ist über die Jahrhunderte fast unverändert geblieben.«

»Nein, das sagt mir nichts«, antwortete Rechenberg erstaunt.

»Nun, wir haben sie öffentlich auch nicht zugänglich gemacht, aus verschiedenen Gründen. Eine Zeitlang hat der langjährige Pfarrer Diebold, Gott sei seiner Seele gnädig, diese Kellerräume Obdachlosen als Schlafstätte zugänglich gemacht, ohne Erlaubnis und gegen den Willen des Kollegs. Aber das ist eine andere Geschichte. Heute könnte ich mir jedoch vorstellen, dass dort eine bestimmte Art von neuerer Musik eine ganz eigene Atmosphäre entwickelt. Natürlich, Fluchtwege, Toiletten, Licht, Brandschutz, das müsste alles überdacht werden. Überdenken müsste man das, verständlicher gesagt.« Böhringer musste grinsen. »Überdacht ist die Krypta ja. Aber vielleicht schauen wir uns die Örtlichkeit mal zusammen an. Wenn Sie Interesse haben.«

Rechenberg war allerdings höchst interessiert. Aber auch etwas irritiert. Er kannte Böhringer zwar als weltoffenen, hochgebildeten und humorvollen Mann der Kirche, aber nichts destro trotz durchaus konservativ in geistlichen Belangen.

»Ja, das schaue ich mir gerne an. Aber wieso wollen Sie die Katakomben ausgerechnet jetzt für die Öffentlichkeit freigeben?«

»Es ist an der Zeit«, antwortete Böhringer mit leicht aufgesetzt wirkender, feierlicher Stimme.
»Aha. Wie gesagt, gerne. Aber bezüglich Fragen der Bespielbarkeit, der Akustik, des Lichtes, der, wie soll ich sagen, Ausstrahlung des Raumes würde ich gerne unsere zukünftige Stadtkomponistin Kaijsa Vesalainen mitbringen.«
»Kein Problem. Sie ist herzlich willkommen. Seit geraumer Zeit haben auch Frauen Zutritt zu unserer Kirche.« Böhringer lächelte milde. »Wie wäre es nächsten Freitag am Vormittag? Sagen wir gleich um acht Uhr?«
»Das kommt mir entgegen. Allerdings muss ich um neun wieder im Rathaus sein zum leider meist langweiligen freitäglichen Jour fixe. Sie kennen das ja sicherlich. Ich werde Frau Vesalainen informieren und melde mich wieder bei Ihnen.«

So kam es, dass sich der Rektor des Jesuitenkollegs, der Kulturbürgermeister und die designierte Leiterin des zukünftigen Ensembles für Neue Musik Ostratal am nächsten Freitag um acht Uhr in der St. Michaeliskirche trafen mit dem Ziel, die Katakomben zu künstlerischem Leben zu erwecken. Böhringer war die Liebenswürdigkeit selbst.
»Es freut mich außerordentlich, dass ich eine renommierte Komponistin wie Sie für unsere Krypta interessieren kann. Ich habe nur leider recht wenig Ahnung von der sogenannten zeitgenössischen Musik, obwohl ich dieses Genre durchaus zu schätzen weiß. Aber es gibt schließlich dermaßen viele verschiedene Richtungen, wenn ich das so laienhaft sagen darf. In welche geht denn Ihre Musik? Oder ist diese Frage zu unverfroren.«
Rechenberg lächelte still in sich hinein. Vesalainen reagierte zunächst sehr zurückhaltend. Als sie aber Böhringers Gesichtsausdruck entnahm, dass er zumindest in diesem Metier die Unschuld selbst war, wurde sie offener.
»Nun ja, unverfroren ist die Frage sicher nicht. Aber doch etwas ungewöhnlich. Lassen Sie mich überlegen.« Sie blickte

Böhringer nachdenklich an. »Jeder Komponist sucht natürlich seinen eigenen Stil, ist aber selbstverständlich den Moden seiner Zeit ausgeliefert. Derzeit allerdings herrscht die Beliebigkeit der Postmoderne, sozusagen. Beeinflusst bin ich zweifellos von Pierre Boulez. Auch wenn ein anderer von mir sehr geschätzter Komponist, Steve Reich, dessen Musik als faschistisch abgekanzelt hat. Und Olivier Messiaen. Aber meine Basis ist, sie werden erstaunt sein, Johann Sebastian Bach. Und«, sie zögerte, »Penderecki finde ich außerordentlich beeindruckend. Und zwar sowohl den seriellen als auch den jetzigen, ganz eigenen, abgehobenen. Wahrscheinlich gerade deshalb.«

»Und Rihm?«, wollte Böhringer wissen. Offensichtlich, um mit einem der bekanntesten lebenden Komponisten zu glänzen. Möglicherweise dem einzigen, der ihm geläufig war.

»Nein.« Kurz und knapp.

»Wie ist das eigentlich, komponieren Sie eher mit dem Herzen oder mit dem Verstand?«

Vesalainen blickte Böhringer völlig verständnislos an. Rechenberg fühlte sich verpflichtet einzuspringen.

»Gefühle haben in der ernsten Musik weder bei Komponisten noch bei den Interpreten wenig bis nichts zu suchen. Die sind eher was für die einsamen Apothekerwitwen. Esoterik, Religion, Psychologie, das alles hat in Wahrheit nichts mit ernster Musik zu tun«, dozierte er, wobei er versuchte, nicht allzu belehrend zu klingen.

»Aber in der deutschen Romantik …«

»Gehen Sie mir weg mit der deutschen Romantik! Die hatte vorwiegend drei Merkmale. Zum einen eine unerträgliche nationalistische Deutschtümelei. Zum anderen eine Franzosenphobie, die bis zum Hass auf alles Französische und jeden Franzosen reichte. Und zum Dritten einen bodenlosen Antisemitismus.« Rechenberg, der sonst so Unverbindliche, war plötzlich sehr eindeutig. »Aber Sie haben recht, sie ist auch Quell durchaus bemerkenswerter Musik«, fügte er hinzu und war damit wieder ganz der alte.

Böhringer verstand und führte seine beiden Gäste zunächst durch die fast schon evangelisch-schmucklose Kirche.

»Der Bau wurde im 15. Jahrhundert auf dem Fundament der zu diesem Zeitpunkt sehr verfallenen romanischen Kirche aus dem 10. Jahrhundert erstellt und im Jahre 1493 eingeweiht. Sie war von Beginn an Kirche des Kollegs und deshalb im Gegensatz zu unserem Ostrataler Dom aus dem Jahre 1345 und dessen gotischer Klarheit, aber auch Pracht, verhältnismäßig nüchtern und sachlich. Die einzig wirklich nennenswerten Kunstwerke sind der dreiflügelige Altar aus dem 16. Jahrhundert und die herrlichen Kirchenfenster aus drei Jahrhunderten. Bemerkenswert sind daneben nur noch die Gemälde des Kreuzweges. Auch die Kirche selbst ist als Ausweis des damaligen frühen Renaissance-Stils zwar baugeschichtlich interessant, aber wie Sie sehen, eine eigentlich recht einfache Saalkirche ohne freistehende Stützen, einschiffig, der Altarraum etwas schmaler als der Kirchensaal. Im Gegensatz zum Dom und zu einem Großteil unserer Stadt blieb die Kirche im zweiten Weltkrieg wunderbarerweise ganz und gar verschont. Aber im ersten gab es Ende Oktober 1918, zwei Wochen vor Kriegsende, einen Fliegerangriff. Da wurden in unserer Gegend drei Bomben abgeworfen. Zwei richteten kaum Schaden an, die dritte aber traf den Turm und schlug durch das Dach ins Innere. Der dadurch ausgelöste Brand konnte schnell gelöscht werden, aber es entstand doch erheblicher Schaden. Das ist der Grund, warum ein kleiner Bruch in der ansonsten sehr ursprünglich erhaltenen Architektur zu bemerken ist. Glücklicherweise kam niemand ums Leben. Tja, erster Weltkrieg. Würde auch niemand denken. Das sollen französische Flugzeuge gewesen sein, aber ich denke, eher englische aus Belgien. Die Franzosen waren zu weit entfernt.« Böhringer merkte, dass er sich thematisch ein wenig verlaufen hatte. »So, nun wollen wir aber in das Jahrhunderte alte Reich unter unseren Füßen hinabsteigen.«
Der Rektor öffnete eine schmucklose Holztür neben der Sakristei mit einem altertümlich wirkenden Schlüssel und führte sie eine steinerne Treppe hinunter, die nur durch die einfallende Helligkeit der Kirche beleuchtet war. Unten angekommen betätigte er einen Schalter, wodurch für ein gelblich

diffuses Licht gesorgt wurde. Nicht wirklich hell, erzeugte es eine beklemmende Atmosphäre, die Rechenberg sofort gefangen nahm. Der Raum, in dem sie sich befanden, war leer und maß etwa fünfunddreißig Quadratmeter. An zwei gegenüberliegenden Wänden befanden sich Durchgänge. In Kaijsa Vesalainen ging eine Wandlung vor. Ihr Körper straffte sich, ihr Gesicht nahm einen höchst konzentrierten, angespannten Ausdruck an, ihre Augen funkelten. Rechenberg staunte. Das war bei weitem nicht mehr *der magere Vanillepudding*, als den er die Komponistin bei seiner Aufwartung im Hause Von der Kamp klassifiziert hatte. Die kleine Gruppe trat durch eine der Öffnungen. Nun erstreckte sich die ganze Pracht der ehemaligen Krypta vor ihnen: Ein großes Gewölbe mindestens drei Meter hoch mit meterdicken Mauern und geziegeltem Boden. Die Decke wurde von mächtigen, romanischen Mauerstempeln aus behauenen Quadersteinen unten und Feldsteinen oben getragen. Entlang der Wände waren Sarkophage ehemaliger kirchlicher Würdenträger aufgereiht. Ansonsten war auch dieser Raum leer. Die Komponistin klatschte ein paar Mal in die Hände, um den Nachhall zu beurteilen und schien damit zufrieden zu sein. Wie der Jesuitenobere ausführte, befanden sie sich hier im romanischen Teil der Gruft, der etwa siebzig Prozent der gesamten Katakombe ausmachte. Mit dem Neubau der Kirche im späten Mittelalter wurde diese so erweitert, dass quasi die gesamte Kirche unterkellert war.
Böhringer erklärte nun, dass vor allem in diesem Raum jahrelang bis zu zwölf Obdachlose *gehaust* hätten. Der damalige Kollegpfarrer ließ sie ab achtzehn Uhr hinein und scheuchte sie um acht Uhr in der Frühe wieder hinaus. Waschen konnten sie sich bei ihm im Pfarrhaus. Dort benutzten sie auch die Toilette. Allerdings kam es in der Nacht schon mal vor, dass ... Und der Weg nach draußen war versperrt. »Äh, Sie wissen schon ... Kochen durften diese Menschen hier unten nicht, aber Sie sehen, dort die verrußte Wand ...« Sie hielten sich eben nicht immer daran, führte Böhringer weiter aus. Der Pfarrer achtete im übrigen darauf, dass nur Männer hier nächtigten. Aber die

Hand dafür würde er, Böhringer, nicht ins Feuer legen. War ja auch kaum hundertprozentig zu kontrollieren. Seine Vorgesetzten ermahnten ihren Kollegen zwar häufig, das *Kirchenasyl* zu beenden und den Zugang zur Gruft zu untersagen.

»Aber da er keine befriedigende Auskunft auf die Frage bekam, wo seine Schäfchen denn dann hin sollten, blieb bis zum Ende seiner Amtszeit alles beim Alten. In seinen letzten Jahren allerdings hat er darauf geachtet, die Plätze der Bewohner, die verstarben oder aus anderen Gründen wegblieben, nicht mehr neu zu belegen, sodass sein Nachfolger nur noch fünf verlorene Seelen vorfand. Der hatte kein übertrieben großes Herz und schloss die Herberge kurz nach seinem Amtsantritt. Zur heimlichen Erleichterung aller. Bis auf die der verbliebenen fünf Männer natürlich. Manchmal muss eben einer der Bluthund sein, wie Herr Noske in den Revolutionswirren nach dem ersten Weltkrieg so trefflich meinte.« Na ja, dachte Rechenberg, da kann man auch anderer Meinung sein, sagte aber nichts. »Das alles war weit vor meiner Zeit, in den Sechzigern bis Anfang Siebzig«, fuhr Böhringer fort.

Vesalainen hatte sich derweil auf Erkundungstour gemacht und kam nach einer halben Stunde mit vor Freude zartgerötetem Gesicht wieder. Selbst ihre langweilige Mausfrisur schien an Fasson gewonnen zu haben.

»Das ist ja eine Pracht«, rief sie temperamentvoll und nahezu akzentfrei, aber mit der für Skandinavien typischen Sprachmelodie. Ihre dunkle, gutturale Stimme bekam dadurch fast etwas Elektrisierendes. Rechenberg war regelrecht gefangen von dieser eindrucksvollen Persönlichkeit, die jetzt im Element ihrer Künste, in ihrem ureigentlichen Leben sichtlich erblühte.

»Hier ist ja unglaublich vieles vorstellbar, von musikalischen Rundgängen, Videoinstallationen über verbindende Fernmusiken, multiple Kunst. Herrlich!« Sie sprühte förmlich vor Energie, vor Lust am Erschaffen neuer Welten. »Akustisch muss natürlich einiges gemacht werden.« Rechenberg und Böhringer wurden bleich. »Nein, nein, beruhigen Sie sich«, lenkte sie schnell ein. »Da kriegen wir mit Eierkartons, dem einen oder

anderen Vorhang und ein bisschen Digitalkram schon viel hin.«
Die Farbe kehrte in die Gesichter der beiden Männer zurück.
»Ich sehe schon, dass ich doch etwas anregen konnte«, freute sich Böhringer. »Nun wollen wir hoffen, dass die rechtlichen Probleme, die ich schon angesprochen hatte, zu überwinden sind. Was meinen Sie, Herr Rechenberg?«
Der Angesprochene sah etwas skeptisch drein.
»Grundsätzlich finde ich die Räumlichkeiten hier unten ganz wunderbar. Heimlich und unheimlich zugleich. Spirituell beeindruckend. Die Mitarbeiter der Rechtsbehörden, von Baurecht und Brandrecht bis zum Veranstaltungsrecht werden hingegen entsetzt sein. Aber bei Einhaltung bestimmter Auflagen wie zum Beispiel Begrenzung der Zuhörerzahl, Dauer der Konzerte, offenes Licht müsste doch einiges machbar sein. Mit ein klein wenig gutem Willen. Immerhin«, Rechenberg grinste breit, »wurde hier schließlich jahrelang gewohnt, sogar gekocht ...«
Die drei stiegen die ausgetretenen Stufen der Steintreppe wieder hinauf in die Helligkeit der St. Michaeliskirche, wo Rechenberg den Rektor fragte, ob der ihm den Schlüssel zur Gruft überlassen könne, er wolle sie gerne einem Bekannten zeigen. Und dies aus bestimmten Gründen unter vier Augen. Vesalainen blickte Rechenberg neugierig an. Böhringer zog erstaunt die Augenbrauen in die Höhe.
»Die Kirche ist doch offen?«, versicherte sich der Bürgermeister.
»Ja, bis achtzehn Uhr.«
Der Rektor war immer noch unschlüssig. Rechenberg dachte jedoch offensichtlich nicht daran, irgendwelche weiteren Erklärungen abzugeben.
»Bis dahin bin ich längst fertig mit der *Privataudienz*. Ich würde Ihnen den Schlüssel spätestens bis heute Abend zurückbringen.«
»Na gut«, seufzte Böhringer. »Wenn es denn der Sache dient.« Und überreichte Rechenberg zögerlich den Schlüssel mit dem Anhänger »Kirche St. Michaelis, Katakomben«.
Rechenberg bedankte und verabschiedete sich. Anschließend verließ er mit Vesalainen die Kirche. Die Metamorphose der

Komponistin dauerte glücklicherweise noch an, sodass sie sich auf dem Kirchplatz angekommen strahlend an ihren Begleiter wendete.

»Vielen Dank. Jetzt spüre ich mich gut aufgenommen. Sie haben mir heute das Gefühl gegeben, dass ich in Ostratal etwas schaffen kann. Dass die Menschen hier offen sind. Und dass der Neuen Musik keine Steine in den Weg gelegt werden. Vielen, vielen Dank. Auf Wiedersehen, Herr Rechenberg.«

Der war ganz gerührt. So eine reizende Person. Wie hatte er nur vor einigen Tagen im Hause Von der Kamp diesen miesen Eindruck gewinnen können? Aber dort war sie auch völlig anders gewesen. Der Familie wegen? Rechenberg dachte nicht weiter darüber nach, zog sein Smartphone aus dem Jackett und rief eine Nummer aus seinem Kurzwahlspeicher an.

»Hallo? Ja, ganz gut. Mir wurde eben im Zusammenhang mit dem Projekt *Neue Musik* etwas Außergewöhnliches angeboten. Muss ich unbedingt zeigen. Wie wär's mit heute Nachmittag? Um vier? Wir treffen uns an der Michaeliskirche beim Jesuitenkolleg. Ja, Eingang Franziskanergasse. Okay, bis dahin.«

Rechenberg wartete vor dem Portal. Um zehn nach vier tauchte seine Verabredung auf. Sie betraten den Kirchenraum.

»Hier drin war ich noch nie.« Rechenbergs Gast sah sich unschlüssig um. »Schön ist St. Michaelis wirklich nicht. Und was gibt es hier nun Sensationelles zu sehen?«

»Hier nicht. Noch ein paar Schritte und dann ...«

Der Kulturbürgermeister eilte zur Tür neben der Sakristei, schloss auf und wies einladend zur Treppe, die in der Tiefe verschwand. So wie dies vor acht Stunden Böhringer getan hatte.

»Bitte sehr. Oh, Entschuldigung.«

Er ging voraus und machte das Licht an. Seine Begleitung stieg die Stufen hinunter. Unten angekommen folgte sie ihm durch den leeren Vorraum in den Saal mit den Sarkophagen.

»Wow, das ist ja eine Wucht.« Hörbar fasziniert.

Vielleicht mit einer ein bisschen zu dick aufgetragenen Begeisterung wanderten die Blicke der Person, die Rechenberg unbedingt für diesen Ort einnehmen wollte, durch das schummrige Licht.

»Auch einen Schluck?«, fragte der Gast und reichte dem Bürgermeister eine elegante, augenscheinlich silberne Taschenflasche, die durch einen ledernen Beschlag geschützt war. »Astreiner Calvados.«

»Gerne, danke«, nahm Rechenberg das Angebot an, nippte probeweise und nahm, vom Geschmack überzeugt, einen kräftigen Schluck. »Auf das Wochenende«, prostete er wohlig und reichte den stilvollen Flachmann zurück.

»Das ist ja überwältigend hier unten.« Seine Begleitung machte ein paar Schritte in Richtung der anderen Öffnung. »Da geht es ja noch weiter.«

Diese Bemerkungen klangen auf einmal merkwürdig wattig, fand Rechenberg, dem plötzlich ganz leicht wurde. Er hatte das Gefühl, auf Wolken zu stehen und stützte sich sicherheitshalber an der Wand ab, um einen festen Bezugspunkt zu haben …

»Was ist denn los?«, fragte er. Wollte er fragen. Er bemerkte selber, dass seine Lippen viel zu pelzig waren, als dass sie seine Worte hätten transportieren können.

»Hallo, ist was? Gibt es Probleme?«

Wie aus weiter Ferne hörte Rechenberg eine Stimme. Er konnte nicht erkennen, ob weiblich oder männlich. Sie hallte in seinem Kopf nach, immer wieder. Langsam rutschte er an der Wand entlang und verlor schließlich jeden Halt. Eine verschwommene Gestalt kam auf ihn zu. Die griff mit etwas, was entfernt wie eine Hand aussah, an seinen Hals, aber das spürte er nicht mehr. Er starrte an die Decke, deren mehr als tausendjährige Sicht auf die Lebenden und die Toten schwer auf ihm lastete. Was ist nur mit mir, dachte er. Unfähig sich zu bewegen, ließ er widerstandslos geschehen, was auch immer ihm geschah.

Böhringer wurde langsam unruhig. Rechenberg hatte fest versprochen, den Schlüssel zu den Katakomben spätestens zur Schließung der Kirche zurückzugeben. Kurz nach sechs machte er sich schließlich auf den kurzen Weg vom Kolleg zu St. Michaelis. Vorsichtshalber nahm er den Ersatzschlüssel zur Gruft mit. Unterwegs kam ihm die Mesnerin entgegen, die auf Befragen allerdings nur sagen konnte, dass sie in der Kirche niemanden mehr vorgefunden habe. Und dass sie die Kirche um sechs Uhr verschlossen habe. Nein, die Tür zur Krypta habe sie nicht kontrolliert. Warum auch. Zu der hatte ja außer dem Herrn Rektor niemand sonst Zugang. Böhringer wurde noch unruhiger und bat die Mesnerin, für ihn noch einmal die Kirche zu öffnen. Gemeinsam gingen sie zum Portal. Die Mesnerin schloss auf und blieb im Kirchenvorraum stehen. Böhringer schritt eilig zum Katakombenzugang und versuchte, die Tür mit seinem Schlüssel zu öffnen. Dabei bemerkte er, dass sie gar nicht abgeschlossen war. Seine Besorgnis wuchs.

»Herr Dr. Rechenberg«, rief er die Treppe hinunter ins Dunkle. Keine Antwort. Nur ein fernes Echo. Ein mulmiges Gefühl schlich sich in Böhringers Bauchgegend. Er knipste das Licht an, flog die Stufen hinab und betrat den Vorraum. Leer.

»Herr Dr. Rechenberg?« Wieder rief Böhringer laut in die feierliche Stille. Nichts. Nur eine in hunderten von Jahren gewachsene, weltferne, bleierne Tonlosigkeit. Er machte die paar Schritte in den Saal. Und da sah er Rechenberg liegen. Gleich rechts vom Eingang, direkt neben der dicken Backsteinmauer. Er wirkte wie gerade eingeschlafen. Ein leises Lächeln umspielte seine Mundwinkel.

»Herr Dr. Rechenberg!« Böhringer ahnte schon, dass er nie mehr eine Antwort von dem freundlichen Kulturbürgermeister erhalten würde. Trotz seines Schreckens war er fähig, sich auf Rechenberg zu zu bewegen und wider alle Vernunft zu versuchen, ihn wachzurütteln. Vergeblich, wie geahnt. Die Suche nach einem Puls an der Halsschlagader blieb ohne Erfolg. Nicht das leiseste Flattern. Rechenberg war so tot wie die geistlichen Würdenträger rings um ihn. Böhringer trat zurück und betrachtete Rechenberg nachdenklich. Er fragte sich, wann wohl der letzte Mensch hier unten zu Tode gekommen war. Und nicht nur die letzte Ruhe gefunden hatte. Dann trat er den Rückzug an. Noch auf der Treppe rief er nach der Mesnerin.

»Frau Gabelsberger, rufen Sie bitte die Polizei! Und verständigen Sie auch die Notfallzentrale. Die sollen einen Arzt schicken.« Obwohl er sicher war, dass ein solcher hier nicht mehr helfen konnte. Wie schon in den vergangenen tausend Jahren zuvor.

DIE INSTRUMENTENVERSICHERUNG

ZWEI

Schmitt studierte die Versicherungsakten in seinem Büro, dem ehemaligen Schlafzimmer seiner Eigentumswohnung in der Falkensteinstraße 28. Die hatte er vor einigen Jahren von seinen Eltern geerbt. Der Gebäudekomplex mit seinen vier Eingängen und jeweils vier Etagen war etwa hundert Jahre alt. Auf jeder Etage eine Vier- und eine Zweizimmerwohnung. Nach der Verkehrsberuhigung der Falkenstein- sowie der Nebenstraßen vor rund fünfzehn Jahren hatte sich die Gegend in ein richtiges kleines Quartier gewandelt, das zudem nicht allzu weit vom Stadtzentrum entfernt lag. Zwölf Minuten zu Fuß bis zu dessem Rand, fünf Minuten mit der Straßenbahn bis mittendrin, sofern man den Fahrplan im Kopf hatte. Mit dem Auto brauchte man auch nur fünf Minuten. Allerdings bedeutete das: Stundenlange Parkplatzsuche oder ein sündteures Parkhaus. Und im übrigen hatte Schmitt bereits vor einem Jahr seinen geliebten Peugeot 306, das sechzehn Jahre alte, zuverlässige Heckklappenmodell eh verkauft. Aufgrund seiner finanziellen Situation war der Wagen nicht mehr zu halten. Und da er ihn nur für innerstädtische Fahrten benötigte oder mal für einen kleinen Ausflug in die nähere Umgebung nutzte, war es auch nicht vernünftig. Die Parkplatzsituation im Quartier sprach ebenfalls für das Abstoßen des Gefährts. Er hatte immerhin noch tausendzweihundert Euro bekommen, da sein Auto einen starken Motor hatte und mit achtzigtausend Kilometern wenig gefahren war. Andrerseits musste der Käufer eine Menge Arbeit in den Wagen stecken, um ihn innen und außen in eine einigermaßen ansehnliche Fasson zu bringen. Schmitt war jetzt ein ökologisch korrekter Besitzer einer Monatskarte des öffentlichen Nahverkehrsunternehmens Ostratal und Region. Die Wohnung war zum Glück schuldenfrei, das Hausgeld recht niedrig. Mit Heizung, Wasser und Elektrizität war Schmitt sparsam. Aber in den vergangenen Jahren bemerkte er einen Gentrifizierungsdruck. Das Gebiet in der und um die Falkensteinstraße wurde mehr und mehr auf die Bedürfnisse gut verdienender, oder von Papi und Mami bestens ausgestatteter, junger Leute zugeschnitten. Diese Umwälzung bekam er auch in *seinem* Haus zu spüren. Von den acht Parteien waren bereits fünf *Neubürger*, die offensichtlich andere Vorstellungen hatten als die alten. Schon letztes Jahr war – noch erfolglos – der Versuch unternommen worden, eine qualifizierte Mehrheit für grundlegende Restaurierungen durchzusetzen. Angefangen bei Treppenhaus und Wärmedämmung der Fassaden über einheitliche Erneuerung der Fenster bis zur Installation von Sonnenkollektoren auf dem Dach. Letzteres wäre allerdings aufgrund dessen Alters für eine solche Investition völlig ungeeignet und müsste zunächst seinerseits vollkommen erneuert werden. Wenn all diese Maßnahmen irgendwann mit dem notwendigen Quorum beschlossen werden sollten, bliebe Schmitt nichts anderes übrig, als seine Wohnung zu verkaufen. Das Geld für die Modernisierungen hatte er nicht ansatzweise und eine Hypothek würde ihm seine Bank mangels entsprechendem regelmäßigen Monatseinkommen nicht mal in Höhe von zehntausend Euro bewilligen, ganz zu schweigen von einem vielfach höheren Betrag. Durch diesen Umstand sah Schmitt sich berechtigt, den Begriff Gentrifizierung mit *Vertreibung alteingesessener Bewohner* zu übersetzen. Vertrieben von der modernen, kultivierten, wohlhabenden Generation alter und junger Hubschraubereltern. Nicht aus Gründen einer missliebigen Volkszugehörigkeit, sondern wegen der Mitgliedschaft in einer Mindereinkommensklasse.

Das war nur eine der Ursachen für Schmitts erhebliche Sorgen. Eine dermaßen passende Wohnung mit ihren etwas mehr als achtzig Quadratmetern, einer Deckenhöhe von über drei Metern, dem Wohnzimmer mit integrierter Schlafgelegenheit, der geräumigen Küche mit Essecke und einer gemütlichen, großzügig bemessenen Diele, nach Schmitts Meinung dem schönsten Raum der Wohnung, würde er nicht mehr finden. Nicht bezahlbar jedenfalls. Ganz zu schweigen von seinem Büro, dem ehemaligen Schlafzimmer. Auch wenn er einen Kaufpreis von sicherlich an die dreihunderttausend Euro erlösen könnte, oder wenigstens zweihundertfünfzigtausend. Und dann? In einen normierten Kaninchenstall umziehen?

Die Sachlage des angenommenen Versicherungsbetruges war klar. Demnach waren die Instrumente während der letzten achtzehn Monaten gestohlen worden. Die Violine des Stimmführers der zweiten Geigen etwa drei Monate, nachdem erstmals konkret und öffentlich über eine mögliche Auflösung des Orchesters gesprochen worden war. Der Musiker war zu diesem Zeitpunkt zweiundsechzig Jahre alt. Sein Instrument, eine Vuillaume, hatte er vor rund dreißig Jahren gekauft. Sie hatte mittlerweile einen Versicherungswert von zweihunderttausend Euro, aktuell festgestellt sechs Wochen vor dem Diebstahl. Die davor erfolgte Schätzung war bereits fünfzehn Jahre alt und lag bei einhundertsiebzigtausend Euro. Sie war kurz nach Einführung der Euro-Währung erstellt worden. Die letzte Rate des Bankdarlehens für das gute Stück war vor sieben Jahren geleistet worden. Der Diebstahl erfolgte aus dem geparkten Auto des Musikers, während er und einige seiner Kollegen nach der Vormittagsprobe auswärts aßen. Dabei wurde die Scheibe der hinteren rechten Tür eingeschlagen und der auf der Rückbank liegende Geigenkoffer entwendet. Ein sauberer, schneller Bruch also. Da es absolut unüblich ist, dass Musiker ihre Instrumente, wertvolle zumal und dazu noch gut sichtbar im Wagen liegen ließen, wurde der Geiger intensiv von der den Diebstahl aufnehmenden Polizei befragt. Seine Darstellung, dass er sich nichts dabei gedacht habe, weil sein Auto immer in seinem Blickfeld lag, bis auf vielleicht einen Toilettenbesuch, konnte nicht erschüttert werden. Und ein Autoaufbruch war schließlich durch die Versicherung gedeckt.

Nichts weiter Auffälliges also. Für sich und als Einzelfall betrachtet.

Die Viola war zwei Monate später dran. Sie war nicht ganz so prominent, stammte von Michele Deconetti. Auch hier dasselbe Spiel: Kurz vor dem Diebstahl erfolgte die Feststellung des aktuellen Versicherungswertes, der mittlerweile dreiundneunzigtausend Euro betrug. Fünfundzwanzigtausend Euro mehr als zuletzt. Der neunundfünfzigjährige Bratschist war mit seiner Frau zu einem Kurztrip in Bayern, als der Einbruch in sein Haus während der einzigen Nacht ihrer Abwesenheit erfolgte. Auch in diesem Fall wurde eine Scheibe eingedrückt.

Und so ging es fort. Das Carcassi-Cello, erst kurz vor dem Verlust Ende November letzten Jahres neu bewertet mit einhundertachtzigtausend Euro, gestohlen aus dem Konzerthaus während einer längeren Pause zwischen Saalprobe und Konzert. Offensichtlich spazierte der Dieb ungehindert in die Umkleideräume, hatte sich zielsicher den Cellokasten geschnappt und verschwand danach, ohne eine Spur zu hinterlassen. Ausgerechnet das wertvollste Cello hatte er erwischt, welch ein Zufall. Das Publikum bekam nichts mit, wunderte sich nur über den verspäteten Konzertbeginn. Der sechzigjährige Solocellist musste sich erst ein spielfähiges Cello besorgen, dieses stimmen und kurz durchspielen.

Die Violine des Konzertmeisters war vor acht Wochen fällig. Der war wie der Bratschist sechsundfünfzig und spielte seine Ventapane-Geige bereits seit achtundzwanzig Jahren. Sie war kurz zuvor auf einhundertdreiundsechzigtausend Euro geschätzt worden und wurde aus dem geschlossenen Instrumentenraum des Orchesters entwendet. Dort lagerten die Instrumente der Musiker geschützt, soweit die Musiker sie, aus welchem Grund auch immer, nicht mit sich nahmen. Diesmal war die Tür mit brachialer Gewalt aufgestemmt worden. Auch hier verschwand zufällig das zu diesem Zeitpunkt wertvollste Instrument. Und merkwürdigerweise auch das einzige.

Zeitlich dazwischen lag der Diebstahl einer Brannen-Cooper Querflöte 14 Karat Weißgold, die Mechanik 14 Karat Rotgold.

Eigentlich überflüssig zu sagen, dass auch sie mit aktuell dreißigtausend Euro bewertet war. Die war eines Tages einfach weg. Nach einem Konzert im alten Stadttheater von Ostratal hatte es noch einen Umtrunk unter den Bläsern aus Anlass des Geburtstages des Solotrompeters gegeben und als der zweiundfünfzigjährige zweite Flötist anschließend nach seinem Instrument sah ... Altersmäßig fiel er etwas ab, aber aufgrund großer Zahnstellungs- und Kieferprobleme sowie Muskelschwierigkeiten in der Mundpartie bekäme er nach der Beendigung seiner hiesigen Orchestertätigkeit ganz sicher keine anderweitige, gleichwertige Stelle. Vielleicht einen stundenweisen Lehrauftrag an einer Musikschule der Region Ostratals. In diesem Fall gab es also ebenfalls jeden Grund, noch einmal Kasse zu machen. Auch wenn es nicht eine so heftig klingelnde wie bei den Kollegen Streichern war. Andererseits waren deren Aussichten auf einen schnellen Verkauf zu dem Preis des Versicherungswertes erheblich unsicherer.

Schmitt musste sein Hirnschmalz also nicht sonderlich anstrengen, um festzustellen, dass die Garant-Versicherung mit ihrem Verdacht des massiven Versicherungsbetrugs zu hundert Prozent richtig lag. In jedem einzelnen Fall war zwar die Polizei eingeschaltet worden, die aber mit Ausnahme der Einbruchsspuren in drei Fällen keinerlei Hinweise auf den oder die Täter gefunden hatte. Fingerabdrücke, DNA, Hilfsmittel, verlorene Kleidung oder gar Identitätskarten jedweder Art, Fußabdrücke: Nichts, niente, nada.

Ein tiefer Blick in die Schadensmeldungen hinsichtlich gestohlener, wertvoller Musikinstrumente aus Privatbesitz ergab allerdings zwei weitere Fälle bei der Garant und nach Auskunft anderer Versicherungsunternehmen elf dortige Fälle in den letzten drei Jahren, schwerpunktmäßig in Frankfurt, Darmstadt und Kassel. Nachdem zuvor in einem Zeitraum von dreißig Jahren nur in vier Fällen Instrumente mit einem nennenswerten Versicherungswert entwendet worden waren. Solche Hehlerstücke waren verhältnismäßig schlecht zu verscherbeln, das wusste selbst Schmitt. Zu bekannt. Von den

aktuellen Diebstählen war allerdings kein Orchester auch nur annähernd so betroffen wie das berufliche Umfeld in Ostratal. Schon nach oberflächlicher Wertung war Schmitt felsenfest davon überzeugt, dass irgendjemand vor ungefähr drei Jahren diesen *Geschäftszweig* entdeckt hatte. Irgendjemand, der über die nötigen Kontakte verfügte, um diese Diebstähle handwerklich sauber umsetzen zu lassen. Und irgendjemand, der auch Wege gefunden hatte, die Instrumente zu einem ordentlichen Preis zu verkaufen. Denn nur so lohnte sich dieses *Geschäft*, und zwar mit doppeltem Gewinn. Den Verkauf über den üblichen Hehlermarkt abzuwickeln, brachte bei weitem nicht genug, um alle Beteiligten glücklich zu machen. Und derjenige, welcher, musste jemand sein, für den es keine Rolle spielte, ob die betroffenen Versicherungen mitbekamen, wenn sie im Einvernehmen mit den Opfern betrogen wurden. Solange es hierfür keinen Beweis gab. Ein überaus kaltschnäuziger Typ. Armbruster! Dieser Verdacht nahm immer mehr Gestalt in Schmitts Gedankenwelt ein. Aber wie kam Armbruster sowohl zu den Verbindungen in Sachen Vermarktung als auch zu den Musikern?
Auf jeden Fall war Schmitt überzeugt, dass die Spinne im Netz dieser kriminellen Machenschaften in Ostratal zu finden war. Oder ein fleißiger Partner. Anders hätte das massiv hier vor Ort nicht funktionieren können. Als erstes musste er Ringwald sprechen. Schmitt war auf einen Tipp angewiesen, um die richtige Strategie im Umgang mit den Bestohlenen zu entwickeln. Sofern sie tatsächlich Komplizen bei dieser Masche waren. Davon war er allerdings bereits ebenso überzeugt, wie vom Lebensmittelpunkt der *Spinne* in Ostratal.

Schmitt suchte nach der Durchwahlnummer Ringwalds im Polizeipräsidium und war gespannt, ob er ihn nach zwei Jahren noch auf dieser Nebenstelle vorfand. Eine weibliche Stimme meldete sich.
»Stefanie Herbst.«
Also doch. Ringwald war wieder mal umgezogen.

»Schmitt. Ich wollte Herrn Ringwald sprechen. Können Sie mir bitte seine neue Durchwahlnummer geben?«, säuselte Schmitt devot. Schließlich wollte er etwas.

»Aber nein, Herr Kriminalhauptkommissar Ringwald ist weiterhin unter dieser Nummer zu erreichen. Um was geht's denn?«

»Das ist privat. Wenn er nicht da ist, können Sie ihm bitte ausrichten, er möge zurückrufen. Schmitt. Er weiß dann schon.« Schmitt hörte im Hintergrund eine Stimme, die sowas Ähnliches wie »Wersdasdenn?« von sich gab.

»Ein Herr Schmitt. Sie wüssten dann schon ...«

»Ringwald hier. Was gibt's?«

»Einen schönen guten Tag auch dir, lieber Peter. Lange nichts voneinander gehört.«

»Jaja. Du, ich habe gerade wenig Zeit. Also, was liegt an?« Ringwald war hörbar unter Druck.

»Die Garant-Versicherung hat mich beauftragt, einige Instrumentendiebstähle aufzuklären. Stell dir vor, die Garant!«

»Das ist ja sehr schön. Und dazu brauchst du mich?«

»Ein paar Tipps. Wie ich mit den Bestohlenen reden soll. Sie scheinen nämlich ihre Finger im Spiel zu haben.«

»Keine Ahnung. Diebstahl habe ich noch nie gemacht. Müsstest du doch wissen. Und jetzt entschuldige mich bitte.«

»Ja, natürlich. Aber du hast doch wenigstens ... Weißt du was? Wir treffen uns einfach heute Abend im Neustädter Hof. Ich lade dich ein.«

»Dann ist es dir wohl wichtig. Also gut. Aber es kann spät werden. Sicherlich eher zehn als acht. Vielleicht schaffe ich es auch gar nicht. Dann bis dann.« Ringwald legte auf.

Schmitt war baff. Was war denn schon so Großartiges passiert? Er hatte gar nichts gelesen von Mord oder Totschlag oder wenigsten Verletzung mit Todesfolge. Im Ostrataler Volksboten, dem hiesigen Käseblatt. Das letzte, das ihm dort ins Auge gefallen war, stellte wieder eine journalistische Glanzleistung dar: »Im vergangenen Jahr kamen im Landkreis Ostratal einundzwanzig Menschen durch Verkehrsunfälle ums Leben. Im gesamten Polizeipräsidium starb dabei alle sieben Tage ein Mensch.« Na ja, in jeder Ausgabe ein Hit, dachte Schmitt. Ringwald schaffte es auf halb zehn und bestellte gleich ein Weißbier.

»Gegessen habe ich schon eine Kleinigkeit. Sonst wäre ich tot umgefallen. Aber danke trotzdem«, schnitt er Schmitt das Wort ab und setzte sich.

Er blickte sich um. Nichts verändert seit seinem letzten Besuch, stellte er befriedigt fest. Die Räume immer noch gemütlich, im altmodischen Look der langen Jahrzehnte seit der Eröffnung. Der Wirt hinterm Tresen fast genau so lang dabei, ebenso eine der Bedienungen. Ringwald mochte seit einiger Zeit in Hinsicht auf Lokale, Friseure, Handwerker, Marktbeschicker und ähnliches keine Veränderungen mehr. Er betrachtete solche Umgestaltungen als persönliche Beleidigung. Am allermeisten, wenn es Kneipen betraf.

»Warum warst du denn so kurz angebunden heute Mittag? Ist was passiert, was ich nicht mitbekommen habe?«

»Ja, Rechenberg. Ist gestern Abend tot aufgefunden worden«, sagte Ringwald und wischte sich müde über sein Gesicht.

»Ich weiß, das steht ja in der heutigen Wochenendausgabe. Aber wieso bist du da dran? Das war doch wohl ein Herzanfall, wenn ich das richtig verstanden habe.«

»Ein unklarer Todesfall. Rechenberg war kerngesund. Bis zum Obduktionsergebnis müssen wir halt von allen Möglichkeiten ausgehen. Krankheit, Unfall, Fremdverschulden. Wir haben jetzt erstmal alles gesichert, eine Akte angelegt, meiner Freundin, der Leitenden Oberstaatsanwältin Grosse-Uckermann berichtet. Du kennst sie ja noch ...«

»Ja, ich kenne sie, diese ... diese ...«, brach es verbittert aus Schmitt heraus.

»Lass mal gut sein, Schmitt. Jedenfalls habe ich jetzt Feierabend.«

»Was hat Rechenberg denn in der Krypta der St. Michaeliskirche gemacht?«, wollte Schmitt jetzt doch wissen.

»Zuerst hatte er auf Vorschlag des Chefjesuiten gemeinsam mit diesem und einer finnischen Komponistin die Krypta angesehen. Das zweite Mal: Keine Ahnung. Und wie gesagt, ich habe Feierabend.«

Das Weißbier kam und Ringwald leerte das Glas sogleich bis zur Hälfte.
»Wer war das übrigens am Telefon vorhin?«
»Frau Kriminaloberkommissarin Herbstritt, die Nachfolgerin von Kohl.«
»Was, Kohl ist weg? Seit wann das denn?« Schmitt war völlig perplex.
»Der ist jetzt Kommissar. Stellvertretender Leiter Eigentumsdelikte. Soll wohl längerfristig das Dezernat übernehmen.«
»Ach du Scheiße«, rutschte es Schmitt heraus. »Und? Bist du froh?«
»Schon. Einerseits. So ein humorloser Kriecher, von dem ich nie wusste, wann und bei wem er mich verkauft. Andrerseits war er eingearbeitet und hat die Fleißarbeiten einigermaßen zuverlässig erledigt. Und er war berechenbar. Na ja, mal sehen, wie es mit der Oberkommissarin wird. Jedenfalls ist sie ein heißer Feger.«
Ringwald stülpte seine Lippen nach vorne, rieb sich die Hände und bestellte ein zweites Weißbier. Schmitt blickte ihn überrascht an. Sein Gegenüber war Anfang sechzig, Glatze, leicht übergewichtig, alles andere als eine schicke Erscheinung. Er hatte bislang auf ihn nicht den Eindruck gemacht, nochmal *auf die Pirsch* gehen zu wollen oder sich überhaupt sonderlich den Hals nach weiblichen Schönheiten zu verrenken.
»Hübsch?«, fragte er dann doch neugierig.
»Nee, nicht so richtig. Ziemlich kurze Wuschelhaare, ein Gesicht, das ein bisschen asymmetrisch ist. Knubbelnase. Aber eine geile Figur, die sie durch eine entsprechende Klamottenwahl auch sehr betont. Und sie guckt aus der Wäsche, dass einem ganz warm wird.«
Geile Figur? Schmitt war verblüfft. Was war nur in Ringwald gefahren?
»Warm wird? Ums Herz?« Er war ganz durcheinander.
»Nein, um die Lenden, du Idiot. Gib mir mal eine deiner Lauchzwiebeln. Ich brauch' jetzt so eine Bioviagra.«
Schmitt hatte sich einen Wurstsalat bestellt, garniert mit drei Lauchzwiebeln. Er war jetzt absolut konsterniert.

»Schmitt, Schmitt, dich kann man ja immer noch mit den allergeringsten Mitteln in jede Irre führen. Aber die kleine Herbstritt hat wirklich was. So, nun raus mit der Sprache. Was willst du wissen?«
Schmitt berichtete ihm kurz die Einzelheiten seines Falles.
»Was meinst du, wie soll ich die Bestohlenen angehen, die möglicherweise mit der Diebesbande unter einer Decke stecken? Wenn es denn eine Bande ist. Soll ich sie spüren lassen, dass ich einen leisen Verdacht hege? Und sie möglicherweise verschrecken? Produktiv verschrecken? Oder mich dummstellen?«
»Wirklich, Schmitt, ich habe keine Ahnung. Ich würde wahrscheinlich schon durchschimmern lassen, dass ich so eine Ahnung habe. Einfach, um ihre Reaktion zu testen. Oder, wie du sagst, sie zu verschrecken. Es kann aber auch das genaue Gegenteil bewirken und sie verschließen sich wie die Austern. Ich denke, du solltest bei ihnen auf alle Fälle nach gemeinsamen Bekannten suchen. Leute, die sie erst seit – was meinst du, etwa drei Jahren? – kennen. Versicherungsfritzen, Musiker, Konzertveranstalter, die neu in Ostratal tätig geworden sind. Künstleragenten. Was weiß ich. Wenn einer dabei ist, den alle kennen, das wäre schon mal ein Anfang. Und für bestellte Diebstähle gibt es bekanntlich verschiedene Möglichkeiten. Eine immerhin ist dir bekannt.«
Schmitt blickte Ringwald erstaunt an.
»Du hast einen Komplizen bei der Versicherung. Das macht vieles einfacher. Soviel ich weiß, hast du doch in dieser Konstellation Erfahrung. Damals bei der Garant mit den PKW-Schäden wurdest du …«
»Spinnst du jetzt? Das war alles getürkt!« Schmitt war stinksauer.
»Ich weiß doch«, lachte Ringwald ihn aus. »Aber grundsätzlich …«
»Das ist überhaupt nicht witzig!« Schmitt war immer noch beleidigt.«
»Mensch, Schmitt, komm wieder zu dir. Jetzt mal egal, ob jemand bei der Versicherung sitzt. Ich denke mir, dass du auf jeden Fall

hervorragende Kontakte brauchst zum Verkauf der gestohlenen Instrumente, wenn du die nicht auf einem Trödlermarkt loswerden willst. Und zur Verbringung ins Ausland, wo der Markt, ich sag mal, offen ist. Ich gehe davon aus, dass ein Verkauf in Europa, mittlerweile auch in Osteuropa zu gefährlich ist und wenn es doch gelingt, dass keine großen Gewinne anfallen. Dazu sind die geklauten Instrumente zu wertvoll, wie du sagst. Bei solchen werden die Besitzverhältnisse mittlerweile zu bekannt sein. Für Nordamerika und Australien gilt meiner Meinung nach das Gleiche. Und in Südamerika hat bekanntlich derzeit kein Mensch Geld. Bleibt Asien. An deiner Stelle würde ich prüfen, ob jemand Kontakte für den Transportweg und zur gehobenen Hehlerszene vor Ort hat. Denn für mich ist eines bei dieser Art einvernehmlichen Diebstahls klar: Der lohnt sich für die Bestohlenen nur, wenn sie von ihrer Versicherung den vollen, möglichst überhöhten Wert erhalten plus eine nennenswerte Beteiligung am Verkauf. Sonst könnten sie gleich versuchen, das Instrument legal zu verscherbeln. Das dauert zwar wahrscheinlich, bis der eine Käufer gefunden ist, der den erwarteten Preis zahlt, ist aber wenigstens risikolos. Übrigens meine ich, dass es sich für die Diebesbande auch nur lohnt, wenn möglichst wenige am Profit beteiligt sind.«

»Was du alles weißt«, wunderte sich Schmitt und hatte Ringwald dessen Scherz schon verziehen.

»Das denke ich mir so. Sagt mir mein normaler Menschenverstand.« Schmitt schaute ihn mit gesenktem Kopf düster von unten her an. »In Ordnung, Kriminaler-Verstand.«

Das zweite Weißbier ging auch schon zur Neige.

»Soll ich? Soll ich nicht? Ach, scheiß drauf. Noch eines bitte«, rief Ringwald Richtung Tresen.

»Und was meinst du, welche Wege die gestohlenen Instrumente nehmen könnten? Mälis faselte von Finnland, Russland, China ...«

»Jetzt stellst du mir aber Fragen. Wende dich doch an Kohl, den neuen Stern am Einbruchshimmel.«

Ringwald schmunzelte. Schmitt war entsetzt.

»Meinst du ...? Aber der ...«, stotterte er, unfähig zu einer normalen Reaktion.
Jetzt lachte Ringwald schallend.
»Nein, aber ich kann dir einen Kontakt zu seinem Chef herstellen, dem Kollegen Klumpp. Bei ihm bist du sowieso besser aufgehoben als bei mir. Möglicherweise wird der dir ganz andere, kompetentere Auskünfte geben. Aber weil du überall im Polizeipräsidium bekannt bist wie ein bunter Hund, werde ich ganz schön zu Kreuze kriechen müssen, damit er dir tatsächlich ein bisschen hilft.«
Sie plauderten noch ein wenig. Über Gott und die Welt, den Rechtsdrall in der Politik, die Linkerei in den diversen Dopingskandalen, bis Ringwald auch sein drittes Weißbier ausgetrunken hatte und aufstand.
»Weißt du was, Schmitt«, sagte er und schlug seinem Duzfreund halbkräftig auf die Schulter, »jetzt gehen wir noch in die *Blaue Orchidee.*«
Schmitt lief zuerst rot an, dann erbleichte er. In diesen Edelpuff, den Schmitt nur zu gut von seinem letzten Fall kannte?
»Aber was soll ich denn da? Ich, ich ... und Geld hab ich für sowas auch nicht übrig.«
Ringwald wollte sich ausschütten vor Lachen. Dann ging dieses in ein dezent spöttisches Lächeln über.
»Ach Schmitt, Gott sei Dank bist du noch ganz der Alte.«

KUNST UND KULTUR IN OSTRATAL

DREI

Andreas Bellheim, langjähriger Intendant der Ostrataler Philharmonie, war auf elf Uhr zu einer Besprechung mit der Oberbürgermeisterin Dr. Sandra Scherpen gebeten worden. Nun wartete er in ihrem Vorzimmer, abwechselnd die Decke und die zwar unscheinbare, aber durchaus elegant gekleidete Sekretärin betrachtend. Muss also kein Widerspruch sein, fuhr es ihm durch den Kopf. Er war etwas verunsichert, da er nicht wusste, was diese höchste Etage der Stadtverwaltung von ihm wollte. Ob das mit dem Tod des Kulturbürgermeisters zu tun hatte? Zehn Minuten nach elf war es so weit. Die Oberbürgermeisterin trat aus ihrem Büro in das Vorzimmer und begrüßte Bellheim herzlich, obwohl sie sich kaum kannten. Schlechtes Vorzeichen, dachte Bellheim aufgrund seiner jahrzehntelangen Erfahrung in der Kommunalverwaltung.
»Keine Störungen, bitte«, ordnete sie an und führte Bellheim in ihr nüchternes Amtszimmer und dort an ihren noch nüchterneren Besprechungstisch.
»Ich will gleich auf den Punkt kommen, Herr Bellheim. Durch den plötzlichen Tod unseres verehrten Herrn Kulturbürgermeisters stehen wir alle ziemlich unter Druck. Meine Reformvorstellungen in Bezug auf die Kunst- und Kulturszene müssen zeitnah weiterverfolgt und umgesetzt werden. Dr. Rechenberg, der zwar nicht mit jedem meiner Punkte einverstanden war, fehlt an allen Ecken und Enden. Jede Verzögerung stellt das Gelingen in Frage und meine Gegner stehen schon mit gezückten Schaufeln da, um sozusagen Sand ins Getriebe zu schütten, wenn Sie mir diese Metapher erlauben.« Scherpen zeigte ein schmales Lächeln. »Ich bitte Sie deshalb, einen der

zentralen Punkte meiner Vorhaben, nämlich die Auflösung unseres Orchesters, nun in zentraler Position in den beschlossenen Schritten und ohne Zeitverzögerung anzugehen. Ebenso mit Volldampf die Gründung des Ensembles für Neue Musik zu betreiben, Rechenbergs Vermächtnis. Nochmal die Struktur ordnen, die Stellen ausschreiben, die programmatische Ausrichtung festzurren, eventuell das Pflichtenheft der Stadtkomponistin überarbeiten. Dies alles. Und zwar schnell. Die Vorarbeiten sind getan, sodass Sie nicht bei Eva und Adam anfangen müssen.«

Bellheim schwieg und bedachte kurz die Genderverwerfungen, die selbst vor dem *erstgeschaffenen Menschenpaar* nicht halt machen. Er betrachtete angelegentlich seine Hände, die ruhig auf der Tischkante lagen. Scherpen ließ ihm Zeit. Schließlich räusperte er sich.

»Es ist eine große Ehre für mich, Frau Oberbürgermeisterin ...«
»Papperlapapp«, fuhr diese ihm über den Mund. »Hören Sie bitte auf mit diesem überholten Gesülze. Ehre! Das hat doch nichts mit Ehre zu tun. Sie sollen ganz einfach den Job übernehmen. Und Sie können das auch. Sie haben schließlich vor Jahren das Orchester unseres städtischen Theaters aus dem Opernbetrieb herausgeführt und damit quasi gerettet. Und mittelfristig in ein beachtliches philharmonisches Orchester umgewandelt.« Bellheim wehrte bescheiden ab. »Doch, doch. Natürlich haben Sie das nicht im Alleingang geschafft, aber Sie hatten einen großen Anteil, wie ich höre. Sie haben darüber hinaus das Streichquartett-Festival mitbegründet und ihm zu beachtlichem internationalen Ansehen verholfen. Wie ich mitbekommen habe, lösen Sie die Ihnen übertragenen Aufgaben selbst dann mit großem Erfolg, wenn sie Ihnen eigentlich gegen den Strich gehen.«

Wer sülzt hier jetzt, bloß um mich in die Mausefalle zu kriegen, dachte Bellheim. Aber er riss sich zusammen.

»Das schmeichelt ... Äh, vielen Dank. Aber ich käme mir vor wie ein Totengräber, wenn ich mein Orchester nun von vorderster Position aus auflösen soll. Gut, ich muss sowieso daran mitarbeiten, die zunehmende Verkleinerung, die vorzeitigen Verrentungen, die Übernahme einiger Musiker durch andere Orchester, soweit irgend möglich. Aber doch nicht als Verantwortungsträger. Und von zeitgenössischer Musik habe ich keine Ahnung.«

Scherpen schaute Bellheim unwirsch an und klopfte mit der geschlossenen Hand ungeduldig, wenn auch dezent auf die Tischplatte.

»Herr Bellheim, nun werden Sie mal nicht pinselig.« *Pinselig?* dachte Bellheim. »Verantwortlich oder nur als Befehlsempfänger, da machen Ihre Orchestermitglieder doch keinen Unterschied. Bilden Sie sich da mal nichts ein. Sie sind jetzt dreiundfünfzig. Das Orchester wird in fünf Jahren abgewickelt sein. Dann sind Sie achtundfünfzig. Da müsste es einen engagierten, kreativen Mann wie Sie doch reizen, eine derartige Aufgabe zu übernehmen. Nicht nur abzureißen, sondern gleichzeitig aufzubauen. Und nicht in fünf Jahren auf irgendeinem Posten in der Stadtverwaltung zu überwintern bis zum Renteneintritt. Womöglich als Leiter des Friedhofsamtes.« Die Oberbürgermeisterin wurde wieder bestimmter. »Ich brauche Ihre Hilfe und zwar jetzt! Sie wissen selbst, dass es mindestens ein Jahr dauert, bis die Nachfolge für Herrn Rechenberg geregelt ist. Stellenausschreibung, Bewerbungsfrist, Vorstellungsverfahren, Gremienbeschlüsse ... Und auch, wenn im Vorfeld schon klar sein sollte, wer den Posten bekommt, muss zur Scheinwahrung die ganze Prozedur eines offenen Verfahrens durchlaufen werden. Und ich kann Ihnen versichern, dass ich Ihnen auch mal einen Stein in Ihren Garten werfen werde.«

Bellheim verstand: Hilfst du mir, tue ich bei Gelegenheit auch was für dich. Und als erfahrener, alter Hase wusste er natürlich, dass er sich auf Letzteres keinesfalls verlassen konnte.

»Ich benötige aber Unterstützung.« Rückzugsgefechte.

»Sie bekommen jede Art von Hilfe seitens des Kulturamts. Dafür werde ich sorgen.«

»Und meine Inkompetenz in Sachen Neuer Musik?«

Die Oberbürgermeisterin grinste breit.
»Hat Unkenntnis schon jemals Karrieren verhindert? Im Ernst, mein lieber Herr Bellheim, da machen Sie ruhig mal einen Crash-Kurs. Wir haben hier in Ostratal doch zwei, drei Komponisten, soviel ich weiß. Die können Ihnen bestimmt Nachhilfe geben. Auch ein gewisser Götz-Eberhard Winkelmann wird Ihnen Tipps geben können. Der ist ein gewiefter, erfahrener Eventmanager und Konzertveranstalter. Den will ich sowieso gewinnen für die Organisation unseres zukünftigen Konzertlebens und auch für die Vermarktung des neuen Ensembles. Und gehen Sie ruhig auch auf Frau Professor Dr. Susanne Mälis zu, eine ganz hervorragende Musikwissenschaftlerin, mit besten Verbindungen zur Szene.«
Bellheim verzog das Gesicht und schüttelte leicht den Kopf.
»Winkelmann?«
»Ja. Mit dem will ich eine Reihe aufziehen. Bekannte Orchester hierher holen, Solisten, modernen Tanz, bedeutende Theaterinszenierungen. Rechenberg war darüber nicht so glücklich. Obwohl er ziemlich dicke war mit Winkelmann. Oder vielleicht gerade deshalb. Kennen Sie Winkelmann denn?«
Bellheim musste schmunzeln. Er glaubte ohne weiteres, dass Rechenberg sich mit Händen und Füßen gegen einen Winkelmann als Kunstpapst gewehrt hätte. Er kenne ihn, erklärte er der Stadtchefin, wenn auch nicht wirklich gut. Dieser Typ Konzertmanager sei leider immer wieder anzutreffen. Bestenfalls gehe so einer als Schwätzer und Luftikus durch, schlimmstenfalls als Betrüger. Sie blieben häufig die vollen vereinbarten Beträge schuldig, zahlten erstmal nur einen Teil und nicht selten müssten die Vertragspartner, die Künstler, Vermieter, Klavierstimmer, die Druckereien und so weiter dem Rest hinterherlaufen. Diese Art *Manager* verließe sich darauf, dass die meisten schnell die Schnauze voll vom Bitten und Betteln haben, auch nicht klagen wollen und zu guter Letzt auf einen Teil ihrer Forderungen *freiwillig* verzichten. Das sei fast schon ein Geschäftsmodell. Und ob die Frau Oberbürgermeisterin die drei bekanntesten Lügen der Konzertveranstalter kenne? *Das war*

ein wunderbarer Abend! Wir machen mal wieder was zusammen! Die Gage werde ich gleich morgen früh überweisen!
Die Frau Oberbürgermeisterin schien sichtlich nicht amüsiert.
»So gut kennen Sie also Herrn Winkelmann«, sagte sie verschnupft.
»Nein, natürlich nicht. Ich will ihm auch nichts unterstellen. Ich bezog mich lediglich auf einen gewissen Teil dieser Zunft. Mehr im Allgemeinen.«
»Schön, dann bin ich ja gewarnt. Aber um auf mein Anliegen zurückzukommen: Sie übernehmen die Aufgaben, die ich Ihnen angetragen habe?«
»Ja«, antwortete Bellheim einfach. »Ich werde dabei auch Ihr Angebot wahrnehmen, die Ressourcen des Kulturamtes zu nutzen. Und auch mal mit Herrn Winkelmann Kontakt aufnehmen. Außerdem werde ich mich, wie von Ihnen vorgeschlagen, bei den hiesigen Herren Komponisten und bei Frau Professor Dr. Mälis schlau machen.«
Ganz der willfährige Subalterne.
»Tun Sie das«, sagte Sandra Scherpen in versöhnlichem Ton. »Ich werde Sie beizeiten auch mit der Sponsorin des Ganzen, Frau Von der Kamp und der designierten Stadtkomponistin Kaijsa Vesalainen bekannt machen. Ich muss mich selbst auch mehr um die beiden kümmern. Nicht, dass uns Frau Von der Kamp noch vom Haken geht. Auch wenn die Verträge wasserdicht scheinen. Bislang hatte Herr Dr. Rechenberg die Dame mit seinem altmodischen Charme umgarnt.«
Damit war die Audienz beendet und Andreas Bellheim kehrte mit äußerst gemischten Gefühlen zurück in sein Büro im Konzerthaus, einem der wenigen einigermaßen gelungenen Neubauten Ostratals. Dabei hatte er auf seinem langen Weg von einer Randlage der Innenstadt zur anderen, quer durch die Fußgängerzone, ausreichend Gelegenheit, über seine beruflichen Perspektiven in spätestens fünf Jahren nachzudenken.

POLIZEILICHE ERMITTLUNGEN

EINS

Nicht nur Andreas Bellheim versuchte, *sich schlau zu machen*. Auch im Polizeipräsidium Ostratal saß eine kleine Gruppe zusammen und brütete über einem Problem. Die Leitende Oberstaatsanwältin Dr. Evamaria Grosse-Uckermann, gerade vor zwei Monaten in die Führungsposition der örtlichen Staatsanwaltschaft aufgerückt, ließ sich von Ringwald und dessen neuer Assistentin Herbstritt über den Todesfall Rechenberg informieren. Da die Staatsanwaltschaft über ein Büro im Polizeipräsidium verfügte, war es sinnvoller, den Fall hier zu besprechen, als die beiden Kripoleute nebst Akten zwei Kilometer weiter in das zentrale Gerichtsgebäude zu beordern. Dort hatte die Strafverfolgungsbehörde ihren eigentlichen Sitz. Dort versuchten sechzehn Staatsanwälte und Staatsanwältinnen Amts- und Landgericht von der Schuld derer zu überzeugen, die sie für überführt hielten.

Wegen der Prominenz des Toten hatte sich Grosse-Uckermann selbst des Falles angenommen. So etwas ließ sie sich nicht entgehen. Aber selbst Ringwald musste einräumen, dass sie seit ihrer Beförderung wesentlich leutseliger und zugänglicher war. Er berichtete über den Grund des Aufenthalts Rechenbergs in der Krypta, jedenfalls soweit der bislang ermittelt wurde.

»Rechenberg hatte vom Rektor des Jesuitenkollegs den Tipp erhalten, dass sich die Räumlichkeiten unter der Michaeliskirche für Konzerte eignen würden, speziell für die des vom Kulturbürgermeister ins Leben gerufenen Ensembles für Neue Musik. Deshalb hatten sich der Rektor, Rechenberg und eine finnische Komponistin namens Kaijsa Vesalainen, die vorgesehene Leiterin ...«

»Ich weiß, Herr Ringwald. Laut Ostrataler Volksboten soll die Finnin hier so eine Art Hofkomponistin werden, gesponsert von ihrer Schwiegermutter.«
»Ja. Jedenfalls haben die drei die Räume besichtigt. Und noch am selben Tag wollte Rechenberg sich erneut und diesmal alleine näher umsehen. Niemand weiß, warum und was er da genauer inspizieren wollte.«
Nun ging Ringwald auf die Untersuchungsergebnisse der Spurensicherung und der Gerichtsmedizin ein.
»Es gibt demnach keine Hinweise auf eine Gewalttat, irgendein Fremdverschulden?«, Grosse-Uckermann wollte es noch einmal genau wissen.
»Nein«, konstatierte Ringwald. »Sowohl die Spurenlage in den Katakomben als auch der Obduktionsbericht geben diesbezüglich nichts her. Rechenberg scheint allein in den Kirchenkeller gegangen zu sein; welchen Grund er dafür auch gehabt haben mag. Weder in seinen Unterlagen noch in seinen diversen Smartphone-, Tisch- und Taschenkalendern gibt es irgendeinen Eintrag, der auf eine Verabredung schließen lässt. Seine Sekretärin weiß ebenfalls von nichts. Auch die ein- und abgegangenen Anrufe ergeben keinen Fingerzeig. Ebenso die Emails, SMS oder ähnliches. Vielleicht wollte er tatsächlich die Räumlichkeiten noch einmal ganz in Ruhe auf sich wirken lassen. Oder schon mal einen groben Überblick über mögliche Umbaukosten wegen feuerpolizeilicher Auflagen, Notausgänge, Belüftung et cetera gewinnen. Und der Obduktionsbericht ..., aber über den wird Frau Herbstritt Sie informieren.«
Ringwald war sichtlich bemüht, seine Teamfähigkeit unter Beweis zu stellen und der jungen Kollegin Gelegenheit zu geben, sich zu profilieren. Was ihm bei Kohl, ihrem wenig geschätzten Vorgänger, nicht im Traum eingefallen wäre. Grosse-Uckermann musste innerlich schmunzeln. Wurde der alte Zausel auf seine letzten Jahre etwa noch weich? Hegte väterliche Gefühle?
Herbstritt schlug mit sichtlichem Elan die vor ihr liegende Obduktionsakte auf.

»Nichts. Der zuständige Gerichtsmediziner hat nichts, rein gar nichts auch nur ansatzweise Verdächtiges gefunden«, führte sie mit sicherer Stimme klar und sachlich aus. »Rechenberg war für sein Alter bemerkenswert gesund. Sportlich, schlank. Keinerlei Anzeichen für Herzprobleme oder Hinweise auf ein Versagen anderer Organe. Kein Indiz für einen Hirnschlag. Oder für einen plötzlich aufgetretenen Zusammenbruch von lebenswichtigen Funktionen. Er ist einfach erstickt. Plötzlicher Atemstillstand. Ihm ist, wenn ich so sagen darf, die Luft weggeblieben.« Herbstritt sah die Oberstaatsanwältin belustigt und Beifall heischend an. Die starrte unbeeindruckt zurück, mit einem unübersehbaren Tadel in ihrem Blick. »Entschuldigung. Aber so kommt es mir eben vor. Rechenberg hat offensichtlich von einem auf den anderen Moment aufgehört zu atmen. Und es gibt dabei nicht den geringsten Grund zur Vermutung, dass er erstickt wurde. Oder gar erwürgt oder stranguliert. Nichts im Mund- oder Rachenraum. Nichts in der Luftröhre. Keine Würgemale am Hals, keine Griffspuren an Armen oder Handgelenken. Keine Hinweise an Kopf und Gliedern, dass er auf den Boden gedrückt worden sein könnte.«

»Wurde er auf Giftspuren untersucht?«

»Selbstverständlich. Ebenfalls Fehlanzeige. Er hatte zuletzt, etwa zwei Stunden vor seinem Tod, einen Kuchen ..., Moment ..., ein Stück Erdbeerkuchen mit Sahne verspeist und dazu einen Kaffee getrunken. Und danach einen Calvados. Das war alles. Keine Spur von einem der herkömmlichen Gifte, die zu einem plötzlichen Versagen der Atmung führen könnten.«

»Aber wie kann ein offensichtlich rundum gesunder Mann von unter sechzig Jahren so mir nichts dir nichts tot umfallen?«

»Das ist schleierhaft«, meldete sich Ringwald zu Wort. »Allerdings kommt das nach Meinung des Gerichtsmediziners schon mal vor. Selten, aber doch hin und wieder. So ähnlich wie bei plötzlichem Kindstod. Selbstverständlich haben wir uns auch die Motivlage für ein Tötungsdelikt angeguckt. In dieser Hinsicht ebenfalls nichts Auffälliges. Rechenberg war zwar homosexuell ...«

»Was wollen Sie denn mit dem *zwar* sagen?«, unterbrach ihn Grosse-Uckermann spitz, jetzt wieder ganz die Alte, die mit dieser Generation von *Bullen* nichts anfangen konnte.
»Wie bitte? Ach so. Nur eine Redewendung. Er hatte keine feste Beziehung. Und bis auf zwei entfernte Cousinen keine näheren Verwandten. Die üblichen Motive Habgier, Eifersucht, Rache scheinen auszuscheiden. Jedenfalls auf den ersten Blick.« Ringwald wackelte mit dem Kopf. »Nur so ein Gefühl bleibt dann doch übrig, dass da etwas nicht stimmt.«
»Genug für einen Anfangsverdacht gegen Unbekannt?«, wollte die Staatsanwältin wissen und blickte von Ringwald zu Herbstritt.
»Nein, das reicht leider nicht.«
Ringwald klang fast bedauernd. Auch Herbstritt schüttelte verneinend ihren frech-frisierten Kopf.
»Dann also keine Ermittlungen. Hiermit beschlossen und verkündet.«
Grosse-Uckermann erhob sich, winkte mit lässiger Geste verabschiedend in Richtung der Ermittler und verließ das Büro der Staatsanwaltschaft. Ringwald schaute ihr versonnen hinterher, wie sie den Flur entlang zum Fahrstuhl ging. Schlank, elegant, in ein hellgraues figurbetontes Kostüm gekleidet. Er bemerkte, wie Herbstritt ihn mit einem leicht maliziösen Lächeln beobachtete.
»Nun, Frau Kollegin, dann klemmen wir uns mal wieder hinter die Sache mit dem totgeschlagenen Obdachlosen. Die ist wenigstens sattelfest.«
Und sie machten sich auf den Weg in den zweiten Stock, in ihr gemeinsames Büro, Zimmer 217.

KUNST UND KULTUR IN OSTRATAL

VIER

Bellheim hatte sich in den vergangenen Tagen schnell und intensiv in sein zusätzliches Arbeitsfeld eingearbeitet, war aber noch lange nicht so ausgefuchst, wie er sich das vorgestellt hatte. Und jetzt musste er sich zusätzlich mit Schmitt befassen. Den kannte er von den Mordfällen rund um das letzte Streichquartettfestival Ostratal. Buchstäblich das letzte. Eigentlich hatte Bellheim weder Zeit noch Lust, mit Schmitt über ein paar geklaute Instrumente zu reden. Aber schließlich handelte es sich bei den Betroffenen um Mitglieder *seines* Orchesters. Also sagte er zu.
Ihm schwirrte immer noch der Kopf von den Interviews mit den drei in Ostratal lebenden Komponisten. Vor allem, weil ihm hinsichtlich der Richtigkeit und Gewichtigkeit der verschiedenen Schulen und Ansätze jeder was anderes erklärte. Wenn auch bei Lichte betrachtet nur in Nuancen.
Bislang war er immer davon ausgegangen, dass der *Erfinder* der *Zwölftonmusik*, Arnold Schönberg am Anfang der sogenannten Neuen Musik stand. Aber obwohl dieser vom Begründer der polit-philosophisch-soziologischen Frankfurter Schule, Theodor W. Adorno, so hochgelobt war, schien eher der Schönberg-Schüler Anton Webern *der* Übervater gewesen zu sein. Er und seine Freunde wollten in den Zwanzigern des vergangenen Jahrhunderts weg vom technischen Fortschritt als deutschem Begriff. Zunächst auch in der Zwölftontechnik komponierend wie sein berühmterer Zeitgenosse und ebenfalls Schönberg-Schüler Alban Berg, ging Webern dazu über, neben der Ordnung der Tonhöhen auch die Dauern und die Dynamik zu strukturieren. Berg hingegen galt den Vertretern

der neuen Richtung als zu romantisch. Pierre Boulez und Karl Heinz Stockhausen erkannten die neuen Techniken nach 1945 als erste und arbeiteten diese in der Darmstädter Schule zur *seriellen Musik* aus.

Das soll nun einer verstehen, dachte Bellheim, als er diese Informationen für sich sortierte. Anders verhielt es sich mit den Aussagen über das Dritte Reich. Da war auch ihm einiges bekannt. Von den Nazis wurde gehörig mit den Entwicklungen der modernen Musik der zwanziger und frühen dreißiger Jahre aufgeräumt, insgesamt mit den künstlerischen Entwicklungen aller Sparten. Erst wurden die Werke jüdischer Komponisten eliminiert. Dann die Komponisten selbst, soweit man ihrer habhaft wurde. Aber nicht nur jüdische Komponisten fielen unter die »Entartete Musik«. Alles, was nicht letztlich gefühlige Tonalität, oder wenigstens Tonalität war, verschwand. Wagner, Bruckner, Pfitzner und als *Modernisierer* Richard Strauß besetzten die Spielpläne und Konzertprogramme. Damit wiederum war nach Kriegsende Schluss. Rigoros. Die jungen Nachkriegskomponisten der Darmstädter Schule entwarfen *Glitzerwolken*, *Diamantensplitter*. Von wegen tonal, Melodien! Es entwickelte sich dann das *Kritische Komponieren*. Wer nicht zur *Glitzerwelt* gehörte und später zu den *Kritischen, zu den Seriellen*, hatte keine Chance, von Orchestern, Theatern und vor allem Rundfunkanstalten aufgeführt zu werden oder Kompositionsaufträge zu erhalten. Auch staatliche Förderungen anderer Art waren eher die Ausnahme. Auf der einen Seite gab es den hochgejazzten Karl Heinz Stockhausen und Kollegen, auf der anderen die übersehenen wie zum Beispiel Bernd Alois Zimmermann und Karl Amadeus Hartmann, ironischerweise ein Schüler Weberns. Bellheim allerdings konnte nicht wirklich Unterschiede ausmachen, wenn mal die eine oder andere Richtung in den Konzerten der Ostrataler Philharmonie vertreten war, was übrigens selten genug vorkam.

Begriffe wie *Neue Komplexität* (Brian Ferneyhough, Claus-Steffen Mahnkopf), *aleatorische Musik* (John Cage), durch die der *Zufall* in die Musik kam, wurden Bellheim um die Ohren geschlagen. Musiker konnten mit den Vorgaben der Kompositionen frei umgehen. Anarchisch-humoreske Richtungen erblickten das Licht der Aufführungsorte. Minimalistische Musik, in der kaum etwas passierte oder gar nichts, wenn der Solist viereinhalb Minuten ohne jede äußere Regung vor dem Flügel saß ... Feindbilder gar wurden gepflegt: Lachenmann gegen Henze, Spahlinger gegen alle.

Die Hauptvertreter der Neuen Musik kämen überwiegend aus Deutschland, wurde ihm erklärt. Wenn auch der Franzose Pierre Boulez, der in jungen Jahren die Opernhäuser in die Luft jagen wollte, nicht zu vergessen sei. Ebenso wenig wie der Italiener Luigi Nono, von Haus aus Salonkommunist, der mit seinen Werken die Welt zu erklären suchte. Mauricio Kagel mit seinem experimentellen Musiktheater, jüdischer Argentinier mit russischen Wurzeln, dann bis zu seinem Tode Kölner mit Leib und Seele. Xenakis, der Amerikaner Steve Reich und und und. Mittlerweile sei das wesentlich internationaler aufgestellt. Es gebe, wenn auch nur schemenhaft, aber doch erkennbar, nationale Schulen, zum Beispiel die französischen Spektralisten. Nicht zu vergessen auch der asiatische Raum. Ungefähr dies wurde Bellheim, wenn auch mit unterschiedlicher Gewichtung seiner jeweiligen Gesprächspartner, im Schnellverfahren vermittelt.

Es gebe zugegebenermaßen auch eine große skandinavische Welle vor allem in Schweden und in Finnland, weil dort einheimische Komponisten jahrzehntelang stark gefördert wurden. Und vor allem, weil dank erheblicher staatlicher Subventionen ihre Werke auch aufgeführt wurden. Sogar im Ausland. Da sei zwar viel Blödsinn dabei, aber davon abgesehen seien doch einige – zugegebenermaßen nur wenige – gute Komponisten gefördert worden. Darüber waren sich merkwürdigerweise alle Befragten einig. Andererseits fanden sie es unabhängig voneinander ebenso übereinstimmend unverständlich, warum ausgerechnet eine finnische Komponistin hier in Ostratal mit hiesigen Geldern unterstützt werden soll, wo es in ihrer Heimat im Gegensatz zu Deutschland sowieso eher eine Überförderung gab. Es seien so viele gestandene Komponisten hier im Land vorhanden, auch hervorragende junge … Und damit wollten sie ganz gewiss nicht sich selbst ins Spiel bringen … Aber warum ausgerechnet diese Vesalainen … Mit so einem Großvater! Wie man munkeln hörte, einem finnischen Nazikomponisten! Wenn einer von den deutschen Nachkriegskomponisten solche Vorfahren hätte … Mein lieber Herr Gesangsverein, der hätte aber sowas von nullkommanix Chancen …

Bellheim fühlte sich völlig überfordert. Was sollte er mit all dem nun anfangen? Gut, immerhin konnte er sich jetzt einigermaßen in Diskussionen über Neue Musik, ihre Richtungen, Protagonisten und Schlagworte behaupten. Mit etwas Chuzpe, eingestreuten Belanglosigkeiten, interessiertem Schweigen und überlegenem Lächeln musste er es hinbekommen, als kompetenter Sachwalter dieses Genres anerkannt zu werden. Immerhin hatte er auf diese Weise sein ganzes Berufsleben gemeistert, ohne eine tiefergehende Ahnung auch nur von der *klassischen Musik* zu haben.

PRIVATE ERMITTLUNGEN

EINS

Schmitt vermisste häufig seinen geliebten alten Peugeot, wenn auch nur aus Sentimentalität. Heute aber ganz besonders und aus gutem Grund, wo er doch im strömenden Regen und mit zweimaligem Umsteigen die Straßenbahn zum Konzerthaus benutzen musste. Immerhin kam er pünktlich um elf Uhr, die von ihm auf Grund seiner ausgeprägten Spätaufstehermentalität bevorzugte Unterredungszeit, im Vorzimmer von Bellheim an. Immer noch dieselbe Möblierung, dieselbe freundliche Sekretärin. Wegen der Größe des Raumes nach wie vor nur zwei Besucherstühle. Bellheims Mitarbeiterin meldete ihn an, nach wenigen Minuten öffnete sich eine Bürotür und der Orchesterintendant bat Schmitt in sein Reich. Er erkannte auch hier keinerlei Änderung. Das ebenfalls kleine Büro war rein zweckmäßig eingerichtet. Schreibtisch, Bürosessel, Beistellschrank, ein kleiner überladener Besprechungstisch mit vier einfachen Stühlen. Das war schon fast alles. An der einen Wand jedoch angepinnt ein Gedicht, das bei Schmitts letztem Besuch vor fast zwei Jahren noch nicht vorhanden war. Oder das er übersehen hatte.
Jetzt ziehen wir mit Heil und Sieg in den nächsten Friedenskrieg. Wir machen Menschenfeinde platt. Wohl dem, der solche Feinde hat.
Schmitt runzelte die Stirn. Der unauffällig leger gekleidete Herr Bellheim, gebräuntes Gesicht und viele Lachfältchen um die Augen. Die Haare etwas länger als beim letzten Interview, mittlerweile aber mit dezentem Grau durchzogen. Er wirkte nach wie vor freundlich und jungenhaft. Die deutlichen Einkerbungen um die Mundwinkel allerdings und der Verzicht,

einen Kaffee oder was auch immer anzubieten, waren Zeichen für eine gewisse Anspannung. Schmitt deutete auf den Text.

»Von Ihnen?«

Bellheim folgte der Handbewegung mit den Augen.

»Ja. Mich ärgerten die Kriegseinsätze unserer Bundeswehr in den letzten Jahren dermaßen, dass ich mich genötigt sah, unter die Dichter zu gehen.«

Aber auch dieses Ärgernis schien den Charme Bellheims nicht zu beeinträchtigen.

»Respekt. Das muss doch auf die eine oder den anderen ganz schön provozierend wirken.«

»In der Tat. Aber was kann ich denn nun für Sie tun? Sie schreiben über die Instrumentendiebstähle?«

Schmitt stutzte. Wieso sollte er … Dann fiel ihm ein, dass er sich Bellheim das letzte Mal als Journalist vorgestellt hatte.

»Nein, ich recherchiere im Auftrag der Garant-Versicherung. Über meine Ergebnisse wird nichts veröffentlicht. Jedenfalls nicht in der Presse.«

Schmitt schilderte seinem Gegenüber die Verdachtsmomente hinsichtlich eines bandenhaften Vorgehens und seine Schlussfolgerung, dass zumindest einige der Bestohlenen hilfreich die Hand gereicht haben könnten.

»Wie Sie das sagen, klingt das alles sehr folgerichtig. Dennoch, ich kann mir das nicht vorstellen. Mir sind die bestohlenen Musiker seit mehr als zehn Jahren bekannt. Und obwohl man seine Hand nicht leichtfertig ins Feuer legen sollte, alleine schon deren, ja, liebevolles Verhältnis zu ihren Instrumenten lässt mich doch stark an einer Komplizenschaft zweifeln.«

Schmitt war erschlagen von der druckreifen Aussage Bellheims. Er überlegte, ob dieser schon vorher mit dem Verdacht konfrontiert worden war und sich seine Stellungnahme sorgfältig zurecht gelegt hatte.

»Herr Schmitt?«

»Äh, ja. Ich hätte nun von Ihnen gerne gewusst, ob vor etwa drei, eher zwei Jahren jemand neu im, sagen wir mal, Dunstkreis des Orchesters aufgetaucht ist. Der dann über welche Schiene auch immer ein engeres Verhältnis zu den Musikern bekommen hatte.«

»Wer sollte das sein?«

»Ich weiß es nicht. Ein Versicherungsfritze vielleicht. Ein Versicherungsmakler mit speziellen Globalangeboten für Unfall, Berufsunfähigkeit, Krankheit. Oder ein Künstleragent, der die Vertretung einiger Musiker für vermeintlich lukrative Auftritte übernehmen wollte. Irgendwer in dieser Richtung.«

Bellheim zog überlegend die Mundwinkel nach unten und strich sich mit der Hand über das Kinn.

»Nicht, dass ich wüsste. Höchstens ... Na ja, in etwa der von Ihnen genannten Zeit kam ein Herr Winkelmann, Götz-Eberhard Winkelmann nach Ostratal, und zwar aus, warten Sie, ich glaube aus Darmstadt. Der ist Konzertveranstalter und hat gleichzeitig eine Künstleragentur. Wie groß, seriös und erfolgreich weiß ich nicht. Aber der schwirrte hier rum und tat nach kurzer Zeit so, als ob das Orchester ihm gehörte. Überaus wichtig. Ich habe mich manchmal darüber geärgert, wie er hier herumstolzierte, meistens hat es mich jedoch eher amüsiert. Einige Musiker waren ganz begeistert von der Type. Wissen Sie, die sind zwar ganz sicher nicht dumm, lassen sich jedoch von solchen Aufschneidern gerne beeindrucken. Das muss mit einer gewissen Weltfremdheit zu tun haben. Wenn ich nur an den vermeintlichen oder tatsächlichen Bruder des damals berühmten Schauspielers Charles Regnier denke, wieviel Bauherrenmodelle der vor vierzig Jahren allein hier in diesem Haus verkauft haben soll und wieviel Geld da verloren ging. Aber das ist eine andere Geschichte. Jedenfalls: Mir kam Winkelmann immer ein bisschen vor wie ein Hochstapler. In letzter Zeit hatte er allerdings Kontakte in höhere Sphären, wie ich mitbekam. In den letzten zehn, zwölf Monaten war er nicht mehr so häufig hier im Haus zu sehen. Das hat er einem Mitarbeiter überlassen.«

»Wissen Sie, wie der heißt?«

»Nein, aber das ist ein richtiger Macho. Wie aus dem Bilderbuch. Den kann ich mir auf einer Harley durch die Rockies vorstellen. Etwa Mitte fünfzig, kräftig, dunkle Haare, zu einem kurzen Pferdeschwanz gebunden, enge Jeans, Cowboystiefel ...«

Schmitt konnte es nicht glauben. Er saß wie vom Donner gerührt. Armbruster. Das musste Armbruster sein. War der also wieder aufgetaucht. Und natürlich auf die Füße gefallen. Nach seiner Episode in der Behindertenwerkstätte wieder als Versicherungsbetrüger unterwegs. Auch wenn Schmitt nicht den geringsten Beleg dafür hatte: Ihm war jetzt schon klar, wie das ablief mit den Diebstählen.

»Sagt Ihnen der Name Armbruster etwas?«, fragte er Bellheim.

»Nein. Oder warten Sie, hieß so nicht der Typ, der vor Jahren diesen Verein, äh, die *Arbeitspaten* oder so ähnlich aufgezogen hat? In den Behindertenwerkstätten der LaboraVita? Dort waren doch auch einige unserer Musiker Mitglied. Ach Gott, eine furchtbare Geschichte. Aber das wurde alles ziemlich unter den Teppich gekehrt damals, oder?«

»Ja, ziemlich. Sie haben Armbruster nie kennengelernt?«, wollte Schmitt ungläubig wissen.

»Nein. Ich hatte weder mit dem Verein noch mit der LaboraVita zu tun. Ich bin seinerzeit aus allen Wolken gefallen, als ich von den Schweinereien hörte. Meinen Sie, dieser Armbruster hat die Finger in den Diebstählen?«

»Keine Ahnung. Zuzutrauen wäre es ihm jedenfalls. Ich müsste rausfinden, ob er Kontakte nach Finnland hat. Meine Exfrau vermutet, dass die Instrumente über Finnland und Russland nach China gehen. Dort mit neuen perfekten Papieren ausgestattet, sollen sie auf dem asiatischen Markt zu Höchstpreisen gehandelt werden.«

»Aha. Wer weiß, vielleicht hat Winkelmann über unsere Stadtkomponistin derartige Kontakte aufgebaut. Sie wissen sicherlich, dass wir ein neues Ensemble installieren mit einer Komponistin als Leiterin. Sie heißt Kaija Vesalainen und ist Finnin.«

Schmitt wusste nicht. Woher auch. Dafür hätte er sich wenigstens zu einem kleinen Teil für die Entwicklungen der Kunstpolitik in seiner Stadt interessieren müssen. Aber das tat er seit seiner Scheidung nicht mehr. Der Name Vesalainen sagte

ihm dennoch etwas. Den Rest hatte er umgehend vergessen.
»Meine Ex ist gerade in Helsinki und forscht die Vergangenheit eines der beiden Großväter von Frau Vesalainen aus. Ich sollte mitkommen und den Weg der gestohlenen Instrumente vor Ort überprüfen. Aber diese Vermutungen waren mir all zu vage. Susanne Mälis, meine Verflossene, hält für mich in dieser Sache ein bisschen die Augen offen. Fragt dort mal ein wenig rum.«
Schmitt verschwieg, dass er nach kurzem Zögern dann doch nicht die geringste Lust gehabt hatte, seine Höhle in der Falkensteinstraße und sein Zweitbüro im Neustädter Hof, wenn auch nur zeitweise, aufzugeben für einen aufwändigen Flug Frankfurt-Helsinki kurz nach Mitternacht einschließlich Fahrt nach Frankfurt, dann den Aufenthalt in einem billigen finnischen Hotel und überhaupt die ganzen Umstände. Ging Bellheim schließlich nichts an. Würde ihn auch nicht interessieren.
»Mälis? Das ist ihre geschiedene Frau? Die Musikwissenschaftlerin?« Nach einem Kopfnicken Schmitts fuhr Bellheim fort: »Mit der wollte ich auch noch reden. Sie sollte mir das eine oder andere über Neue Musik ... Kein Wunder, dass ich sie nicht erreichen konnte. Und wieso beschäftigt sie sich mit Vesalainens Großvater?«
»Sie hat den Auftrag von einer der Stadtratsfraktionen erhalten. Fragen Sie mich nicht, von welcher. Der Großvater war möglicherweise ein ziemlicher Nazi in der Zeit der Unabhängigkeit Finnlands bis zum Ende des zweiten Weltkriegs. Wer weiß, vielleicht auch darüber hinaus. Ich nehme an, das soll die Enkelin diskreditieren.«
»Und dafür gibt Ihre ehemalige Frau sich her?«
»Ich glaube nicht, dass sie es so sieht. Bei ihr geht es einfach um die Forschung. Zweck- und wertfrei.«
Bellheim schwieg. Nach einer Weile sagte er nachdenklich mit leiser Stimme, dass wohl einige Muftis und Obermuftis in der Ostrataler Politszene ein starkes Interesse daran haben könnten, Vesalainen zu verhindern. Möglicherweise das ganze Projekt zu kippen. Er habe mit einigen Komponisten gesprochen, die kein gutes Wort an dieser Komponistin ließen und

ihren Großvater ins Spiel brachten. Und er glaube zu wissen, dass es im Stadtrat eine starke Koalition aus Projektgegnern, Deutschnationalen und Befürwortern des philharmonischen Orchesters gab, die Vesalainen lieber heute als morgen beerdigen würden. Natürlich bildlich gesprochen.

Schmitts Gedanken spielten ohne sein Zutun verrückt. Wenn es tatsächlich so war, wie Bellheim skizziert hatte, kam der Tod Rechenbergs einigen Typen zu pass. Der war schließlich dem Vernehmen nach der Motor für das neue Ensemble. Das hatte selbst der Erzignorant Schmitt aus dem örtlichen Käseblättchen mitgekriegt. Das konnte er gar nicht überlesen, denn mit den Auseinandersetzungen über die Kombination Orchester, Ensemble für Neue Musik und kräftigen Einsparungen im städtischen Haushalt hatte es der Feuilletonchef des Ostrataler Volksboten, Dr. Hubert Fichte sogar bis auf Seite eins gebracht. Und möglicherweise war Rechenberg auch derjenige, der Vesalainen als Stadtkomponistin installiert hatte. Und jetzt, da er aus dem Weg geräumt war, konnten die Karten neu gemischt werden.

Bellheim hatte anschließend für Schmitt eine Besprechung mit zwei der bestohlenen Musiker arrangiert. Zu mehr reichte die Mittagspause des heutigen Probentages nicht, in der die Orchestermitglieder zum großen Teil nach Hause fuhren und nur eine Handvoll in der Kantine des nahegelegenen Verwaltungsgebäudes der Verkehrsbetriebe essen gingen. Dazu gehörten auch Hubert Anrainer, Stimmführer der zweiten Geigen und Uwe Fischer, Cellist. Schmitt traf Anrainer zu einem Kaffee in der Cafeteria des Konzerthauses, bevor der die Kantine aufsuchte. Mit Fischer war er nach dessen Mittagessen verabredet. Übereinstimmend sagten beide aus, dass sie sich auch wunderten über die Häufung von Diebstählen in einem einzigen Orchester. Und darüber, dass nur private, wertvolle Instrumente gestohlen wurden und nicht auch orchestereigene, die nur mittelmäßig waren und beim Verkauf wohl kaum größere Erlöse erbrächten. Stimmt, jetzt da Schmitt das sagte, fänden sie auch, dass jemand gehörig was ausbaldowere. Ein Zufall

jedenfalls könne das wohl eher nicht sein. Anrainer meinte, dass es in der Tat vielleicht merkwürdig erscheine, dass er gerade kurze Zeit vor dem Diebstahl eine neues Wertgutachten erstellen ließ, aber das mache er etwa alle fünf Jahre, damit er wegen der oft schnell wachsenden Preise auf dem Instrumentenmarkt nichts versäume. Dabei denke er nicht in erster Linie an Diebe, sondern mehr an Feuer oder Unfall. Fischer zuckte nur mit den Schultern. Schmitt fragte, ob sich ein gewisser Herr Winkelmann seit etwa drei Jahren auffällig um die Musiker des Orchesters kümmere und ob er derjenige sei, der vielleicht, sie wüssten schon ... Oder sein Mitarbeiter. Ganz und gar nicht, war die übereinstimmende Antwort. Winkelmann sei ihrem Eindruck nach ein honoriger Mann, der ihnen des Öfteren Konzerte und lukrative Aushilfen in anderen Orchestern vermittelte. Fischer reagierte zwar etwas nervös bei der Frage, ob das auch auf den Mitarbeiter Winkelmanns zutreffe, meinte jedoch, dass er den so gut wie gar nicht kenne. Anrainer fand, dass dieser *Kerl*, wie er ihn nannte, ziemlich prollig daher komme und ein bisschen zu *breitbeinig*, und dass er sich über Winkelmann wundere, *so einen* in der kultivierten Welt der klassischen Musik zu beschäftigen. Aber Winkelmann sei wohl schwul, und, na ja, *jedem Tierchen sein Pläsierchen*. Vielleicht seien die beiden ja ein Paar. Im übrigen kenne er den *Kerl* nicht. Und nein, beide hatten den Namen Armbruster noch nie gehört. Wie der Mitarbeiter Winkelmanns hieß, wüssten sie nicht.
Schmitt begleitete den immer nervöser werdenden Fischer zurück in den großen Saal des Konzerthauses und verabschiedete sich dort von ihm. Er versuchte mit weiteren Orchestermitgliedern ins Gespräch zu kommen, die nach und nach aus der Mittagspause eintrudelten. Was ihm auch gelang. So gab zum Beispiel die Harfenistin an, dass sich in den letzten Jahren niemand außer Winkelmann so engagiert um Orchester und Orchestermitglieder kümmere. Er schien ihr ein für diese Branche verhältnismäßig zuverlässiger Mensch zu sein, hatte er ihr doch mehrere Male eine Mugge vermittelt und sogar das verhandelte Honorar vollständig bezahlt. Seinen Mitarbeiter kannte sie

nicht, sie wusste gar nicht, dass er einen hatte. Dieser Eindruck von Winkelmann wurde vom Solotrompeter bestätigt, mit dem Schmitt ebenfalls ins Gespräch kam. Der darüber hinaus allerdings noch Hochinteressantes zu berichten hatte: So hatte ihn der Mitarbeiter Winkelmanns angesprochen, falls er mal günstig eine Trompete brauche oder seine zu Höchstpreisen verkaufen wolle ... Ähnliches habe er auch von einem der Bassisten gehört. Nein, wie der Mitarbeiter heiße, wisse er nicht. Er habe eine Visitenkarte bekommen, da war aber kein Name angegeben, sondern nur etwas wie *Instrumente zu Höchstpreisen An- und Verkauf Kostenlose Gutachten*. So in der Richtung. Und eine Telefonnummer. Keine Adresse. Die Karte habe er aber weggeworfen. Wenn Schmitt jedoch die Handy-Nummer von Winkelmann haben wolle, die könne er ihm gerne geben. Der würde ihm sicherlich weiterhelfen.

Schmitt wollte. Und war unterm Strich sehr zufrieden mit diesen Interviews. Sie ergaben zwar für sich genommen keinerlei Anhaltspunkte für eine Komplizenschaft der Bestohlenen mit den Dieben. Aber nervös waren sie doch, die beiden betroffenen Herren Musiker. Das war allerdings nicht beweiserheblich. Wer weiß, vielleicht habe ich jemanden aufgescheucht, dachte Schmitt. Und Winkelmann betrachte ich mir mal näher. Mitsamt seinem Armbruster und dessen ominösem Instrumentenhandel. Was auffällig war: Schon wieder dichtete ihm jemand eine homosexuelle Veranlagung an. Dabei war Armbruster das ganze Gegenteil. Sein fast schon animalischer Drang zu Frauen war so stark ausgeprägt, dass es beinahe an Frauenverachtung grenzte. Aber er hatte tatsächlich etwas Tuntiges an sich.

Mälis hatte ihre Rückkehr auf morgen angekündigt. Er solle seine Ohren ganz weit aufsperren für das, was sie ihm zu berichten habe. Und er könne sich schon mal überlegen, ob er mit Kaijsa Vesalainen ein *tiefgründiges* Gespräch zu führen gedenke. Meine Güte, manchmal drückte sich seine Ex schon sehr geschwollen aus, dachte Schmitt. Freute sich aber auf ein Wiedersehen. Sogar sehr.

DAS MÄZENATENTUM

ZWEI

Die Oberbürgermeisterin hatte für den heutigen Nachmittag einen Termin für Bellheim bei Ingrid Von der Kamp vereinbart. Leider könne sie nicht mitkommen, obwohl sie sich dies fest vorgenommen habe. Schließlich wolle sie sich die Dame warmhalten. Aber was nicht ginge, ginge eben nicht.
Bellheim war auf die Begegnung mit Ingrid Von der Kamp gut vorbereitet. Vor zwei Tagen hatte er zu diesem Zweck ein Konzert in Wiesbaden besucht mit Werken von Luciano Berio (»Erdenklavier«), Luigi Nono (»Omaggio a Emileo Vedova.« Für Tonband), Hans Werner Henze (Serenade für Violoncello solo), Isang Yun (Pezzo fantasioso), John Cage (Music for Carillon Nr. 2 und 3) und Pierre Boulez (»Mémoriale«). Dieses Konzert wäre inhaltlich zwar nicht eins zu eins auf die Ostrataler Bühne zu übertragen. Aber immerhin gewann Bellheim einen guten Einblick in diese spezielle Art von Musik. Er verließ das Konzert nicht beschwingt, doch spürbar beeindruckt. Er hätte nicht vermutet, einen ganzen Abend ausschließlich mit Werken Neuer Musik überstehen zu können und war überrascht von der Vielfalt des Programms. Nicht, dass er mit einem Schlag vom Saulus zum Paulus, vom Kunstbanausen zum begeisterten Jünger der vielfach atonalen modernen Musik geworden wäre. Aber er konnte jetzt durchaus anerkennen, dass in den letzten Jahrzehnten auf der Suche nach zeitgemäßen Ausdrucksformen Wege gefunden und beschritten wurden, die es lohnte, weiterzugehen.
Und nun saß er im weitläufigen Wohnzimmer der Von der Kamps und erwartete den Auftritt der Hausherrin. Er wünschte sehnlichst, die Oberbürgermeisterin wäre an seiner Seite.

Er fühlte sich etwas unbehaglich in der Umgebung von soviel unverstelltem Reichtum. Er wusste aus Erfahrung, dass Mäzene außerordentlich schwierig waren, manche ausgesprochen launisch oder egozentrisch, was dann als exzentrisch durchging. Viele erwarteten auf jeden Fall devoten Respekt sowie Anpassung an ihre politischen, gesellschaflichen und kulturellen Vorlieben und Auffassungen.

Frau Von der Kamp ließ Bellheim, für ihn überraschend, nicht lange warten. Er sprang auf, nahm Von der Kamps ausgestreckte Hand und neigte Kopf und Oberkörper zu einem formvollendeten Kuss auf dieselbe. Ingrid Von der Kamp lächelte überrascht, wenn auch etwas spöttisch, war aber sichtlich angenehm berührt.

»Nehmen Sie bitte Platz, Herr Bellheim«, deutete sie in Richtung einer sehr bequem aussehenden Sitzgruppe, bestehend aus tiefen Ledersesseln rund um einen futuristischen Glastisch, auf dem für drei Personen eingedeckt war. Tassen, Kuchenteller, zwei Platten mit Gebäck. Etwas weniger stilvoll, dafür jedoch praktisch, zwei Warmhaltekannen, die eine wohl mit Kaffee, die andere dann wahrscheinlich mit Tee gefüllt.

»Meine Schwiegertochter Kaijsa Vesalainen wird an unserem Gespräch teilnehmen«, fuhr Von der Kamp fort, nachdem sie sich ebenfalls gesetzt hatte.

Bellheim wusste nicht genau, wen er erwartet hatte. Auf jeden Fall eher eine aufgetakelte, alte Fregatte. Blasiert bis zum Gehtnichtmehr. Nichts davon bemerkte er bei Ingrid Von der Kamp. Im Gegenteil: Sie war eine ausnehmend jugendlich wirkende Dame, dabei sicherlich ordentlich auf dem Weg zum Siebzigsten, schlank und unaufdringlich gepflegt, dezent geschminkt. Ihre großen Augen dominierten ein ovales Gesicht mit einem breiten Mund, über dem eine mittelgroße Stupsnase genau richtig angeordnet war. Das gestuft halblang geschnittene Haar war vermutlich getönt, aber ihrem Alter angemessen mit einigen grauen Strähnen durchzogen. Auch zu ihren Falten hatte Von der Kamp ein sichtbar unverkrampftes Verhältnis, wobei diese sich bis auf die Halspartie durchaus in eher charmanter

Weise ausbreiteten. Ein dunkler, schmaler Hosenanzug zeigte, dass sie ihrem Gegenüber im Gegensatz zur Offenheit ihres Gesichts einen Blick auf ihre Beine zu verwehren trachtete. Musste auch nicht sein. Und obwohl sie bestimmt nicht größer als 1,60 Meter war, trug sie flache, unauffällige, wahrscheinlich jedoch sehr teure Ballerinas. Eine weiße Bluse und nur wenig, aber geschmackvoller und sichtlich edler Schmuck vervollständigte die erfreuliche Erscheinung.

Ganz im Gegensatz zur nun auftretenden Komponistin und Schwiegertochter. Alterslos, aber ganz und gar nicht im positiven Sinne, nachlässig gekleidet und ebenso frisiert. Kaijsa Vesalainen reichte Bellheim eine schlaffe Hand und verdrückte sich richtiggehend in einem der Sessel. Entweder ist sie arrogant oder desinteressiert oder schlecht erzogen, oder alles zusammen, mutmaßte Bellheim. Oder sollte das ganze Ausdruck ihrer künstlerischen Hochpotenz sein?

»Sie haben also die Geschäfte des bedauernswerten Herrn Rechenberg übernommen. Sie sind mir bekannt, wenn auch nur von weitem. Ich bin eine der treuesten Abonnentinnen der Ostrataler Philharmonie. Aber begegnet sind wir uns wohl noch nie«, parlierte Von der Kamp unverbindlich.

»Nein, gnädige Frau. Ich habe allerdings viel von Ihnen gehört.«

»Nur Positives, wie ich hoffe«, schäkerte Von der Kamp.

»Nur Positives, selbstverständlich«, ging Bellheim lächelnd darauf ein. Vesalainen langweilte sich ostentativ. »Die Geschäfte von Herrn Rechenberg habe ich allerdings nur hinsichtlich des Aufbaus des von Ihnen so großzügig unterstützten Ensembles für Neue Musik übernommen. Als Notnagel sozusagen. Und das ist auch der Grund meines Kommens. Nicht allein ein Antrittsbesuch zum Kennenlernen. Ich will Ihnen und Frau Vesalainen über den Stand der Angelegenheit berichten.«

»Dann legen Sie mal los, Herr Bellheim«, forderte Von der Kamp ihn mit hörbarem Interesse in ihrer etwas zu hohen Stimme auf und machte es sich bequemer, indem sie das rechte Bein über ihr linkes schlug. »Greifen Sie zu. In der silbernen Kanne ist Kaffee, in der schwarzen Tee. Sie bedienen sich bitte selbst.«

»Vielen Dank.« Bellheim nahm sich ein Gebäckstück und schenkte sich Kaffee in eine sicherlich wertvolle Tasse aus einer der berühmteren Porzellanmanufakturen ein. »Wir haben nach diversen Gesprächen mit Fachleuten, speziellen Dirigenten und mit einigen Komponisten die Zusammensetzung des Ensembles festgelegt.« Er bemerkte, dass Vesalainen unwillig ihr Gesicht verzog, die erste Gemütsregung, seit sie das Zimmer betreten hatte. »Tut mir leid, Frau Vesalainen, aber das wird laut Vertrag mit Ihrer Schwiegermutter ...« Ingrid Von der Kamp verzog keine Miene. »... von der Stadt Ostratal festgelegt. Die Struktur des Ensembles besteht hoffentlich weit über die Zeit Ihrer Leitung hinaus und kann deshalb verständlicherweise nicht nur Ihren Vorstellungen entsprechen. Und es handelt sich immerhin um unkündbare Stellen. Das ist nach deutschem Arbeitsrecht anders nicht möglich. Aber ich gehe davon aus, dass die Zusammensetzung nicht wesentlich von Ihren Vorstellungen abweicht. Das Ensemble besteht somit aus zwei Violinen, einer Viola, einem Violoncello, einem Kontrabass, einer Flöte, einer Oboe, zwei Klarinetten, einem Fagott, einem Klavier und einem Schlagzeug. Dazu kommen ...«

»Aber eine Stelle für Percussion ist zu wenig. Entschuldigen Sie bitte, aber das müssen zwei sein«, unterbrach ihn Vesalainen, plötzlich wie ausgewechselt. Mit lebendigem, sprechendem Gesicht, ausdrucksstarker Stimme und temperamentvollen Gebärden. Bellheim war beeindruckt.

»Es tut mir sehr leid, Frau Vesalainen. Aber wir sind auf zwölf Stellen im Ensemble begrenzt. Mehr ist nicht finanzierbar. Auch uns wurde im Vorfeld gesagt, dass neben zwei Klarinetten, davon einer Bassklarinette, zwei Stellen für Percussion notwendig wären. Aber es scheint einfacher zu sein, eine zusätzliche Percussion von Fall zu Fall als Aushilfe zu organisieren als eine Bassklarinette.« Vesalainen ließ sich schmollend in ihren Sessel zurückfallen.

»Aber darüber lässt sich bestimmt noch reden«, schaltete sich ihre Schwiegermutter vermittelnd ein.

»Natürlich. Aber dann bitte sobald wie möglich. Die Ausschreibungen der Stellen sollen in vier Wochen an die Fachpresse gehen. Und übrigens stellen wir einen festen und nicht zu geringen Posten für Aushilfen in den Haushalt ein, zum Beispiel für das gesamte Blech, die Harfe, das Akkordeon et cetera. Für die Elektronik und gegebenenfalls die Lichteffekte selbstverständlich auch. Natürlich braucht es ganz banal Geld für Leute, die Auf- und Abbauarbeiten, die Transporte und ähnliches übernehmen. Und Ihnen, Frau Vesalainen, stellen wir einen hauptberuflichen Geschäftsführer nebst einer halbtagsbeschäftigten Sekretärin zur Verfügung. Für die Administration, Aquise, Konzertorganisation, Öffentlichkeitsarbeit, Konzerttourneen. Und ebenso für die Planung Ihres Einsatzes in Musikschule, Chören, Musikvereinen, Schulen, für diverse Kurse und Seminare in der Volkshochschule. Das Ensemble soll ja auch federführend für den interkulturellen Dialog zuständig sein. Dazu müssen unter anderem Kontakte mit den Organisationen unserer ausländischen Mitbürgerinnen und Mitbürger gepflegt werden. Die ganze Beschaffung und Verwaltung des Notenmaterials und der Fachliteratur wird übrigens von unserer Stadtbibliothek übernommen. So, das war jetzt aber ein Gewaltritt durch unser Jahrhundertprojekt. Sie sehen, wir haben an alles gedacht. Soweit das möglich ist. Ach ja, bei der Auswahl der Ensemblemitglieder haben Sie natürlich ein Mitspracherecht, Frau Vesalainen.«

Aber die sah schon wieder äußerst gelangweilt aus. Als ginge sie das gar nichts an. Vielleicht aber war sie durch die Fülle der von Bellheim vorgetragenen Informationen auch einfach nur überfordert.

Ganz anders Ingrid Von der Kamp. Die folgte seinen Ausführungen mit hochkonzentriertem Gesichtsausdruck, dem allerdings nicht anzusehen war, ob beifällig, nur neutral oder was auch sonst sich dahinter verbergen mochte.

»Das hört sich sehr beeindruckend an, Herr Bellheim. Da scheint unsere Frau Oberbürgermeisterin Dr. Scherpen einen ausgesucht kompetenten Mann ausgewählt zu haben. Der sich mit Feuer und Flamme meiner Idee verschrieben hat.« Sie fixierte ihn, ganz offensichtlich berechnend.

»Um der Wahrheit die Ehre zu geben, Frau Von der Kamp, liegen meine Interessen und Vorlieben eher bei der klassisch-konventionellen Musik. Unser Orchester ist deshalb meine richtige Kragenweite, flapsig formuliert. Allerdings nicht mehr lange. Selbstverständlich gebe ich mein Bestes, wenn jetzt in dieser Notlage jemand gebraucht wird. Aber als späterer Geschäftsführer des Ensembles bin ich nicht geeignet. Diese Aufgabe muss jemand mit Leidenschaft für die Neue Musik übernehmen. Ja, fast schon mit Sendungsbewusstsein. Herr Rechenberg war da ein ganz anderes Kaliber als ich.«

Kaijsa Vesalainen erhob sich und verließ mit den Worten, dass noch Arbeit auf sie warte, nämlich *eine Auftragskomposition* für ein Bläseroktett mit obligatem Bass, und mit der Bitte um Verständnis das Zimmer.

Bellheim schüttelte innerlich den Kopf. Von der Kamp sah ihrer Schwiegertochter nachdenklich hinterher.

»Ja, Rechenberg«, sagte sie nach einem Moment des Schweigens. »Ich muss sagen, ebenfalls um der Wahrheit die Ehre zu geben, Herr Bellheim, dass ich vor einigen Monaten drauf und dran war, mein Geld für ein ganz herkömmliches Kammerorchester herzugeben. Herr Altener, den Sie vermutlich kennen ...«

Bellheim nickte bestätigend. »... hatte mich fast überzeugt von seiner Idee. Er meinte, dass man mit sechzehn bis achtzehn Stellen auch einigen der jetzigen Orchestermusiker eine Perspektive bieten könne und die Stadt sich einiges an Abfindungen spare. Aber dann kam Dr. Rechenberg und erzählte mir von dieser einmaligen Möglichkeit einer quasi staatlichen Einrichtung. Soviel ich weiß, kommt einer solchen Konstruktion nur das *Ensemble Modern* in Frankfurt einigermaßen nahe, obwohl das freischwebend organisiert ist, also nur einen Zuschuss bekommt. Darüber hinaus meinte er, dass wir mit unserer Förderung der Neuen Musik eine dauerhafte Verklammerung mit dem altehrwürdigen Namen Von der Kamp herstellen würden, der Familie meines verstorbenen Mannes. Wichtig war mir auch, dass mein Geld nicht zu Teilen indirekt in den Landeshaushalt fließt. Bei der Gründung eines Kammerorchesters hätte sich das Land wohl mit vierzig Prozent an den Nettokosten beteiligt. Mein Zuschuss hätte diese natürlich indirekt gesenkt, sodass im Grunde nicht nur die Stadt gesponsert worden wäre. Das wollte ich auf gar keinen Fall.«

Soviel also zu *meiner Idee*, dachte Bellheim. Ihm war jetzt klar, dass einzig Rechenberg der Motor für das geplante Ensemble gewesen war. Und Von der Kamp war aufgesprungen, sicher auch wegen ihres Sohnes und der Chance für ihre Schwiegertochter. Jetzt verstand Bellheim auch, warum Altener, der in Kulturangelegenheiten so engagierte Stadtrat, dem Vernehmen nach dermaßen sauer auf Rechenberg und Scherpen war.

»Aber die Verhandlungen mit dem Land wegen einer Mitfinanzierung zu Gunsten des Ensembles für Neue Musik laufen doch noch. Soviel ich weiß, stehen die gar nicht schlecht, wenn erstmal der Zuschuss für das philharmonische Orchester weggefallen ist. Und wenn die Größenordnung der Abfindungen berechenbar und die Beteiligung von Stadt und Land absehbar ist.«

Ingrid Von der Kamp, die Sphinx von Wolfersbergen, blickte ihn unergründlich an.

»Ich weiß. Aber bis dahin fördere ich allein.«

Sie erhob sich. Bellheim ebenfalls.

»Ich bringe Sie noch zur Tür.«

Freundlich verabschiedete sich Von der Kamp von Bellheim, der erneut mit einem vollendeten Handkuss Punkte sammelte. Wie dem abermals etwas spöttischen, aber zugleich angenehm berührten Lächeln Von der Kamps zu entnehmen war.

PRIVATE ERMITTLUNGEN

ZWEI

In einer durchaus gemütlichen Dreizimmerwohnung in der Falkensteinstraße saß ein einsamer Hagestolz bei seinem Abendessen, schaute sich die Regionalnachrichten im dritten Programm an und wartete darauf, dass es sieben Uhr wurde. Schmitt hatte überlegt, ob er die Speisekarte des *Neustädter Hofs* nutzen sollte, sich aber aus guten Gründen dagegen entschieden. Zum einen hätte er *drüben* bestimmt ein Bier dazu getrunken, was nicht ratsam gewesen wäre. Schließlich musste er an seinen Besprechungstermin um halb acht denken. Zweitens hatte er im Moment zwar Geld. Es war aber fraglich, wie lange das noch reichen würde. So hockte er über seiner üblichen Dose Fisch in Tomatensoße und bereitete sich auf sein Gespräch mit Winkelmann vor. Nachmittags hatte er einen alten Bekannten und IT-Fachmann gebeten, in den nächsten Tagen im Internet nach vielversprechenden Angeboten zu forschen und zwar weltweit in den gängigen Ankaufs- und Verkaufsbörsen. Und er sollte die Tauschforen nicht vergessen. Weil Schmitt nicht ausschließen wollte, dass ein als Tausch getarnter Verkauf in dieser Grauzone weniger Verdacht erregte. Er wusste selbst nicht, wie er auf diese Idee kam. Sein Bekannter sollte jedenfalls gezielt nach Violinen, Bratschen, Celli von alten Meistern Ausschau halten. Nicht nur nach den in Ostratal gestohlenen, sondern auch nach solchen, die in den letzten Jahren den Mitgliedern anderer Orchester abhanden gekommen waren. Und natürlich nach der Gold-Querflöte, die Schmitt zu allererst im Internet verortete. Typischerweise für diesen Markt. Mal sehen, vielleicht kam ja was dabei heraus. Andererseits war die Garant sicher längst selbst auf diesen Trichter gekommen.

Um sieben warf Schmitt sich ein paar Handvoll Wasser ins Gesicht, putzte sich die Zähne, zog wegen des unangenehmen Herbstwindes seinen alten Humphrey-Bogart-Gedächtnis-Trenchcoat über und verließ seine Wohnung. Mit der Straßenbahn fuhr er zum Bismarckplatz, wo sich fast alle Bus- und Bahnlinien kreuzten. Mit der Linie 53 fuhr er weiter Richtung Stadion und stieg an der dritten Station aus. Gleich rechts ging die Furtwänglerstraße ab, benannt nach dem berühmten Ex-Chefdirigenten der Berliner Philharmoniker. Schmitt ging kurz durch den Kopf, dass dieser wahrscheinlich größte deutsche Orchesterleiter einst als *Hitlers gehätschelter Maestro* tituliert worden war. Nummer zwölf entpuppte sich als ein modernes sechsstöckiges Boardinghouse, in der Nachbarschaft von vielen weiteren sechsstöckigen Boardinghouses, im Grunde genauso langweilig wie eine endlose, einheitliche Reihenhaussiedlung. Hier hatte Götz-Eberhard Winkelmann eine Dreizimmerwohnung angemietet, wie er am Telefon auskunftsfreudig von sich gab.

Schmitt war noch nie in dieser Gegend gewesen. Er nahm an, dass hier vorwiegend Yuppies, Studenten mit begüterten Eltern, Profisportler, Zuhälter ... Schmitt konnte wieder mal gar nicht anders, als die Bewohner solch schicker Domizile in diesen Kategorien zu sortieren. Für ihn war es undenkbar, dass der strebsame Familienvater, der nur von seiner Hände Arbeit lebte, nebst Ehefrau und Kindern in so einem Umfeld leben könnte. Allerdings trafen Schmitts Vorurteile, wenn sonst auch selten, auf die Furtwänglerstraße doch immerhin zu.

Auf sein Klingeln surrte sogleich der elektrische Türöffner. Winkelmann erwartete ihn und gab sich deshalb nicht die Mühe, über die Türsprechanlage nachzufragen. Das hatte für Schmitt den Nachteil, dass er selbst herausfinden musste, in welchem Stock sich Winkelmanns Appartement befand. Der Anordnung der Klingeln nach im zweiten. Schmitt benutzte ganz gegen seine Gewohnheit die Treppe, darauf hoffend, dass die Wohnungstür offenstand, sodass er auf den ersten Blick erkannte, welche zum Ziel führte. Und dass selbige nicht erst ganz weit oben offenstand ... Aber Winkelmann stand im zweiten Stock in seiner Türe, und Schmitt betrat erleichtert die Wohnung.

»Willkommen!« Winkelmann hielt ihm freundlich lächelnd seine rechte Hand entgegen, die Schmitt zurückhaltend ergriff.

»Guten Abend.«

Der Gastgeber nahm ihm den Trench ab und geleitete ihn in einen geschmackvoll eingerichteten Livingroom, vulgo Wohnzimmer. Schmitt sah sich um: hell, viel Fensterfläche zu putzen, dagegen wenig Stellmöglichkeiten für Schränke, Fläche zum Anbringen von Bildern oder Wandteppichen. Leider auch wenig Aussicht. Der Blick aus dem Fenster fiel auf andere Boardinghouses und auf ein bisschen Grün dazwischen. Die Möbel: Leder, Stahl, Glas. Alles aus dem Katalog »Männlich. Erfolgreich. Cool«. Designerlampen, Edelparkett. Schick, sehr schick. Und kein bisschen gemütlich. Nichts zum Fläzen, Entspannen, Faulenzen.

Aber Götz-Eberhard Winkelmann sah auch nicht so aus, als ob er sich irgendwo hinfläzen würde oder es nötig hätte, sich zu entspannen. Oder gar auf die Idee käme zu faulenzen. Er war schätzungsweise um die fünfzig, braungebrannt, schlank und drahtig, modischer Glatzkopf, weißes Hemd, drei Knöpfe offen, gerade so viel, um eine ebenfalls braun gebrannte, unbehaarte Brust zu zeigen. Verblüffenderweise kein Goldkettchen. Dezente, aber teure Uhr mit schwarzem Lederarmband. Dunkelblaue Segelhose, grün-lilakarierte Socken, dem Design nach von Burlington, hellbraune, dünnbesohlte Italienerslipper. Er lächelte breit.

»Lassen Sie sich nicht beeindrucken von dem Ganzen hier. Alles möbliert gemietet. Mir gehört keine Tasse und kein Glas. Ich bin mir noch nicht sicher, ob ich in Ostratal bleibe. Aber in meinem Beruf muss man sehr auf Äußerlichkeiten achten. Da muss alles nach Erfolg, Geschmack, Geld riechen. Wie auch immer. Nehmen Sie bitte Platz. Sie wollen mit mir über einige Diebstähle hochwertiger Instrumente sprechen, nicht wahr? Aber eines kann ich Ihnen gleich versichern, ich war's nicht.«

Winkelmann lachte. Ein ganzer Kranz von Falten erblühte um seine Augen und zwei Grübchen tauchten in seinen Wangen auf. Ein charmanter Kerl, konstatierte Schmitt. Wenn der nicht jeden und jede um den Finger wickelt, mit seiner Maske der unverstellten Offenheit und liebenswerten Selbstironie. Aber Maske bleibt Maske, wie Schmitt, der erfahrene Weltbürger, wusste.
»Das will ich auch nicht hoffen«, erwiderte er trocken und verzog keine Miene.
Auch Winkelmann wurde ernst.
»In Ordnung. Wie kann ich Ihnen helfen?«
Schmitt hatte sich entschieden, ganz direkt zu sein. Er stellte die Verdachtsmomente dar, die für eine bandenmäßig betriebene Tat im Einvernehmen mit den Bestohlenen sprachen. Und dass er sich auf Personen konzentrierte, die neu im Umfeld des Orchesters aufgetreten waren, bevor die Diebstähle begannen.
»Ach so, jetzt verstehe ich. Und da scheine ich dazu zu gehören. Hat das also vor etwa zwei Jahren angefangen?«
»Der erste Diebstahl in Ostratal erfolgte vor achtzehn Monaten«, erläuterte Schmitt etwas hölzern.
»Das haut hin. In der Tat habe ich vor zwei Jahren begonnen, mein Geschäftsfeld so langsam von Darmstadt nach Ostratal zu verlegen. Und vor circa einem Jahr bin ich hier eingezogen. Aber ich kann Ihnen versichern, Herr Schmitt, ohne diesen Hintergedanken zu haben. Oh Gott, ich bin ja ein schlechter Gastgeber. Möchten Sie etwas trinken? Ein Bier, ein Wasser?«
»Nein, vielen Dank. Später vielleicht.«
Später? Wie lange will diese Schießbudenfigur denn bleiben, fragte sich Winkelmann.
»Gut, dann später«, erwiderte er mit diszipliniertem Mienenspiel.
»Sie bemühten sich anfangs um den einen oder anderen Musiker des hiesigen Orchesters. Boten an, die Agententätigkeiten zu übernehmen. Konzerte zu vermitteln. Gegebenenfalls die Übernahme in ein anderes Orchester anzubahnen.«
»Irgendwie muss man anfangen. Versuchen, einen Fuß in die Tür zu bekommen. Aber diese Betreuung habe ich bald

einem Mitarbeiter übergeben. Das lohnt sich ja auch nicht, betriebswirtschaftlich gesehen. Ich musste mich schließlich meinen eigentlichen Aufgaben widmen.«

»Die da wären?«

»Herr Schmitt, das hat nun wirklich nichts mit Ihren Diebstählen zu tun«, sagte Winkelmann nun doch etwas unwillig.

»Das mag ja sein. Aber wenn Sie mir plausibel erklären würden, warum Sie mit Ihrer Musikagentur aus dem bestimmt viel lukrativeren und interessanteren Viereck Frankfurt, Darmstadt, Wiesbaden und Mainz mit den dortigen Möglichkeiten in die Provinz gewechselt haben, kann ich mögliche unlautere Motive ausschließen«, führte Schmitt etwas altklug aus.

Winkelmann ärgerte sich sichtlich über die Zumutung, musste dann aber doch lachen.

»Sie sind ganz schön unverschämt, Herr Schmitt. Aber lautere und unlautere Motive in meinem Metier zu unterscheiden … Mutig. Sie haben recht. Natürlich geht es in dem von Ihnen so beschriebenen Viereck wesentlich vielfältiger zu mit der lieben Kunst im Allgemeinen. Die spielt dort, wenn ich das so sagen darf, ohne Ostratal auf die Füße zu treten, in einer wesentlich höheren Klasse. Und wie Sie richtig festgestellt haben, einer lukrativeren obendrein. Andrerseits ist die Konkurrenz seitens der Kulturmacher gewaltig.« Schmitt kam schemenhaft Matthias Ullrich und dessen Amüsierbetrieb *Blaue Blume KG* in den Sinn. »Doch der wesentlich gewichtigere Grund ist der«, fuhr Winkelmann fort, »dass ich angefragt wurde, hier in Ostratal eine Konzert- und Theaterstruktur aufzubauen, in etwa so wie das Festspielhaus Baden-Baden, wenn auch nur entfernt. Aber als Idee. Ein Haus, das nach Auflösung des hiesigen Orchesters ohne eigenes Ensemble funktioniert. Ein guter Bekannter hatte mich im Auftrag der Oberbürgermeisterin angesprochen.«

»Rechenberg?«, fragte Schmitt dazwischen.

»Ihn habe ich erst später kennengelernt. Nein, den Betreffenden kennen Sie ganz sicher nicht. Der ist nicht von hier.«

Winkelmann erzählte nun völlig unbefangen, wenn auch unter dem Siegel der strengsten Verschwiegenheit, denn schließlich handelte und handele es sich um eine quasi geheime Staatsaktion, um Interna der städtischen Kunstpolitik und deren wichtigeren Figuren. Bloß um Schmitt seine Lauterkeit zu beweisen in Fragen der Diebstähle. Schmitt war sich allerdings nicht sicher, ob Winkelmann nicht noch etwas anderes bezwecken wollte. Offenheit als taktisches Mittel sozusagen. Mochte dieses sein, mochte jenes sein. Jedenfalls fuhr Winkelmann fort, dass er für zwei Spielzeiten, nämlich 2020/21 und 2021/22, einen prophylaktischen Plan erstellen solle mitsamt Kostenrechnung und allem Pipapo. So ein Vorhaben brauche eine lange Vorlaufzeit, wie Schmitt sicherlich wisse. Schmitt bejahte dies, was Winkelmann im Stillen verwunderte. Nach wenigen Monaten sei ein gewisser Herr Altener auf ihn zugekommen. Der habe entweder was spitz gekriegt oder nutzte seine, Winkelmanns, zweifelsohne vorhandene Reputation für den neuen Wirkungsort. Er solle sich doch einmal mit dem Gedanken des Aufbaus eines erstklassigen Kammerorchesters befassen, das er, Winkelmann, dann weltweit vermarkten könne. Ein führendes Spitzenensemble mit exzellenten Musikern. Er, Altener, würde dafür sorgen, dass die Finanzierung durch die Stadt nebst einem gehörigen Landeszuschuss stehe. Er habe auch Interesse bei Sponsoren für dieses Projekt geweckt. Und mit der Hauptsponsorin bereits ein Modell durchgesprochen und zwar auf Grundlage einer Stiftung.

»Dann hat mein mittlerweile guter Freund und schärfster Ideenkonkurrent Rechenberg jedoch die Sache mit dem Ensemble für Neue Musik aus der Tasche gezogen, die Schwiegertochter meiner Hauptsponsorin eingebaut und mit fliegenden Fahnen auf allen Spielplätzen obsiegt. Chapeau!«

Die Betreuung, Vermarktung, insgesamt das Management der von Altener vorgestellten Formation sei perspektivisch laut Winkelmann durchaus verlockend gewesen. Aber das hatte sich mit Rechenbergs genialem Schachzug leider zerschlagen.

»Sie sehen, Herr Schmitt, ich hatte lauter lautere Gründe«, Winkelmann ergötzte sich an seinem Wortspiel, «für die Verlagerung meiner Aktivitäten nach Ostratal. Und darunter

befindet sich weit und breit keiner, der mich auf die Idee bringen könnte, das Orchester *auszubeinen*, sozusagen.«
Schmitt gab sich noch nicht geschlagen.
»Und dieser Mitarbeiter, von dem Sie vorhin gesprochen haben. Der hat dann die Kontakte zu den Orchestermitgliedern gehalten, die Sie, wie soll ich sagen, unter Vertrag genommen haben? Heißt der zufällig Armbruster?«
»Armbruster? Wie kommen Sie denn darauf? Nein, der heißt Rinnen, Bertold Rinnen. Das ist mein Mann für alle Fälle.«
Schmitt war wie vor den Kopf geschlagen. Er hatte so felsenfest darauf vertraut, dass Armbruster seine dreckigen Pfoten auch in dieser Sache hatte. Dass er wieder in Ostratal aufgetaucht war. Erneut im kriminellen Milieu. Es hätte in jeder Beziehung gepasst. Er musste sich allerhöchste Mühe geben, den weiteren Ausführungen Winkelmanns zu folgen.
»Er hält in der Tat die Kontakte, die ich aufgebaut habe. Tut hier und dort mal einen Gefallen. Nebenbei betreibt er zusammen mit einem Kumpel einen Instrumentenhandel in Frankfurt.«
Ja, Rinnen habe hier einige Monate die Verbindung zu *seinen* Musikern gehalten. Er, Winkelmann, konnte die erste Zeit nicht so oft hier sein, wie er sich das gewünscht hätte. Schließlich musste er seine Verpflichtungen aus dem Hauptbüro in Darmstadt erfüllen. Aber er könne seine Hand ins Feuer legen, Rinnen sei nicht derjenige, den Schmitt suche. Trotz seines Machogehabes und seines prolligen Auftretens sei er ein grundsolider Mann. Vielleicht komme er gerade deswegen so gut bei der künstlerischen Klientel an, weil jemand, der äußerlich einen auf den ersten Blick so wenig seriösen Eindruck mache umso zuverlässiger sein müsse. Sonst würde das Ganze nicht klappen. Und das würde sich sehr schnell herumsprechen. Nein, eine Verwicklung in Diebstähle und Versicherungsbetrug könne er sich wirklich nicht vorstellen. Eher bei Rinnens Kumpel und Geschäftspartner. Nicht, weil der ebenfalls so ein schräger Vogel sei. Vielmehr von Berufs wegen. Denn wer vor allem mit gebrauchten Musikinstrumenten handele, sei per se nicht immer und in jedem Fall ganz astrein. Ha, ha. Rinnen sei

in diesem Handel übrigens nur Anbahner, sozusagen. Und ob er selber oder Rinnen Kontakte nach Finnland unterhalte? Nein, ein klares Nein. Er kenne zwar Kaijsa Vesalainen und bei dem einen oder anderen Gespräch war auch Rinnen anwesend. Das sei aber auch schon alles.
»Aber wieso fragen Sie?«
»Es gibt so eine Idee, dass die gestohlenen Instrumente über Finnland und Russland nach China gegangen sein könnten und dort mit neuen Papieren ... Aber Frau Vesalainen hat sicherlich keine derartigen Beziehungen in ihre Heimat.«
Winkelmann lachte.
»Das nehme ich auch nicht an. Zumal sie hier fest verankert ist. Andrerseits, wer weiß. Ihr Ehemann ist offensichtlich nicht der kraft- und vor allem saftstrotzende ...« Er grinste maliziös. »... Frauenversteher. Und mein Rinnen kann mit seiner Ausstrahlung eine vernachlässigte Ehefrau durchaus auf Ideen bringen. Vielleicht hat sich zwischen beiden doch mehr getan, als mir aufgefallen ist. Unter uns gesagt, Vesalainen hat mich erst kürzlich kontaktiert und gebeten, das neue Ensemble und sie selbst zu managen und zu vermarkten. Kaum, dass der Stadtratsbeschluss über die Bühne war und der Sponsoringvertrag mit ihrer Schwiegermutter unterschrieben. Eigentlich soll diese Arbeit von ihrem Mann Dirk übernommen werden. Der makelt mehr schlecht als recht in der Szene der Neuen Musik herum. Aber ich hatte den Eindruck, dass Vesalainen aus der, ich sag mal Umklammerung ihrer Schwiegermutter, ihres Mannes, der Villa und der Stadt Wolfersbergen raus will. Sie ist eine interessante Frau, eine hochtalentierte Komponistin und hervorragende Dirigentin. Aber seit längerem völlig frustriert. Das ist wohl auch der Grund dafür, dass sie auf den ersten Blick einen arroganten, überheblichen Eindruck macht. Aber das täuscht. Hinter dieser Fassade ist sie recht nett und offen. Aber was erzähle ich Ihnen da. Das hat ja alles nichts mit Ihren Diebstählen zu tun, Herr Schmitt. Und bitte, das bleibt unter uns!«
Ja, was erzählt der mir da, dachte Schmitt. Und wozu? Ist Winkelmann einfach nur geschwätzig? Konnte Schmitt sich

eigentlich nicht vorstellen. Was bezweckte er denn dann mit seinen nicht abgefragten Informationen?
»Ach ja, übrigens, ich habe das Angebot von Kaijsa Vesalainen abgelehnt. Damit ist nichts zu verdienen, aber viel Arbeit verbunden. Und ich wollte meinem Freund Rechenberg nicht in die Quere kommen. Tja, Rechenberg ...« Winkelmann senkte für einen Augenblick den Kopf und betrachtete angelegentlich seine Schuhspitzen. Als er den Kopf wieder hob, sah Schmitt in zwei feucht-verschwommene Augen. »... war ein ganz Lieber«, murmelte er mit gebrochener Stimme. »Bleibt aber auch unter uns.«
Schmitt saß ganz still da. Er war fast so etwas wie gerührt. Winkelmann schien tatsächlich nur ein Gegenüber gebraucht zu haben, dem er sein Herz ausschütten konnte. Einen ihm Fremden. Von dem er nicht zu befürchten hatte, dass am nächsten Tag die Runde machte, was Winkelmann in Ostratal alles angetragen wurde: Wer wen ins Abseits intrigierte, wen wer mochte. Und wen man gar liebte. Und, wenn auch ohne Erfolg, hinterging. Winkelmann hätte auch die Stehlampe oder einen der lederüberzogenen Stahlrohrstühle als Gesprächspartner nehmen können, vermutete Schmitt. Aber die lieferten dann doch nicht die nötigen Stichworte.
Winkelmann fasste sich wieder und war binnen kurzem ganz der Alte. Er lächelte Schmitt freundlich an. Die unzählbaren Lachfältchen erschienen erneut, ebenso die Grübchen. Nach einer Weile sagte er, dass er ihn nun zur Tür begleite und sich auf seine Diskretion verlasse.
Schmitt versuchte, auf dem Heimweg das Gehörte zu verarbeiten. Zeit genug hatte er. Der Bus kam erst in zwanzig Minuten. Das Umsteigen am Bismarckplatz dauerte weitere zehn. Mindestens die Hälfte dessen, was ihm Winkelmann erzählt hatte, war für seine Ermittlungen völlig irrelevant und konnte gleich vergessen werden. Aber: Armbruster war eine Schimäre. Natürlich existierte er. Irgendwo. Aber nicht hier und jetzt. Dafür gab es sein Abziehbild, Bertold Rinnen. Und der betrieb, wenn auch wohl in erster Linie passiv, einen

Instrumentenhandel. Das war doch schon mal was. Und er kannte Vesalainen gut, vielleicht sogar mehr als gut. Das war doch schon mal saumäßig was!

Morgen kam Mälis zurück. Im Lauf des späten Nachmittags. Vielleicht konnte er vormittags mit Vesalainen sprechen. Über dies und jenes, Kontakte nach Finnland und zu Rinnen. Und abends bei einem Bier beziehungsweise einem Weißburgunder mit ihr über die Erlebnisse und Ergebnisse ihrer Finnlandreise plaudern. Und über die dortige Unterwelt. Aber er befürchtete, dass Mälis den Abend und die Nacht nach der langen Trennung erstmal mit ihrem Banker verbringen wollte. Schmitt schauderte es plötzlich. Zu Hause in der Falkensteinstraße suchte er vergeblich nach seinem Hausschlüssel und wurde dabei von Minute zu Minute panischer. Er konnte ihn doch nicht verloren haben. Wo auch. Er hatte nirgends etwas aus seinen Manteltaschen gezogen. Also konnte der Schlüsselbund nicht aus Versehen herausgefallen sein. Außerdem hätte er das gehört. Schmitt musste einsehen, dass er seine Wohnungsschlüssel zu Hause vergessen hatte. Tür zugezogen, Klappe zu, Affe tot. Ich werde alt, sagte er sich und zunehmend schusselig. Ihm blieb nichts anderes übrig, als den Schlüsseldienst zu holen und die einhundertfünfzig Euro abzudrücken. Ihm blutete das Herz. Er nahm sich vor, Mälis zu bitten, seinen Ersatzschlüssel bei ihr deponieren zu dürfen. Seine Nachbarn kannte er nicht gut genug, um ihnen zu vertrauen. Überhaupt kannte er niemanden gut genug. Außer Mälis. Und vielleicht Ringwald. Aber den wollte er dann doch nicht bitten. Das wäre ihm noch peinlicher, als Mälis zu fragen.

Und also geschah es zwei Tage nach ihrer Rückkehr. Sie grinste zwar mokant, aber übernahm doch die verantwortungsvolle Aufgabe, Schmitt gegebenenfalls aus dem einen oder anderen Schlamassel zu helfen.

»Aber glaube bitte nicht, dass ich bei dir aufräumen werde«, konnte sie sich eines Kommentares dann doch nicht enthalten. Aber es soll nicht vorgegriffen werden.

Schmitt hatte Glück. Als er am nächsten Morgen bei Kaijsa Vesalainen anrief, sagte sie ihm nach einigem Zögern zu. Sie wisse zwar nicht, wie sie ihm helfen könne, aber wenn er meine ... Elf Uhr sei ihr recht. Da sie sich nicht damit aufhielt, ihm den Weg zur Rinklinstraße in Wolfersbergen zu erklären, suchte sich Schmitt den Straßenplan dieser ihm im wesentlichen unbekannten Gemeinde heraus und im Internet die Verbindungen des öffentlichen Nahverkehrs dorthin. Auch in solchen Momenten vermisste er seinen alten Peugeot 306 schmerzlich. Erst mit der Straßenbahn zum Hauptbahnhof, dann mit der Regionalbahn nach Wolfersbergen. Wenigstens fuhr die jede Stunde. Kurz vor Wolfersbergen sah er an der den Gleisen parallel verlaufenden Straße ein großes Hinweisschild:
»*Wolfersbergen. Die Richtung stimmt.*«
So ein Quatsch, dachte er. Selten so einen dämlichen Slogan gelesen. Wahrscheinlich steht an der anderen Straßenseite ein Schild:
»*Wolfersbergen. Die Richtung stimmte. Immerhin.*«
Und anschließend in dieser Kleinstadt, ach herrje, zu Fuß weiter. Schmitt seufzte. Das war annähernd eine Halbtagesreise. Vielleicht hätte er seine Fragen telefonisch loswerden sollen. Andererseits bevorzugte er es, die von ihm interviewten Personen leibhaftig vor sich zu sehen. Auch wenn er alles andere als ein einfühlsamer, psychologisch bewanderter Mensch war. Diverse Signale von Unsicherheit, Verlegenheit, Unwahrhaftigkeit, auf der anderen Seite Aufrichtigkeit konnte er schon empfangen, einordnen und werten. Bildete er sich zumindest ein.
Vor dem Anwesen Nummer sechzehn angekommen, etwas aus der Puste, sah er sich um und stellte erneut fest, dass offenbar alle, mit denen er zu tun bekam, wohlhabend bis reich waren, eindrucksvolle Häuser oder wenigstens Luxuswohnungen besaßen. Kohle ohne Ende. Und die mussten allesamt nicht so weite Fußmärsche auf sich nehmen. Es sei denn, sie spürten den aus Eitelkeit gespeisten Ehrgeiz, abzunehmen und ließen deshalb ihre Spitzenkarossen stehen. Dieser Ehrgeiz ging Schmitt allerdings völlig ab. Wegen dem bisschen Übergewicht ...

Schmitt war zehn Minuten zu früh dran und überlegte, wie er diese überbrücken konnte. Einfach weiter durch die Gegend laufen, kam nicht in Frage. So betätigte er den nach längerer Suche in einer der Pfortensäulen entdeckten Klingelknopf. Über seinem Kopf surrte es. Als er aufschaute, sah er eine Kamera, deren kaltes Auge sich auf ihn richtete. Zunächst geschah nichts weiter. Dann erklang eine etwas blecherne Stimme, die ihn aufforderte, seinen Namen und sein Anliegen zu nennen.

»Schmitt. Ich bin mit Frau Vesalainen verabredet.«

»Sie sind ein bisschen früh dran. Aber kommen Sie herein.«

Ein Summer ertönte, die Pforte öffnete sich und Schmitt lief die restlichen dreihundert Meter zum Eingangsbereich der Nobelvilla. Dort erwartete ihn ein knapp fünfzigjähriger Mann, groß, hager, mit hoher Denkerstirn und schon recht ergrauten Haaren, die halblang von seinem Greifvogelkopf abstanden. Modische Hornbrille, etwas verwaschenes Hemd, Strickjacke, Cordhose, Slipper, keine Socken. Typ forschender, weltfremder Wissenschaftler, auf englisch gestylt, dachte Schmitt. Fehlt nur noch die Pfeife.

»Dirk Vesalainen«, stellte er sich vor. »Kommen Sie herein, meine Frau erwartet Sie. Obwohl Sie zu früh sind.« Sprach Vesalainen, garniert mit einem vorwurfsvollen Blick.

Ein schlecht erzogener weltfremder Wissenschaftler, ergänzte sich Schmitt im Stillen selber. Und: Schön, dass du das nochmal gesagt hast, hätte ich sonst sicher gar nicht bemerkt.

Vesalainen führte ihn in einen Seitenflügel der Villa. Dort gingen einige Zimmertüren vom Flur ab, aber geradeaus befand sich ein offener Salon mit einigen Sitzecken, einem runden, geschmackvollen Esstisch mit sechs Stühlen, alles sehr skandinavisch. Vor den Panoramascheiben mit Blick auf recht wenig Panorama stand ein E-Piano-ähnliches Gerät, ein Architekten-Zeichentisch, jedenfalls hielt Schmitt ihn für einen solchen, mehrere Laptops und ein großer Bildschirm, ganz eindeutig touch screen. Hier verbrach Kaijsa Vesalainen wohl ihre Musik, dachte Schmitt, und verbrachte damit wohl den größten Teil ihrer Zeit. Schmitt amüsierte sich im Stillen wie Bolle über sein Wortspiel. Schmitt, der filigrane Komiker.

Eine unscheinbare, graublonde Frau kam auf ihn zu. Typ krasses Gegenstück zu einer Gangsterbraut.
»Kaijsa Vesalainen. Guten Tag. Nehmen Sie doch bitte Platz. Sie kommen also wegen gestohlener Musikinstrumente.«
Sie reichte ihm eine schlaffe Hand.
»Schmitt. Ja. Zunächst vielen Dank, dass Sie sich Zeit für mich nehmen. Wie ich Ihnen schon am Telefon sagte, bin ich Privatdetektiv ...« Schmitt stellte zu seiner Überraschung fest, dass im Gesicht der Komponistin plötzlich so etwas wie erhöhte Aufmerksamkeit zu sehen war. »... und wurde von der Garant-Versicherung beauftragt, nach einigen, allerdings sehr wertvollen Instrumenten, den Dieben und den Hintermännern zu suchen.«
Dirk Vesalainen hatte sich neben seine Frau gesetzt und fixierte Schmitt mit einem abweisenden Blick.
»Sie können sich gerne umschauen. Hier werden Sie nichts finden.«
Schmitt war ganz die Ruhe selbst und konnte seine Gedanken (*Mit dir rede ich doch gar nicht, du Arschloch*) gut verbergen. Er schilderte kurz seine Vermutungen über das bandenmäßige Vorgehen und des Verbringens der Instrumente nach China und und und ...
»Ich könnte mir vorstellen, dass die gestohlene Ware über Finnland nach Russland transportiert wurde. Ich untersuche deshalb die Möglichkeit von Kontakten aus Ostratal nach Finnland. Und darüber hinaus.«
»Das ist ja die Höhe. Sie kommen in mein Haus und haben die Stirn, uns zu fragen, ob wir Dieben und Hehlern helfen, ihr Gut zu verticken?«
»Dirk, lass ihn doch erstmal erklären. Außerdem ist das nicht dein Haus, sondern das deiner Mutter.«
Schmitt erwartete eine harsche Reaktion seitens Dirk Vesalainen, aber der sank förmlich in sich zusammen und glotzte aus dem Panoramafenster.
»Vielen Dank. Nein, ich will Ihnen nicht unterstellen, mit den Diebstählen zu tun zu haben. Es geht mir nur darum, in Erfahrung zu bringen, ob Sie vor circa eineinhalb bis zwei Jahren

jemanden kennengelernt haben, der etwa zu dieser Zeit mit dem hiesigen Orchester zu tun hatte. Und wenn ja, ob diese Person auffälliges Interesse zeigte an möglichen Verbindungen zu Personen in Finnland. Leute, mit denen sie eventuell Kontakt aufnehmen könnte in künstlerischen Angelegenheiten oder als Experte für Instrumente oder sowas in der Richtung.«

Vesalainen überlegte. Nach einer Weile verzog sie verneinend ihren Mund und schüttelte den Kopf.

»Oder direkter gefragt, kennen Sie einen Götz-Eberhard Winkelmann? Oder einen Bertold Rinnen?«

Kaijsa Vesalainens Gesichtshaut überzog sich mit einem leichten rosa Schimmer.

»Solche Typen wie Winkelmann auch nur zu kennen, verbietet der gute Geschmack«, mischte sich ihr Ehemann erneut ein.

»Und erst recht seinen Quasimodo, wo immer er auch seine Glocken läuten mag.«

»Ja, ich habe Herrn Winkelmann vor einiger Zeit kennengelernt. Und Herrn Rinnen auch.«

Holla, dachte sich Schmitt, als er bemerkte, wie sich das Zartrosa am Hals der Musikerin zu einem Mittelrot auswuchs. Kaijsa hat wohl noch andere Bedürfnisse als nur die hehren hochgeistigen. Kein Wunder, bei diesem arroganten Knochengestell von Ehemann.

»Aber weder wurde ich von diesen Herren etwas Derartiges gefragt noch hätte ich sie in Ihrem Sinne informieren können. Ich habe natürlich einige Kontakte nach Finnland. Zu Musikerkollegen, Musikverlegern, alten Freunden, Verwandten. Da sind aber weder Ganoven noch Instrumentenbauer oder -händler noch korruptionsanfällige Wasweißich drunter. Ich kann Ihnen leider gar nicht weiterhelfen.«

Schmitt empfand Kaijsa Vesalainen keineswegs als überheblich, schnippisch oder gelangweilt. Jedenfalls nicht auf eine Art, die man nach der Beschreibung Winkelmanns vermuten konnte. Sie war freundlich und zugänglich. Wie Winkelmann sie andererseits allerdings auch geschildert hatte.

»Aber, Herr Schmitt, da Sie nun einmal hier sind, können Sie mir vielleicht helfen.«

Die Komponistin schaute zu ihrem Ehemann, der interessiert aufblickte.

»Wissen Sie, ich erhalte seit einiger Zeit, genauer gesagt, seit der Entscheidung der Stadt Ostratal, mich mit der Leitung des Projekts *Ensemble für Neue Musik* zu betrauen, anonyme Briefe beleidigenden und auch bedrohenden Inhalts. *Geh zurück nach Finnland, du skandinavische Schlampe.* Oder: *Entartete Musik haben wir hier schon genug.* Entartet, ich bitte Sie, ein Nazi-Begriff. Und das heutzutage. Ganz schlimm war: *Ab zu den Rentieren, du Finnenvotze.*«

Ihr Mann hob den Kopf.

»Kaijsa, ich bitte dich.«

»Aber so wurde doch geschrieben!« Seine Frau presste die Lippen zusammen.

»Haben Sie diese Pamphlete noch? Und kamen die mit der Post? Oder wurden sie in den Briefkasten gesteckt?«

»Ersteres: Ja. Und zweitens kamen sie immer mit der Post.«

»Im Grunde würde ich Ihnen raten, dass Sie es auf sich beruhen lassen. Einfach wegdrücken. Der Aufwand, solche Schmierfinken zu finden, ist zu hoch und lohnt sich nicht. Andrerseits verstehe ich schon, dass Sie etwas unternehmen wollen. In Zeiten wie diesen mit der Überhöhung des Nationalen und dem hochkochenden Fremdenhass. Und vom Nationalismus zum Rassismus ist es erfahrungsgemäß nur ein kleiner Schritt. Anscheinend ist der hässliche Rassismus auch heute wieder ein geborener Kumpel vom nicht viel hübscheren Nationalismus. Völkischer Scheißdreck auf dem Boden von Neid, Missgunst und Minderwertigkeitskomplexen.« Was war bloß mit Schmitt los? Der dozierte plötzlich voller Leidenschaft, polterte sich in Rage, ohne weiter nachzudenken. Diese gesellschaftliche Entwicklung musste ihm wohl schwer im Magen liegen.

»Wissen Sie was? Sie geben mir einfach mal die Briefe und die Umschläge mit. Ich schaue mir das an und melde mich wieder. Dann kann ich Ihnen entweder den Vorschlag machen, die Sache zu vergessen, einfach zu ignorieren. Oder aber sie weiter zu verfolgen. Allerdings gegen mein übliches Honorar. Einverstanden?«

Schmitt, der Menschenfreund! Sah ihm gar nicht ähnlich. Und das ausgerechnet für eine so, na ja, wenig aufreizende Frau in der verblühenden Zeit ihres Lebens.

»Das wäre ganz wunderbar.« Kaijsa Vesalainen strahlte über das ganze Gesicht, das dadurch eine nicht für möglich gehaltene Wandlung erfuhr. »Kommen Sie doch mal in eines meiner Konzerte.«

»Das könnte durchaus sein«, erwiderte Schmitt, der Heuchler. Soweit ginge seine Liebe nun doch nicht. Da würde er selbst einen Gang zur Darmspiegelung bevorzugen.

Nachdem die Komponistin ihm die beleidigenden Schriftstücke übergeben hatte, begleitete Dirk Vesalainen Schmitt zum Ausgang, wo sie auf Ingrid Von der Kamp trafen. So pointiert *zufällig*, dass es von einer enormen Chuzpe der Hausherrin zeugte. Ihr Sohn machte beide miteinander bekannt.

»Das also ist der Privatdetektiv. Ich habe Sie mir ganz anders vorgestellt.«

»Schöner? Jünger? Männlicher?«

Schmitt ritt der Teufel. Schon den ganzen Vormittag. Aber Von der Kamp ging darauf ein.

»Nein, eleganter. Aber im Ernst, es freut mich, Sie kennenzulernen. Ihre ehemalige Frau und ich liefen und laufen uns immer wieder mal über den Weg. Sie hat mir einiges erzählt von Ihrem blutrünstigen Tun.«

Von der Kamp strahlte Schmitt neckisch an. Der wurde nun doch verlegen.

»Sie haben sicherlich noch viel zu tun, Herr Schmitt. Aber Sie werden nichts dagegen haben, dass ich mich an Sie wende, sollte ich Ihre Dienste benötigen?«

»Nein, gar nichts, gnädige Frau. Sehr gerne.«

Schmitt kam fast ins Stammeln, reichte Von der Kamp die Hand und wäre nicht überrascht gewesen, wenn er sich bei einem Handkuss erwischt hätte.

Auf dem Weg zum Wolfersbergener Bahnhof kaufte er sich den Ostrataler Volksboten, widerwillig zwar, aber bis der Zug kam ... Auf der ersten Seite des Lokalteils war die Rede von fünf ehemaligen Stadtplanern Ostratals, die sich gegen die Bebauung eines großen Brachlandes zugunsten eines neuen Stadtteils aussprachen. Im Kommentar dazu war die Rede vom *Quartett der Ex-Stadtbaumeister*. Schmitt kochte. Im Kulturteil dann die Konzertankündigung: »Arien und Arietten mit Mauro Giuliani...« Schmitt kochte über und schmiss die Zeitung wutentbrannt in einen randvollen Papierkorb. Er wusste aus seiner Zeit mit Mälis, dass Mauro Giuliani ein Komponist des späten 18. Jahrhunderts war. Der vorwiegend Arien und Arietten schrieb ...

Und als Mälis ihm nach der Landung in Frankfurt telefonisch mitteilte, dass sie *'ne Menge Infos* für ihn habe, heute Abend allerdings zu müde sei, war seine Laune vollends im Keller. Obwohl er mit ihrer Absage gerechnet hatte.

Dabei hatte sich der Tag so schön angelassen.

DIE INSTRUMENTENVERSICHERUNG

DREI

Eine für die letzte Septemberwoche ungewöhnlich helle Vormittagssonne stach Schmitt schmerzhaft in die Augen, obwohl er die noch geschlossen hielt. Er war zwar bereits seit etwa zwanzig Minuten wach, weigerte sich aber, das reale Leben zu betreten. Er hatte keine Lust. Auf gar nichts. Der Termin gestern am späten Nachmittag bei Steven von der Garant-Versicherung war zwar nicht katastrophal verlaufen, aber als erfreulich konnte der ebenso wenig bezeichnet werden. Schließlich hatte er nach mehr als einem Monat keine nennenswerten Fortschritte zu berichten. Jedenfalls nichts Handfestes. Auch Steven fand, dass die Spur *Rinnen* etwas für sich hatte, zumal mit Blick auf den Instrumentenhandel seines Kumpels. Und ebenfalls in Verbindung zu Winkelmann, der Rinnen vielleicht die Kontakte zu weiteren Orchestern vermittelt hatte, deren einige Mitglieder dann auch bestohlen wurden. Eventuell, teilweise, wahrscheinlich, sicher mit deren Einverständnis. In dieser Richtung müsse Schmitt mehr Gas geben und sich (»Und das meine ich jetzt ganz ernst, immerhin ist schon annähernd ein Monat Ihrer Zeit um«) nicht mehr mit dem Fantasiegebilde Finnland-Russland-China beschäftigen. Und die Recherche des IT-Bekannten sei ja schön und gut, auf die Idee sei die Garant aber auch schon gekommen. Leider ohne Ergebnis. Und übrigens müsse Schmitt noch den Erhalt des ersten Vorschusshonorars in Höhe von zwölftausend Euro quittieren.

»Bitte gleich hier unten rechts. Hatte ich bei unserer letzten Begegnung ganz vergessen.«
»Warum das denn? Ich dachte, die Zahlung sei aus einer ...«
Schmitt grantelte.

»… schwarzen Kasse? Nur weil wir auf Ihren Wunsch bar bezahlten? Na, die Zeiten sind vorüber. Ich würde Ihnen also raten, den Betrag in Ihrer Steuererklärung brav anzugeben. Unsere Finanzabteilung schickt nämlich Kontrollmitteilungen an die zuständigen Finanzämter!«

Was willst du mir denn weismachen, dachte Schmitt. Und die Summen für den Rückkauf gestohlener Kunstschätze, wo nehmt ihr die her?

»Um die Steuer geht es mir gar nicht«, betonte Schmitt laut. Was so nicht ganz stimmte. »Aber ich habe noch einige, nun ja, Schulden bei der Staatskasse …« Was hingegen eher zurückhaltend formuliert war. »… Die zwei Gerichtsverfahren in den letzten Jahren und das Bußgeld damals wegen der Fundunterschlagung …«

»Herr Schmitt, da können Sie beruhigt sein. Eine Kontrollmitteilung an die Justizverwaltung erfolgt nicht. Und das Finanzamt unterhält meines Wissens auch keine Drähte dorthin.«

Das Grinsen, das Stevens Worte begleitete, hatte Schmitt immer noch vor Augen. Blödmann. Der sollte mal in meine Lage kommen. Wenn alles langsam den Bach runtergeht. Schmitt wälzte sich auf die linke Seite seiner Schlafcouch, weg vom blendenden Schein der Herbstsonne. Die mochte die große Mehrheit der Einwohnerschaft Ostratals erfreuen. Schmitt aber gehörte auch in dieser Hinsicht nicht dazu. Nicht heute früh. Früh? Schmitt riskierte einen Blick auf seinen geräuschlosen Wecker. Zehn Minuten nach zehn. Na und? Niemand wartete auf ihn. Niemand freute sich auf ihn. Ob er jemandem begegnete oder nicht, diesem jemand wäre das völlig egal. Und wenn er hier und jetzt den Löffel abgäbe, auch das wäre völlig wurscht. Mälis vielleicht nicht ganz. Doch letzten Endes wohl auch ihr. Und Ringwald … Schmitt selber war schon lange zu der Auffassung gelangt, dass der Tod ganz in Ordnung sei. Wenn nur das Sterben nicht wäre. Er versuchte, nochmal einzuschlafen. Sein von Ringwald vermittelter Termin mit Kriminalhauptkommissar Klumpp sollte erst um zwei Uhr stattfinden. Mittlerweile ging ihm nun doch zu viel im Kopf herum, wenn auch eher wirres Zeug. Eine krude Mischung aus Selbstmitleid, pseudophilosophischen Ergüssen, baumelnden Fäden halbgarer Erkenntnisse über die Diebstähle, deren Enden er aber nicht zu fassen kriegte. Mit einem Auge linste er erneut auf den Wecker. Halb elf. Er beschloss, seinen Tod zu verschieben, weil er es mit dem Sterben heute nicht so hatte, erhob seinen weitgehend schlaffen Körper, schlurfte ins Badezimmer und verrichtete das Notwendige an Entleerungen und Säuberungen. Eine halbe Stunde später setzte er sich mit seiner zweiten Tasse Kaffee an den Schreibtisch im ehemaligen Schlafzimmer, nunmehr steuerabsetzbares Büro. Voraussetzung hierfür: Steuern zahlen. Diese Pflicht erfüllte Schmitt in letzter Zeit mangels Masse bestenfalls zurückhaltend.

Schmitt stellte einen Einsatzplan auf. Eine Überwachung Rinnens? Langwierig und wahrscheinlich unergiebig. Kontakt mit dessen Kumpel vom Instrumentenhandel? Vermittels des Scheinangebots einer wertvollen, aber eigentumsrechtlich nicht ganz astreinen Violine? Fasste Schmitt ernsthafter ins Auge. Abgleich der Verbindungen Winkelmanns zu anderen Orchestern beziehungsweise Agententätigkeit für deren Mitglieder in den letzten Jahren? Auf jeden Fall! Sollten sich dadurch einige der *baumelnden* Fäden verknüpfen, würde man ernsthaft an Rinnen oder Winkelmann oder beide herantreten können.

Erneut ein Blick auf die Uhr. Viertel nach zwölf. Die Zeit kam auch nicht auf Touren. Ebenso wie alles in Schmitts Leben. Er schüttelte den Kopf, um die depressiven Anwandlungen dieses Morgens endgültig zu vertreiben, zog sich nach einem Blick auf das Wetter, das stabil sonnig zu bleiben versprach, eine Windjacke an und machte sich zu Fuß auf den Weg zum Polizeipräsidium. Zeit hatte er genug. Den Kopf durchlüften. Und die Lungen. Letzteres buchstäblich, denn die meisten Straßen, die Schmitt benutzte, waren verkehrsberuhigt. Dazwischen führten einige Wege durch, wenn auch verhältnismäßig kleine, Grünzonen. Die Stadt Ostratal versuchte, in den dem Zentrum vorgelagerten Stadtvierteln etwas gut zu machen, was im Zentrum selbst vor langer Zeit vermasselt wurde. In den dreißig Minuten Fußstrecke wurde sein Gehirn in der Tat entlastet von düsteren Ahnungen und Gedanken. Ohne sich darüber bewusst zu werden, flatterte ihm eine Nachricht der ARD-Tagesthemen von gestern Abend durch den Sinn. Der CDU-Bundestagsabgeordnete Bosbach war Mitglied der Jury zur Miss- Deutschland-Wahl. Schmitt schüttelte amüsiert innerlich den Kopf. Der Bosbach und der Kubicki, die sind sich auch für nichts zu schade. Hauptsache in den Medien. Erschreckt schaute er um sich. Führte er schon Selbstgespräche? Er riss sich zusammen und bereitete sich in Gedanken auf das Gespräch mit Klumpp vor. Mittlerweile hatte er die Grenze des eigentlichen Ostrataler Zentrums erreicht. Nun begann der seelenlose Teil der Stadt. Nicht, dass die Außenbezirke allesamt sonderlich zur Nachahmung durch menschenfreundliche Stadtplaner geeignet wären. Das Zentrum jedoch war einzigartig. Alles nach Kriegsende schnell wieder aufgebaut. Autogerecht, funktionsgerecht, gesichtslos, viereckig, vielgeschossig. Egal, ob in den Fünfziger-, den Sechziger- oder den Siebzigerjahren gebaut. Was nicht in dieses Konzept passte, wurde gnadenlos abgeräumt. Die Straßen, Plätze, Gebäude passten gut in die Politik heute und hatten viel vorweggenommen: Konformität, individuelle Hilflosigkeit, Vereinzelung, Wüstenei. Hier hielt man sich nur zwecks Arbeit oder Einkauf auf. Menschliches Miteinander musste woanders stattfinden.

Schmitt war natürlich zu früh dran, setzte sich auf eine Parkbank und erfreute sich dann doch am Anblick zweier frecher Spatzen, die einer Taube ein Krümelchen Brot fast aus dem Schnabel stibitzten. Können Schwalben eigentlich singen? Unvermittelt schoss ihm diese Menschheitsfrage durch den Kopf. Und sofort danach rief er sich zur Ordnung. Er war ernsthaft durch den Wind. Das fiel ihm schon den ganzen Vormittag auf. Er hoffte, dass ihn das Treffen mit Klumpp wieder auf den Boden zurückholen würde. Ein kurzer Klingelton zeigte ihm, dass er eine WhatsApp-Nachricht bekommen hatte. Mälis. Sie fragte an, ob er sich heute Abend mit ihr treffen wolle. Notfalls sogar im *Neustädter Hof*. Trotz des dortigen nicht sehr berauschenden Weißburgunders. In doppelter Hinsicht. Mehr brauchte Schmitt nicht, um ins Lot zu kommen. Seine schnelle, kurze Antwort: *Gerne, halb sieben*, wurde ebenso schnell und kurz bestätigt. Eine einzige Nachricht auf dem Smartphone und für Schmitt drehte sich die Welt wieder.

Pünktlich kurz vor zwei Uhr betrat er den viereckigen Kasten des Polizeipräsidiums, das am von der Falkensteinstraße aus gesehen entgegengesetzten Ende des Zentrums lag. Dem Beamten in der gesicherten Loge im Eingangsbereich erklärte er, dass er einen Termin bei Kriminalhauptkommissar Klumpp habe. Nachdem dies telefonisch bestätigt worden war, durfte er durch eine Sicherheitsschleuse das Foyer betreten. Wer weiß, mit was die mich gerade durchleuchtet haben, dachte Schmitt und wartete weisungsgemäß darauf, abgeholt zu werden. Vielleicht treffe ich ja zufällig Ringwald, der auf dem Weg von irgendwo oder nach irgendwo durch die Halle kommt. Aber die einzige ihm bekannte Figur, die er sah, war Kohl. Nach Auskunft von Ringwald mittlerweile Kommissar. Schmitts Intimfeind, früherer Assistent des Leiters der Mordkommission. Zu seinem großen Schreck kam Kohl direkt auf ihn zu.

»Das lasse ich mir doch nicht nehmen, den erfolgreichsten Detektiv der Menschheitsgeschichte zum Boss der Abteilung Eigentumsdelikte zu geleiten. Grüß Gott, Herr Schmitt.«

Kohl triefte vor falscher Freundlichkeit. Immer noch schlank, immer noch volles, wenn auch angegrautes Haar, immer noch das gut geschnittene, völlig charmefreie Gesicht. Schmitt riss sich zusammen.

»Tag, Herr Kohl. Das ist aber nett von Ihnen. Wie komme ich zu dieser Ehre?«

»Herr Klumpp kann Ihnen erst in etwa dreißig Minuten zur Verfügung stehen. Und aufgrund unserer alten Bekanntschaft habe ich mich als sein Stellvertreter verpflichtet gefühlt ... Schließlich wollen wir Sie ja nicht warten lassen. Bei der wenigen Zeit und der vielen Arbeit, die Sie haben.«

Kohl genoss die Möglichkeit, Schmitt zu düpieren. Sie benutzten den Fahrstuhl, obwohl Kohls kleines Büro im ersten Stock lag. Schmitt befürchtete schon, dass absichtlich keine Sitzgelegenheit für ihn vorhanden sei, aber soweit ging Kohls Verachtung dann doch nicht.

»Also, Herr Schmitt, dann legen Sie mal los.«

Schmitt setzte sich auf den billigen Besucherstuhl, den der magere Etat für die Büroausstattung des einfachen öffentlichen Dienstes gerade noch zuließ und überlegte. Sollte er wirklich einen Großteil der Angelegenheit bereits bei diesem übellaunigen, übelnehmenden und übelwollenden Menschen loswerden? Und dann bei Klumpp nicht mehr? Oder nochmal? Oder hier bei Kohl nicht?

»Meine wichtigste Frage ist, wie und wo man geklaute, wertvolle Instrumente verkauft«, entschied sich Schmitt für einen Mittelweg.

»Das ist jetzt nicht Ihr Ernst, oder? Ich soll Ihnen Ihre Arbeit abnehmen?« Ganz der alte Kohl. »Nur weil Ihr Busenfreund Ringwald Ihnen ein Gespräch mit Klumpp vermittelt hat?«

»Aber wozu denn dann das Ganze hier?« Schmitt war verärgert und zeigte das auch.

»Weil Klumpp mich gebeten hat, mich um Sie zu kümmern, solange er noch nicht wieder zurück ist. Also, geht es um Diebstahl oder Einbruch mit erfolgtem Diebstahl? Um Raub? Oder wie oder was?«

Kohl grinste Schmitt unverschämt und provozierend an.

»Ach, wissen Sie was, Herr Kohl. Sie können mich mal ... im Flur abrufen, wenn Herr Klumpp erschienen ist. Ich warte dann doch lieber dort. Aber vielen Dank für Ihr freundliches Entgegenkommen.«

Kohls Grinsen erfror, als Schmitt tatsächlich aufstand, das Zimmer verließ und sich damit der Schikane des Kriminalpolizisten entzog. Im Flur lehnte er sich an die Wand und haderte mit dem Schicksal. Wie habe ich bloß diesen Kohl verdient? Ob ich den jemals loswerde?

Nach nicht ganz zehn Minuten kam ein rundlicher, gemütlich wirkender Mann um die sechzig Jahre mit einem etwas

schiefen Gang aus Richtung des Fahrstuhls auf Schmitt zu. Hüftschaden, konstatierte dieser. Und: Demnächst findet wohl ein ganzer Generationswechsel bei der Kripo statt.
»Herr Klumpp?«, fragte Schmitt zurückhaltend.
»Ja. Sind Sie Schmitt? Aber ich hatte doch Herrn Kohl gebeten, sich schon mal um Sie zu kümmern.«
»Hat er, hat er. Aber das brachte weder ihm noch mir sehr viel. Wir kennen uns aus seiner Zeit bei Ringwald. Und, wie soll ich sagen, schätzen uns nicht so übermäßig.« Das *so* zog Schmitt fast fünf Sekunden in die Länge.
»Ah ja«, bemerkte Klumpp zerstreut. Er trug eine Kombination aus grauer Hose und gedeckt-kariertem Sakko, dazu ein hellblaues Hemd und eine blau-hellgrau gestreifte Krawatte. »Dann kommen Sie mal mit.«
Er öffnete die Tür zu Kohls Büro, ohne anzuklopfen und teilte ihm mit, dass er wieder zurück sei.
»Soll ich dann dazu ...«, hörte Schmitt Kohl ansetzen. Aber Klumpp unterbrach ihn gleich.
»Nein, nicht nötig. Wir wollen dem Steuerzahler schließlich keine überflüssigen Kosten aufbürden und einem Privatschnüffler zu zweit teuer bezahlte Arbeitsstunden schenken.« Schmitt erahnte Kohls verstehendes erneutes Grinsen, als er antwortete: »Das meine ich doch auch.«
Klumpp schloss die Tür wieder und Schmitt glaubte, ein Augenzwinkern in dem weitgehend faltenfreien, runden Gesicht des Hauptkommissars zu bemerken.
»Ich gehe mal vor«, sagte dieser und wandte sich einer etwa zehn Meter weiter auf der gegenüber liegenden Flurseite befindlichen Tür zu. Sein Büro war nicht wesentlich größer als das seines Stellvertreters, allerdings enger möbliert. Statt eines Besucherstuhls vor dem Schreibtisch gab es einen kleinen, quadratischen Besprechungstisch mit vier der billigen Besucherstühle. Und neben dem obligatorischen kombinierten Akten-/Garderobenschrank ein zusätzliches Sideboard. Den Ausmaßen nach für eine Hängeregistratur, vermutete Schmitt. Überall, wo Platz war, lagen Laufmappen, Aktenstücke, Papiere.

Klumpp wies mit einer Handbewegung zum Besprechungstisch, zog Sakko und Krawatte aus, hängte beides in die Garderobenabteilung des Schrankes, holte sich eine nach Feierabend aussehende Strickjacke heraus, die er mit einem Seufzer anzog, und setzte sich zu Schmitt.
»Ich habe nicht viel Zeit. Unter uns gesagt: Wenn Ringwald mich nicht ganz dringend gebeten hätte ... Es ist eigentlich nicht unsere Art, der privaten, na, Konkurrenz will ich nicht sagen ... Egal. Wo drückt der Schuh?«
Schmitt erzählte ihm von den Diebstählen, den Hintergründen und den vermuteten Zusammenhängen, der Möglichkeiten der Hehlerei ...
»Langsam, langsam, Herr Schmitt. Die Garant-Versicherung hat uns wegen der Diebstähle kontaktiert. Die Bestohlenen hatten vorher bereits sofort nach der Tat Anzeige erstattet. Ich bin also durchaus im Bilde. Und auch mir sind einige Unregelmäßigkeiten aufgefallen. Aber wir haben keine belastbaren Hinweise gefunden, sodass ich formal noch nicht einmal einen Verdacht äußern darf, dass die Opfer mit den Tätern unter einer Decke stecken könnten. Und natürlich kann ich Ihnen keinen Zugang zu unseren Ermittlungsergebnissen verschaffen, auch wenn sie noch so dürftig sein mögen. Allein schon deshalb nicht, weil die Versicherungen Privatdetekteien eigentlich nur für halblegale Rückrufaktionen einschalten. Sie wissen schon, im Grunde ist das Beihilfe zur Hehlerei. Bestenfalls halblegal. Ich weiß, Herr Schmitt«, sagte Klumpp eilig, als er sah, dass Schmitt sich anschickte zu protestieren. »Sie wären dafür auch nicht die richtige Adresse.« Er lächelte spöttisch. »Aber meinem alten Freund Ringwald zuliebe will ich Ihnen doch ein paar Tipps geben, denn ich werde die Fälle keinesfalls zu Ende bearbeiten. Wenn sie denn überhaupt aufgeklärt werden. Ich gehe nämlich in acht Monaten in Pension und bis dahin ...« Was *bis dahin* war, blieb in der Schwebe.
»Aber so alt, äh, ich meine, sie sind doch wohl jünger als Ringwald. Und der ...«, stotterte Schmitt.
Klumpp lachte.

»In der Tat. Ich werde in vier Monaten sechzig. Und wir Polizisten konnten bis vor kurzem mit diesem Alter in den Ruhestand gehen. Allerdings ist vor ein paar Jahren eine Reform beschlossen worden und so müssen wir ab Jahrgang 1952 einen Monat pro Jahr drangeben, um unsere Pension ungekürzt zu erhalten. Bei mir sind das demnach vier Monate plus. Ringwald wird im Dezember zweiundsechzig und könnte bereits seit dem ersten April 2015 Rosen züchten. Aber er will bis zu seinem dreiundsechzigsten Geburtstag arbeiten. Darf er auch. Vielleicht kann er sich nicht vorstellen, morgens allein zu Hause rumzusitzen. Und vielleicht noch weniger, nachmittags gemeinsam mit seiner Frau. Die kennen Sie wahrscheinlich, sie ist Lehrerin.«

Schmitt schüttelte verneinend den Kopf. Und so, wie Klumpp das sagte, musste Frau Ringwald ihrem Mann durch ihre Anwesenheit den Tag nicht nur versüßen.

»Aber vor allem will er wohl einfach nicht auf seine monatlichen Moneten verzichten. Geizig, wie er ist. Als Erster Kriminalhauptkommissar bekommt er ein gar nicht so schlechtes Gehalt nach Besoldungsgruppe A 13. Seit seinem gesetzlichen Pensionsalter sogar plus zehn Prozent. Während ich als einfacher Kriminalhauptkommissar erst vor vier Jahren nach Besoldungsgruppe A 12 höhergestuft wurde. Aber mir reicht meine Pension. Das sind immerhin rund einundsiebzig Prozent meines Gehaltes. Und ich will natürlich den jungen, aufstrebenden Kripobeamten nicht im Weg stehen. Wie zum Beispiel Kohl.« Wieder so ein Zwinkern. »Doch ich schweife ab.«

Schmitt wunderte sich. Dann arbeitete Ringwald also freiwillig, auf eigenen Wunsch, länger. Könnte schon seit einiger Zeit die Beine hochlegen. Kam vielleicht deswegen gerne bei Gelegenheit, zumindest früher, auf einen Plausch in den *Neustädter Hof*, weil zu Hause ... Und Schmitt hatte zwar nicht viele Talente, die ihn befähigten, als Privatdetektiv zu arbeiten, zuhören jedoch konnte er. Außerdem hatte er irgendetwas an sich, aufgrund dessen andere Menschen anfingen, ungehemmt zu reden, richtig los zu plappern. Ohne immer darauf zu achten, was sie dabei von sich preisgaben. Oder über andere. Vielleicht hing das mit seiner eigenen Neigung zum Plappern zusammen. Vor allem in den ungeeignetsten Momenten.

»Und deshalb, Herr Schmitt, können Sie sich die Sache mit Finnland und so weiter abschminken.«

»Wie bitte? Ich hatte gerade an etwas anderes gedacht.«

Schmitt blickte Klumpp treuherzig und entschuldigend an. Der zog die Augenbrauen ärgerlich zusammen, fasste aber trotzdem nochmal zusammen. Demnach sei es unwahrscheinlich, dass die Instrumente diesen Weg gingen. Das sei eine etwas überspannte Idee. Gerade bei verabredeten Diebstählen wollten die beteiligten Personen einen höchstmöglichen Ertrag erzielen.

»Und stellen Sie sich vor, wie viele Beteiligte daran verdienen müssten. Der Organisator, der Bestohlene, der Dieb, der Transporteur nach Finnland, der Schmuggler nach Russland, ebenso der nach China, der Fälscher und nicht zuletzt der Händler. Und mindestens die ersten beiden und der letzte wollen richtig Kohle machen. Bei einem, sind wir mal großzügig, erzielbaren Wert von, sagen wir, rund siebenhunderttausend Euro für alle hier gestohlenen Instrumente zusammen ...« Klumpp zögerte. »Die Gesamtsumme habe ich doch so in etwa richtig im Kopf?«

Schmitt nickte.

»Na, da will der Chef sicherlich dreißig Prozent, der Bestohlene eher vierzig Prozent und der Hehler, der Händler also, zwanzig. Da bleibt für die restlichen Mitglieder in dieser Kette nicht mehr viel.«

Klumpp schätzte, dass höchstwahrscheinlich ein Fälscher für echt wirkende Papiere, Herkunftsexpertisen und Wertgutachten beteiligt war. Ohne solche könnten wertvolle Instrumente auf dem Markt keine angemessenen Preise erzielen. Diese Gutachten müssten Fälschungen von Expertisen seriöser, natürlich bereits verstorbener, renommierter Geigenbauer sein. Die Wertgutachten ebenso, allerdings von noch lebenden Sachverständigen ausgestellt. Der Fälscher könne irgendwo auf der Welt sitzen, er brauche die Instrumente nicht für seine Arbeit. Hervorragende Fotos, über Internet verschickt, würden ihm genügen. Genial sei es, wenn der Organisator gleichzeitig der Händler sei. Würde einen *Kostgänger* sparen. Der müsse sich über die Jahre einen gewissen Ruf als *Geheimtipp* aufgebaut haben, über den hervorragende Instrumente verhältnismäßig preiswert zu erhalten seien. Und wer nicht so genau hinsah, wie dieser *Geheimtipp* immer wieder mal an solche Instrumente kam ... Die Gefahr, dass der Eigentümer bei irgendeiner Gelegenheit auf sein eigenes Instrument stieß und zur Polizei ging, sei auf Grund der Komplizenschaft schließlich nicht vorhanden.

»Ich bin überzeugt«, bekräftigte Klumpp, »dass die Instrumente hier in Europa, genauer in Deutschland geblieben sind und von hier aus verkauft wurden. Wohin auch immer.«

»Wurden denn Spuren entdeckt bei den Diebstählen? Bei einigen wurden immerhin Autos oder Türen aufgebrochen.«

»Kein Kommentar. Aber gehen Sie mal davon aus, dass hier Profis am Werk waren. Und die hinterlassen aus Schussligkeit nur ganz selten Spuren. Zum Beispiel, wenn sie gestört werden. Aber davon gehen wir in diesen Fällen nicht aus.«

Es klopfte, die Tür ging auf und der vermeintliche Charakterkopf Kohls erschien.

»Herr Klumpp, ich glaube, wir müssen dann mal.«

Klumpp hob erstaunt erst die Augenbrauen und runzelte dann die Stirn. Überspielte die Situation anschließend mit einem Blick auf seine Armbanduhr und erwiderte, dass er sofort komme. Kohl verschwand. Schmitt entdeckte erneut dieses vertrauliche Zwinkern in Klumpps rechtem Auge.

»Der junge Kollege mag es wohl nicht, wenn ich zu viel Zeit mit Ihnen verbringe. Aber er hat recht. Wir haben im Moment viel mit Serieneinbrüchen zu tun. Wahrscheinlich durchreisende Banden. Schwer zu kriegen. Also, Herr Schmitt, schauen Sie mal nach einem oder mehreren passenden Typen, die die Sache organisieren und/oder finden Sie den Händler. Und kontrollieren Sie das Internet. Haben wir zwar auch schon getan. Aber vielleicht haben Sie ja mehr Glück.«

Schmitt bedankte sich und verließ Klumpp mit einem höflichen Abschiedsgruß. Er war kurz versucht, noch einen Blick in Kohls

Büro zu werfen, um dessen wahrscheinlich missgünstiges, verärgertes Gesicht zu genießen, versagte sich diesen leicht schäbigen Triumph aber. Stattdessen nahm er Kontakt mit seinem IT-Bekannten auf. Bei einem Treffen an einer Imbissbude verklickerte dieser ihm jedoch, dass er nicht fündig geworden sei. Bis – vielleicht, sehr vielleicht – auf eine Goldquerflöte von Brannen-Cooper für neunzehntausend Euro, die vor längerem von einer Internetadresse in Italien, einem sicherlich eher dubiosen Händler auch mit anderen Instrumenten, angeboten worden war. Das mit Italien besage jedoch nichts, so eine Adresse könne sich jeder zulegen. Interessant dabei sei, dass das Angebot etwa zwei Wochen vor dem Diebstahl, dessen Zeitpunkt ihm Schmitt genannt habe, annonciert wurde. Und ob sich Schmitt überhaupt schon mal überlegt habe, ob für die Diebstähle Aufträge vorliegen könnten. Im Fall der Querflöte wäre möglicherweise aufgrund der Annonce ein Verkauf bereits vor dem Diebstahl in die Wege geleitet worden. Und auch sonst könne nach dem Motto verfahren werden, »falls Sie mal eine schöne italienische oder französische Geige so aus dem 18. oder frühen 19. Jahrhundert zu verkaufen hätten, etwa für hundertzwanzig- bis hundertfünfzigtausend Euro.« Auf die Idee war Schmitt noch nicht gekommen. Egal, jedenfalls hatte er jetzt einen Anhaltspunkt. Er notierte sich die Homepage des italienischen Anbieters und machte sich auf den Weg nach Hause. Da er noch ein wenig Zeit hatte, überlegte er, ob er sich den heutigen Ostrataler Volksboten besorgen und irgendwo noch einen Kaffee trinken sollte. Das ließ er aber dann doch. Er würde sich nur wieder ärgern über dessen redaktionelle *Glanzleistungen*.

Schmitt war tief in Gedanken versunken über den jetzt doch unwahrscheinlich anmutenden *finnischen Weg* und fragte sich, ob Mälis dies nachher bestätigen konnte. Plötzlich stellte er fest, dass er sich in der Jahnstraße Richtung Bismarckplatz befand. Völlig falsch. Und ausgerechnet in der Straße, die nach dem vermeintlich väterlichen Turnpapst Friedrich Ludwig Jahn benannt war, einem der schlimmeren Begründer des völkischen deutschen Nationalismus während und nach den Befreiungskriegen in

der ersten Hälfte des 19. Jahrhunderts. Schmitt empfand es bei weiterem Überlegen als eine gelungene Ironie der Geschichte, dass in Turnhallen, die nach diesem Menschen benannt waren, heutzutage Flüchtlinge untergebracht wurden. Wenn der das wüsste ...
Schnell machte Schmitt kehrt. Bismarck wollte er nicht auch noch begegnen. Die wären heute wahrscheinlich beide in der AfD, mutmaßte Schmitt. Gut, Bismarck vielleicht nicht.

FINNISCHE IMPRESSIONEN

EINS

Um kurz vor halb sieben betrat Schmitt den Neustädter Hof. Und wurde dort wie immer freundlich, wenn auch nicht überschwänglich begrüßt. Wie es eben jemandem erging, der zwar regelmäßig kam, aber nicht wirklich eine Stimmungskanone war. Der meistens allein am Tresen in seine drei bis vier abendlichen Biere starrte. Und zehn Cent als üppiges Trinkgeld betrachtete.
Da er heute verabredet war, innerhalb weniger Tage schon zum zweiten Mal, setzte er sich in eine der hinteren Ecken, orderte ein Bier, wartete höflicherweise mit der Bestellung seines immer gleichen Essens auf das Erscheinen von Mälis und sann vor sich hin. Hauptsächlich ging ihm die finnische Komponistin mit ihren Drohbriefen und ihrem merkwürdig verschrobenen Mann nicht aus dem Kopf. Darum wollte er sich demnächst kümmern, hatte allerdings noch keine Idee, wie. Auch an die flotte Schwiegermutter verschwendete Schmitt mehr als einen Gedanken. Sie musste einiges über sechzig sein, wenn man das geschätzte Alter ihres Sohnes bedachte. Dafür sah sie außerordentlich gut aus. Aber bevor er auf dumme Gedanken kommen konnte, riss eine fröhliche Stimme ihn aus denselben.
»Hallo, Schmitt.«
Mälis hatte sich mit einem freundlichen, wie üblich leicht spöttischen Lächeln vor ihm aufgebaut. Schmitt seufzte innerlich. Sie sah ebenfalls nach wie vor saugut aus für ihr Alter. Ob der Banker ... Er nahm sich zusammen.
»Hallo, grüß dich, Susanne.«
Schmitt erhob sich sogar, um Mälis die Hand zu reichen, ihren Stuhl zunächst etwas zurück zu ziehen und ihn dann zum Zwecke des Hinsetzens wieder nach vorne zu schieben.

»Vor allem und zuerst: Weißburgunder, klar. Aber was willst du essen? Ich kann dir den Zwiebelrostbraten empfehlen. Die Bratkartoffeln sind allerdings nicht so gut. Kann heute niemand mehr. Nimm lieber Pommes oder Kroketten. Und natürlich bist du mein Gast.«

»Schmitt, was ist denn mit dir los? Du scharwenzelst ja richtiggehend. Freust du dich denn so, mich zu sehen?«

Ja, hätte Schmitt am liebsten laut und nachdrücklich gerufen, als ob eine Trauung bevorstände.

»Na ja«, kam es dann doch nur zögerlich. »Schließlich will ich was von dir.«

»Hoffentlich nichts Sexuelles«, kicherte Mälis anzüglich.

Schmitt wurde rot.

»Dann bezahl doch selber.« Der ganze Abend schien Schmitt auf einen Schlag vergällt.

»Ach«, sagte Mälis, lächelte nachsichtig und legte ihre Hand auf die seine. Friedensangebot. »Was isst du denn?«

Schmitt wurde wieder etwas zugänglicher.

»Einen Wurstsalat mit Brot. Oder nein«, überlegte er, jetzt für seine Verhältnisse geradezu übermütig. »Zur Feier des Tages nehme ich den Zwiebelrostbraten. Wenn auch du einen isst.«

So kam Schmitt seit langem mal wieder zu einer anständigen Mahlzeit. Mälis erkundigte sich, was während ihrer Abwesenheit los gewesen und ob er mit seinem Fall weitergekommen war.

»Erzähl du mal lieber von Helsinki. Ist viel interessanter.«

So kam es, dass Mälis, noch bevor das Essen auf dem Tisch stand, ihre Erlebnisse und Ergebnisse zu schildern begann. Kaum hatte sie ihren Weißburgunder erhalten und Schmitt sein zweites Bier.

»Vorweg: Es war super. Schade, dass du nicht dabei warst. Und noch weiter vorweg: Ich glaube, mein Tipp bezüglich der Verbringung der gestohlenen Instrumente nach Finnland und von da aus weiter, ging wohl daneben. Ich habe überall rumgefragt, doch es gab nicht den geringsten Hinweis. Es wird schon allerlei über die finnisch-russische Grenze geschmuggelt. In beiden Richtungen. Aber Instrumente, nee. Und schließlich nach China, darauf deutet überhaupt nichts hin. Tut mir leid, dass ich dich auf eine höchstwahrscheinlich falsche Fährte gelockt habe. Wie gut, dass du nicht mitgekommen bist. Wäre ein Schlag ins Wasser gewesen. Und rein touristisch wärst du sowieso nicht interessiert gewesen. Dich bekommt man ja in den letzten Jahren kaum mal aus Ostratal hinaus. Und seit du kein Auto mehr hast ...«

»Susanne«, meldete sich Schmitt mahnend zu Wort.

»Schon gut. Aber für mein Anliegen war die Reise Gold wert. Erstens ist Helsinki eine interessante, lebendige und auf gewisse Art überraschend schöne Stadt. Dazu später mehr.« Schmitt verdrehte die Augen. »Da musst du durch. Und zweitens war die Befassung mit Vesalainens Großvater bombastisch. Einschließlich der politischen Verwicklungen und Hintergründe damals und übrigens noch heute.«

Mälis deutete auf ein paar Schrammen auf ihrer linken Wange und auf einen leichten Bluterguss unterhalb ihres linken Auges. War Schmitt bis jetzt gar nicht aufgefallen. Diese *Beschädigungen* waren unter einem genialen Make up sehr gut versteckt.

»Was ... was...«, stammelte er erschrocken.

Das Essen rollte an.

»Später. Der Rostbraten ist jetzt wichtiger.«

Verständlich, denn der sah in der Tat sehr appetitlich aus.

Nachdem Messer und Gabel bei Seite gelegt waren, begann Mälis zu erzählen. Am Abend vor dem Rückflug wollte sie sich nach dem Essen *noch ein bisschen die Beine vertreten.* Kaum aus dem Hotel gekommen, wurde sie von einigen dieser *glatzköpfigen, elegant gekleideten jungen Männer* angepöbelt, wahrscheinlich *die einzig wahren Finnen*, wie sie spöttisch meinte.

»Es gibt schlimmere. Da komme ich noch drauf zu sprechen. Natürlich verstand ich kein Wort, aber sie waren wohl überzeugt, dass finnisch eine Weltsprache sei. Ich versuchte als liberale Gutmenschin die Jungs mit deeskalierenden Handbewegungen und beruhigender Stimme auf Englisch zu beschwichtigen. Nützte nix. Plötzlich scheuerte mir einer aus der Gruppe eine. So eine richtige Ohrfeige an die linke Backe, wie ich sie zuletzt als Zwölfjährige von meinem aufgebrachten Vater bekommen habe. Die Finn-Nazis waren darüber wohl selbst erschrocken, denn noch bevor der Portier aus dem Hotel trat, um nachzusehen, was das für ein Lärm sei, sind sie abgehauen. Ich nehme an, dass der Wurstbauchfinne, von dem ich dir noch erzählen werde, sich in seinen Kreisen über mich ausgelassen hat. Da sei eine Deutsche, die würde ein – allerdings nur in seinen Kreisen anerkanntes – nationales Denkmal anpinkeln. Oder so ähnlich. Egal. Wie du siehst, gab's eine leichte Schwellung, ein paar Kratzer und das bisschen Bluterguss. Nichts, das einen Arzt oder gar das Krankenhaus erforderte.«

Schmitt sah sie besorgt an.

»Nein, wirklich. Du musst dir deswegen keine Gedanken machen. Macht sich mein Banker auch nicht. Aber lass mich von Anfang an erzählen. Ich kam letzte Woche dienstags am frühen Abend in Helsinki an und habe im Hotel Torni eingecheckt, einem gediegenen, nicht zu großen Haus mitten in Helsinki. Nicht ganz billig, hundertfünfundzwanzig Euro die Nacht, aber immerhin inklusive Frühstück. Übrigens ein Einzelzimmer, wenn du es genau wissen willst.« Schmitt fühlte sich ertappt. »Das Hotel liegt an einer kleinen, verwinkelten Straße und hat ein Dachgartenrestaurant in luftiger Höhe mit einem sensationellen Ausblick über die Stadt. Vom Torni konnte ich fast alles wunderbar zu Fuß erreichen. Und um dir ein Beispiel für die finnische Sprache zu geben, es liegt in der Yrjönkatu. Wie sich das richtig ausspricht, weiß ich nicht. Ich war übrigens auch in einem Stadtteil, der heißt Töölö. Dort in der Nähe liegt die Musikhochschule, in der Töölönkatu. Da schnallt man ab.« Mälis liebte zuweilen eine burschikose Sprache. »Wo war ich? Ach ja, alles ließ sich gut an. Am nächsten Tag, Mittwoch, hatte ich nachmittags eine Verabredung mit einem sehr gut deutsch sprechenden Kollegen, Arto Nieminen, einem renommierten Musikgeschichtler an der Sibelius-Akademie, wie die

Musikhochschule richtig heißt. Seit einigen Jahren ist sie allerdings Teil der Universität der Künste Helsinki.«

Am Vormittag machte sich Mälis ein bisschen tiefer als nur an der Oberfläche mit der finnischen Geschichte vertraut. Finnland war in den letzten Jahrhunderten nie eine selbständige Nation gewesen. Seit der Christianisierung im zwölften und dreizehnten Jahrhundert schwedisch und dann ab Anfang des achtzehnten russisch. Nach jedem Krieg ein bisschen mehr, bis es ab 1809 ganz zu Russland gehörte. Die Eliten waren allerdings auch weiterhin Schweden oder zumindest schwedischsprachig, soweit sie nicht zum russischen Adel gehörten. Das sei heute noch so, meinte Mälis, die finnischen Führungskräfte müssten gut Schwedisch sprechen können, sonst würde das nix mit Karriere und Aufstieg.

»Selbst der Nationalheld Mannerheim gehörte der schwedischsprachigen Minderheit an. Finnisch sprach er ganz schlecht. Russisch hingegen weitaus besser. 1867 geboren, verheiratet mit einer Russin, machte er schnell Karriere in der zaristischen Armee. 1907 war er schon Oberst, 1911 Generalmajor, 1917 Generalleutnant. Er war also bei Lichte betrachtet alles andere als ein lupenreiner Bio-Finne.«

»Wo hast du denn den Ausdruck her?«, fragte Schmitt stirnrunzelnd.

»Gut, nicht? Aber weiter im Text. Im Frühjahr 1918 wurde er als Schwede, Russe oder was auch immer Oberbefehlshaber der neu aufgebauten finnischen Armee und kartätschte als Anführer der *weißen* Bürgerlichen im finnischen Bürgerkrieg mit Unterstützung der kaiserlich-deutschen Armee die *roten* Aufrührer zusammen. Das war, was wir hier in Deutschland nicht so wissen, ganz schön blutig. Kostete ungefähr fünfunddreißigtausend Tote. Danach wurden rund siebzigtausend *rote* Finnen in Konzentrationslager gebracht. Zwölftausend von ihnen, auch Frauen und Kinder, starben dort. Besonders schlimm soll eine Festung Suommenlina gewesen sein mit allein dreitausend Ermordeten. Erschossen, erschlagen, erstochen, verhungert.«

»Das ist ja alles gar nicht schön. Aber was hat das mit deiner Forschung zu tun?«

»Nicht schön? Du bist ein Seelchen, Schmitt! Von nix kommt nix. Das weißt du doch. Durch diese Ereignisse blieben eben weitgehend *weiße*, also bürgerliche, nationalistische Finnen übrig. Die *roten internationalistischen* wurden als Bolschewisten ausgemerzt. Wandelten sich zu Sozialdemokraten, soweit sie überlebten. Im Ernst, ich wollte den finnischen Nationalismus der damaligen Zeit verstehen, um den Großvater von Kaijsa Vesalainen einordnen zu können.«

Mannerheim gebe dafür nicht allzuviel her, fuhr Mälis fort. Der habe schon aufgrund seiner Herkunft und seinem Werdegang nicht viel von einem völkischen, antisemitischen und aggressiven Nationalismus gehalten. Ein richtiger Busenfreund der deutschen Nazis und namentlich von Hitler sei der wohl nicht gewesen. Für ihn war das eher ein reines Zweckbündnis im gemeinsamen Krieg der Finnen und der Deutschen 1941 bis 1944. Die Finnen wollten sich die nach dem russischen Angriff 1939 verlorengegangenen Gebiete zurückholen und die Deutschen Verbündete gewinnen für ihren Vernichtungskrieg gegen die Sowjetunion im hohen Nordosten. Dabei hätten die finnischen Truppen zwar geholfen, aber weder an der Belagerung Leningrads noch an der Eliminierung russischer Kriegsgefangener oder der Ermordung von Juden teilgenommen. Im Gegenteil ließ Mannerheim ostentativ und trotz deutschen Gegrummels weiter rund dreihundert jüdische Soldaten in seiner finnischen Armee kämpfen.

Schmitt hörte aufmerksam, um nicht zu sagen, gebannt zu. Mälis war deshalb eher verunsichert als erfreut. Was war denn mit ihm los?

»Schmitt, schläfst du mit offenen Augen?«

»Wieso …, nein. Ich hör' dir zu. Weiter!«

»Na ja, du weißt ja, wie es ausging. 1944 schmiss Mannerheim die Deutschen raus, die rächten sich mit der Methode *verbrannte Erde* blutig. Nützte ihnen aber nix. Mannerheim schloss einen Separatfrieden mit den Sowjets, die deshalb einigermaßen gnädig mit Finnland umgingen. 1946 wurde ein Sozi finnischer Staatspräsident, denn Mannerheim war zwar Held und Idol, aber eben auch *Henker, Schlächter, Blutiger Baron, Weißer Teufel* von 1918. Er spaltete immer noch.«

Mälis reckte sich, etwas erschöpft von dem langen Vortrag und bestellte sich einen weiteren Weißburgunder und ein Mineralwasser. Schmitt hatte sein Bier ganz vergessen und orderte schnell ein neues, statt den abgestandenen Rest auszutrinken.

»Da hast du aber einen ganz schönen Parforceritt durch die neuere Geschichte unternommen. Und alles das an einem Vormittag.«

»Nein, das ist nur eine Zusammenfassung für dich. Allerdings habe ich das meiste noch in Ostratal gegoogelt, um der Wahrheit die Ehre zu geben.«

»Gibt aber nicht viel her für eine völkisch-antisemitische fünfte Kolonne mit Kaijsas Opa an der Spitze. Klingt eher so, als ob der Freiherr von und zu Mannerheim seine Finnen als zwar nationalistische, aber anständige Truppe zusammengehalten hat«, kommentierte Schmitt.

»Tja, das habe ich auch gedacht. Dann lernte ich aber am Donnerstagabend in einer Künstlerkneipe zusammen mit Nieminen einen Autor kennen, dem 2006 im Finnischen Nationalarchiv Unterlagen in die Hände fielen, die bislang in untersten Schubladen verstaubten. Und Schluss war es mit dem finnischen Volksglauben, dass der Krieg 1941 bis 1944 auf eigener Seite so rein gewesen sei, wie ein Krieg nur sein kann. Keine Kriegsverbrechen an Russen und Juden, keine Teilhabe am deutschen Vernichtungsfeldzug. Ein Mythos. Glauben die Finnen aber zum größten Teil noch heute. Trotz der Erkenntnisse im Buch meines neuen Bekannten. Dabei belegen die Unterlagen, dass mit Wissen und Billigung der finnischen Führung ein deutsches Einsatzkommando gewütet und Massenexekutionen sowjetischer, insbesondere jüdischer Kriegsgefangener in Nordkarelien durchgeführt hat. Mit tatkräftiger Unterstützung der rechtsextrem orientierten finnischen Staatspolizei Valpo und dem Nazisympathisanten Arno Anthoni an der Spitze.

Von der Valpo wurden zudem zwölf Finnen an das deutsche Einsatzkommando abgeordnet. Finnische Kommunisten, Partisanen und Juden wurden von der Staatspolizei ausgesondert und bei Massenexekutionen umgebracht. Hatten sie im Frühjahr 1918 ja schon trainiert. Die genaue Zahl der Opfer blieb bis heute unbekannt. Allein die Sammelgräber sollen eine Ahnung vom Ausmaß des Grauens geben. Übrigens war im Nachkriegsdeutschland von der Existenz eines deutschen Einsatzkommandos in Karelien nichts bekannt. So weit nordöstlich.«
Mälis schwieg. Auch Schmitt hielt ausnahmsweise seine Klappe.
»Ende 1941 wurde eine neue finnische Regierung eingesetzt«, nahm sie nach einer kurzen Pause ihre Erzählung wieder auf. »Nach dem Fall Stalingrads im Januar 1943 setzte sie die antisemitischen Führer der Valpo ab. Damit war auch die Unterstützung für das deutsche Einsatzkommando beendet. Das alles hat meinen Kinderglauben doch sehr erschüttert. Aber für meine Forschung war vor allem die Information interessant, dass es in Finnland jenseits der Führung und der Regierung durchaus eine in Zirkeln und Vereinen organisierte Sympathie für Hitler und den deutschen Nationalsozialismus gab. Eine völkische, faschistische Rassenlehre des Germanentums. Das war insbesondere in Intellektuellen- und Künstlerkreisen weiter verbreitet als man allgemein annimmt. Es war sozusagen in. Und wie gesagt, es tut mir sehr leid, dass hinsichtlich der möglichen Schmuggelaktivitäten meine Fantasie mit mir durchging. Wenn ich schon mal Detektiv spiele. Ich hätte dich deswegen gleich aus Helsinki anrufen sollen.«
»Vergiss es. Ich habe das mittlerweile schon von äußerst kompetenter Seite in Erfahrung gebracht. Erzähl lieber weiter. Das ist ja saumäßig spannend.«
Mälis blickte Schmitt zweifelnd an, fuhr dann aber mit ihrem Bericht fort, als sie in seinem Gesicht auch nicht den Ansatz von Ironie entdeckte.

FINNISCHE IMPRESSIONEN

ZWEI

Im Gespräch mit ihrem Kollegen Nieminen (»Ich heiße Arto. In Finnland duzen wir einander. Du bist also Susanne.«) am Mittwochnachmittag hatte Mälis nicht den Eindruck gewonnen, dass Toivo Hämäläinen, der Großvater von Kaijsa Vesalainen, ein sonderlich interessanter Komponist oder ein über den damaligen Zeitgeist hinausgehender glühender Nationalist war. Nieminen meinte, dass wohl die meisten finnischen Komponisten national eingestellt gewesen seien. Auch der 1928 geborene Einojuhani Rautavaara, einer der bedeutendsten noch lebenden, sei von der Neoklassik eines Bruckner über eine kurze serielle Phase zur Neoromantik und später zu allen Stilarten gewandert, letztlich aber über seine gesamte Schaffenszeit eher romantisch-mythisch veranlagt geblieben. Und selbst Johan Julius Sibelius, allgemein bekannt als Jean, sei als Kind seiner Zeit der geborene Nationalkomponist gewesen. Mit seiner *Finlandia* und der *Karelischen Musik* habe er schließlich einen bedeutenden musikalischen Beitrag zur Freiheitsbewegung Finnlands aus russischer Fremdherrschaft geleistet.
»Durchaus pathetisch und national«, verkündete Nieminen bestimmt. »Das schmälert seine Leistung und seinen Erfolg in keiner Weise, aber so ist es nun mal. Er hat Ende der zwanziger Jahre, rund dreißig Jahre vor seinem Tod 1957 aufgehört zu komponieren. Eines seiner letzten Werke war übrigens eine freimaurerische Ritualmusik. Aber er war nicht völkisch eingestellt.«
Hämäläinens Werk kenne er zwar nicht im Einzelnen, aber er könne sich nicht vorstellen, dass es dem Anliegen der Auftraggeber von Susanne in irgendeiner Weise dienlich wäre, seine Enkeltochter zu diskriminieren.

Nach einem für Mälis sehr ertragreichen Nachmittag über die finnische Musikgeschichte bis weit in die Neuzeit hinein, auch über das in Finnland mit großer Aufmerksamkeit verfolgte Schaffen Kaijsas Vesalainen, verabredeten sie sich für den folgenden Vormittag zu einem Besuch der Musikabteilung des Finnischen Nationalarchivs in der *Rauhankatu 17* im Stadtteil *Kruununhaka*. Dorthin nahm sie gleich nach dem Frühstück ein Taxi, um die Gelegenheit zu nutzen, vor ihrem Treffen die in großer Zahl gut erhaltenen beziehungsweise restaurierten Jugendstilhäuser zu bewundern.

Anschließend schaute Mälis zunächst in einige der im Archiv zugänglichen Kompositionen Hämäläinens, bevor sie sich mit seiner Person befasste. Auch ihr Kollege studierte dessen ein oder anderes Werk. Nach einer Weile legte er die erste Sinfonie beiseite.

»Das sind ja gewaltige germanisch-spätromantische Klangkaskaden, die der alte Hämäläinen da rausgehauen hat. Abgekupfert bei seinem Cousin Sibelius, aber schlecht. Auch ein bisschen Bruckner ist dabei, wie beim späteren Rautavaara. Und Wagner. Man hört förmlich sein *Zittre und zage, gezähmtes Herz* oder *Weia-Waga-Woge-du-Welle.*«

Mälis musste ihm zustimmen.

»Doch zurück zu Sibelius. Der war ein Cousin von Hämäläinen?«, fragte sie höchst erstaunt.

»Ach, das wusstest du nicht? Die Mutter von Sibelius war die ältere Schwester von Hämäläinens Mutter. Der kam 1878 auf die Welt, also dreizehn Jahre später als unser Sibelius, und starb wie sein Cousin ebenfalls 1957. Unser Toivo wurde erst in zweiter Ehe relativ spät im Alter von dreiundsechzig Jahren Vater einer Tochter. Die heiratete den jüngeren Jaako Vesalainen, der ebenfalls verhältnismäßig spät 1977 Vater von Kaijsa wurde. Übrigens sind beide, Sibelius und Hämäläinen, ziemlich direkt mit der adligen Künstlerfamilie Chlodt von Jürgensburg aus St. Petersburg verwandt. Peter Jakow Karlowitsch Chlodt von Jürgensburg, ein bedeutender russischer Bildhauer, lebte von 1805 bis 1867 und hatte einen Sohn Michail Petrowitsch, der ein

ziemlich bekannter Maler war. Ebenso wie der Neffe Michail Konstantinowitsch. Die beiden sind über Mütter und Großmütter Großcousins unserer besagten Komponisten. Ein Spiegelbild der gemeinsamen finnisch-russischen Geschichte. Hochinteressant, aber natürlich völlig irrelevant für deine Forschungen.«
»Mag sein. Immerhin zeigt das eine im Grunde tiefe Verwurzelung in kultivierte, bürgerliche, selbst adlige Kreise. Dann will ich mal davon ausgehen, dass Toivo nicht anfällig für wirklich schlimme Ideologien war.«
Aber da sollte sich Mälis wenige Viertelstunden später getäuscht haben. Nach weiterem Suchen stießen Nieminen und sie auf Unterlagen über eine Mitgliedschaft Hämäläinens im faschistischen Hochschullehrerbund Finnlands, einer zwar nur kleinen, aber offensichtlich einflussreichen Vereinigung. Er lehrte als Dozent für Tonsatz und Harmonielehre in Kuopio. Mälis ging davon aus, dass bei intensiveren Bemühungen noch Weiteres ans Tageslicht kommen würde. Zunächst genügten ihr aber diese Tatsache und einige Kampf- und Trinklieder eindeutigen Inhalts, die Hämäläinen offensichtlich für Burschenschaften geschrieben hatte.
»Wird er noch aufgeführt?«, fragte sie Nieminen.
Der schüttelte den Kopf.
»Wenig. Die zwei Opern gar nicht, zu nordisch und speziell. Und die Sinfonien, da hast du ja eine davon gesehen. Übrigens, ich ebenfalls zum ersten Mal. Lohnt wohl abgesehen von der Qualität auch von der Riesenbesetzung her die Arbeit nicht. Vielleicht ab und zu Kammermusiken und Orgelwerke. Möglicherweise kann ich dir vor deiner Abreise einen Gesprächstermin mit einem Kollegen vermitteln, Kerkko Mäkela. Der ist bei den Wahren Finnen. Mal sehen, was der von Hämäläinen hält. Würde mich auch interessieren. Du weißt, wer die Wahren Finnen sind und für was sie stehen?«
»So ungefähr. Etwa wie die Schwedendemokraten. Oder unsere Alternative für Deutschland«, sagte Mälis.
»So in etwa. Rechtspopulistisch mit ziemlich nationalistischen Parolen. Rechts von denen, aber mit Querverbindungen, gibt es

Odins Soldaten, das sind uniformierte Bürgerwehren. Und ganz rechts außen, in Deutschland wäre das wohl die NPD, ist vor einigen Jahren eine sogenannte Vaterländische Volksbewegung Suomen Isänmallinnen Kausanliike angetreten. Ebenfalls mit Verbindungen zu den Wahren Finnen, was diese abstreiten. Einige Mitglieder dieser vermeintlichen Volksbewegung kandidieren allerdings immer wieder mal auf deren Liste zu den Parlamenten. Unter anderem deshalb sind die Wahren Finnen nicht nur Folklore. Eben nicht nur trink- und sangesfreudige Skandinavier, die halt ein bisschen nationaler sind. Nein, diese Mixtur enthält eine Menge Giftsubstanzen«, erläuterte Nieminen blumig. »Aber keine Angst, mein Kollege Kerkko gehört eher zu der rein trink- und sangesfreudigen Fraktion.«
»Da bin ich aber gespannt«, bemerkte Mälis mit unverhohlener Neugier.

Das Treffen fand, obwohl so kurzfristig verabredet, bereits am Freitagnachmittag statt. Nach einem ebenfalls ertragreichen Donnerstagnachmittag und einer Zusammenkunft mit dem Verfasser der neueren Geschichtsdarstellung am Freitagvormittag trafen sich Mälis und Nieminen im Cafe der Sibelius Akademie und warteten auf Kerrko Mäkelä. Der kam etwa fünf Minuten später. Ein riesiger Kerl, seines Zeichens neben seiner Hochschultätigkeit Pressesprecher der Wahren Finnen der Stadtratsfraktion Helsinkis. Rotblondes, ungebändigtes Haar, rotes Gesicht, mindestens einhundertzwanzig Kilo Lebendgewicht, verteilt allerdings auf gut zwei Meter Länge. Trotzdem blieb noch Platz für einen festen, enorm dicken, kugelrunden Bauch. Ein Bilderbuchfinne.
»Schnapp dir zwei Stühle und setz dich hin«, sagte Nieminen zu Mäkelä auf Deutsch. Und fügte auf Finnisch einen Satz hinzu, von dem Mälis annahm, dass dies die Übersetzung war.
Mäkelä warf Nieminen einen scharfen Blick zu und erwiderte in einwandfreiem Englisch, dass ein Hungerhaken wie er besser sein lustfeindliches Maul halten solle. Dann wanderten seine Augen weiter zu Mälis und ruhten schließlich wohlgefällig auf

ihr und ihrem wohlproportionierten Äußeren, das weit von dem eines *Hungerhakens* entfernt war. Er heiße Kerkko und schlage vor, das Gerippe Nieminen in die Wüste zu schicken, den bräuchten sie nicht. Sofern die Dame des Englischen mächtig sei.

»Das trifft zwar zu«, bestätigte Mälis. »Aber mir wäre es lieber, wenn Kollege Nieminen bliebe, falls komplizierte Fachfragen angesprochen werden. Mein Name ist Susanne Mälis. Susanne.«

»Kerkko ist ein wandelndes Beispiel für die Genusssucht unseres Landes«, meldete sich Nieminen nun ebenfalls auf Englisch zu Wort. Er wollte den Vorwurf der Lustfeindlichkeit wohl nicht einfach so stehen lassen. »Allerdings auf niedrigster Entwicklungsstufe. Ausschließlich Bier und Grillimakkara, unsere berühmte, große, dicke Grillwurst, die massenhaft und mit riesigem Vergnügen von meinen Landsleuten verschlungen wird, hauptsächlich in den wärmeren Monaten. Für diese Art Bauch gibt es in unserer Sprache eine wunderbare Bezeichnung, leider finde ich in deiner keine angemessene Übersetzung. In etwa bedeutet es Wurstbauch.«

Susanne warf einen vorsichtigen Blick auf Mäkelä. Der war jedoch nicht im mindesten beleidigt, sondern lachte dröhnend und herzlich. Sehr sympathisch, dachte sie.

»Wo er recht hat, hat er recht«, grinste der Wahre Finne immer noch breit und freundlich, bestellte ein großes Stück Torte und einen Latte und kam gleich zur Sache.

»Du willst also etwas über unseren Toivo Hämäläinen hören, Susanne. Den musst du im Kontext seiner Zeit sehen. Aufgrund der jungen Geschichte Finnlands als Nation gab es eine Reihe national gesinnter Komponisten. Ein recht bekannter ist immer noch Einojuhani Rautavaara, mittlerweile 88 Jahre alt. Der Urvater aller ist natürlich Sibelius. Nach 1944 war aber aufgrund des sensiblen Verhältnisses zur Sowjetunion kein überbordender Nationalismus denkbar, nicht als breitere öffentliche Bewegung. Wir waren zwar sehr konservativ, aber ohne nationale Aufwallungen. Wäre viel zu gefährlich gewesen. Das große,

nachbarliche Brudervolk, bestehend aus Slawen, Asiaten und Turkvölkern, sah nordisches Herrenrassetum verständlicherweise nicht gerne. Finnland, arm, friedlich, neutral und allein, duckte sich einfach weg. Als die Sowjetunion zusammenbrach, Finnland in die Europäische Union aufgenommen wurde und sich ein gewisser Wohlstand begründete, war nordischrassisches Gedankengut auch nicht gefragt. Es erschöpfte sich weitgehend im Stolz auf Nokia und die finnische Eishockeynationalmannschaft. Erst als Arbeitsmigranten, Einwanderer und seit einiger Zeit brotlose Flüchtlinge en masse zu uns kamen, besannen sich aus allen Schichten einige, und nicht die schlechtesten, Köpfe ihrer Identität, ihrer Herkunft und der Gefahr der Überfremdung, in die wir uns selbst brachten. Und wir entdeckten unter Malern, Bildhauern, Schriftstellern, Künstlern und Gelehrten allgemein diejenigen, bei denen Finnland und das finnische Volk in ihren Werken die erste, teils einzige Rolle spielte.«
Kerkko, der Pressesprecher der Wahren Finnen in Reinkultur. In dieser Rolle war er Mälis plötzlich nicht mehr sehr sympathisch. Parteisprech eben.
»Und zu denen gehörte, und zwar ganz vorne weg, Toivo Hämäläinen. Vor allem die epischen Chorwerke, das Liedgut und die Bläserkammermusik werden gerne wieder aufgeführt. Auch durch Laienensembles. Fast hymnisch. Eine Renaissance! Sibelius, schön und gut, aber der wahre Finne ...«, Kerkko grinste Nieminen breit und provozierend an. » ... der wahre Finne mag solche wie Hämäläinen lieber. Gerade weil er von allen gängigen Strömungen der sogenannten Neuen Musik bis zu seinem Tode völlig unberührt geblieben war. Rein musikalisch betrachtet steht er natürlich nicht wirklich mit anderen nationalen Tondichtern vormals unterdrückter Völker wie Smetana, Dvorak, Grieg und selbstredend Sibelius in einer Reihe. International hat er nie eine Chance gehabt und wird auch keine haben. Aber einem großen Teil von uns Finnen gibt Toivo was für Herz und Bauch.«
Nieminen war erschüttert.

»Meinst du das wirklich im Ernst? Oder willst du mich hochnehmen. Diese unterbelichteten Stammelwerke? Hier was geklaut, da was Volkstümelndes und dort viel Krach?«
Mäkelä blickte ihn verächtlich an.
»Das verstehst du nicht. Du bist eben ein Produkt der skandinavisch-sozialdemokratischen Politik der letzten fünfundzwanzig Jahre. Verseucht und versifft. Du wirst dich noch wundern.« Und wieder freundlich zu Mälis gewandt. »Warum interessierst du dich so brennend für Hämäläinen?«
Mälis musste sich zusammenreißen, denn die letzten Ausführungen von Mäkelä hatten ihr den verbliebenen Rest des Sympathiebonus geraubt. Mochte ja sein, dass er ein netter Kerl war, soweit es nicht um Politik ging. Aber ... Trotzdem gab sie ihm bereitwillig Auskunft.
»Die Enkelin von Toivo Hämäläinen, Kaijsa Vesalainen, ist nicht nur in Finnland eine anerkannte Komponistin ...«, Mälis entging das etwas süffisante Lächeln Mäkeläs nicht, aber sie ließ sich dadurch nicht verunsichern. » ... sondern auch und gerade bei uns in Deutschland. Sie lebt in Ostratal, dort, wo ich auch lebe. Die Stadt wird ein Ensemble für Neue Musik gründen, das Kaijsa leiten soll. Darüber hinaus wird sie die Rolle einer Stadtkomponistin spielen, so wie früher die Hofkomponisten. Für Ostratal ein Experiment. Aber auch in Deutschland eine spannende Neuerung. Dagegen gab es und gibt es immer noch lautstarken Protest. Manche wollen das Ganze, andere wenigstens Kaijsa verhindern. Wieder andere instrumentalisieren das eine für das zweite. Du als Politiker kennst dich in diesem Spiel ja sicherlich aus.« Mäkelä musste lächeln und nickte. Wieder auf sympathische Weise. »Es gibt Stimmen von rechts, die fragen, warum denn für die Leitung ausgerechnet eine finnische Komponistin genommen werden muss. Es gäbe doch genügend renommierte deutsche. Dieses Argument wirst du sicherlich gut verstehen. Deutsche zuerst.« Mäkelä grinste und zuckte entschuldigend mit den Schultern. »Allerdings gibt es auch Stimmen von links, dass Kaijsas Großvater ein ganz schlimmer, faschistischer und rassistischer Komponist gewesen sei, da

könne man doch dessen Enkelin nicht ... und so weiter und so fort. Derartige Verweise auf die Gene kennst du ja wahrscheinlich auch. Deshalb soll ich Toivos Leben und Werk näher betrachten.«

»Na, dann hoffe ich, dass du gnädig mit ihm umgehst. Und seiner Enkelin nicht schaden wirst. Ich mag zwar ihre Musik nicht, aber schließlich ist sie Finnin«, lächelte Mäkelä wieder, diesmal selbstironisch. Er schien es plötzlich eilig zu haben. »Sehen wir uns noch einmal?«

»Ich denke nicht«, antwortete Mälis. »Morgen werde ich mir frei nehmen und auf eigene Faust einen Sightseeing-Tag einlegen. Und am Sonntag fliege ich wieder nach Hause.«

»Schade. In welchem Hotel wohnst du denn?«

»Im Torni.«

»Da hast du ein wirklich schönes Haus ausgesucht. Dann wünsche ich dir noch eine schöne restliche Zeit hier in Helsinki. Leider muss ich ...« Er blickte ostentativ auf seine Uhr. »Guten Heimflug.«

»Aber eines musst du mir noch sagen, Kerkko. Wieso schätzt ihr Toivo dermaßen, wo er doch aufgrund seiner teilweise russischen Herkunft alles andere als ein reinrassiger Bio-Finne ist?«

Mälis konnte es nicht lassen. Sie musste Mäkelä zum Schluss noch eine reinwürgen, so sympathisch er in mancher Hinsicht rüberkommen mochte. Aber er ging nicht darauf ein, sondern schaute sie nur kurz an, runzelte die Stirn und schüttelte verständnislos den Kopf. Dann verabschiedete er sich von Nieminen. Allerdings etwas steif, wie es Mälis schien. Auch Nieminen war alles andere als herzlich. Von der lockeren Atmosphäre der Begrüßung war nichts mehr übrig.

»Tut mir leid, das Kerkko so ein Propagandist geworden ist. Auf die Art kenne ich ihn gar nicht.« Nieminen war sichtlich geknickt.

»Kein Problem. Immerhin habe ich jetzt einen tiefen Blick in eine Welt werfen können, die ich vorher nicht kannte. Ich habe in Deutschland keinen Kontakt zur rechten Szene, auch nicht zur Alternative für Deppen und weiß nur, was darüber in der Zeitung steht. Würde mich nicht wundern, wenn bei uns ähnlich gestrickte Musiker ausgegraben werden. Hans Pfitzner zum Beispiel ist nicht mehr so unberührbar wie noch vor vierzig Jahren. Insofern war das wirklich interessant. Und auf gewisse Weise ist Mäkelä ja ein richtig guter Typ.«

»Das ist ja das Problem«, seufzte Nieminen.

»Man sieht wieder mal, dass Musik alles andere als unschuldig ist«, fuhr Mälis fort. »Ich weiß nicht, ob zum Beispiel Wagner eine Affinität zu Diktatoren gehabt hätte. Ich weiß aber, dass brutale Tyrannen verschiedenster Ebenen eine innige Liebe zu Wagners Musik verspürten. Nicht nur, aber am plakativsten hierfür steht Hitler. Die Spätromantik hat einerseits etwas Wuchtiges, bei Wagner bis hin zum Gewalttätigen. Und andererseits etwas Süßliches, bei unserem Richi eher Triefend-Sentimentales.« Auch Nieminen sollte mitbekommen, dass Mälis manchmal eine lässige Ausdrucksweise hatte, mit der sie sich scheinbar von ihren Aussagen distanzierte, wodurch ihr die Anerkennung ihrer deutschen, ernsthaften Kollegen verweigert wurde. »In Ordnung, nicht jeder Wagner-Fan ist ein blutdürstiger Tyrann und nicht jeder Möchtegerndiktator des heutzutage sogenannten christlich-jüdischen Abendlandes ist oder war ein Wagner-Jünger, aber ich stehe dazu, dass Wagner der Urvater einer dumpfen, nationalistischen, mythologisch-spintisierenden, fast schon psychedelischen Musikrichtung ist, die den Menschen das klare Denken vernebelt. Zum Beispiel Toivo Hämäläinen fußt auf diesem Grund. Wenn ich das richtig werte. Allerdings weit weniger, unvergleichlich weniger begabt und nur bezogen auf die finnisch-völkische Epoche. Allerdings wird er, wie ich heute hören musste, wieder ausgegraben. Als völkischer Held der Kunst. Schauderhaft!«

Fast sah es so aus, als wolle Mälis sich schütteln. Nach diesem Ausbruch unversöhnlicher Feindschaft gegenüber allem, was sich auf der Rechten derzeit in Europa tat. Und dem sie offensichtlich eine Affinität zu einer bestimmten Musikrichtung unterstellte.

»Darf ich dich für heute Abend zum Essen einladen? Da können wir deine Meinung ja weiter diskutieren. Oder hast du schon was anderes vor?« Nieminen wirkte etwas verlegen.

»Ja, tatsächlich, leider. Ich habe eine Verabredung mit deinem Bekannten, dem Autor, der die Verwicklungen der Valpo, du weißt, Eure Staatspolizei, in die deutschen Untaten aufdeckte«, sagte Mälis bedauernd. Und wurde dabei rot.

Und am Samstag dann der Überfall. Sie konnte sich vorstellen, dass Kerkko Mäkelä am Freitagabend nach ihrem Gespräch mit einigen Kumpels um die Häuser gezogen war, in Finnland übers Wochenende wohl so eine Art Volkssport. In der einen Kneipe ein paar Bier, in der anderen ein paar Wodka, in der nächsten wieder ein paar Bier, vielleicht mit einer ordentlichen Portion Grillimakkara. Dann Sauna, und danach sehen, wo man eventuell weiter saufen kann. Der erste, der schlappmacht, ist kein richtiger Mann, bekommt aber beim nächsten Mal noch eine Chance ... Bei dieser Gelegenheit hatte Mäkelä vielleicht einem verbiesterten Nationalisten von der Deutschen erzählt, die vorhabe, die wahre finnische Kultur in den Dreck zu ziehen. Sicherlich ganz unschuldig und ohne jeden Hintergedanken. Aber in dem besoffenen Hirn seines Gesprächspartners wuchs es sich zu etwas aus, das nach einer Lektion verlangte. Vor allem wegen der hämischen Bemerkung von Mälis, dass Toivo Hämäläinen aufgrund seiner teilweise russischen Herkunft auch nicht der wahre Bio-Finne sei ... *Und ich kenne da ein paar Jungs, die keine Scheu haben, einer Frau eine rein zu hauen.*

FINNISCHE IMPRESSIONEN

DREI

Schmitt bekam von Mälis allerdings nur eine Kurzfassung ihrer Erlebnisse zu hören. Ihr war nicht entgangen, dass seine Aufmerksamkeit bereits zu Beginn ihrer Schilderung über die Äußerungen Kerkko Mäkeläs stark nachließ. Er gab sich nicht einmal Mühe, seine geistigen Ausfallerscheinungen zu überspielen.

Also beschränkte sie sich darauf, ihm von ihrem freien Tag in Helsinki vorzuschwärmen. Sie war an diesem Samstag früh aufgestanden, denn sie hatte sich ein umfangreiches Pensum vorgenommen. Den Hauptbahnhof *Rautatieasema* hatte sie schon an ihrem Ankunftstag bewundern können, weil der Schnellbus vom Flughafen an diesem pulsierenden Verkehrsknotenpunkt hielt. Das Bahnhofsgebäude war herausragendes Beispiel für den finnischen Jugendstil, inspiriert vom literarischen Nationalepos *Kalevala*. In der imposanten Halle gab es Rundbögen und Maueröffnungen, die Fassade bestand aus grauem Granit. Ein schöner erster Eindruck. Der Fußweg zum Hotel war nicht weit, sie ging rechts in die *Kaivokatu* und dann sogleich links in eine der Transversalen Helsinkis, die *Mannerheimintie*, nach wenigen hundert Metern wieder rechts in die *Kalevankatu*. Dann waren es nur noch zwanzig Meter bis zum Hotel *Torni* in der *Yrjönkatu*. Auch eine der neuen Sehenswürdigkeiten hatte sie bereits am Morgen ihres zweiten Tages besichtigt. Die *Temppeliaukionkirkko* lag auf ihrem Weg zur Musikakademie im Stadtteil *Töölö*, wenn man den langen Fußmarsch in Kauf nahm. Das wollte Mälis gerne tun, weil sie auf diese Weise Helsinki besser kennenzulernen glaubte als mit Bus und Tram. Tapfer marschierte sie also die *Kalevankatu* bis zur *Fredrikinkatu*. Der folgte sie bis zu einem runden Platz mit einem großen, grünbewachsenen Hügel im Zentrum. Dieser bedeckte einen riesigen Granitfelsen, in den 1969 die Kirche hineingesprengt, -gebaut, -gestaltet wurde. Ein Meisterstück finnischer Baukunst, die von den Erfahrungen des Autobahnbaus profitierte, deren Trassen ebenfalls über Kilometer hinweg in hartnäckigsten finnischen Granit gesprengt werden mussten. Und obwohl diese Kirche noch nicht einmal fünfzig Jahre alt war, wurde sie täglich von einem Touristenbus nach dem anderen angefahren. Licht und leise Musik im Inneren wirkten auf Mälis so beruhigend und spirituell, dass sie Mühe hatte, sich aufzuraffen, um ihre Verabredung in der Hochschule wahrzunehmen. Sie musste noch ein gutes Stück laufen, die *Oksasenkatu* entlang, dann in die *Runeberginkatu* und endlich links in die *Töölönkatu*, in der ganz in der Nähe des *Sibeliusparkes* ihr Ziel lag. Zurück wollte sie sich aber ein Taxi gönnen.

Am Samstag nun also die weiteren Programmpunkte. Sie hatte mittlerweile festgestellt, dass es besser war, sich für diesen letzten Tag auf wenige Sehenswürdigkeiten zu beschränken. Auf jeden Fall wollte sie eine Schärenrundfahrt machen, auch wenn das Klima jetzt Ende September nicht optimal dafür war. Das Wetter hätte tatsächlich schlechter sein können, immerhin fehlte der obligatorische Regen und es war auch einigermaßen hell. Ein weiteres Muss war ein Bummel durch die Einkaufsmeile *Aleksanterinkatu*, benannt nach dem russischen Zaren Alexander II., in Ermangelung eigener Feudalherren. Dorthin brauchte sie nur die die *Mannerheimintie* auf der Höhe des Torni zu überqueren. Zu gerne wäre sie in das Kaufhaus Stockmann gegangen, dem größten in ganz Nordeuropa. Aber auch das verkniff sie sich aus zeitlichen Gründen. Sie kam des weiteren am Senatsplatz vorbei, dem *Senaatintori*, der vom Standbild Alexander II. beherrscht wurde. Am Ende einer etwa zweihundert Meter breiten Treppe mit mindestens hundert Stufen erhob sich die strahlend weiße Kathedrale Helsinkis mit ihrem mächtigen Säuleneingang und der alles überragenden Kuppel. Um den Platz herum befanden sich der eindrucksvolle alte Senatsbau und das Hauptgebäude der Universität. Es half aber nichts; das musste im Vorbeilaufen zur Kenntnis genommen werden. Mälis schwenkte rechts in die *Katariinankatu* zum Marktplatz. Bevor sie zur geplanten Rundfahrt durch die Schären weiterging, genoss sie nicht nur den üppigen Marktplatz, sondern auch die Markthalle, die *Vanha Kauppahalli*. Dort hätte sie tagelang bleiben mögen. Fisch aller Art, Fleisch, Wurst, Käse, Brot, Gemüse. Diese und jene Leckereien in einem Gewimmel von Menschen, die alle Zeit der Welt zu haben schienen und mit nordischer Gleichmütigkeit wählten, verwarfen, fragten, kauften und bezahlten. Und: Es gab glücklicherweise jahreszeitlich bedingt auch hier nur wenige Touristen. Wer fuhr denn schon Mitte September nach Finnland? Mälis schlenderte dann doch nur durch die weitläufige Halle und über den bunten Marktplatz, der von einer weiten Wasserfläche auf der einen und dem Präsidentenpalast auf der anderen Seite begrenzt wurde.

Jetzt musste sie sich festlegen: Eine Schärenrundfahrt wie geplant oder mit der Fähre rüber nach *Suomenlinna* und der berühmten Seefestung aus drei Bauperioden. Der schwedischen, russischen und finnischen. Erbaut auf sechs Inseln. Mälis schloss sich nach kurzem Überlegen dann doch den wenigen Ausflüglern an, die sich für die Schärenfahrt entschieden hatten. Diese führte ebenfalls in die Nähe des unglaublichen Festungsbauwerks. Merkwürdig, dachte sie, was die Menschheit auszugeben bereit war, wenn es um militärische, religiöse oder feudalistische Zwecke ging. Nach drei Stunden auf dem Wasser und unzähligen Stadtansichten aus den verschiedensten Perspektiven und nach gefühlt tausend Inseln und Inselchen ermüdete Mälis langsam. Trotzdem tat sie sich am Ende der Fahrt noch die *Uspenski Kathedrale* an, die größte orthodoxe Kirche außerhalb Russlands. Rund zwanzigtausend Mitglieder begründeten die zweite Staatskirche Finnlands nach der protestantisch-lutherischen. Die *Uspenski* war auch Bischofsitz. Offensichtlich hatten die Finnen keine Schwierigkeiten mit dem russisch geprägten Teil ihrer Geschichte, dachte sich

Mälis. Weder mit dem Zaren Alexander II. noch mit Katharina der Großen. Es half alles nichts, müde oder nicht, einige typische Jugendstilhäuser auf der Halbinsel *Katajanoka*, an deren Beginn die *Uspenski* lag, musste sie sich noch ansehen. Die konnte sie nicht auslassen. Auf dem Rückweg von *Katajanoka* noch durch *die neue Altstadt*, dem *Tori*-Viertel zwischen Markt- und Senatsplatz, mit seinen Kneipen und Boutiquen, einem interessanten Gemisch, und dann auf der *Esplanada* zurück ins Hotel. Museen und die aufregende moderne Architektur sparte sie sich für einen weiteren Besuch dieser Kapitale des Nordens auf. Anschließend, wie bereits erwähnt, das Abendessen oben im Terrassen-Restaurant des Torni und die *Prügelei* beim Luftschnappen vor der Tür.

Natürlich kürzte Mälis auch diesen Teil ihres Reiseberichtes, um zu verhindern, dass Schmitt ganz wegsackte. Sie kam aber noch einmal auf ihre Enttäuschung über die nationalistischen Tendenzen in Finnland zu sprechen. Das beschäftigte sie doch sehr. In den zwanziger, dreißiger Jahren, na gut, da waren es mehr oder weniger Kinderkrankheiten. Aber heute? Zu den eigentlich mustergültigen liberalen Zeiten?

Außerdem drückte sie auch ihre Verwunderung darüber aus, dass abends nicht nur vor Clubs, Nachtbars und Spielhöllen Türsteher aufpassten, sondern auch vor *normalen* Gaststätten und Restaurants. Weshalb, blieb ihr bis heute ein Rätsel. Ob eine mafiaartige Türsteherszene diese Einrichtungen im Griff hatte und gegen hohes Entgelt die Sicherheit garantierte? Eine Art Schutzgelderpressung also? Oder ob die Türsteher unliebsame Gäste fernhalten sollten, zum Beispiel besoffene Hooligans? Oder auch bürgerliche Finnen, die sich ebenfalls hin und wieder bis über den Kragenrand mit Alkohol zuschütteten. Oder andersartig Aussehende. Flüchtlinge, Immigranten, die man in den Lokalen nicht haben wollte. Die Ärger machten, weil sie angepöbelt wurden. Derentwegen andere Gäste wegblieben. Auf diesbezügliche Fragen hatte jeder ihr etwas anderes gesagt. Zumeist schien es eine Vielzahl von Gründen zu geben. Aber klar, Schmitt konnte ihr da auch nicht weiterhelfen.

SCHMITT

EINS

Dann fragte Mälis, was sich in der Zwischenzeit Interessantes in Ostratal getan habe. Schmitt erzählte ihr von dem Gespräch mit Klumpp (»Du weißt schon, Dezernat für Vermögensdelikte«), das ihm Ringwald vermittelt hatte und in dem der *höchst kompetente Kripobeamte* die Finnlandspur ebenfalls als absurd einstufte. Und dass Kohl »ein noch größeres ... äh, ein noch größerer Idiot« geworden sei. Als nunmehriger Kommissar und stellvertretender Dezernatsleiter.

»Ach ja, und Rechenbergs Tod hatte eine natürliche Ursache. Wenn auch niemand so genau weiß, welche. Es gab vor einigen Tagen laut Volksboten eine große Trauerfeier. In dem Artikel stand auch, dass Rechenberg außer zwei entfernten Cousinen keine Verwandten hatte und zudem allein lebte. Wie dem Artikel weiter zu entnehmen war, ist er bereits eingeäschert worden. Obwohl seine Erben sicherlich einiges an Hinterlassenschaft bekommen, wird es nur eine anonyme Bestattung geben. Bleibt also nicht viel übrig von dem Knaben. In vielerlei Hinsicht. Und das bei all seinen Verdiensten. Apropos, ich will dereinst auch verbrannt und anonym und so, du weißt schon. Kannst du dann dafür sorgen?«

»Ach Schmitt, bis dahin ist es doch noch weit hin. Und warum ausgerechnet ich?«

So ging das noch eine kleine Weile hin und her. Dann trank Mälis ihren Weißburgunder aus. Sie überlegte kurz, ob sie trotz der zwei Gläser Wein mit dem Auto zurückfahren sollte. Klare Entscheidung: Ja. Um halb elf abends gab es wohl noch nicht so viele Polizeikontrollen, vermutete sie. Damit lag sie im Grundsatz völlig daneben, sollte für diesmal aber Glück haben.

Schmitt entschied sich für ein letztes Bier, nachdem Mälis ausgetrunken hatte. Deshalb verabschiedete sie sich und ließ ihn sitzen. Der Weg führte sie an der Kirche St. Michaelis vorbei. Dort war der Eingangsbereich weitläufig mit polizeilichen Bändern abgesperrt. Was ist denn hier los, fragte sich Mälis, leicht benebelt. Aber nicht so benebelt, dass sie die zwei Wache schiebenden Polizisten um Auskunft über diese ungewöhnliche Maßnahme gebeten hätte. Ihre Neugier siegte nicht über die Sorge um ihren Führerschein. Zu Hause angelangt, öffnete sie sogleich die Internetausgabe des Ostrataler Volksboten. Und erstarrte. In den Katakomben der Kirche St. Michaelis war am späten Abend die finnische Komponistin Kaijsa Vesalainen tot aufgefunden worden. Wie berichtet wurde, sei dies ein weiterer ominöser Todesfall. Ähnlich dem des Kulturbürgermeisters Rechenberg drei Wochen zuvor.

Aber Mälis fasste sich gleich wieder, nicht zuletzt durch den Alkoholgenuss bedingt. Sie konstatierte gedanklich nüchtern, dass sie die Ergebnisse ihrer Helsinkireise nun ungekürzt und ungeschönt bei der Stadtratsfraktion abgeben konnte, die ihr den Auftrag erteilt hatte. Kaijsa Vesalainen würde sie damit nicht mehr schaden. Und ein bisschen erweitert, abgerundet und aufgeblasen konnte sie das Ganze unter dem Thema »Musik im Faschismus – Faschismus in der Musik« veröffentlichen. Tief mit sich im Reinen kleidete sie sich aus, putzte die Zähne, betrachtete im Schlafzimmerspiegel noch eine Weile nachdenklich ihren nackten Körper und streckte sich wohlig im Bett aus. Und war sofort eingeschlafen.

Schmitt hingegen blieb noch bis halb eins und bei einem weiteren Bier, als inzwischen einziger Gast, und ließ sich das von Mälis gehörte wieder und wieder durch den Kopf gehen. Er hatte den leisen Verdacht, dass er ein Stück weit als Versuchskaninchen benutzt worden war und Mälis ihn bei ihren Erzählungen genau beobachtet hatte. Er nahm deshalb an, dass sie nicht nur den Bericht an ihren Auftraggeber, nicht nur einen wissenschaftlichen Aufsatz in Fachzeitschriften, sondern auch einen Essay über ihren Helsinki-Aufenthalt zu schreiben beabsichtigte. Aber er war seiner Ex deswegen nicht böse. Nachdem Schmitt aus seiner Stammkneipe regelrecht hinauskomplimentiert worden war und damit auch der Gasthof seine verdiente Ruhe fand, hatte er, nach wenigen Metern zu Hause angekommen, im Gegensatz zu Mälis Mühe, richtig tiefen Schlaf zu finden. Ein Sammelsurium aus finnischen Nazis, dicken Grillwürsten und Geigen, die sich zu Hakenkreuzen verformten, waberte durch sein Unterbewusstsein. Schließlich stand er um halb sechs auf, nicht ahnend, was in der nächsten Zeit auf ihn zu kommen sollte. Sonst hätte er sich schleunigst wieder in sein Bett verzogen und wäre die folgenden vier Wochen nicht mehr aufgetaucht.

POLIZEILICHE ERMITTLUNGEN

ZWEI

Schon morgens um halb acht wimmelte es in der Krypta nur so von Kriminalbeamten. Ringwald, seine Assistentin Herbstritt und die Mitarbeiter der Spurensicherung, verstärkt durch die Spezialisten der Berufsfeuerwehr Ostratal suchten mit größter Sorgfalt nach Hinweisen auf irgendeine giftige Substanz oder auf ein tödliches Gas. Bislang erfolglos. Die Räume hatten ihre mystische Ausstrahlung verloren. Vollgestellt mit Stativen, auf denen Scheinwerfer ihr grelles Licht in jeden Winkel warfen und diese kalt und erbarmungslos ausleuchteten. Auf dem Boden verliefen kreuz und quer Stromkabel. Ausgespart war nur die Stelle, an der Vesalainens Leichnam aufgefunden wurde. Die zuständigen Beamten hatten die kriminaltechnischen Untersuchungen bereits in der Nacht abgeschlossen. Allerdings waren sie mit ihrer Suche nach Anzeichen des Aufenthalts einer oder mehrerer weiterer Personen in den Katakomben erfolglos geblieben. Vesalainens Körper lag ausweislich der verlegten Klebebänder fast an derselben Stelle wie der von Rechenberg. Auch bei ihr hatte der diensthabende Rechtsmediziner nicht auf Anhieb den Grund für das Ableben feststellen können. Ihr Tod war nach seinen vorläufigen Erkenntnissen durch plötzlichen Atemstillstand eingetreten. Die Ursache dafür war ihm jedoch völlig unklar. Es lag auf der Hand, dass nicht beide Opfer an der gleichen ominösen, tödlichen Krankheit gelitten hatten, durch die sie kurz nacheinander ausgerechnet an diesem ungewöhnlichen Ort dahingerafft wurden. Das konnte ausgeschlossen werden. Es musste sich also entweder um einen Unfall handeln, verursacht zum Beispiel durch Gas aus einem Leitungsleck oder aus einer unterirdischen Quelle, geruchlos und erst mit Verzögerung wirksam. Dagegen sprach, dass bei den Toten die entsprechenden Anzeichen wie Hautverfärbung und ähnliches fehlten. Im Gegenteil, Rechenberg und Vesalainen sahen bis auf ihre Leichenblässe richtig friedlich aus. Vesalainen gar engelsgleich lächelnd. Wäre die Feststellung in diesem Zusammenhang nicht unangebracht gewesen: Sie sah sogar hübscher aus als zu Lebzeiten. Oder es war Mord.

Ringwald hatte angeordnet, nach allen erdenklichen Todesursachen zu forschen und dabei auch bis an die Grenzen des Undenkbaren zu gehen. Unabhängig von Kosten- und Zeitaufwand. Wurde Gas eingesetzt? Irgendein Gift? Und diesmal sollte auf alle, wirklich alle Gifte untersucht werden. Auch nochmals intensiv auf solche, die normalerweise bereits nach einer oberflächlichen Leichenschau ausgeschlossen wurden. Ringwald wollte dieses Mal außerdem auch nach k.o.-Tropfen gesucht wissen. Und zwar in Blut und in Urin. Er wusste, dass sowohl der Stoff GBL, in der Drogenszene als Liquid Ecstasy bekannt, als auch der Stoff GHB, obwohl seit langem in Deutschland verboten, aber auf GBL-Basis verhältnismäßig einfach herstellbar, im Blut nach ungefähr sechs und im Urin nach acht bis zwölf Stunden nicht mehr nachweisbar waren. Allerdings stoppte der Abbau dieser Gifte im Körper mit Eintritt des Todes. Ringwald wusste jedoch nicht, wie stark eine Dosis sein musste, um den Tod herbeizuführen und wie eine solche Dosis unbemerkt in einer unbelebten Kirchenkrypta verabreicht werden konnte. Im Gegensatz zum Beispiel zu einem äußerst belebten Club. Und er hatte die Leiterin der Spurensicherung bereits angewiesen, Fingerabdrücke an der Zugangstür zur Krypta, dem Türgriff und dem Treppengeländer sowie dem Schlüssel zu nehmen. Gegen deren erbitterten Widerstand wegen dieser ihrer Meinung nach überflüssigen Arbeit, die zudem gar keine verwertbaren Spuren erbringen könne. Aber schließlich betrat nach Aussage des Rektors des Jesuitenkollegs kaum jemand die Kellerräume und Ringwald sah aufgrund dessen gute Chancen für Hinweise auf andere Personen, die möglicherweise mit dem Tod zu tun haben könnten. Zuletzt hatten sich seines Wissens Rechenberg,

Kaijsa Vesalainen und Böhringer in den Katakomben aufgehalten. Ringwald wusste, dass es schwierig sein würde, Fingerabdrücke von Rechenberg zu Vergleichszwecken zu bekommen, da er bereits verbrannt worden war. Er hoffte jedoch, dass irgendwo in dessen Wohnung, dort, wo er eher nur allein hinging ... vielleicht ... Er ließ seinen Blick nochmals über das Gewimmel gleiten.

»Ich denke, hier stören wir nur. Oder fällt Ihnen spontan etwas auf oder ein in diesen heil'gen Hallen?«, wandte er sich an Herbstritt.

»Nein«, antwortete diese, nachdem sie mit wichtigtuerischer Miene ebenfalls nochmal in die Runde geschaut hatte.

»Gut, dann wollen wir uns mal mit Herrn Professor Dr. Karlfried Böhringer unterhalten. Der Arme muss ja völlig geplättet sein.« In den letzten zwei bis drei Jahren merkte man Ringwald bei der Verwendung seiner Slang-Ausdrücke zunehmend sein Alter an.

»Innerhalb weniger Tage zwei Tote in eigentlich unzugänglichen Räumen zu finden. Und dazu noch geweihten.«

»Sofern er nichts mit ihrem Tod zu tun hat«, ergänzte Herbstritt.

»Sollte er?«, fragte Ringwald irritiert.

»Wie heißt es so schön: Zum jetzigen Zeitpunkt kann nichts ausgeschlossen werden«, riskierte Herbstritt eine vorlaute Lippe.

Mittlerweile hatten sie Krypta und Kirche verlassen und betraten das Kolleggebäude der Theologischen Universität. Hier erwartete sie der Rektor in seinem Büro. Da Böhringer beide bereits am späten Abend kennengelernt hatte, fiel die Begrüßung nun recht kurz aus. Er wirkte immer noch mitgenommen und betrübt.

»Nehmen Sie doch bitte Platz«, wies der Professor ihnen zwei Stühle vor seinem Schreibtisch zu. Weitere Sitzgelegenheiten waren in dem spartanisch eingerichteten Büro nicht vorhanden, das bis auf ein mächtiges, gut bestücktes Bücherregal kaum möbliert war. Ein großes Kreuz an der Stirnwand hinter Böhringer verlieh dem Raum gleichermaßen Strenge und Würde.

»Wir wollen Sie nicht lange aufhalten, Herr Böhringer«, begann Ringwald formlos unter Missachtung von Titeln und Würden, ganz der in den sechziger und siebziger Jahren sozialisierte Altlinke. Böhringer lächelte sanftmütig in sich hinein. »Im Grunde ist das für Sie ein Dejá-vue-Erlebnis.«
»Leider. In der Tat. Durchaus zutreffend ausgedrückt. Und das sollte nicht zur Gewohnheit werden.«
»Schildern Sie bitte nochmal den Hergang, da meine Kollegin gestern erst später zu uns stieß.«
Böhringer blickte mit jetzt ausdruckslosem Gesicht aus dem Fenster und sammelte sich.
»Ja, in der Tat, es war wirklich fast wie beim armen Rechenberg. Frau Vesalainen rief mich gestern Vormittag an und bat darum, für einen nochmaligen Besuch abends den Schlüssel zur Krypta zu bekommen. Sie wolle sich dort etwas intensiver umschauen und auch einige akustische Experimente durchführen. Ich selbst müsse nicht anwesend sein. Das würde mich sicherlich nur langweilen. Ich war zunächst nicht sehr erfreut über dieses Ansinnen. Ich befürchtete zwar nicht, dass dort wieder etwas passieren könnte, aber die ständigen Besichtigungen dort unten gehen mir doch etwas auf den Geist.« Böhringer lächelte Ringwald verschmitzt an. »Oder wie man heute wohl sagt, auf den Sack.«
Ringwald musste lachen. »Das ist auch schon von gestern. Mindestens.«
Böhringer nahm Herbstritt offensichtlich erst jetzt richtig wahr. Als Frau.
»Oh, entschuldigen Sie bitte.«
Herbstritt verzog keine Miene.
»Gerne.«
»Andererseits hatte ich die Krypta selbst als speziellen Konzertraum ins Gespräch gebracht«, fuhr Böhringer nach diesem Intermezzo fort. »Da konnte ich doch nicht …«, seine Stimme verlor sich. »Kurz und gut, ich sagte Frau Vesalainen, dass sie die Räume aber bitte schön nur allein aufsuchen solle, keinesfalls mit mehreren Leuten. Das mit dem möglichen Konzertraum müsse

noch unter Verschluss gehalten werden. Auf meine Begleitung müsse sie leider verzichten, weil ich anderweitig Termine habe. Sie benötige deshalb auch einen Schlüssel für die Kirche, sofern sie nach achtzehn Uhr komme oder die Krypta nach diesem Zeitpunkt verlasse. Die Kirche sei ab dieser Uhrzeit verschlossen und ich könne es nicht verantworten, für die Mesnerin Überstunden anzuordnen. Hätte ich das nur getan. Frau Vesalainen solle einfach die Schlüssel in meinen Briefkasten werfen, sollte es später werden. Und natürlich zuvor sowohl die Tür zur Krypta als zur Kirche ordentlich verschließen.« Böhringers Gesicht nahm plötzlich einen strengen Ausdruck an. »Man hat schließlich seine Erfahrungen mit Künstlern.«

»Sie haben keinerlei Hinweis, ob Frau Vesalainen vielleicht einen oder mehrere Begleiter dabei hatte?«, fragte Ringwald.

»Nein. Sie klingelte bei mir an der Wohnung ungefähr um viertel nach sechs. Und zwar allein. Natürlich weiß ich nicht, ob jemand an der Kirche auf sie gewartet hat.«

»Wirkte sie irgendwie nervös, aufgeregt, ängstlich?«

»Nein, nicht die Spur.«

»Hatte sie irgendwelche Geräte dabei? Sie wollte doch die Akustik ausprobieren«, wollte Herbstritt wissen.

Böhringer lachte.

»Ja, das habe ich sie auch gefragt. Aber nein, sie hatte nur ihre kleine Handtasche, die Sie sicherlich gefunden haben. Frau Vesalainen reagierte auf diese Frage gar nicht überrascht und erklärte, dass dazu Händeklatschen und Pfiffe genügen. Zusammen mit einer Uhr, die einen gut sichtbaren Sekundenanzeiger hat.«

Böhringer lächelte immer noch über seine Unkenntnis.

»Und Sie kamen wann nach Hause?«, wollte Herbstritt wissen.

»Um halb zehn, plus minus fünf Minuten.«

»Haben Sie gleich in der Krypta nachgesehen, als die Schlüssel nicht im Briefkasten waren?« Wieder Herbstritt.

»Ja, aber das habe ich doch gestern Nacht ...«

Ringwald schaltete sich ein.

»Natürlich. Aber meine Kollegin will sich selbst ein Bild machen.

Das ist übliche Polizeiarbeit. Tut mir leid.«

»Schon gut.« Böhringer schien trotzdem pikiert zu sein, wobei nicht genau auszumachen war, ob von der seiner Meinung nach überflüssigen Fragerei oder von der Leitung der Befragung durch eine *subalterne* Beamtin. »Ja, umgehend. Ich hatte in diesem Moment schon ein mulmiges Gefühl. Ich holte meine Ersatzschlüssel und ging zur Kirche. Und als ich diese unverschlossen fand, verstärkte sich meine Vorahnung. Als auch die Tür zur Krypta nicht abgesperrt war, wollte ich umkehren. Ich hatte nicht eigentlich Angst, nein, es war mehr, es war regelrechte Panik. Ich rief mehrmals nach Frau Vesalainen, stieg schließlich die Treppe hinunter, zwang mich, durch das Vestibül in den angrenzenden Raum zu gehen und sah sie dort liegen. Diesmal hatte ich aufgrund meiner Ahnungen das Smartphone dabei, sodass ich nicht erst ins Haus laufen musste, um die Polizei anzurufen.«

»Haben Sie irgendetwas verändert, berührt, die Leiche bewegt?« Herbstritt war hartnäckig.

»Nein. Nichts von alledem. Für mich war eindeutig erkennbar, dass Frau Vesalainen nicht schlief oder das Bewusstsein verloren hatte. Nach der Erfahrung mit dem armen Herrn Rechenberg war mir das klar. Nicht zu reden von dem Geruch, dem Botenstoff des Todes, wenn alle Schließmuskeln erschlaffen.«

Wie poetisch, dachte Ringwald. So gar nicht der groben Wirklichkeit entsprechend.

»Denken Sie nochmal nach, Herr Böhringer«, insistierte er, ohne darauf einzugehen. »Lässt vielleicht doch irgendetwas, irgendein Indiz, eine Äußerung, ein Schatten hinter einem Busch darauf schließen, dass Frau Vesalainen nicht allein gekommen ist. Jetzt, nachdem Sie das Ganze nochmal überschlafen haben.«

Böhringer dachte nach oder tat jedenfalls so. Dann schüttelte er den Kopf.

»Gar nichts. Gibt es denn einen Verdacht, dass der Tod nicht krankheitsbedingt war? Nein, das war er sicherlich nicht«, verbesserte Böhringer sich gleich. »Zweimal in so kurzer Zeit derselbe Todesfall. Tatsächlich, da ist eine gesundheitliche

Ursache unwahrscheinlich. Dann muss es wohl ein Unfall oder vielleicht Selbstmord gewesen sein.«
»Selbstmord?« Herbstritt blickte ihn scharf an. »Wie kommen Sie denn da darauf?«
»Na ja, bei ihrem ersten Besuch hier mit Rechenberg machte sie einen teils recht lethargischen Eindruck. Und wenn es nichts Krankheitsbedingtes war, dann könnte doch ein Selbstmord ... Aber Sie haben recht, Rechenberg müsste ja dann auch ... Also bleibt nur noch ein Unfall übrig. Oder ...« Böhringer sah die beiden Kripobeamten erschreckt an. »... Mord?«
»Eine interessante These«, antwortete Ringwald breit lächelnd. »Aber wir wissen es einfach nicht.«
Sie verabschiedeten sich und ließen einen ratlosen Kirchenlehrer zurück. Auf dem Weg zu seinem Auto ging Ringwald die von Böhringer geäußerte weitere Möglichkeit nicht aus dem Kopf.
»Selbstmord. Eine interessante Variante. Bei Rechenberg Atemstillstand. Die Ursache werden wir nicht mehr in Erfahrung bringen. Und Vesalainen inszeniert ihr Ableben auf dieselbe Art. Schluckt irgendwo ein langsam wirkendes Gift und legt sich zum Sterben in die Krypta der St. Michaeliskirche. Wirklich sehr interessant.«
Herbstritt blickte ihren Chef frappiert an.
»Meinen Sie?«
Ihre Augen sprachen Bände. Flippte der Alte jetzt aus? Ringwalds undurchdringliche Miene verriet ihr nichts.
»Dann wollen wir doch gleich mal die Schwiegereltern und den Witwer befragen, wie es um die psychische Gesundheit von Frau Vesalainen stand«, sagte er und ließ dabei völlig offen, ob er das ernst meinte.
Sie stiegen in Ringwalds privaten Ford Focus und fuhren nach Wolfersbergen. Auf dem Weg dorthin fragte Herbstritt, ob er sich schon Gedanken über mögliche Tatmotive für die beiden Todesfälle gemacht habe, vorausgesetzt, die Tode seien durch Fremdeinwirkung herbeigeführt worden.
»Nein«, antwortete Ringwald kurz angebunden.

Nach einer Weile fuhr er etwas verbindlicher fort, dass er momentan – und zwar als Arbeitshypothese – davon ausgehe, dass beide, Rechenberg und Vesalainen, ermordet worden waren.
»Aber damit gehen wir nicht hausieren. Noch handelt es sich bei Vesalainen um einen unklaren Todesfall und bei Rechenberg um Organversagen.«
Ringwald parkte seinen Wagen vor dem Anwesen Von der Kamp. Auch Herbstritt hatte zunächst etwas Mühe, den Klingelknopf zu finden. Nach einer geraumen Weile fragte eine etwas blechern klingende Stimme, wer da sei. Herbstritt war sichtlich überrascht, denn auch der Lautsprecher der Gegensprechanlage war kaum sichtbar in die Pfortenmauer eingelassen.
»Ringwald. Kriminalpolizei. Ich hätte Sie gerne gesprochen.«
Die Pforte sprang auf. Ringwald und Herbstritt gingen die Zufahrt entlang zum weitläufigen Bungalow.
»Wow«, ließ die Oberkommissarin ihrer Begeisterung freien Lauf. Im Eingangsportal wurden sie von einer gutaussehenden Frau etwa in Ringwalds Alter und einem nachlässig gekleideten Mann um die fünfzig empfangen.
»Guten Tag. Ingrid Von der Kamp. Mein Sohn«, sagte die Hausherrin mit einer Handbewegung in Richtung ihres Begleiters, der bei näherem Hinsehen recht mitgenommen wirkte. Übernächtigt, rot geränderte Augen, wirres Haar.
»Guten Tag, Frau Von der Kamp. Kriminalhauptkommissar Ringwald.« Und mit einem Kopfnicken Richtung Sohn fuhr er fort.
»Herr Von der Kamp. Und …«
»Dirk Vesalainen«, unterbrach dieser ihn. »Ich habe den Namen meiner Frau angenommen. Aber auch mein Geburtsname ist nicht Von der Kamp.«
»Dirk stammt aus meiner ersten Ehe«, erklärte Frau Von der Kamp.
»Aha«, gab Ringwald nüchtern von sich. »Und dies ist Frau Kriminaloberkommissarin Herbstritt.«
Die beiden Beamten wurden in das Haus gebeten und in den großzügigen Salon geführt, wo sie in diversen Sesseln Platz nahmen. Nach kurzer Zeit kam ein gepflegter, gut aussehender Mann um die sechzig dazu.

»Joachim Von der Kamp«, stellte er sich vor.
»Mein dritter Mann«, erklärte Ingrid Von der Kamp emotionslos. »Auch er hat den Namen seiner Ehefrau angenommen.«
Sie konnte sich ein leicht spöttisches Lächeln nicht verkneifen. Sowohl bei ihrem *dritten Mann* als auch bei ihr selbst war von Trauer keine Spur.
Eine merkwürdige Atmosphäre, dachte Ringwald. Nur Kaijsa Vesalainens Ehemann, besser gesagt Witwer, schien angeschlagen. Aber auch das konnte andere Ursachen haben als den Tod seiner Frau.
»Lassen Sie uns zunächst unser Beileid zum Tode Ihrer Frau beziehungsweise Ihrer Schwiegertochter ausdrücken. Wir müssen Ihnen dazu einige Fragen stellen, die bedauerlicherweise keinen Aufschub dulden.« Ringwalds sonore Baritonstimme hatte den für solche Situationen freundlich-mitfühlenden Tonfall angenommen.
»Dafür haben wir Verständnis«, antwortete Frau Von der Kamp kühl. »Ich nehme an, dass Sie schon eine ganze Weile auf den Beinen sind. Kann ich Ihnen einen Kaffee anbieten?« Klar und sachlich und völlig unverstellt.
»Dafür wären wir Ihnen sehr dankbar, Frau Von der Kamp«, erwiderte Ringwald.
»Joachim, würdest du dich bitte darum kümmern«, forderte die Hausherrin ihren Gatten auf. Der erhob sich und schlenderte betont langsam in Richtung eines weiter hinten gelegenen Flures.
Ringwald wandte sich an Dirk Vesalainen.
»Wie Sie wissen, ist Ihre Frau gestern Nacht aus bislang unbekannter Ursache tot in der Krypta der St. Michaeliskirche aufgefunden worden. Litt sie an einer schweren Krankheit? Herzschwäche vielleicht? Epilepsie? Hatte sie psychische Probleme?«
»Nein, meine Frau war geistig und körperlich kerngesund«, sagte Vesalainen mit brüchiger Stimme. Auch seine Mutter schüttelte verneinend den Kopf.
»Nahm sie regelmäßig Medikamente? Drogen?«, fragte Herbstritt.

»Nein, nichts dergleichen. Höchstens mal ein Aspirin. Sie rauchte auch nicht. Noch nie.«

»Höchstens mal den einen oder anderen Joint, nicht wahr?«, mischte Frau Von der Kamp sich ein.

Ihr Sohn schaute sie vorwurfsvoll an.

»Das werden Sie bei der Obduktion sowieso herausbekommen oder etwa nicht?« Sie blickte die Polizisten dabei Bestätigung heischend an.

Ringwald und Herbstritt ließen sich dadurch nicht beirren.

»Eine Obduktion, ist das denn notwendig?« Dirk Vesalainen wirkte verstörter als zuvor.

»Leider. Die Umstände sind nicht geeignet, darauf zu verzichten«, erklärte Ringwald gestelzt. »Bei unklaren Todesfällen wird stets eine Obduktion angeordnet. Und da Ihre Frau erst neununddreißig Jahre alt und, wie Sie bestätigt haben, kerngesund war, bleibt nichts anderes übrig. Zumal vor geraumer Zeit der ehemalige Kulturbürgermeister Dr. Rechenberg ebenfalls in dieser Krypta und ebenfalls aus ungeklärter Ursache ums Leben kam.«

Vesalainen sackte sichtlich in sich zusammen.

»Wurde bei ihm ebenfalls eine Obduktion durchgeführt?«, wollte seine Mutter wissen.

Ich weiß zwar nicht, was dich das angeht, aber ... »Ja«, bestätigte Herbstritt nach einem entsprechenden Blickkontakt mit Ringwald diese Tatsache.

»Und?«

»Wie meinen Sie?«, stellte sich Herbstritt mit einem kleinen, kalten Lächeln dumm.

»Was kam dabei raus?«, forschte Ingrid Von der Kamp in Richtung Ringwald nach. Herbstritt hingegen hatte sie mit einem verächtlichen Blick abgefertigt. Der Beginn einer innigen Feindschaft.

»Darüber dürfen wir leider keine Auskunft geben«, erwiderte Ringwald diplomatisch. »Das werden Sie sicher verstehen.«

Frau Von der Kamp beließ es dabei. Mittlerweile war ihr Mann zurückgekommen und schob einen geschmackvollen, kleinen

Servierwagen herein, verteilte Tassen, stellte eine Warmhaltekanne Kaffee sowie Milch und Zucker in dem Hause entsprechenden, stilvollen Behältnissen dazu und setzte sich wieder neben seine Frau. In züchtigem Abstand.

»Wissen Sie, was Frau Vesalainen in der Krypta wollte?«

Allgemeines Kopfschütteln.

»Und wie sie zur Kirche kam? Wir haben weder ein ihr zugehöriges Auto noch Autoschlüssel noch Fahrkarten des öffentlichen Nahverkehrs gefunden.«

Erneut ratloses Kopfschütteln.

»Ich kann also festhalten, dass niemand von Ihnen sie nach Ostratal gefahren hat? Und niemand mit ihr verabredet war, um sie dort abzuholen?«

Alle nickten mit dem Kopf.

»Ich bitte Sie, mir das verbal zu bestätigen.« Ringwald ließ nicht locker. »Frau Von der Kamp?«

»Ich kann beide Fragen mit Nein beantworten. Ich habe auch gar nicht mitbekommen, dass und wann Kaijsa das Haus verlassen hatte.«

»Ich schließe mich an«, ließ sich ihr Mann vernehmen.

»Herr Vesalainen?«

Dirk Vesalainen schwieg. Nach einer Weile brach es aus ihm heraus.

»Ich weiß gar nichts mehr. Ich weiß auch nicht, warum Ihr ruhig und sachlich da sitzt, als wenn Kaijsa eine entfernte Bekannte gewesen wäre. Das ist doch ... das ist doch beschämend. Und in höchstem Maße ...« Er suchte nach Worten. »...skurril!« Diesen in diesem Zusammenhang etwas merkwürdigen Begriff schleuderte er lautstark seiner Mutter und deren Mann entgegen. Dann stürzte er im wahrsten Sinne des Wortes aus dem Zimmer.

Wo er recht hat, hat er recht, dachte Ringwald. Nach einer Weile wandte er sich wieder an das Ehepaar Von der Kamp.

»Noch zwei Fragen bitte. Dann lassen wir Sie alleine. Besaß Ihre Schwiegertochter eigenes Vermögen? Oder hatte sie ein eigenes Einkommen?«

»Soviel ich weiß, besaß sie nichts oder zumindest nichts Nennenswertes an eigenem Geld. Ihre Mutter lebt noch, sodass eine eventuell größere Erbschaft nicht anstand. Sie hatte zwar regelmäßige GEMA-Einnahmen durch die Aufführung ihrer Werke.« Und mit einem unverstellt arroganten Blick auf Herbstritt: »GEMA heißt die Verwertungsgesellschaft Musik, von der die Komponisten Tantiemen erhalten. Die der ernsten Musik wenig, die der Schlager- und Volksmusik viel. Aber egal. Und Kaijsa bekam manchmal Preisgelder, wenn sie eine Auszeichnung erhielt. Hin und wieder kamen auch Aufträge für Kompositionen, die ganz gut honoriert waren. Aber das hielt sich alles in Grenzen.«

Frau Von der Kamp formulierte ihre Auskunft sachlich, gänzlich ohne Gefühlsregung und unbeeindruckt vom Ausrasten ihres Sohnes.

Das ist ja wohl deine Sicht, die Sicht einer wohlhabenden Tussi, die sich nie Sorgen um die tägliche Kohle machen musste. Das hat also gar nichts zu sagen. Dachte sich Herbstritt, vorurteilsfrei und objektiv, wie die Polizei zu sein hatte.

»Wer ist denn erbberechtigt? Gibt es keine Kinder aus der Ehe Ihrer Schwiegertochter mit Ihrem Sohn? Oder aus einer anderen Beziehung? Hat sie Geschwister?«, wollte Herbstritt weiter wissen.

»Das ist jetzt aber schon die fünfte Frage«, witzelte Joachim Von der Kamp mit süffisantem Grinsen.

Seine Frau warf ihm einen strafenden Blick zu. Dann wandte sie sich wieder ostentativ Ringwald zu. »Soweit ich weiß, hat Kaijsa kein Testament verfasst. Warum auch, in dem Alter. Und Kinder hatten die beiden nicht. Leider. Sie hat eine Schwester und zwei Brüder in Finnland. Warum fragen Sie?«

Herbstritt spielte das Spiel mit.

»Wir loten schon mal ein mögliches Motiv aus, falls es sich um Mord handeln sollte«, sagte sie beinahe fröhlich, den warnenden Blick Ringwalds ignorierend. »In diesem Fall wird das Erbe allerdings recht überschaubar sein, wenn ich Sie richtig verstanden habe. Zumal die Geschwister von Kaijsa Vesalainen miterben.«

Und auf den fragend-zweifelnden Blick von Ingrid Van der Kamp erklärte sie, dass ohne Vorhandensein eines Testamenes und ohne Kinder der überlebende Ehepartner sich das Erbe mit den Geschwistern des oder der Verblichenen teilen müsse.
»Man lernt nie aus«, fügte sie gutgelaunt hinzu.
»Müssten Sie denn jetzt nicht fragen, ob Kaijsa Feinde hatte?«, fragte die Hausherrin, sich erneut direkt an Ringwald wendend.
Der lächelte fein.
»Das sparen wir uns für den Fall auf, dass wir belastbare Indizien für ein Gewaltverbrechen finden«, erläuterte er mit einem humorlosen Seitenblick zu Herbstritt.
Sie verabschiedeten sich bald danach und Ringwald wies Herbstritt auf der Rückfahrt gehörig darauf hin, dass immer noch er die Befragung leite und ihr schon unmissverständlich zu verstehen gebe, ab wann sie übernehmen solle. Um nicht zu sagen, er wusch ihr ziemlich den Kopf. Das schien sie aber nicht sonderlich zu beeindrucken.
»Immerhin haben wir auf die Art miterlebt, dass das Einzige, was Frau Von der Kamp aus der Ruhe brachte, meine Einwürfe waren. Ich gebe ja zu, dass ich von ihrer Überheblichkeit genervt war. Aber ansonsten waren bei ihr keinerlei Regungen zu spüren, nicht im mindesten. Als wäre der Tod ihrer Schwiegertochter ein alltägliches Ereignis. Vielleicht sogar ein willkommenes. Ich werde mich gleich mal im Büro um ihren Hintergrund kümmern. Und dann ihr komischer Sohn! Wohnt immer noch zu Hause bei Mama. Mit Frauchen. Das ist doch alles nicht normal! Dazu noch ihr jetziger Mann von der Sorte *alternder Playboy*, aber offensichtlich mehr in die Rolle eines Butlers gedrängt. Trotz seines *Gehn wir mal Tauben vergiften im Park-Charmes*.«
Ringwald musste lächeln und konnte ihr nicht mehr böse sein. Er ging aber ansonsten nicht weiter auf ihre Äußerungen ein.
»Warum fahren wir eigentlich mit Ihrem Privatwagen und nicht mit einem der Dienstwagen des Präsidiums?« wollte Herbstritt unschuldig wissen.
Ringwalds Lächeln gefror. Aber er sagte auch dazu nichts. Hatte er sich etwa einen zweiten Kohl ins Haus geholt? Kaum

waren sie jedoch im Präsidium angelangt, fauchte er Herbstritt an, dass sie der Rechtsmedizin »Feuer unterm ... äh, Hintern machen solle und zwar plötzlich. Und wenn die nicht spuren, solle sie sich hinter Grosse-Uckermann klemmen oder den Polizeipräsidenten oder Frau Merkel, egal.«
»Ich will spätestens morgen früh wissen, was die genaue Todesursache war! Und heute Spätnachmittag schon mal eine Vorabaussage dazu haben! Um fünf tanzen alle Beteiligten zu einer Besprechung im Konferenzzimmer an!«
Sprach's und verschwand in der Kantine, seit einiger Zeit *Casino*, zu einem süßen Stückchen, um wieder *runterzukommen*.

Punkt siebzehn Uhr versammelten sich Ringwald und seine Leute einschließlich der Chefin der Spurensicherung zu einer ersten Lagebesprechung. Herbstritt hatte sogar den Leitenden Rechtsmediziner, Professor Dr. Lars-Ulrich Koch, dazu gebracht zu erscheinen. Bevor der nun auch nicht mehr ganz taufrische Polizeipräsident Ringwalds altes Großraumbüro als sein privates Boudoir reklamiert hatte, wurde die gesamte Ermittlungsarbeit der Einfachheit halber dort geleistet. Seither jedoch musste für die diversen Besprechungen einer der wenigen Konferenzräume geordert werden, was zudem Ringwalds Budget als Kostenstelle *Anmietungen* zugerechnet wurde. Ringwald bat zunächst den besagten Chef des Gerichtsmedizinischen Instituts der Universität Ostratal, einen drahtigen, gutgebräunten Mittvierziger, seit drei Jahren in dieser Funktion, um Bericht zur Todesursache.
»Ich hatte nicht die Möglichkeit, eine umfassende Untersuchung durchzuführen, um zu gesicherten Erkenntnissen zu kommen. Dazu fehlte mir einfach die Zeit«, begann Koch spürbar verärgert. »Und für die Zukunft verbitte ich mir, meine Kollegen und mich derart unter Druck zu setzen.« Hierbei nahm er Herbstritt mit zusammengepressten Lippen und kaltem Blick ins Visier. »Ich kann deshalb nur unter größtem Vorbehalt sagen, dass mit hoher Wahrscheinlichkeit Gamma-Hydroxybuttersäure, kurz GHB, verabreicht wurde.« Auf Herbstritts fragenden Blick

erläuterte er etwas versöhnlicher: »K.o.-Tropfen. In welcher Dosierung muss noch untersucht werden. Eher unwahrscheinlich ist, dass Gamma-Butyrolacton verwendet wurde, das sogenannte GBL, auch als Liquid Ecstasy bekannt. Nicht zu verwechseln mit den bunten Pillen der Partyszene, die auch unter der Bezeichnung Ecstasy laufen, aber aus einer völlig anderen Substanzgruppe zusammengesetzt sind. Und eine andere Wirkung haben.«

»Vielen Dank für diesen ausführlichen Vortrag, Herr Koch. Aber wieso ist der Unterschied von GBL und GHB wichtig?«, fragte Ringwald für seine Mitarbeiter nach.

»Liquid Ecstasy, also GBL, bekommt man ganz gut und verhältnismäßig einfach, fast ebenso einfach wie die bunten Pillen in der Drogenszene. GHB ist schwieriger zu beschaffen. Andererseits kann es aber selbst hergestellt werden. Jeder Chemie- oder Pharmaziestudent im dritten Semester schafft das, wenn er will. Laien scheitern in der Regel, es sei denn, sie besorgen sich das Rezept im Internet. Dazu müssten sie aber hervorragende Englischkenntnisse haben. In Deutschland ist die Veröffentlichung der Rezeptur nämlich verboten.«

Koch sah Beifall heischend um sich.

»Ich hatte immer gedacht, dass k.o.-Tropfen nach einigen Stunden im Körper nicht mehr nachweisbar sind«, bemerkte Herbstritt.

»Sind sie auch nicht. Im Blut nach etwa sechs Stunden. Im Urin bauen sie sich vollständig erst nach acht bis zwölf Stunden ab. Wohlgemerkt bei lebenden Personen. Mit Eintritt des Todes enden sämtliche organische Funktionen. Ab diesem Zeitpunkt ist der Abbau der Grundelemente Ihrer k.o.-Tropfen gestoppt. Aber ich will nochmals betonen: Der Nachweis von GBL oder GHB ist nicht so einfach und bedarf äußerst empfindlicher Messmethoden. Deshalb kann ich noch nicht mit hundertprozentiger Sicherheit sagen, ob k.o.-Tropfen eingesetzt worden sind. Wenn ja, dann wie gesagt eher GHB als GBL. Der Einsatz anderer Gifte ist allerdings ausgeschlossen. Soviel steht schon mal fest.«

»Können Sie etwas zur Wirkungsdauer sagen?«, fragte Ringwald. Eher, um seine Mitarbeiter aufgeklärt zu wissen. Der alte

Bulle wusste aufgrund seiner langjährigen Erfahrungen selbstverständlich Bescheid. Davon ging natürlich auch der Gerichtsmediziner aus.

»Je nach Dosierung zwei bis vier Stunden«, antwortete er knapp und grinste breit.

»Und wann ist das Opfer gestorben?«, fragte Herbstritt vorlaut. Ringwald sah sie mit gerunzelter Stirn an. Musste sie doch wissen. Zwischen Viertel nach sechs und halb zehn. Wichtiger war die Todesursache. Aber der Leiter der Gerichtsmedizin zeigte sich im Laufe der Diskussion zunehmend geduldiger.

»Zwischen Viertel nach sechs und halb zehn, wenn ich der Aktenlage glauben darf, nicht wahr«, konnte er sich allerdings seinen Spott nicht verkneifen. »Nein, wie gesagt, das kann ich erst nach Abschluss der Obduktion näher eingrenzen.«

»Todesursache waren also die k.o.-Tropfen. Überdosis, nehme ich an. Kann das auch ein Suizid gewesen sein?«, übernahm Ringwald wieder.

»Halt, halt, halt. Wer hat denn von einer Überdosis gesprochen? Nein, Todesursache waren nicht die k.o.-Tropfen. Das war vielmehr ein veritabler, plötzlicher Atemstillstand.«

»Wie bei Rechenberg?«

»Wie bei Rechenberg. So ist das.«

»Und die Ursache hierfür?«

»Keine Ahnung. Wie bei Rechenberg.« Koch lächelte leicht. »Aber wir müssen von Fremdverschulden ausgehen. Ich tippe auf Ersticken. Wenn ich auch nicht weiß, wie er erstickt wurde. Und das mit Sicherheit nie erfahren werde, jedenfalls nicht aufgrund meiner Arbeit. Aber ich hoffe doch, dass mir das bei Vesalainen gelingt.«

»Also bleibt nur Mord, um genau zu sein?«

Ringwald bestand auf Klarheit. Nicht, dass später im offiziellen Untersuchungsergebnis ein Unfall festgestellt wurde.

»Ich bin überzeugt, dass es Mord war. Bei aller gebotenen Zurückhaltung. Weil alles andere eigentlich ausgeschlossen ist. Aber wie es so steht mit dem Begriff *eigentlich* ... Im Fall Rechenberg komme ich mittlerweile zu demselben Schluss.«

Soviel zur Klarheit. Bei aller Zurückhaltung ...
»Wieso wurden in diesem Fall keine Betäubungsmittel festgestellt? Es hieß doch, dass keine Gifte im Spiel waren.« Wieder Herbstritt.
»Liebe Frau Kollegin«, die Stimme des Professors troff nur so vor gönnerhafter Überheblichkeit. »Wir haben auf herkömmliche Gifte untersucht, obwohl die äußeren sichtbaren Merkmale auf nichts dergleichen hinwiesen. Wie ich schon sagte, für die sogenannten k.o.-Tropfen sind die Nachweismethoden äußerst empfindlich und werden nur eingesetzt, wenn es Indizien hierfür gibt. Und die gab es bei Rechenbergs Tod noch nicht. Aber jetzt, nach dem zweiten Todesfall unter vergleichbaren Umständen, besteht eine andere Ausgangslage. Wer weiß, vielleicht ergibt die gründliche Obduktion ja auch etwas völlig anderes.«
»Aber das glauben Sie nicht wirklich?«, fragte Ringwald eher feststellend.
»Nein, nicht wirklich.«
»Vielen Dank, Herr Koch. Vor allem für die außerordentlich schnelle Arbeit. Und dafür, dass Sie sich trotz fehlender hundertprozentiger Sicherheit so weit aus dem Fenster gelehnt haben.
»Nicht dafür«, antwortete dieser. Er stammte wohl aus Norddeutschland.
Nachdem Koch den Konferenzraum verlassen hatte, bat Ringwald die Chefin der Spurensicherung um die Darlegung ihrer Untersuchungsergebnisse.
»Ich kann leider gar nichts beisteuern. Kein Fitzelchen, keine verwertbare Spur. Überhaupt nichts.«
»Aber die Fingerabdrücke ...« Ringwald suchte nach einem Strohhalm.
»Ja, die Fingerabdrücke, die halten sich in der Tat im überschaubaren Rahmen. An Tür, Schloss, Schlüssel, Treppengeländer gibt es wider Erwarten nicht Hunderte von Abdrücken. Trotzdem noch genug, um uns viel Arbeit zu machen. Die meisten sehr verwischt. Es ist dennoch von Vorteil, dass die Krypta

nicht öffentlich zugänglich war. Wir werden eine Weile damit zu tun haben, die Abdrücke abzugleichen. Dazu benötigen wir von jedem, der in den Katakomben war, Referenzabdrücke. Ich hoffe, dass wir die vollzählig bekommen. Auch die von Rechenberg natürlich ... Da müssen wir zusehen, dass wir irgendwo in seiner Wohnung, seinem Büro, wo auch immer ...«

»Und das alles wird dauern«, unterbrach Ringwald die eifrige Kripobeamtin.

»Ja, so ist das. Leider«, seufzte sie. Damit war auch sie entlassen.

»Kollegin Herbstritt hat dankenswerterweise die wichtigsten Daten aus den Lebensläufen von Kaijsa Vesalainen, ihrem Mann Dirk, ihrer Schwiegermutter Ingrid Von der Kamp und deren Gemahl Joachim schriftlich zusammengefasst. Wir machen jetzt erstmal Pause und Sie führen sich die Zusammenstellung bitte zu Gemüte. Ich erwarte Sie pünktlich in einer halben Stunde zurück. Und dann wollen wir ein bisschen spekulieren, fabulieren und analysieren. Mal sehen, wer dafür den ersten Preis gewinnt. Um halb acht ist dann Feierabend für heute.«

Mit dieser Verkündung machte Ringwald sich außerordentlich beliebt. Er selbst nutzte die Pause für einen Spaziergang durch die unwirtliche Gegend rund um das Präsidium, in der jetzt um halb sieben schon kaum mehr jemand unterwegs war. Herbstritt war im *Casino* verschwunden. Ihr Chef ließ sich deren Exposé bei seiner Wanderung durch den Kopf gehen.

Kaijsa Vesalainen war 1977 in Kuopio geboren und hatte bereits als Fünfjährige Klavierunterricht, und zwar laut Wikipedia *regelmäßig und intensiv*. Mit den Jahren erlernte sie aus *regem Interesse* zusätzlich Trompete und Bratsche. Da schien sich schon anzudeuten, dass sie nicht Solistin, sondern *etwas Übergeordnetes* werden wollte. So kam nach ihrem Eintritt in das Konservatorium Kuopio 1993 neben ihrem Hauptfach Klavier das weitere Hauptfach Musiktheorie hinzu. Der Beginn ihres Studiums ab 1995 an der Sibelius Akademie Helsinki, heute Universität der Künste, konzentrierte sich folgerichtig auf das Fach Komposition. Im Jahr 2000 wechselte sie an die

Universität der Künste Berlin und schloss ihr Studium dort 2004 ab. Schon während ihrer Hochschuljahre heimste sie diverse Kompositionspreise ein und galt bald als vielversprechendste Komponistin Finnlands, auch wenn ihr Wohnsitz nun in Deutschland lag. Und als eine der begabtesten Komponistinnen überhaupt. In Berlin lernte sie ihren späteren Mann Dirk Wohlers kennen, einen in jeder Hinsicht Übriggebliebenen, den sie 2010 heiratete. 2012 zogen sie in das Haus der Schwiegermutter nach Wolfersbergen. Herbstritt vermutete, aus finanziellen Gründen. Kaijsa sollte demnächst die Leitung des neugegründeten Ostrataler Ensembles für Neue Musik übernehmen. Sie war polizeilich nicht erfasst.

Dirk Vesalainen war 1968 als Dirk Nyhus auf die Welt gekommen. Seine Mutter Ingrid Nyhus war ledig und heiratete vier Jahr später Johannes Wohlers, der ihren Sohn adoptierte. Dirk Wohlers bekam dadurch schon als kleines Kind seinen zweiten Nachnamen. Die Familie wohnte in der Gegend um Düsseldorf. Er machte im zweiten Anlauf ein mittelmäßiges Abitur und absolvierte eine Buchhandelslehre. Im Anschluss daran studierte er in Berlin an der Humboldt-Universität Betriebswirtschaft und parallel dazu Musikwissenschaft. Beides schloss er nicht ab. Schon während des Studiums jobbte er in der Organisation der Berliner Musikfestspiele. Nachdem er sein Dasein an der Uni beendet hatte, trat er in eine Berliner Konzertagentur ein. Nach der Heirat mit Kaijsa und dem Umzug nach Wolfersbergen machte er sich mit einer eigenen Künstler- und Konzertagentur und seinem mittlerweile dritten Namen selbständig. Nach Meinung von Herbstritt spielte er den verschrobenen Wissenschaftler und Förderer der Künste, war darin aber nicht sonderlich erfolgreich. Was am Spezialgebiet Neue Musik liegen konnte und eventuell an zu wenigen Netzwerken. Er schien nicht viel mehr Komponisten als seine Frau zu vertreten und, was die Musiker anging, bestenfalls drei Ensembles. Über die Aktivitäten als Konzertveranstalter hatte Herbstritt in der Kürze der Zeit keine Daten zusammentragen können. Aus einem ihrer Kontakte, in diesem Fall beim Finanzamt Ostratal, wurde die

Belanglosigkeit des Musikunternehmers Vesalainen auch in finanzieller Hinsicht bestätigt. Für ihn schien die Gründung des Ensembles für Neue Musik Ostratal und die Berufung seiner Frau als Leiterin und Stadtkomponistin eine große Chance gewesen zu sein, sollte ihm die Vermarktung des Ensembles übertragen werden. Dafür sprach vieles. Nicht zuletzt das Engagement seiner Mutter, die für dieses Projekt der Stadt einen hohen Millionenbetrag gespendet hat. Auch Dirk Vesalainen war nicht aktenkundig.

Über seine Mutter Ingrid, verwitwete Von der Kamp, verwitwete Wohlers, geborene Nyhus, neunundsechzig Jahre alt, jedoch wesentlich jünger wirkend, konnte Herbstritt die wenigsten Fakten vorlegen. Im Gegensatz zu Schwiegertochter und Sohn hatte sie keinen Wikipedia-Eintrag und keine Homepage. Google brachte nur wenige Treffer, die zudem nicht aussagekräftig waren. Sie wurde mit neunzehn Jahren ledige Mutter, legte dennoch das Abitur ab. Ihr Vater war Facharzt für Inneres mit eigener Praxis in Düsseldorf. Die Mutter half ihm dort. Die Tochter begann wohl ein Studium, allerdings war kein Abschluss festzustellen. Später arbeitete sie in der Praxis ihres Vaters mit. Keine Geschwister. Mit fünfunddreißig Jahren heiratete sie den Zahnarzt und *Gesellschaftslöwen* Wohlers, mit dem sie kinderlos blieb. Wohlers war siebzehn Jahre älter und starb bereits zehn Jahre nach der Hochzeit aus heiterem Himmel mit zweiundsechzig. Durch seinen Tod wurde Ingrid recht wohlhabend. Als in den Folgejahren zunächst auch ihre Mutter und dann ihr Vater starben, vervielfachte sich durch die weiteren Erbschaften ihr Vermögen. Sie verkehrte bereits während ihrer Ehe zunächst gemeinsam mit dem lebenslustigen Zahnarzt und später solo bei Musik- und Theaterfestivals in Salzburg, Wiesbaden, Bayreuth, München und lernte bei einer dieser Gelegenheiten ihren zweiten Mann, den Fabrikanten und kinderlosen Junggesellen Rudolf Von der Kamp kennen. Zum Zeitpunkt der kaum vermeidbaren Eheschließung war sie achtundvierzig und er dreiundsechzig. Seine erotische Ausstrahlung lag vor allem in der Tatsache begründet, dass sein Unternehmen zu

einhundert Prozent ihm gehörte. Eine wirklich gute Partie. Er war vor sieben Jahren mit nicht ganz siebenundsiebzig gestorben und hinterließ seiner trauernden Witwe, bekanntlich selbst nicht arm, ein weiteres und zwar sehr üppiges Vermögen. Sein Unternehmen war mittlerweile verkauft, sodass mit Ausnahme der zugehörigen Steuer keinerlei Lasten durch die Erbschaft entstanden. Vor drei Jahren hatte Ingrid Von der Kamp erneut geheiratet. Diesmal gönnte sie sich einen jungen Mann. Verhältnismäßig jungen Mann, wie Herbstritt sich im Stillen dachte. Ingrid Von der Kamp betätigte sich umfänglich als Kunstmäzenin. Sowohl in Sachen Musik als auch den anderen schönen Künsten und bis zu seiner Schließung ebenfalls für das Theater Ostratal. Außerdem unternahm sie ausgedehnte Reisen in alle Welt. Ihr drittes Hobby, so vermutete Herbstritt nach ihrem Gespräch in der Villa Von der Kamp, war sie selbst. So geschmackvoll gekleidet und frisiert, mit außergewöhnlich dezentem, dennoch effektsicherem Make up. Und, wer weiß, der einen oder anderen Hilfe durch einen begnadeten Chirurgen. Aber diese Vermutungen behielt Herbstritt für sich. Eine Polizeiakte gab es nicht.
Dasselbe traf auf Ingrids jetzigen Ehemann zu. Joachim Von der Kamp geborener Müller verwitweter Hassfurth, 62 Jahre alt. Nahm offensichtlich immer den Namen seiner jeweiligen Ehefrau an. Er stammte aus Magdeburg. Seine Eltern siedelten nach Frankfurt um, als er zwei war. Auch sein Vater war Arzt, später als Amtsarzt tätig. Joachim hatte 1999 durch den Tod seiner ebenfalls älteren, und zwar erheblich älteren, ersten Gattin ein ansehnliches Erbe erhalten, das er allerdings innerhalb weniger Jahre durchbrachte. Dem Vernehmen nach führte er bis zur Eheschließung mit Ingrid Von der Kamp ein Leben als Playboy. Beruflich hatte er einiges versucht und nichts länger betrieben. Deshalb war es Herbstritt nicht möglich, Joachim Von der Kamp mit einer Berufsbezeichnung zu versehen. Am liebsten hätte sie dafür Heiratsschwindler verwendet. Aber auch das behielt sie natürlich für sich. Schulabschluss, eine eventuelle Berufsausbildung oder

möglicherweise ein Studium müssten noch eruiert werden, so Herbstritt in ihrer schriftlichen Fassung. Seine Hobbys (bezeichnenderweise Tennis und Golf), finanzierte offensichtlich seine Frau. Sonst wurde er vermutlich an der kurzen Leine geführt. Das sichtbarste Zeichen dafür war das Fehlen eines auf ihn zugelassenen Autos. Er musste sich wohl aus dem *Pool* bedienen, wenn er eines benötige, vermutete Herbstritt. Vom Typ her hätte Joachim Von der Kamp eine Gerichtsakte haben müssen, war sie überzeugt. Da aber keine Einträge vorlagen, vermutete sie entsprechende Löschungen wegen Zeitablauf. Wenn denn ihr Vorurteil berechtigt war.
Kurz vor halb sieben versammelte sich Ringwalds Stab wieder im Konferenzraum
»Zunächst einmal will ich mich bei Kollegin Herbstritt bedanken, dass sie in so kurzer Zeit so beachtlich viel über die Mitglieder der Familie Von der Kamp zusammengetragen und sogar noch ordentlich in dem vorliegenden Dossier zu Papier gebracht hat.« Einhelliges Tischgeklopfe. »Bitte erläutern Sie kurz diese Infos, soweit notwendig. Und gehen Sie davon aus, dass alle Kollegen Ihre Ausführungen intensiv aufgesogen haben.«
Ringwald blickte sowohl streng als auch mit einem unangenehm süffisanten Lächeln in die Runde, wie es in dieser Kombination nur er zustande brachte.
»Viel ist dazu nicht zu sagen. Der Ehemann des Opfers war sowohl von seiner Frau als auch von seiner Mutter abhängig. Seine Frau hat ihm, soviel ich in Erfahrung bringen konnte, den Zugang zu seiner Klientel, den einschlägigen Verlagen, den speziell tätigen Musikern, Veranstaltern und so weiter verschafft, ohne den ein Musikagent nicht existieren kann. Und seine Mutter beglich zuverlässig seine regelmäßigen Lebenshaltungskosten und die seiner Frau, wenn deren Einnahmen mal nicht so üppig flossen. Nach deren Tod wird er seiner Mutter umso mehr auf der Tasche liegen. Wie das Verhältnis zu seiner Frau war, muss noch ermittelt werden. Kaijsa Vesalainen lebte möglicherweise in einem goldenen Käfig. Sieht mir jedenfalls

ganz danach aus. Was auch immer daraus zu folgern wäre. Das Verhältnis der Schwiegermutter zum Opfer muss wohl gut gewesen sein, sonst hätte Ingrid Von der Kamp nicht einen beträchtlichen Teil ihres Vermögens eingesetzt, um Kaijsa den Job als Stadtkomponistin zu verschaffen. Ingrid Von der Kamp und ihr Mann sind für mich noch weitgehend weiße Flecken auf der Landkarte dieser Familie.«

»Vielen Dank, Kollegin Herbstritt.« Ringwald war ausnehmend höflich zu Kohls Nachfolgerin. Das wäre ihm bei dem nicht im Traum eingefallen. »So, haben wir noch Fragen oder gar Ideen zum Fall? Die Faktenlage scheint klar zu sein. Ist jemand anderer Meinung?«

»Wenn wir davon ausgehen, dass sowohl Rechenberg als auch Vesalainen ermordet worden sind und zwar auf dieselbe Art und vom selben Täter, muss das Motiv in beiden Fällen übereinstimmen. Kann das etwas mit diesem ominösen Ensemble für Neue Musik zu tun haben? Dem Vernehmen nach war Rechenberg ja der Motor, die alte Von der Kamp der Treibstoff und Vesalainen die Fahrerin, wenn ich mir das Bild erlauben darf«, meldete sich einer der Mitarbeiter zu Wort.

»Das ist sicherlich eine Richtung, in die wir ermitteln müssen«, antwortete Ringwald. »Guter Beitrag.«

Ringwald sah nochmals in die Runde.

»Wenn weiter nichts zu sagen ist, sehen wir uns morgen früh um halb acht wieder. Dann will ich als allererstes aufgeklärt wissen, wie Vesalainen zur Michaeliskirche kam. Bitte also alle Taxifirmen abklappern und insbesondere am Bahnhof Wolfersbergen nachfragen, ob jemand sie gesehen hat. Möglicherweise wurde sie von dort aus mit einem Auto mitgenommen. Gute Nacht.«

KUNST UND KULTUR IN OSTRATAL

FÜNF

Tags darauf jagte in der Rathausspitze eine Sitzung die andere. Die forsche Oberbürgermeisterin hatte auf neun Uhr Winkelmann eingeladen und anschließend verschiedene Gesprächsrunden in unterschiedlicher Besetzung.
Götz-Eberhard Winkelmann betrat pünktlich das sachlich eingerichtete Büro von Dr. Sandra Scherpen.
»Guten Morgen, Frau Oberbürgermeisterin«, grüßte er artig.
»Guten Morgen. Und sparen Sie sich bitte die Oberbürgermeisterin für offizielle Anlässe auf. Nehmen Sie Platz.«
Winkelmann setzte sich auf einen der bequemen Stühle vor dem Schreibtisch. Beide schwiegen. Taktisches Geplänkel.
»Sie wollten mich sprechen, Frau Scherpen«, erinnerte Winkelmann die Chefin der Stadt Ostratal nach einer Weile.
»Ich wollte mich nochmals vergewissern, ob ich in Sachen neuer Kunstpolitik unserer Stadt auch nach diesen schrecklichen Vorfällen mit Rechenberg und Vesalainen auf Sie zählen kann. Um halb zehn kommen der Kulturamtsleiter und der Intendant unseres Orchesters dazu und um halb elf die Fraktionsspitzen unseres Stadtrates. Ich hätte Sie gern bei allen Gesprächen dabei, sofern Sie bei der Stange bleiben.«
»Natürlich. Ich fühle mich geehrt.« Scherpen verdrehte die Augen Richtung Decke. »Ich weiß, ich weiß, Sie mögen solche Redewendungen nicht. Bevor ich mich festlege, muss ich wissen, ob Sie die Gründung des Ensembles für Neue Musik weiterbetreiben wollen. Wenn ja, ist ein Großteil des Budgets bereits gebunden und der Aufbau einer alternativen Veranstaltungspolitik erschwert.«
»Das ist mir bekannt, Herr Winkelmann. Mit Rechenberg ist der *Spiritus Rektor* weg, der Einzige, der nicht nur die Gründung

sondern auch die Zukunft dieses Projekts verkörperte. Und mit Kaijsa Vesalainen fehlt der zweite wesentliche Grund für Frau Von der Kamp, ihre Millionen dort reinzustecken. Ich selbst bin ja bekanntlich keine große Freundin dieser Idee. Andererseits ist es damit immerhin dem einen oder anderen Mitglied des Stadtrates leichter gefallen, den Beschluss zur Auflösung unseres Orchesters mitzutragen. Und ich will nicht, dass dieser Beschluss wieder in Frage gestellt wird. Dazu wird es möglicherweise kommen, zumindest, wenn die Vonderkampsche den Sponsorenvertrag kündigt, weil sie meint, die Geschäftsgrundlage sei entfallen. Sie sehen, ich benötige auf jeden Fall eine starke männliche Hilfe.« Scherpen grinste Winkelmann ironisch an. »Ich bin übrigens in fünf Minuten zu einem Telefonat mit Frau Von der Kamp verabredet.«

»Dann warten wir dieses Gespräch doch einfach ab. Wie stehen denn die Aktien zum Beispiel für ein Kammerorchester, das schon einmal angedacht wurde?«

»Eigentlich will ich die Chance nutzen, den städtischen Haushalt in Zukunft ganz und gar von laufenden Personalausgaben im Musikbereich zu entlasten. Für dieses Vorhaben wäre die Einrichtung eines Kammerorchesters absolut kontraproduktiv. Ostratal braucht kurzfristig zusätzlich zum hiesigen Orchester bis zu dessen Auflösung nicht noch eine weitere eigene *Kapelle*. Und mittel- beziehungsweise langfristig schon gar nicht. Wir wollen die wirklich bedeutenden Formationen hierher holen. Für deren Engagement können wir betriebswirtschaftlich klar aufzeigen, was so ein Konzert kostet und was es einspielt. Und mit welcher Summe wir ein solches gegebenenfalls bezuschussen, damit unsere Oberschicht und schon gar die gehobene Mittelschicht nicht zu tief in ihre eigene Tasche greifen müssen. Transparenz, mein Lieber. Eines der heutigen Zauberwörter. Wir sparen Verwaltungskosten, Sozialaufwendungen, den ewigen Ärger mit Dirigenten und Musikern. Allein schon die Erbsenzählerei mit der Anrechnung von Fahrtzeiten und ähnlichem bei Auswärtskonzerten auf die Dienste ist ätzend. Ich kann ohne dies alles entschieden besser leben.«

Das Telefon klingelte. Die Oberbürgermeisterin meldete sich und bedeutete Winkelmann, dass er im Vorzimmer warten solle. Nach einer Weile holte sie ihn wieder zurück.

»Ganz wie ich vermutete. Ingrid Von der Kamp kündigt den Sponsorenvertrag. Ich musste natürlich so tun, als ob und Einwände erheben. Auch auf die ungeklärte Rechtslage hinweisen, ob hier so einfach der Wegfall einer Geschäftsgrundlage konstruiert werden könne. Wobei ich persönlich ohne nähere Prüfung überzeugt bin, dass sie in der Tat entfallen ist.«

»Haben Sie denn das Kammerorchester nochmal angesprochen?«, wollte Winkelmann wissen.

»Nein. Schlussstrich und aus. Ich kann mir denken, dass Sie ein bisschen mit der Idee geliebäugelt haben, ein Spitzenensemble zusammenzustellen und zu managen. Aber es bleibt beim verabredeten Kurs eines vielfältigen, lebendigen, authentischen Konzertbetriebes mit jeweils eingekauften Solisten, Ensembles und Orchestern. Und, ich sage es ganz deutlich und für Sie dreimal unterstrichen, ohne eigene Ensembles, sei es nun für Neue Musik oder für das Kämmerlein. Einverstanden?«

»Ja, natürlich.«

»Auch, wenn ein Herr Altener weiterhin mit einem stadteigenen Orchesterchen lockt?«

Winkelmann musste lachen.

»Auch dann, Frau Oberbürgermeisterin! Ich fahre Ihnen weder vorne herum noch hinten herum in die Parade. Sie haben mein Wort.«

»Das können Sie ihm nachher dann gleich selber sagen.« Scherpen blickte Winkelmann mit leicht schräg geneigtem Kopf spöttisch lächelnd an. »Ich glaube, die Herren von Kulturamt und Orchester warten schon.«

So war es. Die Vorzimmerdame führte die beiden herein und sie nahmen zu viert am Besprechungstisch Platz.

»Meine Herren, das ist Herr Winkelmann, erfahrener und erfolgreicher Konzertveranstalter und Musikagent aus Darmstadt. Herr Winkelmann berät mich seit einiger Zeit in kulturellen Angelegenheiten.« Sie bemerkte den düpierten Ausdruck beim Kulturamtschef. »Ab und zu braucht es einen unverstellten

Blick, eine Expertise von außen. Deshalb habe ich ihn zu unserer Besprechung hinzugezogen. Er wird auch nachher bei unserer Konferenz mit den Sprecherinnen und Sprechern der Stadtratsfraktionen anwesend sein. Meine Herren, wir befinden uns durch den Tod unseres verehrten Kulturbürgermeisters Dr. Rechenberg in einer insgesamt schwierigen Situation. Und durch das Ableben der vorgesehenen Stadtkomponistin Kaijsa Vesalainen stehen wir, speziell im Hinblick auf das Ensemble für Neue Musik, vor einem für dieses Vorhaben existenzbedrohenden Problem. Zumal die Sponsorin Von der Kamp ihre finanzielle Zusage soeben telefonisch zurückgezogen hat.«

Winkelmann beobachtete interessiert die Reaktion der beiden Amtsträger. Die Miene des Kulturamtsleiters blieb völlig neutral, Bellheim hingegen wirkte überrascht und angespannt.

»Ohne dieses Geld, ohne Rechenberg als Motor und Vesalainen als künstlerisches Aushängeschild ist das Projekt gestorben.« Scherpen merkte selbst, dass eine solche burschikose Wertung in diesem Zusammenhang unangebracht war. »Ich meine natürlich, nicht mehr umsetzbar. Es tut mir leid, Herr Bellheim, dass Sie sich letztlich umsonst in so kurzer Zeit mit viel Elan, Aufwand und Hingabe in dieses künstlerische Zukunftsvorhaben unserer Stadt reingekniet haben. Aber ich sehe nicht die geringste Chance für eine Fortsetzung. Durch das Fehlen eines Theaters und die Auflösung des Orchesters sehe ich auch keine Notwendigkeit mehr für den Posten des Kulturbürgermeisters. Die Kultur im engeren Sinne beabsichtige ich, in meinen Geschäftsbereich zu übernehmen. Das wenige, das in diesem Bereich noch anfällt, kann bei den anderen Ressorts unterkommen. Musikschule, Museen, Stadtbibliothek ... Das bleibt aber bitte noch unter uns.«

Scherpen schmiss damit einen Felsbrocken ins Wasser, denn sie wusste, dass ihre Ankündigung alles andere als geheim bleiben würde. Und dem Kulturamtsleiter, dessen Arbeit und Fähigkeiten sie sowieso nicht schätzte, gab sie noch einen drauf. Mit sichtlichem Vergnügen.

»Das Kulturamt wird damit natürlich aufgewertet und bekommt einiges mehr an Verantwortung. Sie sollten sich ernsthaft überlegen, Herr Mehring, ob Sie dieser erweiterten Aufgabenstellung und Entscheidungskompetenz gewachsen sind. Es würde mich natürlich freuen, wenn dem so wäre.«
Der bisherige Amtsleiter wurde blass. Die Oberbürgermeisterin lächelte ihn zwar an, aber mit einem derart lauernden Ausdruck in ihren dunklen Augen, dass er genau wusste, was die Stunde geschlagen hat. Bellheim hingegen fühlte sich ganz leicht. Hatte ihm Scherpen nicht vor einigen Tagen etwas versprochen? Oder wenigstens so gut wie?
»Wenn es von ihrer Seite nichts mehr zu sagen gibt, machen wir bis zum Eintreffen der Fraktionssprecherinnen und -sprecher eine kurze Pause«, sagte Scherpen und erhob sich.

Drei der fünf Fraktionssprecher waren erschienen, die zwei anderen entschuldigt. Dagegen war die rechtspöblerische Stadträtin ohne Einladung gekommen.
»Oh, die Stimme des Volkes ist auch mit dabei«, spottete Scherpen. »Es tut mir allerdings sehr leid, Sie gleich wieder verabschieden zu müssen. Sie vertreten weder eine Fraktion noch kulturelle Angelegenheiten und erst recht nicht den kultivierten Flügel unseres hohen Hauses.«
»Aber ich habe einen Anspruch ...«, plusterte die rechte Dame sich auf.
»Sie haben einen Anspruch auf eine Stunde zu Ihrer freien Verfügung. Auf Wiedersehen.«
Die Oberbürgermeisterin starrte die Stadträtin dermaßen hypnotisierend an, dass diese tatsächlich aufstand und verschwand.
»Entschuldigen Sie mich kurz, meine Herren«, sagte Scherpen, sichtlich verärgert, und verließ ihr Büro. Bellheim nahm an, dass sie ihrer Sekretärin sehr deutlich zu verstehen geben würde, wen sie zu welchen Gelegenheiten in ihrem Büro zu sehen wünschte, und was mit Personen, die nicht auf einer Einladungsliste standen, zu geschehen hatte. Die anderen Sitzungsteilnehmer hegten wohl ähnliche Gedanken, folgte man ihren betretenen Gesichtern.

Nachdem Scherpen, augenscheinlich abreagiert, wieder erschienen war, begrüßte sie nun förmlich die drei Vorsitzenden der eher bürgerlichen Fraktionen, bedauerte, dass die einzige Funktionsträgerin nicht erschienen war (»Da muss ich ja jetzt ganz alleine den weiblichen Part übernehmen.«), stellte Winkelmann vor und klärte die Anwesenden über den Sachstand auf. Sie kam schnell zu einem Fazit:
»Auch wenn Frau Von der Kamp den Vertrag mit uns nicht gekündigt hätte, wäre das Vorhaben hinfällig. Herr Bellheim hatte sich zwar dankenswerterweise schnell und erfolgreich eingearbeitet, aber er wäre, mit Verlaub, keine Dauerlösung als Anwalt des Projekts seitens der Stadt gewesen. Ob und wann die Stelle des Kulturbürgermeisters wieder besetzt sein wird, lässt sich zu diesem Zeitpunkt nicht sagen. Die Funktion einer Stadtkomponistin oder eines Stadtkomponisten müsste natürlich breit ausgeschrieben werden. Vor Ablauf von mindestens zwölf, eher achtzehn Monaten wäre mit dem Antritt des oder der Erwählten nicht zu rechnen. Und erst danach könnte die Auswahl der Mitglieder des Ensembles erfolgen. Nein, meine Herren, so leid es mir tut, die Sache ist mitsamt ihren Exponenten verschieden.« Scherpen bemerkte selbst ihre erneut etwas daneben liegende Flapsigkeit. »Aus und vorbei, wollte ich sagen.«
»Tut es Ihnen wirklich leid?« Altener konnte es nicht recht glauben, wenn man seine Miene richtig deutete.
»Ach, Herr Altener«, Scherpen schaute ihn mitleidig an. »So, aber nun gilt es, nach vorne zu blicken. Herr Winkelmann, bitte skizzieren Sie kurz, wie eine zukünftige lebendige und vielfältige kulturelle Szene in unserer schönen Stadt aussehen könnte.«
»Unter Beibehaltung unseres Orchesters in dieser neuen Situation?«, wollte einer der zwei Stadträte wissen, die seither geschwiegen hatten.
»Nein. Ich beabsichtige nicht, den Beschluss über die Auflösung zur Disposition zu stellen.« Und da die Oberbürgermeisterin bei dieser Bemerkung einen überaus entschlossenen Eindruck vermittelte, beließ der Fragesteller es dabei.

»Aber Frau Von der Kamp könnte doch den Zuschuss jetzt, wie ursprünglich mal angedacht, für ein Kammerorchester geben«, versuchte Altener sein Glück.

»Das kann ich mir nicht vorstellen«, meldete Bellheim sich zu Wort. »Wie sie mir in einem anderen Zusammenhang sagte, will sie auf keinen Fall, dass die Landeskasse an einer solchen Förderung partizipiert. Das wäre bei dem Ensemble für Neue Musik nicht der Fall gewesen. Als Experimentierfeld. Wenigstens für die Dauer der ersten fünf Jahre. Ein Kammerorchester hingegen wäre zu sehr ein eindeutiges Nachfolgeprojekt für unsere Philharmonie. Wenn die Stadt dafür keinen Zuschuss beantragen würde, bekäme sie erhebliche Schwierigkeiten mit der Kommunalaufsicht.«

»Na ja, da gibt es doch bestimmt Gestaltungsmöglichkeiten, finanzielle Umwege und so«, streute Altener listig in die Runde.

»Das will ich nicht gehört haben, Kollege Altener.« Scherpen blickte ihn streng an, allerdings umspielte ein leichtes Lächeln ihre Mundwinkel.

»Aber gerade in Angelegenheiten der Kunst müssen doch oft ein paar kleinere Tricks angewendet werden.«

Altener fixierte Bellheim. Dieser zeigte ein völlig leeres und absolut interesseloses Gesicht, in dem nicht der kleinste Nerv zuckte. Als ob er zur Finanzierung des ebenfalls verblichenen Streichquartettfestivals nie seine grauen Zellen mit Erfolg hatte spielen lassen.

»Das will ich nun aber ganz und gar nicht gehört haben.« Das Lächeln war verschwunden. Scherpens kalter Blick brachte den gestandenen, erfahrenen und durchaus widerborstigen Altener tatsächlich zum Schweigen.

»Im übrigen betrachte ich dieses Zusammentreffen in erster Linie als ein informelles. Mir lag daran, Sie schnellstmöglich mit der neuen Sachlage vertraut zu machen. Die Diskussionen, Auseinandersetzungen und Beschlussvorlagen kommen zu gegebener Zeit in die zuständigen Gremien und werden natürlich öffentlich sein. Wie es sich gehört. Apropos, ich hielte es für angebracht, dass auch die Fraktionen Frau Von der Kamp und insbesondere ihrem Sohn kondolieren und sich nochmals bedanken.«

»Natürlich«, bemerkte Altener. Die beiden anderen nickten.

»Dabei müssen Sie ja nicht gleich wieder mit ihrem Kammerorchester hausieren gehen«, konnte Scherpen ihre Frotzelei nicht lassen.

Altener lächelte und zuckte nur mit den Schultern.

»Wissen Sie übrigens genauer, was da passiert ist? Zweimal in der Krypta der St. Michaeliskirche und beide Male ein ominöser und plötzlicher Tod?«

»Nein, aber das werden wir noch früh genug erfahren«, sagte Scherpen kurz angebunden und damit waren ihre Gäste entlassen.

»Ach, Herr Bellheim, bleiben Sie doch noch eine Sekunde.« Und nachdem sich das Zimmer geleert hatte: »Auch wenn jetzt aus dieser Sache nichts geworden ist, werde ich Sie nicht vergessen. Bei nächster Gelegenheit. Ich halte meine Versprechen. Und danke für Ihren Einwurf wegen Alteners Phantasien mit dem Kammerorchester.«

Bellheim lächelte nur und verabschiedete sich. Er war dermaßen erleichtert, dass er befreit vor sich hin pfiff. Denn er hatte zunächst befürchtet, dass seine oberste Chefin ihn wegen der Andeutungen Alteners in Sachen Finanzierung des Streichquartettfestivals ins Gebet nehmen wollte.

PRIVATE ERMITTLUNGEN

DREI

Schmitt war weder zu einer Lagebesprechung geladen worden noch hatte er selbst zu einer solchen eingeladen. Er saß gedankenverloren in seinem Büro und konnte sich zu nichts aufraffen. Schließlich seufzte er tief und griff zu seinem einigermaßen zeitgemäßen Festnetz-Telefon.
»Vesalainen.«
»Guten Morgen, Herr Vesalainen. Schmitt hier. Herzliches Beileid zum Tode Ihrer Frau.«
Schmitt wusste erstmal nicht weiter.
»Vielen Dank. Deswegen rufen Sie extra an?«
Schmitt sammelte sich.
»Nein. Ich würde tatsächlich ganz gerne etwas mit Ihnen besprechen. Es handelt sich um die Droh- und Schmähbriefe, die Ihre Frau, äh, ich meine Ihre verstorbene Frau erhalten hat. Da hätte ich gerne gewusst, ob ich noch weitere Ermittlungen anstellen soll, wer mir das Honorar für meine bisherige Arbeit ...«
Schmitt wurde jäh unterbrochen.
»Finden Sie das jetzt nicht ...« Vesalainens Suche nach einem richtigen Begriff fand erneut ein merkwürdiges Ergebnis. »... unappetitlich? Aber ich kann Ihnen dennoch gerne sagen, was Sie mit den Briefen machen können. Werfen Sie sie weg, verbrennen Sie den Quatsch oder ...«, hier erhob er seine Stimme, »... stecken Sie sich die Papiere in Ihren Arsch. Und wieso sollte ich Sie bezahlen? Es wurde ja gar nichts dergleichen vereinbart. Und jetzt entschuldigen Sie mich bitte.«
»Hören Sie, ich wollte ...«
Aber Vesalainen hatte schon aufgelegt.

Das Gespräch hatte Schmitt nicht aus seiner Lethargie gerissen. Nach einem nochmaligen tiefen Atemzug griff er für einen weiteren Anruf erneut zum Telefon, das allerdings gleichzeitig ein Anrufsignal von sich gab.
»Schmitt.«
»Ingrid Von der Kamp. Herr Schmitt, entschuldigen Sie bitte das Benehmen meines Sohnes. Er ist verständlicherweise ganz durcheinander. Diese anonymen Schreiben vernichten Sie bitte nicht. Ich denke, die sind nach dem schrecklichen Tod meiner Schwiegertochter am besten bei der Polizei aufgehoben. Wenn Sie das übernehmen würden, wäre ich Ihnen sehr dankbar. Ach, und noch eines. Selbstverständlich erstatten wir Ihnen einen gewissen Pauschalbetrag für Ihre Bemühungen. Sagen wir dreihundert Euro?«
Schmitt fand, dass es auch fünftausend hätten sein können, ohne den Reichtum derer von Von der Kamp zu schmälern, war aber froh, überhaupt etwas zu bekommen. Als Gegenleistung für nichts.
»Ja, das reicht völlig. Vielen Dank. Übrigens hat meine ehemalige Frau, Sie kennen sie ja, äh, Frau Mälis, wie soll ich sagen … Also Frau Mälis hat kürzlich ein bisschen in der Familiengeschichte von Kaijsa Vesalainen geforscht. In Helsinki. Ihr Vater war ebenfalls Komponist, nein, ihr Großvater. Vielleicht interessieren Sie sich für die Ergebnisse? Die scheinen mir sehr aufschlussreich zu sein.«
Schmitt wusste selber nicht, warum er auf dieses Thema kam. Aber jetzt plapperte es wieder, das Mäulchen. Von der Kamp schwieg eine Weile.
»Das ist ein sehr guter Vorschlag. Einverstanden. Vielleicht gehe ich mal zusammen Abendessen mit Ihrer Exgattin. Kommen Sie doch dazu. Ach, wissen Sie was? Geben Sie mir einfach ihre Telefonnummer und ich verabrede mich mit ihr. Und Sie werden dann von Frau Mälis informiert.«
So geschah es. Schmitt freute sich schon jetzt auf diesen Abend, wenn er auch sicherlich bei einem molto chic Italiener, einem angesagten Sushi-Japaner oder dem aktuellen

Original-Chinesen »Sie wissen schon, mit authentischer chinesischer Küche und nicht dem Fraß aus den herkömmlichen Chinarestaurants« stattfinden würde. Dort, wo sich Schmitts geliebte *Obere Hundert* Ostratals derzeit trafen. Immerhin befand er sich durch das Telefonat, wenn auch nicht in Hoch-, dann doch immerhin in Aufbruchstimmung. Aufbruch in die Arbeit. Folgerichtig rief er jetzt Steven von der Garant an.

Er hatte bereits am Abend zuvor die Website mit dem Flötenangebot aufgerufen. Deren Betreiber war angeblich ein römischer Musikalienhändler. Luigi Casapollo. Klang sehr nach Fantasienamen. Keine Adresse, keine Telefonnummer. Kein Signet. Keine individuelle Gestaltung. Nur ein nüchternes Angebot mit einer Email-Adresse: casa@pollo.it. Ein Foto des Instruments. Kurze Beschreibung in italienisch, spanisch und französisch. Schmitt grub tief in seinem Gedächtnis nach den ehemals ganz guten Französischkenntnissen und fand mithilfe eines Wörterbuchs heraus, was dort im Einzelnen angeboten wurde.

DIE INSTRUMENTENVERSICHERUNG

VIER

»Herr Steven, hier Schmitt. Ich bin tatsächlich fündig geworden. Es gibt eine italienische Website, auf der seit einigen Wochen eine Brannen Cooper-Querflöte vierzehn Karat Weißgold, mit einer Mechanik aus Rotgold angeboten wird. Zwölf Jahre alt, für achtzehntausend Euro. Vielleicht ist sie ja schon verkauft und nur die Website ist noch nicht aktualisiert. Die ist übrigens in italienischer, spanischer und französischer Sprache abgefasst. Bezeichnenderweise nicht auf englisch und deutsch. Sieht mir ganz danach aus, als sollte die nur einen bestimmten Kreis von interessierten Käufern ansprechen. Weit weg von Ostratal und Deutschland.«

»Ja, ja. Das ist sehr schön. Aber auf die sind wir auch schon gestoßen«, dämpfte Steven die Euphorie Schmitts. »Die ist schon einige Zeit geschaltet. Erstmals ungefähr zwei Wochen vor dem Diebstahl. Und es ist gut möglich, dass die Flöte noch nicht verkauft ist. Obwohl sie neu je nach steuerlichem Hintergrund etwa fünfundvierzigtausend Euro kostet, sind achtzehntausend Euro immer noch ein stolzer Preis. Andrerseits werden die handgemachten Brannen Cooper aus den USA sehr nachgefragt. Je nach Zustand legt so mancher schon mal einiges dafür hin.«

Steven hängte für Schmitts Geschmack sein Expertenwissen ein wenig zu penetrant heraus. »Dass die Anzeige bereits zwei Wochen vorher erschien, kann verschiedene Ursachen haben. Vorzeitige Abklärung des Marktes, prophylaktische Vertuschung«, versuchte Schmitt mitzuhalten.

»Sie meinen, erstmal wird ein Käufer gesucht und dann ein Auftragsdiebstahl verübt. Interessante Idee. Aber dafür müssten zu viele Komponenten zusammenpassen. Außerdem wäre das Angebot in diesem Fall längst gelöscht.« Stille. Augenscheinlich überlegte Steven. »Andererseits liegen Sie mit Ihrem Argument der Vertuschung vielleicht gar nicht so falsch. Sofern dieser Handel zumindest vorwiegend im Internet abläuft. Wir durchforsten das Netz natürlich nur auf Angebote, die im Anschluss an Diebstähle eingestellt werden. Wenn allerdings der Zeitpunkt des Diebstahls frei gewählt werden kann und er dementsprechend lange davor verabredet wurde, kann natürlich der Verkauf Wochen, wenn nicht Monate zuvor in die Wege geleitet werden. Vielen Dank, Herr Schmitt, damit haben Sie uns vielleicht DEN entscheidenden Tipp gegeben. Sehr gut. Bleiben Sie dran.«

»Danke. Kann ich dann mit der Auszahlung der zweiten Rate meines Honorars rechnen?«

»Selbstverständlich. Wieder in bar?«

»Selbstverständlich in bar.«

»Polizeipräsidium Ostratal, Herbstritt.«

»Schmitt, guten Tag. Geben Sie mir doch bitte Herrn Ringwald.«

»Das ist leider nicht möglich. Wir stecken bis über beide Ohren in Arbeit.«

»Das kann ich mir denken. Aber genau deswegen rufe ich an. Ich kann eventuell etwas Sachdienliches zum Fall Vesalainen beitragen.« Schmitt von seiner staatstragenden Seite.

»Und das können Sie nicht mir sagen?«, nahm Herbstritt, taktisch unklug, Schmitts Antwort schon vorweg.

»Nein.«

»Dann warten Sie bitte einen Moment.«

Kumpel von Ringwald zu sein, musste schließlich auch seine Vorteile haben.

»Ringwald. Ich kann nur hoffen, dass du wirklich was Bedeutendes zu sagen hast.«

»Du kennst mich doch. Ich würde dich nicht ...«

»Jetzt raus damit. Ich habe keine Zeit.«

»Vorab möchte ich dich allerdings um einen Gefallen bitten.«

Ringwald sagte nichts, aber Schmitt sah förmlich, wie er die Augen schloss, die Lippen nach vorne stülpte und langsam ausatmete.
»Und? Was? Und wehe, es lohnt sich nicht«, gab er schließlich von sich.
»Das ist wirklich nicht der Rede wert. Es gibt eine italienische Website www.casapollo.it. Die hängt mit meinem Instrumentendiebstahl zusammen. Ich vermute sehr handfest, dass das eine gefakte Sache und der eigentliche Betreiber dieser Seite hier in Deutschland ansässig ist. Kannst du das überprüfen lassen?«
»Gut, ich werde das an Klumpp weitergeben. Und jetzt leg los.«
»Nein, nicht an Klumpp. Dann wäre meine ganze schöne Provision weg, wenn sich dahinter tatsächlich das Diebesnetzwerk verbirgt. Gibt es bei Euch nicht Spezialisten, die ...«
»Klar gibt es die. Aber die kann ich nicht einfach so beauftragen, dir einen Gefallen zu tun, um deine Provision zu sichern. Falls du es vergessen haben solltest, wir sind immerhin ein Rechtsstaat.«
Ringwald wurde immer ungeduldiger.
»Aber ihr macht doch mit Spitzeln und Zuträgern auch eure Deals.« Schmitt gab sich noch nicht geschlagen.
»Erst du!« Ringwald ließ sich auf nichts ein.
Schmitt seufzte. Aber nur innerlich. Sofern man innerlich seufzen kann.
»Also gut. Kaijsa Vesalainen hat anonyme Drohbriefe erhalten, in denen sie aufs Übelste beleidigt wird. Die sind in meinem Besitz. Und ich weiß aus sicherer Quelle, dass sie sich zumindest beruflich von ihrem Mann trennen wollte.«
»Woher?«
»Von einem Konzertveranstalter.«
»Von welchem? Schmitt, sag mir doch einfach seinen Namen«, Ringwalds Stimme hatte einen geduldigen, lehrerhaften Ton angenommen. Das war gefährlich, wie Schmitt aus Erfahrung wusste.
»Winkelmann, der neue Liebling unserer verehrten Frau Oberbürgermeisterin Dr. Scherpen.«

»Hat der auch einen Vornamen?«
»Götz-Eberhard.«
»Danke. Und diese Briefe, von denen du gesprochen hast, bringst du mir bitte vorbei. Übrigens, wie bist du denn an die gekommen?«
»Ich hatte mich an Kaijsa Vesalainen gewandt, um von ihr zu erfahren, ob sie Leute kennt, du weißt ja, wegen meiner ursprünglichen Vermutung, dass die gestohlenen Instrumente über Finnland ...«
»Ja, ich kenne deine Fantastereien. Weiter.«
»Sie hatte mich nach Wolfersbergen eingeladen, und in diesem Zusammenhang kam sie auf die Briefe zu sprechen. Und hat mir den Auftrag gegeben zu recherchieren, woher die kamen.«
»Und, hast du was rausbekommen?«
»Nein, ich hatte ja gar keine Gelegenheit mehr.«
»Also gut. Wie gesagt, du bringst mir die Briefe vorbei. Heute noch.«
»Kann ich dir nicht Kopien ...«
»Nein, kannst du nicht! Das weißt du ganz genau. Verdammt noch mal«, explodierte Ringwald.
»Ist ja schon gut, ich bring sie dir. Und du kümmerst dich um den wahren Webster? Wie gesagt www.casapollo.it. Soll ein Musikalienhandel in Rom sein, der einem Luigi Casapollo gehört.«
»Was ist das denn für ein idiotischer Name. Hühnerhaus? Aber gut, ich werde jemanden drauf ansetzen.«
»Du meldest dich wieder?«
»Ja, ich melde mich. Tschüs!«
Schmitt brauchte unbedingt eine Pause. Da er schon seit Jahren nicht mehr rauchte, machte er sich stattdessen ein Salamibrot. Kein Wunder, dass er um die Hüften immer fülliger wurde. Er überlegte, ob er sich untypischerweise eine Flasche Bier genehmigen sollte, als das erneute Klingeln des Telefons ihm diese Entscheidung abnahm. Sehr zum Vorteil für die bereits angesprochenen Hüften. Mälis meldete sich.
»Ich habe vorhin einen Anruf von der Schwiegermutter der toten finnischen Komponistin, du weißt schon, Kaijsa Vesalainen, erhalten. Sie hat sich mit mir zum Essen verabredet. Gleich heute

Abend. Sie meinte, du solltest mitkommen. Was hast du denn mit der veranstaltet, dass sie so auf dich steht?«
Schmitt schüttelte den Kopf.
»Nichts.«
Er erzählte ihr, wieso er bei Vesalainen war, was es mit den ominösen Briefen auf sich hatte und dass Ingrid Von der Kamp ein bisschen mit ihm geflirtet hatte. Wie Schmitt meinte. Und dass sie ihm ein Honorar zahlen wollte, obwohl er gar nichts unternommen hatte. Was er ihr natürlich nicht unter die Nase gerieben ...
»Und du schämst dich nicht?«, fragte Mälis konsterniert. So kannte sie ihren Schmitt ja gar nicht.
»Nö, die hat doch genug«, antwortete der ungerührt.
Okay, so kannte sie ihn. Mittlerweile.
»Außerdem hatte ich nicht den Eindruck, dass in der Villa Von der Kamp eitel Freude und Sonnenschein herrschten. Kaijsa Vesalainen kam mir ziemlich traurig und, ja, nachgerade unglücklich vor. Und ich weiß aus anderer Quelle, dass sie sich zumindest von ihrem Mann trennen wollte. Wenigstens beruflich. Wenn nicht ganz und gar aus Wolfersbergen abseilen.«
»Meinst du, sie hat Selbstmord begangen?«
»Keine Ahnung. Ich weiß ja nicht mal, wie sie zu Tode kam. Hast du schon das Exposé bei deinen linken Auftraggebern abgeliefert?«
»Stell dir vor, die wollen das gar nicht mehr.«
»Na klar, Kaijsa ist tot. Sie müssen sie also nicht mehr rauskegeln. Methoden sind das. Sie kann fast froh sein, die Hexenjagd nicht mehr erleben zu müssen, die wegen ihres Großvaters veranstaltet worden wäre. Wahrscheinlich jedenfalls. In den Medien und vor allem im Internet. Wäre doch ein gefundenes Fressen gewesen, jemanden mal wieder richtig fertig machen zu können und der Empörung freien Lauf zu lassen. Aber was soll's, sie ist tot und niemand interessiert sich mehr für ebenfalls tote finnische Großväter.«
Schmitt war wieder mal auf seinem moralischen Trip.
»Doch, ich. Ich werde natürlich meine Erkenntnisse veröffentlichen.«

»Aber nur in Fachzeitschriften!«
»Klar. Ohne Kaijsa keine FAZ, SZ, Regenbogenpresse, noch nicht mal der Ostrataler Volksbote.«
»Hast du wenigstens dein Honorar bekommen und die Reisekosten?«
»Ja. Obwohl die das Geld nur widerwillig rausgerückt haben. Fingen an zu handeln. Ich musste richtig auf den Putz hauen.«
Da war sie wieder: Mälis, die Straßengöre.
»Du, übrigens, ich muss dich auch noch wegen was anderem sprechen«, fuhr Schmitt fort. »Wegen dieser geklauten Instrumente. Ich habe vor, einen Agent Provocateur auf den Instrumentenhandel von Rinnen und seinem Kumpel anzusetzen. Du kennst doch so viele Musiker. Könntest du einen Geiger oder Cellisten für diese Rolle engagieren, der das glaubhaft macht? Ich hab auch schon einen Bratschisten vom Sinfonieorchester des Norddeutschen Rundfunks Hamburg aus den Versicherungsakten ausgeguckt, der in Lübeck wohnt. Der hatte sein Instrument zwar nicht bei der Garant versichert, aber die haben dort trotzdem sämtliche Daten, die einen Verdacht auf einen verabredeten Versicherungsbetrug nähren. Auf diesen Streicher als Tippgeber kann sich unser Mann oder unsere Frau ja berufen. Es geht mir nur darum, ob Rinnen und Kumpel erstmal darauf eingehen, auch wenn sie sich natürlich bei dem Lübecker Typen vergewissern werden wollen. Oder ob sie ein solches Ansinnen von vornherein kategorisch ablehnen.«
»Wird schwer, aber ich kann mich mal umhören. Und bevor ich es vergesse: Heute Abend sieben Uhr mit gewaschenem Hals beim neuen Kultitaliener *Da Luigi*. Am Rathaus.«
Schmitt musste laut lachen.
»Klar«, sagte er, nachdem er sich beruhigt hatte. »Musste ja so ein schicker Italiener sein. Immerhin kein Japaner oder Chinese. Also *Da Luigi*. Casapollo?«, fragte er und musste wieder losprusten.
»Was?«
Schmitt bekam einen richtigen Lachanfall und konnte sich gar nicht mehr einkriegen.
»Schmitt, du bist doof.«

DAS MÄZENATENTUM

DREI

Neunzehn Uhr. Schmitt betrat nach einer angenehmen Straßenbahnfahrt mit nur einmaligem Umsteigen das *Da Luigi*. Er hatte sich einigermaßen in Schale geworfen. Unter dem Trenchcoat deutete ein dunkelgrauer, nicht zu dicker Rollkragenpullover auf eine interessante Intellektualität hin, noch verstärkt durch seinen Retromantel. Außerdem verbarg der Pulli den um den Bauch erheblich zu engen Bund der ebenfalls grauen Hose. Die blöderweise zusätzlich die Eigenschaft hatte, andererseits um Schmitts Hintern zu schlackern. Hinsichtlich seiner Schuhe hatte Schmitt keine große Wahl; nur ein Paar passte annähernd zum restlichen Outfit. Darüber machte er sich allerdings die wenigsten Gedanken. Die sah man unter dem Tisch schließlich nicht. Immerhin war er frisch rasiert und hatte das Rasierwasser nicht nur im Gesicht verteilt, sondern zusätzlich ein paar Tropfen auf die Handgelenke.
Er sah sich um. Von den etwa zwölf Tischen waren nur vier belegt. Und keiner davon mit ihm bekannten Personen. Es schien aber mindestens noch einen Nebenraum zu geben. Weiße Tischdecken, blaurotkarierte Stoffservietten, geschmackvoll eingedeckt mit drei unterschiedlichen Gläsern pro Platz und je zwei Messern und Gabeln. Dazu kamen Pfeffer- und Salzmühle sowie zwei kleine Fläschchen mit Aceto Balsamico und Olivenöl. Beeindruckend, dachte Schmitt. Einer der zwei Kellner im schwarzen Dress und der heute üblichen weißen Bistroschürze schlenderte leicht gelangweilt auf ihn zu.
»Guten Abend. Einen Tisch für eine Person?«, fragte er mit einem überraschend freundlichen Lächeln.

»Nein, danke. Ich bin verabredet. Ich nehme an, dass für Frau Von der Kamp ein Tisch reserviert ist?«
Der Kellner wurde noch eine Spur zuvorkommender, allerdings machte das natürliche Lächeln einem nun etwas unterwürfigeren Platz.
»Ja, bitte, natürlich. Darf ich Ihnen den Mantel abnehmen?«
Nachdem diese enorm aufwendige Prozedur, die Schmitt nie und nimmer allein bewältigt hätte, erledigt war, folgte er der bis vor kurzem einfach nur netten, jetzt beflissenen Restaurantfachkraft an einen der hinteren Tische mit Blick auf den nicht wirklich sehenswerten Rathausplatz.
»Darf ich Ihnen schon etwas zu trinken bringen oder warten Sie noch zu?«
Ein Bier! Ein ganz großes, schoss es Schmitt durch den Kopf.
»Ich warte.« Er stand souverän über seinen Gelüsten.
Schmitt verfluchte den öffentlichen Nahverkehr, mit dem man immer entweder zu früh oder zu spät zu einer Verabredung kam, aber nie à point. Lange musste er jedoch nicht auf Gesellschaft verzichten. Nach nicht mal zwei Minuten betraten Ingrid Von der Kamp und, zu Schmitts großem Missfallen, ihr Mann Joachim das Lokal. Sofort stürzten beide Kellner auf sie zu, umschwänzelten die neuen Gäste, nahmen auch ihnen die Mäntel ab. Schmitts freundlicher von vorhin begleitete die Von der Kamps zu ihrem Tisch. Der Privatdetektiv erhob sich wohlerzogen zur Begrüßung. Man wechselte die üblichen Worte. Wo bleibt Mälis, dachte Schmitt verzweifelt. Wie aufs Stichwort sah er ihr Gesicht, das angestrengt durch die Scheibe blickte. Ein erkennendes Nicken und schon verschwand es wieder. Schmitts Lieblingskellner hatte Mühe, ihr zu folgen, nachdem sie das *Da Luigi* betreten hatte. Die Abnahme ihres Capes artete fast in eine Rangelei aus. Am Tisch angekommen, begrüßte Mälis alle Anwesenden. Schmitt allerdings mit einem wütenden Augenblitzen. Er hingegen war sich keiner Schuld bewusst.
»Tut mir leid für die kleine Verspätung«, sagte sie mit einem entschuldigenden Lächeln in Richtung des Ehepaares Von der Kamp. Schmitt aber erdolchte sie mit einem Eisesblick bis

tief in die Gedärme. Er wusste überhaupt nicht, was los war. Die Auswahl des Aperitifs blieb konfliktfrei, wobei Mälis anlässlich des Wunsches einer ebenfalls am Tisch sitzenden, etwas prolligen Person nach einem großen Pils wieder ziemlich schmallippig reagierte. Gekonnt dem Augenmerk des einladenden Ehepaares entzogen. Auch die Auswahl der Speisen und des Weines führte zu keinerlei großen Debatten. Jeder wusste nach kurzer Zeit, was er wollte. Schmitt schloss sich einfach Mälis an und hoffte inständig, nichts serviert zu bekommen, wozu er chirurgisches Besteck benötigte. Soweit allerdings ging seine Liebe nicht, dass er sich den Weintrinkern anschloss. Er blieb standhaft. Er blieb beim Bier. Zumal es zu seiner großen Freude vom Fass kam und eines seiner Lieblingsbiere war.

Ihrem Tischkellner hatte sich mittlerweile eine hübsche, ebenfalls in schwarz gewandete Servierin mit einer neckischen kleinen weißen Schürze hinzugesellt. Joachim Von der Kamp, der bereits Mälis bei der Begrüßung länger als gehörig wohlwollend beäugt hatte, versuchte dieses weibliche Wesen sofort mit seinem ein wenig angeschimmelten Charme für sich einzunehmen. Es gibt also auch ein nichtphysisches Betatschen, dachte Schmitt angewidert.

Während des Essens plätscherte das Gespräch unverbindlich dahin. Natürlich drehte es sich auch um die schrecklichen und merkwürdigen Umstände, unter denen Rechenberg und Vesalainen zu Tode gekommen waren. Zum Digestif allerdings wollte Ingrid Von der Kamp dann doch von Mälis wissen, was sie in Helsinki herausgefunden habe.

»Aber zunächst muss ich mich noch kurz entschuldigen«, zwitscherte sie vergnügt.

Kaum war sie Richtung Toiletten verschwunden, holte ihr Mann sein Smartphone aus dem Jackett, musterte es kurz und verdrückte sich mit einigen gemurmelten Worten ebenfalls. Mälis nutzte diese Gelegenheit und ging sofort zum Angriff über.

»Du lässt mich draußen stehen, während du es dir hier schon mal gemütlich machst, du ungehobelter Scheißkerl«, fauchte sie hemmungslos.

Schmitt, der immer noch nicht wusste, wie ihm geschah, suchte nach Worten.

»Ich ... ich weiß überhaupt nicht ...« Er zuckte entschuldigend vorsorglich mit den Achseln.

»Ich bin davon ausgegangen, dass wir gemeinsam hier rein gehen und hab deshalb an der Straßenbahnhaltestelle auf dich gewartet. Du musst mich doch gesehen haben!«, donnerte sie. Andere Gäste hoben bereits den Kopf und schauten herüber.

»Aber davon hattest du mir gar nichts gesagt. Wie soll ich denn wissen ...« Schmitt war rettungslos in der Defensive.

»Aber das war doch klar. Wenn ich dich mitbringen soll, kommen wir natürlich zusammen. Mich da draußen stehen zu lassen ...« Joachim Von der Kamp tauchte wieder auf. »Wir sprechen uns noch. Und verstehe das ruhig als Drohung.«

Nachdem auch Ingrid Von der Kamp wieder Platz genommen hatte, begann Mälis von ihren Erkenntnissen über Kaijsas Großvater zu erzählen.

»Alles in allem sehr interessant, aber im Grunde für das Hier und Heute völlig irrelevant«, war das treffende Resümée am Ende ihres Vortrags. Die Zusammenfassung hatte zu Schmitts großer Erleichterung nicht länger als fünfzehn Minuten gedauert. Und nicht nur zu seiner.

»Ob Kaijsa um diese Zusammenhänge gewusst hat?«, fragte Frau Von der Kamp.

»Wahrscheinlich eher nicht. Sie hat ihren Großvater nicht gekannt und dass ihr Vater viel von ihm erzählt hat, wage ich zu bezweifeln. Toivo Hämäläinen war schließlich in dessen Kindheits- und Jugendjahren als Komponist nur noch wenigen bekannt. Ausgegraben wurde er erst wieder vor einigen Jahren. Wie sie jetzt zu ihm stehen würde, nach einem möglichen Shitstorm, und wie sie damit umgegangen wäre, keine Ahnung.«

»Könnte es sein, dass sie schon irgendetwas von Ihren Nachforschungen mitbekommen hatte und sich deshalb umbrachte, um einem solchen Shitstorm, wie Sie es nennen, zu entgehen?«, machte sich Herr Von der Kamp jetzt wichtig.

»Tja, wer weiß. Von mir hat sie jedenfalls nichts gehört. Und ob sie von meinen Kontakten in Helsinki darauf angesprochen wurde, entzieht sich meiner Kenntnis. Ich hatte nicht den Eindruck, dass meine dortigen Kollegen Kaijsa persönlich kannten. Und Selbstmord? Im Zusammenhang auch mit Rechenberg? Das halte ich für eher unwahrscheinlich.«

»Was meinen Sie, Herr Schmitt? Sie sind ja sozusagen vom Fach.«

Schmitt war erneut unsicher, ob Ingrid Von der Kamp kokettierte. Im Beisein ihres Mannes.

»Ich habe leider überhaupt keine Informationen, die es mir ermöglichen, eine einigermaßen fundierte Meinung zu äußern, Frau Von der Kamp«, erwiderte Schmitt höflich, gestelzt und so neutral wie möglich. »Aber so aus dem Bauch heraus gebe ich Susanne, also, äh, Frau Mälis recht. Zwei Todesfälle in so kurzer zeitlicher Folge am selben Ort, der zudem kaum zugänglich ist. Und beide mit nicht eindeutig feststellbarer Todesursache, wenn man dem Ostrataler Volksboten glauben darf. Wenn es sich beim einen um Selbstmord handelt, um was handelt es sich dann beim anderen? Auch Selbstmord? Eine Epidemie? Nein.« Schmitt presste die Lippen aufeinander und wiegte zweifelnd seinen Kopf.

»Sie haben doch Kontakte zu den höchsten Stellen der Kriminalpolizei. Ob Sie dort nicht was rausfinden können?« Schmitt meinte, schon fast ein Säuseln in Ingrid Von der Kamps Stimme zu hören. Mälis nahm belustigt zur Kenntnis, dass ihn diese Sirenentöne zunehmend zu verunsichern schienen. Plötzlich zuckte sie zusammen. Irgendetwas hatte sie am rechten Unterschenkel berührt.

»Oh, Verzeihung«, sagte Joachim Von der Kamp und lächelte sie schuldbewusst, aber dennoch spitzbübisch mit jungenhaftem Charme an. »Ich habe meinen Slipper verloren und war auf der Suche nach ihm.« Er beugte sich unter den Tisch. »Da ist er ja, der Übeltäter«, fuhr er fort und zog sich den Schuh wieder an.

Mälis konnte nicht anders als verständnisvoll zu lächeln. Frau Von der Kamp verstand auch und lächelte nicht. Selbst Schmitt, ein diesbezüglich begnadeter Trottel, verstand. Und war sauer.

So ein aufdringlicher, durchsichtiger Möchtegerncasanova. Und Mälis ging auch noch darauf ein. Schmitt verstand die Welt nicht mehr.

Er hatte sich soeben noch ein Pils bestellt, als Ingrid Von der Kamp verkündete, dass es spät geworden sei, es ein schöner Abend war, sie aber jetzt nach Hause müssten, bis Wolfersbergen sei es noch ein weiter Weg, bei Dunkelheit allemal. Was sie nicht sagte: Und bevor mein Mann auch noch seinen zweiten Slipper verliert ... Schmitt hätte sich gerne noch ein bisschen mit ihr unterhalten, zumal er durchaus empfänglich war für einen prickelnden Flirt. Und der lächerliche Altersunterschied schrumpfte von Bier zu Bier. Und nicht zu vergessen, dass noch eine Frage offen war.

»Ich werde mich gerne bei meinem Freund nach dem Stand der Ermittlungen erkundigen, Frau Von der Kamp. Ich rufe Sie an, sobald ich etwas Näheres weiß. Ach, und übrigens, ich habe gehört, dass Ihre Schwiegertochter sich von Ihrem Sohn trennen wollte, wenigstens beruflich. Ist da was dran?«, fragte Schmitt ganz unschuldig.

Ingrid Von der Kamp war wie vom Donner gerührt. Ihr Mann lächelte maliziös. Und Mälis verdrehte die Augen.

»Wie kommen Sie denn zu dieser abstrusen Behauptung?« erbebte die schwerreiche Dame, plötzlich überhaupt nicht mehr flötend oder säuselnd oder sonstwie kokett.

Schmitt merkte, dass er sich wieder einmal um Kopf und Kragen redete. Er stotterte etwas von »irgendwo aufgeschnappt« und »wird wohl nichts dran sein«. Überzeugend war das alles nicht.

»Sie können ganz beruhigt sein, Herr Schmitt. Das hätte Kaijsa ganz gewiss nicht getan, auch wenn es vielleicht sinnvoll oder gar notwendig gewesen wäre. Aber sie hätte doch nicht die Hand gebissen, die ihr das Futter reichte.« Joachim Von der Kamps Grinsen wurde noch spöttischer.

»Vergiss nicht, auch du wirst gefüttert.«

Seine Frau ließ alle gebotene Zurückhaltung fallen und giftete nach allen Seiten. Sie erhob sich, ihr Mann ebenfalls. Auch Mälis und Schmitt standen auf.

»Nichts für ungut«, murmelte der. »Ich melde mich, sobald ...«
»Tun Sie das. Auf Wiedersehen.«
Frau Von der Kamp nickte Schmitt kurz zu. Nach einigem Zögern gab sie Mälis die Hand, bedankte sich bei ihr und rauschte hinaus. Auch ihr Mann reichte Mälis die Hand, hielt sie etwas länger als nötig, lächelte und zuckte mit den Schultern. Nach einem freundlichen »Kopf hoch, alter Knabe« Richtung Schmitt folgte er seiner Gattin, allerdings nicht übertrieben schnell. Mälis und Schmitt setzten sich wieder. Schmitt hatte noch sein Bier. Mälis goss sich den Rest aus der verbliebenen zweiten Flasche Wein in ihr Glas. Sie schüttelte den Kopf.
»Kannst du nicht einfach mal dein Maul halten?«, zitierte sie unbewusst den ehemaligen spanischen König. »Was hast du dir denn davon versprochen?«
Immerhin hat sie darüber vergessen, mir wegen der Panne mit dem gemeinsamen Erscheinen den Kopf zu waschen, dachte der Angesprochene. Aber das war wirklich nicht verabredet gewesen, versicherte er sich nochmals selbst.
»Du, das ...«, Schmitt ließ die Hände übereinander auf das fleckig gewordene Tischtuch fallen und seufzte. »... ist mir einfach so rausgerutscht.«
»Wie immer. Was geht bloß in solchen Momenten in deinem Kopf vor. Und von wem hast du das mit der Trennung?«
»Von einem gewissen Winkelmann. Von einem soweit ganz netten, ich denke, schwulen Konzertveranstalter. Mit dem hatte ich einiges wegen der Instrumentendiebstähle zu besprechen.«
»Und da weißt du jetzt schon, dass er nett ist und schwul, und was sonst noch alles...«
»Nett merkt man doch gleich. Und schwul, na ja, so wie er über Rechenberg gesprochen hat ...«
»Sag jetzt bloß, dass der auch schwul war. Den kanntest du doch nur vom Sehen. Nicht, das du jetzt plötzlich hinter jedem Strauch Homosexuelle vermutest.«
»Ach Susanne, jetzt lass mal gut sein.«
Schmitt war plötzlich müde und trank sein Bier aus.
»Ich bring dich noch nach Hause«, murmelte er.

»Mit der Straßenbahn?« fragte Susanne Mälis erstaunt. »Jetzt um halb elf?«
»Ja.«
Auch wenn es einer Weltumfahrung gleichkam, wie Schmitt durchaus bewusst war. Aber das hinderte ihn nicht. Den zeitweiligen Kavalier alter Schule. Und Mälis nahm gerne an. Das *Kopfwaschen* hatte sie jedoch nicht vergessen, nur verschoben.

POLIZEILICHE ERMITTLUNGEN

DREI

Die Leitende Oberstaatsanwältin Dr. Evamaria Grosse-Uckermann hatte mit Mitte Vierzig alles erreicht, was sie sich in ihrem während ihres Jurastudiums aufgestellten Lebensplan vorgenommen hatte. In fünf Jahren würde der jetzige Generalstaatsanwalt ihres Bundeslandes in den Ruhestand gehen, sofern nichts dazwischen kam. Grosse-Uckermann nahm mit einer gewissen Berechtigung an, dass die Nachfolge weiblich geregelt werden würde. Sie wäre zu diesem Zeitpunkt im richtigen Alter, hätte die richtigen Examensnoten, die richtigen Karrierestufen zum jeweils richtigen Zeitpunkt und das richtige Netzwerk. Es müsste mit dem Teufel zugehen, würde sie nicht die erste Generalstaatsanwältin Deutschlands werden. Davon war sie fest überzeugt. Bis vor einigen Jahren wäre die Sache völlig klar gewesen. Eine einzige in Frage kommende Frau genügte und alle männliche Konkurrenz war hinfällig. Mittlerweile gab es aber die eine oder andere Karrierejuristin, die ebenso zielstrebig wie sie auf die herausragenden Posten innerhalb der Justiz hinarbeitete, konstatierte Grosse-Uckermann. Die aufstiegsgeilen Männer jedenfalls mussten jetzt warten. Die hatten lange genug die Chefposten unter sich ausgemacht. Grosse-Uckermann musste in den nächsten Jahren lediglich noch den einen oder anderen spektakulären Fall zum Schuldspruch bringen, um ihre sowieso schon ausgezeichneten Chancen weiter zu verbessern. Und sie wusste, dass der eine Charakterzug, der ihr fehlte, nämlich Empathie, wenigstens durch eine glaubhafte Vorspiegelung derselben ausgeglichen werden konnte. Andererseits, diese Déformation professionnelle verschlechterte ihre Aussichtslage nicht wirklich, wurde Empathie von den meisten Juristen auf dem Weg nach oben als unnötiger, gar hinderlicher Ballast abgeworfen. Quasi in der Natur der Sache liegend. Wie auch immer, Grosse-Uckermann betrachtete den Fall Vesalainen als ausreichend spektakulär, um damit Punkte zu sammeln.

Sie saß mit Ringwald und Herbstritt in ihrem *Zweitbüro* im Polizeipräsidium und ließ sich Bericht erstatten.

»Steht mittlerweile fest, ob es Mord war?«, fragte Grosse-Uckermann Ringwald.

»Ja, Professor Koch hat sich nun eindeutig festgelegt. Vesalainen wurde mit k.o.-Tropfen auf der Basis von GHB bis zur tiefen Bewusstlosigkeit willenlos gemacht und dann erstickt«, legte sich auch Ringwald fest.

»Auf welche Art erstickt?«

»Da ist er sich unschlüssig. Es gibt keine Druckstellen, keine Strangulationshinweise, keine Fasern im Mund- und Rachenraum oder in der Luftröhre. Er geht davon aus, dass eine Plastiktüte, wenn man so will fabrikneu ohne jedwede Gebrauchsspuren, über den Kopf gezogen und rund um den Hals mit leichtem Klebeband, direkt auf der Tüte angebracht, luftdicht abgeschlossen wurde. So wären am Hals selber weder Klebereste noch Hautbeschädigungen zu ermitteln.«

»Aber Beweise für diese Annahme gibt es nicht?«

»Nein. Aber er ist sich sicher, dass bei Rechenberg genauso verfahren wurde. Ich halte das ebenfalls für wahrscheinlich.«

»Das Opfer muss sich doch wenigstens ganz am Ende mit dem Tod vor Augen verzweifelt gegen diese Plastiktüte gewehrt haben. Muss versucht haben, sie abzustreifen. Und das Kunststoffmaterial hatte Vesalainen sicherlich auch tief in den Rachen gezogen, um den letzten Rest von Sauerstoff zu bekommen.«

Grosse-Uckermann war augenscheinlich fassungslos.

»Laut Koch jedenfalls nicht. Er meint, dass in bewusstlosem Zustand weder willkürliche noch reflexhafte Körperbewegungen stattfinden. Und beim Ersticken durch Plastikbeutel führe unter anderem der Sauerstoffmangel zum Todeseintritt. Ein Erstickungsgefühl wie beim Knebeln, Drosseln, Würgen oder auch Ertrinken sei nicht gegeben. Deshalb auch keine Verzweiflungsreaktionen«, zitierte Ringwald den Chef der Rechtsmedizin.

»Wie lange wird es bis zum Todeseintritt gedauert haben?«, fragte die Oberstaatsanwältin sachlich.

»Je nach Größe der Plastiktüte fünf bis sieben Minuten.«

»Und aufgrund der Bewusstlosigkeit ist ein Todeskampf ausgeschlossen?«

»So sieht es aus. Das scheint auch ein Grund dafür zu sein, warum suizidales Ersticken mit einem Plastikbeutel mittlerweile zum Standard gehört. In diesem Fall werden allerdings zumeist zusätzlich Benzodiazepine eingenommen, eine Art hochwirksamer Tranquilizer.«

Ringwald war so gut vorbereitet, dass er bei seinen etwas hochtrabenden Ausführungen kaum auf die Unterlagen blicken musste.

»Aber Selbsttötung kann wohl ausgeschlossen werden?«, versicherte sich Grosse-Uckermann.

»Ja. Nicht zweimal in der Folge. Auf dieselbe Art, in derselben Umgebung und mit dem zweimaligen Verschwinden der Tatwaffe, nämlich der Plastiktüte. Es sei denn, das wäre durch eine Sterbehilfsorganisation unterstützt worden, die nach dem Exitus alle Spuren beseitigt. Aber sowas geschieht in Hotelzimmern oder zu Hause und nicht in der Krypta einer Kirche. Und dabei wird auch kein Fremdverschulden vorgetäuscht.«

Ringwald gab sich alle Mühe, nicht zu herablassend zu klingen. Mit mäßigem Erfolg. Aber Grosse-Uckermann sah darüber hinweg.

»Das alles wird schwer zu beweisen sein. Ohne Geständnis vielleicht gar nicht. Wenn wir überhaupt einen mutmaßlichen Täter finden.«

»Der Meinung bin ich auch«, erwiderte Ringwald. »Bis jetzt können wir noch nicht einmal nachweisen, dass neben Rechenberg beziehungsweise Vesalainen noch eine andere Person oder mehrere Personen in der Krypta waren.«

»Gut. Nein, eigentlich gar nicht gut. Gibt es irgendetwas Nennenswertes zu einer möglichen Motivlage?«

Ringwald nickte Herbstritt zu. Dem Nachwuchs eine Chance zu geben, war bislang nicht unbedingt seine herausstechendste Eigenschaft gewesen, jetzt jedoch, in seinem Alter ... Und Herbstritt legte gleich los.

»Es gab Drohbriefe und Beleidigungen mit ausländerfeindlichem Hintergrund. Ich gehe davon aus ...«, und nach einem Blick auf ihren ungerührt dreinblickenden Chef, »... wir gehen aber davon aus, dass die nicht aus der üblichen rechtsradikalen Ecke kommen. Schließlich handelte es sich bei Vesalainen um eine Germanin, haha.« Zurechtweisende bis vernichtende Blicke von Grosse-Uckermann und Ringwald auf eine jugendlich-vorlaute und unsensible Oberkommissarin. »Entschuldigung. Aber es geht eben nicht um rassistische Ausfälle. Wir nehmen eher an, dass Konkurrenzneid im weiteren Sinne eine Rolle spielt. Auch der Vorstoß seitens einer linken Rathausfraktion wegen einer eventuellen national-völkischen Vergangenheit eines der Großväter von Vesalainen zeigt auf, dass sie mit allen Mitteln verhindert werden sollte. Mit legalen Mitteln zwar, wobei die Methode einer Sippenhaft sicherlich fragwürdig ist. Aber nur im moralischen Sinne. Letzten Endes sehen wir in diesen Auseinandersetzungen keine ausreichenden Motive für einen Mord. Vor allem nicht in Bezug auf Rechenberg. Bei ihm wären höchstens fanatisierte Gegner der Orchesterauflösung denkbar, im äußersten Fall. Die wiederum mit Vesalainen nicht in Verbindung zu bringen wären. Nein, diese möglichen Motive müssen zwingend ausgeschlossen werden.« Herbstritt machte eine Kunstpause. »Wir gehen davon aus, dass Vesalainen und Rechenberg umgebracht wurden, beide auf dieselbe Art und Weise, dass die Morde in der Krypta geschahen, dem einzig denkbaren Tatort und dass die Morde von jemandem begangen worden sind, mit dem sich die Opfer arglos dort trafen.«

»Dieser Jemand wäre?«, fragte die Oberstaatsanwältin.

»Ich sehe nach jetzigem Kenntnisstand nur die nächsten Familienangehörigen in Frage kommen«, übernahm Ringwald seine ihm zustehende Führungsrolle. »Als da wären Schwiegereltern und Ehemann. Wir haben zwar deren Alibis noch nicht überprüft. Aber einer von ihnen wäre am ehesten in der Lage gewesen, Vesalainen nach Ostratal zur St. Michaeliskirche zu fahren und unauffällig zurückzukommen. Das Betäubungsgift könnte zum Beispiel in einem Coffee to go oder aus einer Thermoskanne in irgendeinem Getränk verabreicht worden sein. Und eine Plastiktüte ist einfach in einer Mantel- oder Handtasche zu verstauen. Vielleicht wollte Vesalainen jemandem aus diesem Kreis voller Vorfreude die Krypta als neuen Konzertraum vorführen oder einer aus der Familie zeigte sich vordergründig an einer Führung interessiert. Meine Kollegin hier ist von der Theorie vollkommen überzeugt. Es spricht auch durchaus viel dafür. Aber mir selbst bleibt ein Restzweifel und der heißt Rechenberg. Warum hätte ihn jemand aus der Villa Von der Kamp umbringen sollen? Noch dazu in der bis dato vollkommen unbekannten Krypta?«

»Das ist in der Tat rätselhaft«, meldete sich Herbstritt wieder zu Wort. »Aber ich bin davon überzeugt, dass sich dieses Rätsel mit der Aufklärung des Mordes an Vesalainen lösen wird. Der Mord an ihr ist der Schlüssel zu dem Mord an Rechenberg.«

Die Leiterin der Staatsanwaltschaft Ostratal verfolgte das Zusammenspiel der beiden Kripobeamten amüsiert lächelnd.

»Und das Motiv im Fall Vesalainen?«

Herbstritts attraktives, wenn auch nicht eigentlich hübsches Gesicht bekam vor Eifer einen rosa Schimmer. Ringwald beobachtete sie auf väterliche Weise. Oder lag da noch etwas anderes in seinem Blick?

»Bei Joachim Von der Kamp Geld. Ganz einfach. Der wollte und will nicht, dass seine Frau einen so großen Anteil ihres Vermögens dem Hobby des Sohnes und der Karriere der Schwiegertochter in den Rachen schmeißt, bildlich gesprochen. Und damit sein potentielles Erbe schmälert. Vielleicht hat er allein schon aus diesem Grund Rechenberg getötet. Und als die Gründung des Ensembles für Neue Musik trotzdem weiter betrieben wurde, war Vesalainen dran. Und auch Frau Von der Kamp steht unter Verdacht. Eventuell wollte die aus dem Projekt aussteigen und sah keine andere

Möglichkeit, ehrenhaft da rauszukommen als ihre Schwiegertochter umzubringen.«

»Das ist jetzt aber ein bisschen schwach«, bremste Grosse-Uckermann die in Fahrt gekommene Oberkommissarin.

»Na ja, nicht ganz«, schaltete sich Ringwald ein. »Obwohl ich Restzweifel hege. Aber Kollegin Herbstritt hat mittlerweile einiges aus dem Leben der Madame Von der Kamp zusammengetragen. Die liebt offenbar nicht die sichtbare Auseinandersetzung, juristische Streitereien in der Öffentlichkeit. Dazu hätte eine grundlose, willkürliche Aufkündigung des Sponsorenvertrages zweifellos geführt. Und sie wäre da gestanden wie eine launische, reiche Zicke, die ihre Gunst mal hierin und mal dorthin verteilt und diese dann aber auch nach Lust und Laune wieder entzieht. Frau Von der Kamp hat mit neunzehn einen unehelichen Sohn geboren, den sie als Kind aus erster Ehe ausgab und immer noch gerne ausgibt. Ein solches Versteckspiel war in der Zeit nach den frühen sechziger Jahren zumal in Großstädten nicht mehr nötig und heute schon gar nicht, mag aber für ihren Charakter bezeichnend sein. Ihr erster Mann wollte sich damaligen Gerüchten zu Folge wegen vermeintlichen oder tatsächlichen fortgesetzten Ehebruchs von ihr scheiden lassen. Frau Von der Kamp, damals noch Frau Wohlers, war wesentlich jünger und ihr Mann wohl kein Adonis. Er starb aber, bevor diese Angelegenheit gerichtsnotorisch wurde. Wohlers lebte, wie wir hörten, zwar gerne mit Nikotin, Alkohol, üppigem Essen und ging keinem Fest aus dem Wege, sein Tod war trotzdem eine Überraschung für alle. Er war noch nicht übermäßig alt, gerade mal zweiundsechzig, und kränkelte keineswegs. Herbstritt hat desweiteren herausbekommen, dass Frau Von der Kamp nach der Geburt ihres Sohnes und dem Abitur Medizin studierte. Während der Wartezeit auf einen Studienplatz wegen des damaligen *Numerus clausus* arbeitete sie in der Praxis ihres Vaters, der Arzt war. Auch wenn sie das Studium im fünften Semester abbrach, besitzt sie von daher gesehen durchaus die nötigen Grundkenntnisse zur Herstellung von GHB, seiner Anwendungsweise und Wirkung.

Ihr zweiter Mann starb zwar nicht völlig unerwartet. Er war immerhin achtundsiebzig, übergewichtig und litt jahrelang unter Bluthochdruck. Sein Tod kam trotzdem aus heiterem Himmel. Über unsere beiden Todesfälle ist damit zwar noch nichts ausgesagt, aber die Parallelen sind nicht von der Hand zu weisen, meint Kollegin Herbstritt.«

»Übrigens hat Joachim Von der Kamp nach seinem Abitur zunächst drei Semester Chemie studiert, bevor er alles mögliche anfing«, ergänzte Ringwalds Mitarbeiterin.

»Da haben Sie ja eine Menge herausbekommen, Frau Oberkommissarin«, lobte die Oberstaatsanwältin.

Herbstritt wurde vor Freude über dieses Kompliment nun gänzlich rot.

»Och, das haben die beiden Von der Kamps mir erzählt. Unabhängig voneinander. Ich habe mich ein bisschen mit ihnen unterhalten, weil ich sehr wenig über ihr Vorleben herausgefunden hatte. Informell. Und ohne den Herrn Kriminalhauptkommissar war das auch inoffiziell. Ich machte mir während der Gespräche keine Notizen, sodass beide ganz unverfänglich reden konnten. Gleich hinterher legte ich natürlich entsprechende Vermerke an. Und so sprachen beide ungefragt offen von der Vergangenheit des jeweils anderen, als ob sie sich bereits für Anklagen in Sachen Vesalainen wappnen wollten. Mit Auskünften über sich selbst waren sie hingegen äußerst zurückhaltend. Das war eine sehr interessante Erfahrung.«

»Waren Sie darüber informiert, Herr Ringwald?«, wollte Grosse-Uckermann wissen, als ob sie die Antwort schon kannte.

»Nein, die Kollegin zeigte gehörig Eigeninitiative«, Ringwald bedachte Herbstritt mit dem berüchtigten starren Blick aus seinen grauen Augen, deutlich verschnupft. »Hinterher hat sie mich natürlich sofort in Kenntnis gesetzt«, wendete er sich wieder der Staatsanwältin zu.

»Und der Sohn? Was ist mit dem?«, wollte diese wissen.

»Bei ihm kann ich am wenigsten entdecken. Kein erkennbares Motiv«. Herbstritt zuckte mit den Schultern.

»Da kann ich Ihnen vielleicht aushelfen, Frau Herbstritt.« Jeder im Raum registrierte natürlich die fehlende *Kollegin* in Ringwalds Anrede. »Es gibt Anhaltspunkte, dass Vesalainen sich von ihrem Mann trennen wollte, wenigstens beruflich. Jedenfalls hat das ein gewisser Götz-Eberhard Winkelmann von sich gegeben, ebenfalls ein Konzertmanager.«

»Von wem haben Sie denn das?«, fragte Herbstritt ihren Chef irritiert, bevor die Oberstaatsanwältin auch nur zum Luft holen kam.

»Oh, das hat mir der allseits in Ungnade gefallene Privatdetektiv Schmitt gezwitschert.«

Unschuldiger als Ringwald konnte nur noch ein sechs Wochen alter Rauhaardackel blicken.

»Schmitt schon wieder«, sagte Grosse-Uckermann und sah Ringwald vernichtend an. »Haben Sie von dem immer noch nicht die Schnauze voll? Frau Herbstritt, wussten Sie davon?«

»Nein. Aber sofort hinterher«, kam die Retourkutsche von Ringwalds aufstiegsbewusster Assistentin. Und auch sie konnte eisig starren.

»Dieser Winkelmann, hat der möglicherweise irgendetwas mit der Sache zu tun?«

»Ich weiß es nicht. Aber ich werde mich mal mit ihm unterhalten«, sagte Ringwald unbeeindruckt vom Tonfall der Oberstaatsanwältin.

»Gut«, befand diese. »Die Spur in die Villa Von der Kamp scheint mir in der Tat vielversprechend zu sein. Und ich denke, die Indizien reichen für eine Hausdurchsuchung. Ich werde die notwendigen Schritte hierfür umgehend einleiten.«

Sprach Grosse-Uckermann und verabschiedete die Polizisten. Herbstritt mit warmem, Ringwald mit gerade noch an der Grenze zur Unverschämtheit liegendem Händedruck. Tja, dachte er, bei der hast du es mittlerweile wohl bis in alle Tage verschissen. Aber so viele Tage sind es ja nicht mehr. Wie wenige tatsächlich, konnte er zu dem Zeitpunkt nicht ahnen.

Die Hausdurchsuchung fand gleich am nächsten Morgen statt, erbrachte aber nichts Wesentliches. Weder zu den beiden aktuellen Verbrechen noch zu möglichen, weit in der Vergangenheit liegenden Gattenmorden. Das einzig Nennenswerte waren die Bankunterlagen von Dirk und Kaijsa Vesalainen, die getrennte Konten hatten. Kaijsa verfügte über einen Betrag von rund zwölftausend Euro, wobei nicht klar war, inwieweit der in einer späteren Steuererklärung durch entsprechende Abzüge vermindert werden würde. Schließlich handelte es sich um Einnahmen aus selbständiger Tätigkeit. Das Konto ihres Mannes wies einen Stand von etwas weniger als vierhundert Euro auf. Einnahmen waren erkennbar nur sehr unregelmäßig geflossen. Bis auf die eine, gewichtige. Jeden Monat wurden zweitausendfünfhundert Euro gutgeschrieben, die von seiner Mutter überwiesen wurden. Eindeutiger konnte nicht belegt werden, dass Dirk Vesalainen ebenso wie seine Frau ziemlich abhängig waren von der Fürsorge Ingrid Von der Kamps. Dies betraf übrigens auch deren Gatten. Ein Mord an ihr wäre sicherlich schnell als Gemeinschaftstat aufgeklärt worden. Aber sie war schließlich nicht das Opfer.

»Bin ich etwa verdächtig? Muss ich einen Anwalt hinzuziehen?«, fragte Ingrid Von der Kamp auf ihre spöttische Art, souverän und äußerst herablassend, als sie in einem der besseren Vernehmungsräume Ringwald und Herbstritt gegenüber saß.

»Beide Fragen kann ich mit einem klaren Nein beantworten«, sagte Ringwald sachlich. »Sie werden hier als Zeugin zu den Umständen des Todes ihrer Schwiegertochter befragt.«

»Aber ein bisschen mehr als eine Zeugin bin ich schon, oder? Schließlich wird nicht jeder Zeuge einer Befragung in so einem Raum mit dem berühmten Einwegspiegel unterzogen. Und das nach einer Hausdurchsuchung! Haben Sie etwas Interessantes gefunden?«

»Auch wenn es ein Stereotyp ist: Die Fragen stellen wir«, schnappte Herbstritt. Die so Zurechtgewiesene grinste sie dermaßen selbstgefällig und provozierend an, dass die junge Oberkommissarin fast in die Luft gegangen wäre.

»Frau Von der Kamp, wo waren Sie am Todestag Ihrer Schwiegertochter zwischen achtzehn und zwanzig Uhr?«, fragte Ringwald in ruhigem Ton.

»Soweit ich mich erinnern kann, war ich auf dem Weg zu einer Freundin in Ostratal. Sie war aber nicht zu Hause. Ich habe dann einen Happen gegessen und war um etwa halb neun wieder in Wolfersbergen. Ach ja, zu Hause weggefahren bin ich gegen halb sechs.«

Auch Ingrid Von der Kamp gab sich wieder sachlich und durchaus entgegenkommend.

»Dafür gibt es Zeugen?«

»Nein. Aber natürlich, ich habe ja den Beleg vom *Goldenen Schlüssel*! Der ist allerdings zu Hause. Außerdem kann es sein, dass sich die Bedienung meiner erinnert.«

»Sie hätten Ihre Schwiegertochter also zur St. Michaeliskirche fahren und dort die Räume gemeinsam besichtigen können?«

»Ersteres ja, habe ich aber nicht. Und zweitens kaum, ich saß etwa anderthalb Stunden im *Schlüssel*.«

»Wie verstanden Sie sich mit Ihrer Schwiegertochter?«, wollte Herbstritt wissen.

»Wie man sich eben mit einer Schwiegertochter versteht«, antwortete die Gefragte schnippisch.

»Frau Von der Kamp, bitte«, versuchte Ringwald die feindselige Atmosphäre zwischen den beiden Frauen erneut auf ein sachliches Maß zu bringen.

»Wir verstanden uns ganz gut. Immerhin hat sie meinen Sohn geheiratet und ihm damit einen Rückhalt in der Szene der Neuen Musik vermittelt. Ohne sie ... Dafür war ich ihr dankbar. Und in Ostratal wollte ich den beiden zu einem Neustart verhelfen. Deshalb mein Engagement für das Ensemble, das der dortige Kulturbürgermeister auf die Beine stellen wollte. Kaijsa schien auf den ersten Blick ein bisschen langweilig zu sein, gar ignorant in Bezug auf das tägliche Leben und die alltäglichen Menschen. Aber im Grunde war sie in Ordnung. Und hochbegabt. Und durchaus erfolgreich.«

»Immerhin wollte sie ihren Sohn verlassen!«, stellte Ringwald fest.

»Wer sagt denn sowas?«
»Ein gewisser Götz-Eberhard Winkelmann. Kennen Sie den?« Ringwald war die Geduld selber.
»Dem Namen nach. Er war mal mit der Gründung eines Kammerorchesters im Gespräch.«
»Nicht mit der Organisation des Ensembles für Neue Musik?«
»Auf gar keinen Fall!«
»Wie hätten Sie denn reagiert, wenn Kaijsa Vesalainen zumindest beruflich zu Winkelmann gewechselt hätte? War Ihr Sohn als, wie sagt man, Manager des neuen Ensembles in Ihrem Sponsorenvertrag rechtlich abgesichert?«
»Zur letzten Frage: Nein. Aber es war eindeutig so besprochen. Wenn sie gewechselt hätte, rein akademisch, hm, gute Frage. Ich weiß es nicht. Aber sicher ist, ich hätte sie deswegen nicht umgebracht.« Und als Von der Kamp merkte, dass Herbstritt dazwischen schnappen wollte: »Und ich habe sie auch nicht aus anderen Gründen ermordet.«
Herbstritt schnaufte hörbar.
»Wissen Sie, was GHB ist?«, wollte sie wissen.
»Nein. Eine neue Partei?« Da war sie wieder, die schnippische Madame.
»Gemeinhin k.o.-Tropfen genannt.« Herbstritt hatte sich gut im Griff, wenn auch mühsam.
»Und?« Von der Kamp war ahnungslos. Oder tat so.
»Sie haben doch mal fünf Semester Medizin studiert. Da müssten Sie doch zumindest ein Grundwissen über Gifte erworben haben«, erboste sich Ringwald, jetzt auch nicht mehr der gute Cop.
»Na ja, was heißt studiert. Wie das damals so war, Ende der Sechziger. Das Studium kam erst an bestenfalls dritter Stelle. Jedenfalls bei vielen.«
»Und was kam vorher?«, fragte Herbstritt vorlaut.
Ingrid Von der Kamp sah sie mitleidig an und schwieg.
»Das mag ja auf Jura, Sprachen, Philosophie, Kunstwissenschaften zutreffen, aber ganz sicher nicht auf Medizin. Zumal Sie ja eine gewisse Zeit zuwarten mussten, um den

Numerus clausus zu erfüllen.« Ringwald war spürbar unwillig.
»Da kann ich Ihnen trotzdem nicht weiterhelfen, Herr Ringwald.« Für Kaijsa Vesalainens Schwiegermutter war das Gespräch offensichtlich beendet. Herbstritt war für eine weitere Frage auf dem Sprung. Aber Ringwald bedeutete Ingrid Von der Kamp, dass sie gehen könne.
»Aber wir werden die Befragung sicherlich fortsetzen«, wies er mit leicht drohendem Unterton auf weiteres Ungemach hin.
Joachim Von der Kamp war laut seiner Aussage ab circa siebzehn Uhr auf dem Golfplatz gewesen, hatte aber alleine seine Runde gedreht und anschließend sei er *auf ein Bier* in eine Kneipe gefahren, an deren Namen er sich nicht mehr erinnern könne. Irgendwo auf dem Weg nach Hause, wo er gegen einundzwanzig Uhr eingetroffen sei. Ein ziemlich löchriges Alibi. Selbst wenn ihn jemand um wieviel Uhr auch immer im Golfclub gesehen haben wollte.
Zu Kaijsa Vesalainen habe er ein gutes Verhältnis gehabt. Seinen Worten zu Folge war es ihm gelungen, etwas Leben in ihr trostloses *Gefängnis* zu bringen.
»Aber nicht so, wie Sie vielleicht denken mögen, Frau Herbstritt«, sagte er zur Bekräftigung und musterte anzüglich ihre auch im Sitzen ansehnliche Figur.
Ekelhaft, dachte Herbstritt.
Er wisse natürlich, was GHB sei. Schließlich habe er mal drei Semester Chemie studiert und lese Zeitung. Aber angewendet habe er seine Kenntnisse nie. Das habe er nicht nötig gehabt. Wieder dieses lüsterne Grinsen.
Ringwald wurde ganz gegen seine disziplinierte Art zornig. Er begab sich auf sehr dünnes Eis und warf ohne jede Beweisgrundlage in den Raum, dass die erste Frau des Befragten sehr plötzlich und unvermittelt gestorben sei, auch wenn sie wesentlich älter als er gewesen war. Und dass es damals gehöriges *Gemunkel* gab.
Joachim Von der Kamp blieb beherrscht. Und wurde auf einmal sehr ernst.
»Ich kann mir nicht vorstellen, dass es irgendein *Gemunkel* gab. Meine Frau starb innerhalb von drei Wochen, nachdem

bei ihr Bauchspeicheldrüsenkrebs diagnostiziert worden war. Da kam nichts plötzlich. Leider. Bis dahin war sie eine kerngesunde, fröhliche, lebensbejahende Frau.« Als er Herbstritts skeptischen Gesichtsausdruck sah, fuhr er nun doch etwas aus dem Gleichgewicht gebracht fort: »Sie können ihren Leichnam gerne ausbuddeln. Sie ist damals nicht verbrannt worden, sondern hat ein schönes Grab in München!«
Ringwald war bestürzt über seinen Fauxpas. Hatte nicht Herbstritt angedeutet, dass möglicherweise mit dem Tod der ehemaligen Frau von diesem Playboy etwas nicht stimme? Nach intensivem Nachdenken kam er zu dem Schluss, dass er sich wohl täuschte. Er wurde alt. Er wies Joachim Von der Kamp ebenfalls darauf hin, dass die heutige Befragung noch nicht das Ende der Fahnenstange war und beendete diese unergiebige Vernehmung.
Völlig ohne jede neue Erkenntnis blieb das Gespräch mit Dirk Vesalainen. Er war störrisch und unkooperativ. Nein, er wisse gar nichts. Er habe zu Hause gearbeitet. Täte ihm leid, aber Zeugen hierfür gebe es nicht. Ja, er lebe größtenteils von Zuwendungen seiner Mutter. Sollte er deswegen seine Frau umgebracht haben? Nein, seine Frau wollte sich nicht von ihm trennen, weder beruflich noch privat. Wer erzähle denn so einen Schwachsinn? Das sei eine unverschämte Behauptung. GHB kenne er nicht. Und von k.o.-Tropfen habe er noch nie gehört. Wozu sollten die denn gut sein? Und überhaupt, warum solle er denn seine Frau getötet haben? Sie sei sein Ein und Alles gewesen, auch wenn es nicht immer so ausgesehen habe. Und sie hatten mit der Gründung des Ostrataler Ensembles für Neue Musik eine finanzielle, künstlerische und medienwirksame Zukunft vor sich.
»Ja, aber genau deshalb nochmal die Frage, was gewesen wäre, wenn Ihre verstorbene Frau sich von Ihnen abgewendet hätte«, bohrte Herbstritt nach.
»Und ich kann immer nur wiederholen, dass das spekulativ ist. Sie hatte nicht vor, sich abzuwenden. Das sind rufschädigende Unterstellungen! Und Vorsicht, wenn Sie die in die Öffentlichkeit tragen ...«

Mit der Versicherung, dass dies auf gar keinen Fall geschehe und dass auch er wohl noch mindestens einmal befragt werden würde, war der schlechtgelaunte, wütende Dirk Vesalainen verabschiedet.

»Es wird uns nichts übrigbleiben, wir werden auch mit der Oberbürgermeisterin sprechen müssen und mit Ingrid Von der Kamps Rechtsanwalt wegen des genauen Inhalts des Vertrages mit der Stadt. Und mit Götz-Eberhard Winkelmann. Der muss uns mal ins Protokoll hinein erklären, was an den Trennungsgerüchten dran war.« Ringwald fuhr sich mit der Hand über das Kinn. »Viel weiter sind wir nicht gekommen. Aber ich bin jetzt auch zu der Überzeugung gelangt, dass der Schlüssel zu den beiden Morden in der Villa Von der Kamp zu suchen ist.«

PRIVATE ERMITTLUNGEN

VIER

Schmitt hatte sich mit seiner Ex seit langem wieder einmal in deren schnieker Wohnung im obersten Stock eines sechsgeschossigen Hauses mit Terrasse und Blick über die weite Ebene Ostratals verabredet. Dies konnte Mälis gelassen ohne Gefahr für Leib, Leben und sexuelle Unversehrtheit riskieren, denn der Ofen in ihrer Beziehung war schon lange aus. Kein Fünkchen mehr vorhanden. Was blieb, waren eine nette Freundschaft, ab und zu eine Unterstützung für Schmitt mit und in seinen Fällen, früher mehr als heute. Und bei Schmitt eine leise, völlig sinn- und zweckfreie Eifersucht auf alles Männliche, das näher als zwei Meter an seine ehemalige Gattin herankam. Gut, ihr jahrelanger Partner, ein Banker, wurde von ihm einigermaßen akzeptiert. Notgedrungen. Vielleicht auch, weil er ihn gar nicht kannte. Und auch nicht kennenlernen wollte. Ein Banker! Ausgerechnet! Der hatte für Kriminalfälle, Kunst, gar Musik, nicht das geringste Interesse. Sofern man Banken nicht selbst als kriminelle Vereinigungen betrachtete. Gegen Mälis Jetzigen war Schmitt ein Kunstenthusiast. Relativ. Äußerst relativ. Der Jetzige hatte den Kopf voller Wirtschaftsdaten jeder Art, Vermögensanlagestrategien und Aufstiegsmöglichkeiten in der Bank, in der er arbeitete. Sympathischerweise ohne ein übermäßiger Streber zu sein. Seine Hobbys kamen Mälis zum Teil entgegen. Golf spielte sie seit einiger Zeit auch, mittlerweile ein Kultsport der Mittelklasse. Fußball hingegen konnte sie nach wie vor nichts abgewinnen. Reisen dagegen sehr wohl. Was das betraf, war ihr Banker allerdings etwas muffig. Aber er war in ihren Augen ein netter, fröhlicher und vor allem kuschliger Typ. Deshalb hielt die Partnerschaft. Und vor allem, weil sie ihre jeweiligen Wohnungen behalten hatten und sich auch beruflich nicht in die Quere kamen. Beide sorgten dafür, dass das mit den Wohnungen auch so blieb.

Schmitt also, der im übrigen die positiven Eigenschaften des Bankers früher, ganz früher, auch mal besessen hatte, vielleicht nicht ganz so fröhlich war, dafür eine Kleinigkeit muffiger, saß mit Mälis an deren Esstisch, diskutierte mit ihr die Versicherungsangelegenheit und kam dabei automatisch auch auf Ringwalds Fälle zu sprechen. Welche Mälis wesentlich stärker zu interessieren schienen.

»Hast du denn jetzt schon einen Musiker für mich aufgerissen, der sich als vermeintliches *Diebstahlopfer* gerieren könnte?«, fragte Schmitt schließlich, während er mit einem belegten Brötchen liebäugelte.

»Ja. Wider Erwarten. Einen Geiger. Vom Alter passend. Sieben Jahre vor der Pensionierung. Mitglied im Orchester des hessischen Rundfunks. Vielleicht kennt Winkelmann den sogar, da er ja in Darmstadt sitzt und vorwiegend in der Frankfurter Szene aktiv ist. Und mein Geiger war so erbost über die Machenschaften, dass er sich sofort für die Rolle bereit erklärte. Vorausgesetzt, es wird nicht gefährlich.«

»Nein, der soll bloß rausfinden, ob der Geschäftsinhaber ihn sofort nach den ersten Andeutungen hinausschmeißt. Oder eben nicht.«

»Wie heißt er denn und wo ist das Geschäft?«, wollte Mälis schließlich wissen.

»Äh, jetzt, wo du fragst«, Schmitt zog die Stirn über der Nasenwurzel zusammen.

»Du willst mir doch nicht erzählen ...«

»Scheiße«, entfuhr es Schmitt. »Vor lauter Rinnen und Winkelmann habe ich ganz vergessen, mich danach zu erkundigen. Ich rufe Winkelmann gleich mal an.«

»Sag mal, wirst du alt oder was ist mit dir los?«

Fassungslos starrte Mälis Schmitt an. Verbunden mit einem leichten Anflug von Besorgnis.

»Ich muss doch ... irgendwo ...« Schmitt suchte in seinen Taschen verzweifelt nach ... Er biss sich auf die Unterlippe.

»Du hast auch keine Telefonnummer von Winkelmann?«
Mälis musste raus, sonst wäre sie explodiert. Nach wenigen Minuten kam sie von der Terrasse wieder herein und setzte sich an ihren Computer. Schmitt vertilgte hastig und schuldbewusst das Brötchen.
»Dann gib mir mal Namen und Adresse von deinem Winkelmann«, sagte sie, jetzt wieder ruhiger.
Das tat Schmitt, fast unterwürfig. »Sein Büro ist wohl in Darmstadt.«
Tatsächlich war Winkelmann mit seinem Büro leicht aufzufinden. Eine private Telefonnummer fand sich jedoch nicht.
»Ich glaube, es ist besser, wenn ich mich bei ihm zu Hause einfinde und nicht telefonisch in Darmstadt nachfrage. Sonst, ach, ich weiß nicht. Irgendwo habe ich seine hiesige Nummer. Ich habe ihn doch vor ein paar Tagen zu Hause angerufen, um mich mit ihm dort zu verabreden.«
Schmitt wurde immer fuchtiger.
»Jetzt beruhige dich. Das wird sich alles finden. Wichtig ist erstmal, dass wir einen scheinbaren Mitmacher haben.«
Schmitt schaute sie fragend an.
»Einen, der bei deinem Bluff mitmacht. Was ist mit Ringwald? Ist der weiter gekommen mit der Internetadresse von diesem *Casapollo*?«
Schmitt hatte ihr auf dem Heimweg vom Edel-Italiener erzählt, warum er so einen Lachanfall wegen *da Luigi* bekommen hatte.
»Nein, er hat sich noch nicht gemeldet. Der wird genug zu tun haben mit ...«
»Weißt du denn was über Hinweise und Spuren, Verdächtige?«
Mälis war wissbegierig wie eine Jungfrau vor der Hochzeitsnacht. Im Mittelalter.
»Nein, nichts.«
»Aber du hast Ringwald doch von deiner Überzeugung erzählt, dass Rechenberg und Winkelmann was miteinander hatten.«
»Nö, das mache ich vielleicht, wenn ich von ihm die hoffentlich deutsche Internetadresse habe. Und wenn ich wieder was von ihm brauche. Quid pro quo.«

»Du bist vielleicht stur. Das könnte doch ein wichtiger Aspekt für seine Ermittlungen sein. Oder glaubst du nicht?«

»Mag sein. Das ist mir aber wurscht.«

Der Schreck über sein Versäumnis, sich nach der Firma mit dem Instrumentenhandel zu erkundigen, war ihm so in die Glieder gefahren, dass er vor lauter Verstocktheit und Trotz nicht mehr klar denken konnte.

Sein Smartphone klingelte.

»Schmitt.«

»Guten Abend. Hier Ingrid Von der Kamp. Ich wollte mich entschuldigen für meinen ungehörigen Auftritt neulich. Ich war und bin ganz durcheinander von all den Geschehnissen.«

»Kein Problem, Frau Von der Kamp.«

Mälis bekam große Augen.

»Ich möchte Sie fragen, ob Sie für mich in der Mordsache meiner Schwiegertochter ermitteln können. Die Kripo hat mich in Verdacht. Das ist natürlich absurd. Aber ich will doch vorbeugen.«

»Gerne werde ich das übernehmen. Reicht es, wenn ich morgen früh gegen zehn Uhr bei Ihnen vorbeikomme? Dann können wir alles, auch das Geschäftliche, besprechen.«

»Ja, kommen Sie vorbei.«

Damit war das Gespräch beendet. Schmitt platzte vor Stolz. Er protzte richtiggehend mit seinem neuen Auftrag. Ein Mord! Mälis musste ihn daran erinnern, Winkelmann nicht schon wieder zu vergessen.

»Nein, nein. Aber jetzt muss ich nach Hause. Entschuldige bitte.«

Und schon war er weg. Er hatte jetzt schließlich etwas, was er in ein Geschäft mit Ringwald einbringen konnte. Quasi ein kleines Quid. Aber zuerst musste er dringend nach der Telefonnummer von Winkelmann suchen. Die er schließlich in einer der Taschen seines Trenchcoats fand, nachdem ihm eingefallen war, dass er den am Tag seines Besuchs bei dem Konzertmanager getragen hatte.

»Winkelmann.«

»Schmitt. Guten Tag, Herr Winkelmann. Sie haben mir doch erzählt, dass Ihr Mitarbeiter Rinnen bekannt ist mit einem

Instrumentenhändler. Besser gesagt, mit ihm zusammen ein Geschäft in Frankfurt betreibt. Leider habe ich den Zettel, auf dem ich mir Namen und Adresse von Rinnens Bekanntem notierte, wohl weggeworfen. Jedenfalls finde ich ihn nicht mehr. Können Sie mir da nochmals weiterhelfen?«
»Ich kann mich gar nicht erinnern, Ihnen diese Auskünfte gegeben zu haben. Wozu brauchen Sie die denn?«
»Sie wissen doch, dass ich mit der Aufklärung diverser Instrumentendiebstähle betraut worden bin. Und insofern wäre mir Ihre Hilfe wertvoll.« Schmitt sülzte ganz schön, was ihm aber nichts nützte.
»Na, ich bin mir nicht sicher, ob ich Ihnen einfach die Daten geben kann. Nicht, dass da jemand unschuldig in die Fänge ... Wissen Sie was, ich geben Ihnen die Handynummer von Herrn Rinnen. Und mit dem können Sie dann alles Weitere abklären.«
Was Winkelmann auch tat. Schmitt bedankte sich, fragte am Schluss des Gesprächs aber doch noch ganz unschuldig, ob Winkelmann Frau Von der Kamp kannte.
»Wozu wollen Sie denn das wissen? Hat Frau Von der Kamp denn eventuell mit den Diebstählen zu tun?«
»Nein, nein. Ich wurde nur von ihr beauftragt, sie in der Angelegenheit der Todesfälle Rechenberg und Vesalainen ein bisschen ...« Und schon kam Schmitt ins Stottern, weil er wieder einmal völlig unüberlegt losgequatscht hatte. »Sie steht wohl ein wenig in Verdacht und hat mich gebeten ...«
»Und jetzt sind Sie auch noch in die Mordsache involviert?« Winkelmann schwieg eine Weile. »Aber zu Ihrer Frage: Ja, ich kenne Frau Von der Kamp, allerdings nicht sehr gut. Ich wurde von einem Herrn Altener vom hiesigen Stadtrat angefragt, ob ich mir die Gründung und Geschäftsleitung eines Kammerorchesters der Stadt Ostratal vorstellen könne. Hatte ich Ihnen davon nicht schon erzählt? Nein?« Winkelmann war anscheinend verunsichert. »Egal. Und das sollte durch Frau Von der Kamp gesponsert werden. Die Chancen standen recht gut, haben sich dann aber in Luft aufgelöst zugunsten des Ensembles für Neue Musik. Wie auch immer, ich habe Frau Von der Kamp ein-,

zweimal erlebt. Eine auf den ersten Blick vornehme, wohlanständige Dame, äußerst gepflegt und wesentlich jünger aussehend als sie ist. Auf den zweiten Blick allerdings knallhart, wenn ihr die Richtung nicht passt. Dann zeigt sie einen regelrechten Vollbart auf den Zähnen. Zumeist jedoch versteckt sie ihren Unmut oder ihre Abneigung recht gut hinter ihrer vorgespielten Naivität. Und überlässt die Attacken ihrem Anwalt. Eine interessante, erfolgreiche Frau. Und ich vermute, rücksichtslos bis auf die Knochen. Das habe ich allerdings oft in den begüterten Kreisen der vermeintlich altruistischen Gönner, Spender, Stifter erlebt. All das bleibt natürlich unter uns.«

»Versteht sich«, bestätigte Schmitt als guter Kumpel. Wobei er diese Aussage nur auf den letzten Satz Winkelmanns bezog, den mit den Gönnern. Den in der Tat behielt er für sich.

Gleich anschließend rief er Rinnen an, bevor Winkelmann seinem Mitarbeiter möglicherweise Instruktionen erteilen konnte. »Schulzenrieder, guten Tag, Herr Rinnen.« Schmitt kramte als zusätzliche Vorsichtsmaßname das erste Mal seit Jahren seinen uralten Alias-Namen hervor. Damals, als alles viel besser war und Twix noch Raider hieß. »Herr Rinnen, ich habe gehört, dass Sie Partner eines Instrumentenhändlers sind, der günstig Instrumente verkauft. Leider habe ich versäumt, mir Adresse, Telefon oder Website aufzuschreiben. Können Sie mir weiterhelfen, um Kontakt aufzunehmen?«

»Darf ich fragen, von wem Sie die Information erhalten haben? Ich muss ein bisschen zurückhaltend sein, da mein Partner und ich auf reiner Vertrauensbasis arbeiten und unsere Daten nicht weit streuen wollen. Sie verstehen das sicherlich.«

Rinnens Stimme klang ähnlich wie die Armbrusters, Schmitts vormaligem Lieblingsfeind. Für einen prolligen Macho, als der er ihm beschrieben worden war, seltsam hoch und wenig ausdrucksstark.

Schmitt verstand keinesfalls. Oder besser gesagt, sehr gut, sofern dieses Unternehmen der gesuchte Betrugs- und Diebeshandel war.

»Natürlich verstehe ich das, Herr Rinnen. Ich habe den Tipp vom Solotrompeter der Ostrataler Philharmonie, der auch eine Karte Ihres Unternehmens hatte, die er aber nicht rausrücken wollte. Und ich war der Meinung, dass mein Gedächtnis besser ist als es sich nun herausstellt.«

»Ah ja.« Rinnen überlegte offensichtlich intensiv, denn er meldete sich erst nach einer Pause wieder. »Kann ich Sie zurückrufen?«

Schmitt gab ihm seine Telefonnummer und legte auf. Nur wenig später klingelte sein Smartphone. Schmitt meldete sich in Erwartung des Anrufes Rinnen mit seinem Decknamen. Aber es war Steven von der Garant-Versicherung.

»Herr Steven, ich erwarte dringend einen Anruf in der Angelegenheit Ihrer Versicherung. Ich bin, glaube ich, nahe dran und melde mich umgehend. Aber jetzt muss ich auflegen.«

Erneut klingelte sein Handy.

»Schulzenrieder.«

»Hallo, Herr Schulzenrieder. Ich denke, ich kann Ihnen vertrauen.« Rinnen gab ihm den Namen seines Geschäftspartners, ein Kennwort, die Telefonnummer und die Internetadresse. »Wissen Sie, wir haben kein Ladengeschäft. Wir vermitteln die Instrumente nur. Natürlich kaufen wir auch, wenn man so will, auf Vorrat. Aber wir arbeiten vorwiegend so ähnlich wie ein Grundstücksmakler als Mittler zwischen Verkäufer und Käufer. Gegen entsprechende Gebühr. Das meiste läuft übers Internet, einiges auch telefonisch oder im direkten, persönlichen Kontakt. Dazu brauchen wir keine physischen Geschäftsräume sondern nur diverse Auftritte bei Google, Facebook oder Youtube. Alles unter Decknamen, Kennwörtern und ähnlichem, damit wir professionelle Händler oder unseriöse Mitbieter ausschalten können. Wir haben einen großen Interessentenkreis sowohl für die Käufer als auch für die Verkäufer. Und unsere zufriedenen Kunden empfehlen uns natürlich weiter. Man setzt sich mit uns in Verbindung, wenn man ein bestimmtes Instrument braucht oder ein solches verkaufen möchte. Das bedarf natürlich eines großen gegenseitigen Vertrauens. Da handelt es sich um teilweise sehr wertvolle Instrumente, deren Eigentümer, und zwar sowohl die alten als auch die neuen, nicht wollen, dass alle möglichen Personen, staatliche Stellen und so weiter noch davon erfahren. Was können wir denn für Sie tun, Herr Schulzenrieder?« Rinnen sprach ohne Punkt und Komma. Kaum, dass er Luft holte.

Schmitt fühlte sich überfragt. Auf die Frage war er nicht vorbereitet. Nach einer kleinen Pause hatte er sich allerdings gefasst.

»Ich rufe nicht für mich an, sondern für einen Freund. Der ist Geiger in einem der größeren Orchester in Deutschland und überlegt, ob er sein Instrument verkaufen soll. Es handelt sich um eine alte, wertvolle Violine. Soviel ich weiß, italienisch. Und er will auf gar keinen Fall, dass jemand von dem Verkauf erfährt. Das wäre ihm peinlich. Es ist zwar kein Notverkauf, aber er benötigt trotzdem Geld. Einigermaßen dringend.«

»Dann wäre er bei uns genau an der richtigen Adresse.« Rinnen war offensichtlich interessiert. »Wie heißt Ihr Bekannter denn? Ich könnte mich gleich mit ihm in Verbindung setzen.«

»Langsam, langsam. Ich werde mit ihm sprechen, ihm Ihre Nummer geben und das Kennwort, damit Sie wissen, dass er von mir vermittelt wurde und Sie ihm vertrauen können. Ich denke, er wird Sie noch heute oder spätestens in zwei bis drei Tagen kontaktieren.«

Schmitt war ganz begeistert von sich und davon, wie er höchstwahrscheinlich und noch dazu auf ziemlich einfache Weise den Versicherungsbetrug aufgeklärt hatte. Dass die Garant nicht selbst darauf gekommen war ... Und er verstand auch nicht richtig, wie Rinnen so unvorsichtig sein konnte, telefonisch ein Geschäft anzubahnen, das höchst kriminell genannt werden musste. Gut, im Moment ging es nur um einen Verkauf nach normalem Muster, wenn auch versteckt und nicht auf ordentlichem Wege. Schwarz sozusagen. Das wäre aber zunächst nur für das Finanzamt, diverse Gläubiger des Geigenbesitzers und eventuelle anderweitige Eigentümer oder Miteigentümer von Belang.

Er beendete das Gespräch und rief anschließend Mälis an, um ihr die Kontaktdaten durchzugeben und sie über die Details zu informieren, die er Rinnen weitergegeben hatte. Damit der Geiger diesem Strolch nichts Falsches sagte. Und dass der *Agent Provocateur* nun doch noch über etwas mehr als nur den Verkauf reden solle. Zum Beispiel darüber, wie ein superhoher Gewinn zu erzielen sei, bezüglich Steuer und überhaupt, irgendwie. Da müsse sich doch was machen lassen …

POLIZEILICHE ERMITTLUNGEN

VIER

Ringwald war auf dem Weg zu Winkelmann. Auch für ihn war es kein leichtes Unterfangen gewesen, einen Termin zu bekommen. Allein, bis er ihn an der Strippe gehabt hatte. Heute, in strippenlosen Zeiten. Sogar die Strippenzieher hießen mittlerweile anders: Netzwerker.
Der Kriminalhauptkommissar war beeindruckt von Winkelmanns männlich-herb eingerichteter Wohnung. Aber auch ihm erzählte deren Inhaber, dass er sie möbliert angemietet habe und erst mal abwarten wolle, wie sich seine berufliche Zukunft in Ostratal entwickelte. Es habe sich zunächst gut angelassen, dann durch Rechenbergs Initiative zugunsten des Ensembles für Neue Musik etwas weniger, zur Zeit entspreche die kultur- und kunstpolitische Richtung erneut ganz seinen Vorstellungen.
»Herr Schmitt, mit dem ich aus anderen Gründen in Kontakt stehe, hat mir beiläufig erzählt, Sie seien der Meinung, dass die ermordete Kaijsa Vesalainen sich von ihrem Mann trennen wollte. Wenigstens beruflich. Wie gesichert ist diese Erkenntnis denn?«, fragte Ringwald nach einem freundlichen Gepläkel über Wohnung, Beruf, Frankfurt ...
Winkelmann antwortete nicht sofort, sondern schien abzuwägen, wieweit er sich öffnen sollte.
»Tja, was soll ich sagen. Frau Vesalainen kam tatsächlich vor etwa drei Wochen auf mich zu und fragte mich ganz unverblümt, ob ich sie zukünftig statt ihres Mannes managen und auch die Geschäftsführung für das neue Ensemble samt Vermarktung, Konzertplanung, Tourneen und so weiter übernehmen könne. Ihr Mann sei leider, wie hat sie sich ausgedrückt, zu tranig oder

jedenfalls in diesem Sinne. Auf mich hat sie den Eindruck gemacht, als fühlte sie sich auch in der Ehe nicht mehr wohl und ebenfalls in der Villa Von der Kamp nicht. Insgesamt kam ich zu der Auffassung, ein zutiefst unglückliches, ja«, er zuckte entschuldigend mit den Schultern, »Mädchen vor mir zu haben.«
»Sind Sie sicher? Kaijsa Vesalainen wollte aussteigen?«
»Aussteigen aus ihrer privaten Umgebung, ja. Aussteigen aus dem künstlerischen Projekt, nein. Das war für sie eine Karrierechance. Mehr noch, eine Chance, sich künstlerisch zu verwirklichen.«
»Haben Sie zugesagt?«
»Nein. Ich habe es mir ernsthaft überlegt. Mit zeitgenössischer Musik hätte ich aber keine Perspektive gewonnen, nicht in Ostratal. Wissen Sie, Konzerte ausschließlich mit zeitgenössischer Musik können beim konventionellen Konzertbesucher durchaus den Eindruck erwecken, dass neunzig Minuten lang die Instrumente gestimmt werden und die Musiker anschließend nach Hause gehen.« Winkelmann grinste entschuldigend. »Überspitzt formuliert. Und wir hätten keine wirklich guten und in der Sache engagierten Musiker für das Ensemble gewonnen, wir sind ja hier nicht in München oder Köln oder Berlin. Hier gibt es keine Vorgeschichte, keine Musikhochschule, mit deren Mitgliedern langfristig Einiges hätte aufgebaut werden können. Und mit der unausgesprochenen Auflage, das eine oder andere Mitglied der Ostrataler Philharmonie zu übernehmen, insbesondere aus für die Stadt problematischen arbeitsrechtlichen Gründen, wäre kein Staat zu machen. Nein, das hätte für mich keine grandiose Zukunft gehabt. Zumal ich den Eindruck hatte, gerade wieder auf meine alte Schiene zu kommen.«
»Die da wäre?« Ringwald schien wirklich interessiert an Winkelmanns Schienen.
Der zögerte erneut. Diesmal erheblich länger. Schließlich gab er sich einen Ruck. »Ich weiß nicht, ob ich Ihnen das so frank und frei sagen kann. Immerhin geht es hier um die ungelegten Eier eines ungesicherten Teils der zukünftigen künstlerischen Ausrichtung dieser Stadt. Wenn hiervon vorzeitig etwas an die

Öffentlichkeit gelangte, wäre das kontraproduktiv, wenn nicht gar außerordentlich schädlich.« Winkelmann zögerte erneut. »Sie müssen mir versprechen, vertraulich zu behandeln, was ich Ihnen mitteile.«

Ringwald versprach es ihm. Sofern es nicht bedeutsam für die Aufklärung des Falles Vesalainen sei. Vom Verdacht, dass auch Rechenberg Opfer eines Mordes gewesen sein könnte, mit an Sicherheit grenzender Wahrscheinlichkeit sogar, sagte er nichts.

»Es gab und gibt erneut durchaus realistische Überlegungen, ein Kammerorchester klassischer Art zu gründen. Ein einflussreicher Kulturpolitiker dieser Stadt, ein gewisser Herr Altener, hat von seiner entsprechenden Vorstellung nie wirklich Abstand genommen. Und nachdem das Ensemble für Neue Musik durch den Rückzug von Frau Von der Kamp aus der Mitfinanzierung gestorben ist, hat er seine Finger wieder in diese Richtung ausgestreckt. Ich meinerseits soll die Kulturpolitik der Stadt auf eine völlig neue Basis stellen ohne städtisch bestallte Künstler jedweder Art. Und besagter Herr Altener hat deshalb auch von seiner Vorstellung Abstand genommen, ein von der Stadt getragenes Kammerorchester zu gründen, in dem eine Vielzahl der jetzigen Musiker des philharmonischen Orchesters weiterbeschäftigt werden könnte. Das durchzusetzen entspräche nicht der Vorstellung der Oberbürgermeisterin, die ich verwirklichen soll, und wäre daher unmöglich. Jedoch ein freies Kammerorchester, das sich aus einem Zuschuss der Stadt finanzierte, vielleicht des Landes und einer Stiftung, zum allergrößten Teil von Frau Von der Kamp bestückt, und darüber hinaus ansehnliche Einspielergebnisse erzielte, das wäre eine andere Liga und gut in das neue Konzept der Stadt einbaubar.«

»Aha, und Frau Von der Kamp würde mitmachen?« Ringwald wurde langsam ein bisschen aufmerksamer.

»Laut Herrn Altener ja. Und da sie mit mir auch schon Kontakt aufgenommen und um einen Termin nachgefragt hat, gehe ich davon aus, dass sie genau darüber mit mir zu sprechen gedenkt. Herr Altener hat mir ganz im Vertrauen gesteckt, dass Frau Von der Kamp bereits seit längerem nicht mehr glücklich war mit der Zuwendung an die Stadt zugunsten des *Neue-Musik-Ensembles*. Eigentlich wollte sie als überzeugte Marktwirtschaftlerin, wie er sie bezeichnete, nie eine Formation unterstützen, die städtisch besoldet und in absehbarer Zeit verbürokratisiert sein wird. Sie sei aber von Sohn und Schwiegertochter manipuliert worden. Laut Altener suchte Frau Von der Kamp schon seit längerem einen Ausweg aus dieser Konstellation, auch wenn sie erst kürzlich den verbindlichen Sponsoringvertrag unterschrieben hat. Ich denke, dass mein Modell für sie wesentlich überzeugender sein wird. Dafür gibt es durchaus erfolgreiche Beispiele wie das Kammerorchester Basel oder auch München. Und die erfolgreichen Barockensembles, die sich in den letzten Jahrzehnten gegründet und die gut überlebt haben. Alle sind selbständig.«

»Und Sie meinen tatsächlich, sie wollte ihren eigenen Sohn und ihre Schwiegertochter ausbooten? Warum hat sie denn Ihrer Meinung nach die vertragliche Verpflichtung unterzeichnet? Das ist doch unlogisch«, bohrte Ringwald weiter.

»Das kann ich Ihnen nicht sagen. Alles was ich weiß, weiß ich von besagtem Herrn Altener. Und da Frau Von der Kamp mich bereits kontaktiert hat, kommen meine eigenen Schlussfolgerungen dazu. Sie hatte vielleicht ebenfalls mitbekommen, dass ihre Schwiegertochter sich aus dem goldenen Käfig lösen wollte. Damit wäre ein Grund für die Finanzierung des neuen Ensembles weggefallen, nämlich Frau Vesalainen und vor allem ihrem nicht sehr erfolgreichen Sohn eine Zukunft zu sichern.«

Ringwald runzelte die Stirn. Falls diese Aussagen und Mutmaßungen Winkelmanns zutrafen, ergaben sich in der Tat einige neue Aspekte hinsichtlich des Verhältnisses Vesalainens zu Frau Von der Kamp. Und eventuell zur Motivlage. Er bedankte sich und fuhr zurück zum Polizeipräsidium. Dort erfuhr er von Herbstritt, dass die Oberbürgermeisterin bedauerte, sich nicht mit ihnen unterhalten zu können. Sie sei terminlich dermaßen ausgelastet, käme ansonsten jedoch selbstverständlich ihren staatsbürgerlichen Pflichten nach, aber, wie gesagt, leider ... Sie habe einen gewissen Herrn Bellheim gebeten, ihnen stellvertretend Rede und Antwort zu stehen. Der kenne sich sowieso in der Sache wesentlich besser aus als sie. Er erwarte die Beamten um viertel nach vier Uhr. Wenn auch sie Zeit dafür hätten, wäre das sehr schön.

Ringwald und Herbstritt machten sich also statt zum Rathaus auf den Weg zum Konzerthaus, wo, wie der Hauptkommissar aus vergangenen Fällen wusste, Bellheim sein Büro hatte. Er freute sich sogar auf die Unterredung, schätzte er Bellheim doch außerordentlich wegen seines Humors und seiner Offenheit. Und seines völlig unkomplizierten Wesens. Sie waren etwas zu früh dran, wurden aber trotzdem sofort von Bellheim empfangen. Immer noch der Alte, dachte Ringwald. Keinerlei Wichtigtuerei, keine taktischen Spielchen. Auch Bellheims Büro war noch dasselbe. Eine relativ einfache Möblierung, überladen mit Prospekten, Programmheften, Aktenordnern wie eh und je.
»Ach, hallo, Herr Ringwald.« Bellheim kam freundlich lächelnd um seinen Schreibtisch herum und schüttelte Ringwald die Hand. »Schön, Sie mal wieder zu sehen. Und schade, dass es immer solche Anlässe sein müssen. Aha, und das ist dann wohl der *neue Kohl*. Sehr viel ansehnlicher«, wandte er sich an Herbstritt, die sich sehr förmlich vorstellte. »Wie kann ich Ihnen helfen?«
»Frau Scherpen wird Ihnen wohl mitgeteilt haben, dass wir im Mordfall Vesalainen ermitteln. Dabei sind ein paar Unklarheiten aufgetaucht, vielleicht nur Missverständnisse. Zum Beispiel in der Frage, inwieweit wer das Projekt *Ensemble für Neue Musik* mit sozusagen Herzblut betrieben hat, wer auch nach dem Tod Rechenbergs voll und ganz dahinterstand. Und wer eventuell das Ganze stoppen wollte, vielleicht sogar von vornherein eine Chance sah, das Vorhaben zu kippen.«
Ringwald blieb mit voller Absicht im Allgemeinen, schließlich wollte er Bellheim nichts in den Mund legen.
»Ich verstehe nicht ganz«, antwortete dieser jedoch, entweder das Spiel durchschauend oder aber aus tatsächlichem Unverständnis. »Meinen Sie, dass jemand die Todesfälle ausnützte,

um das Ensemble doch noch zu verhindern? In diesem Fall kann ich Ihnen glasklar sagen, dass das in der Tat so ist. Und nicht bloß irgendein Jemand. Und das mit Erfolg.«

»Zum Teil. Aber können Sie sich darüber hinaus vorstellen, dass jemand die Todesfälle absichtlich herbeigeführt hat, um damit die neue Entwicklung zu stoppen?«, wurde Ringwald nun doch deutlicher.

»Sie meinen, dass Rechenberg und Vesalainen ermordet worden sein könnten, um ... Äh, ist das nicht sehr weit hergeholt?« Bellheim war sichtlich verblüfft.

»Sie haben doch nach dem Tod von Rechenberg im Auftrag der Oberbürgermeisterin Scherpen die Federführung in Sachen Gründung des Ensembles übernommen. Sind Ihnen dabei Personen aufgefallen, die nach dem Beschluss des Gemeinderates und dem Abschluss des Vertrages mit Frau Von der Kamp das Projekt rückgängig machen wollten? Oder die zumindest den Eindruck vermittelten?«, mischte sich Herbstritt ein, der das taktische Geplänkel ihres Chefs offenbar auf den Geist ging.

»Na ja, das ist jetzt aber sehr spekulativ.« Bellheim schaute Herbstritt mit gesenktem Haupt von unten her verschmitzt lächelnd an. »Klar ist, dass die rechte Flügeldame im Stadtrat das Projekt partout nicht wollte und der war jedes Mittel recht, um die *entartete Musik der Moderne* zu verhindern. Aber die kann man nicht wirklich ernst nehmen. Dann gab es eine schon gewichtigere Fraktion unter Führung des Stadtrates Altener, die statt der Neuen Musik die klassische Kammerorchesterliteratur fördern wollte. Und nicht zuletzt, aber das habe ich natürlich niemals gesagt, war unsere verehrte Frau Oberbürgermeisterin nicht Feuer und Flamme für Rechenbergs Kind. Sie wollte am liebsten gar kein festes, aus städtischen Mitteln zumindest zu großen Teilen besoldetes Ensemble, sondern gemeinsam mit einem gewissen Winkelmann eine libertäre, möglichst staats- und stadtferne grundsätzliche Wende in der Kulturpolitik erreichen. Die jetzt ja auch eintreten wird. Sie hat Rechenbergs Idee unterstützt, weil die für fünf Jahre lang seitens Frau Von der Kamp hoch gesponsert werden sollte. Und nach Wegfall dieser Unterstützung hätte sie gute Argumente für die, wie es heute so schön heißt, *alternativlose* Auflösung auch dieses Ensembles gehabt. Wie sie ja auch die Auflösung unseres Orchesters durchgesetzt hat. Letztlich mit Rechenbergs Hilfe, der keine Chance sah, das zu verhindern und wenigstens einen kleineren *Leuchtturm der Musik* retten wollte.« Bellheim hatte sich in Rage geredet, auch wenn er dies hinter einem ironischen Tonfall und Mienenspiel zu verbergen suchte. »Aber wie gesagt, das wurde von mir nie geäußert. Darauf können Sie sich nicht berufen. Und Frau Scherpen hat ganz sicher weder Frau Vesalainen noch Herrn Rechenberg umgebracht. Sollte dieser auch getötet worden sein.«

Ringwald guckte verwundert.

»Jedenfalls pfeifen das die Spatzen von den Dächern«, erläuterte Bellheim leicht verlegen.

»Frau Von der Kamp stand voll und ganz hinter ihrem Sponsoring? Nebst ihrem Gatten? Und ihrem Sohn?«, fragte Ringwald, nun ähnlich unverblümt wie zuvor Herbstritt.

»Meines Wissens ja. Allerdings hatte Rechenberg der Oberbürgermeisterin berichtet, dass bei der Vertragsunterzeichnung kurz der Eindruck aufkam, als ob Frau Von der Kamp der Angelegenheit doch noch Steine in den Weg legen wollte. Was den Ehemann angeht, ist mein Eindruck, dass der gar nichts zu sagen hatte. Ebenso wenig wie der Herr Sohn. Auch wenn ich der Meinung bin, dass die liebende Mutter alles nur getan hat, um ihm eine erfolgreichere Zukunft zu sichern. Und natürlich aus Eitelkeit. Immerhin wäre die Neue Musik auf eine Art und Weise gefördert, die seinesgleichen sucht. Die Feuilletons der überregionalen, meinungsführenden Zeitungen hätten immer wieder über die Aktivitäten der modernen, aufgeschlossenen Bürgerschaft Ostratals unter Führung der unerschrockenen Frau Dr. Scherpen berichtet ebenso wie die Spartenkanäle in Funk und Fernsehen. Mit einem Kammerorchester wäre das nicht zu erreichen.«

Ringwald wirkte skeptisch. Herbstritt übertraf ihn dabei noch um Längen, wenn man ihren Gesichtsausdruck richtig deutete.

»Soviel ich weiß, ist nach Vesalainens Tod sofort alles gestoppt worden, was das bereits beschlossene Ensemble für Neue Musik betraf. Frau Von der Kamp hat ohne weitere Verhandlung den Vertrag gekündigt. Ich habe gehört, dass Frau Scherpen nicht das Geringste unternommen hat, sie davon abzubringen. Stand das alles denn auf so tönernen Füßen?«, fragte Ringwald ungläubig. »Das war doch eine vom Stadtrat beschlossene Angelegenheit, eine gewollte kulturpolitische Zukunftsausrichtung. Waren nach Rechenbergs Tod noch keine derartigen Töne zu hören?«.
Bellheim überlegte. Offenbar kam auch ihm das jetzt etwas merkwürdig vor.
»Nein, davon habe ich nichts mitbekommen. Das hat mich zwar etwas gewundert. Frau Von der Kamp hat sich aber mir gegenüber nicht anmerken lassen, dass sie möglicherweise nicht mehr so überzeugt war. Und Frau Scherpen vermittelte mir gar den Eindruck, dass ich mit vollem Elan die Umsetzung der Beschlüsse des Stadtrates vorantreiben solle. Ich selbst hingegen hatte eigentlich zunächst mit einem Absprung schon zu diesem Zeitpunkt gerechnet.«
»Wie war Rechenberg denn so? War er eher ein Einzelgänger, der eine Sache solange für sich behielt, bis er sie durchsetzen konnte? Oder jemand, der nach vorne marschierte und versuchte, alle auf seinem Weg mitzunehmen? Oder anders herum gefragt: Hätte er den Aufführungsort Krypta solange für sich behalten, bis alle denkbaren Hindernisse, die baurechtlichen, brandschutzrechtlichen und so weiter, aus dem Weg geräumt gewesen wären? Und dann als großer Zampano diese Karte aus dem Ärmel geholt? Hätte er zum Beispiel einen Sponsor bereits eingeweiht in seinen Plan, dort einen Großteil der Konzerte Neue Musik stattfinden zu lassen? Unter dem Siegel der Verschwiegenheit natürlich. Und ihm diesen Raum vorab gezeigt?«
Herbstritt ging einen schweren Weg mit so vielen Konjunktiven, damit ihr niemand den Vorwurf der Manipulation machen konnte. Bellheim aber verstand sehr wohl, worauf sie hinauswollte. Er grinste sie breit an.

»Sie könnten auch direkt fragen. Ich kannte Rechenberg einigermaßen. Nicht übermäßig gut, da stand zwischen mir und dem Bürgermeister immer noch der Kulturamtsleiter, aber doch gut genug. Ja, er war ein Einzelgänger. Nett, freundlich, humorvoll, aber nie herzlich. Hat immer auf Abstand geachtet. Er war nie derjenige, der laut lachte, der bei Festivitäten auf den Tischen tanzte, bis morgens blieb. Ich kann mir durchaus vorstellen, dass er einen Sponsor oder, sofern Sie eine bestimmte Person im Auge haben, auch eine Sponsorin«, zwinkerte Bellheim Herbstritt jetzt zu? »unter dem Siegel der Verschwiegenheit über die Möglichkeit, die Krypta zu bespielen, informiert hat. Nachdem ihm auch aufgrund der überschwänglichen Reaktion von Frau Vesalainen klar war, hier auf ein Juwel gestoßen zu sein. Und ja, ich könnte mir vorstellen, dass er sich hinter dem Rücken aller mit dieser Person oder diesem Jemand verabredet hat, um diesen Raum zu zeigen. Heimlich, wie gesagt, ohne jemandem Bescheid zu geben. So war er. Gönner und Förderer der Kultur hat er immer gepflegt und umhegt. Und zwar exklusiv. Da ließ er keinen anderen ran. Weder den alten Oberbürgermeister noch dessen Nachfolgerin. Obwohl, in ihr hätte er, glaube ich, seinen Meister, oder besser gesagt seine Meisterin gefunden. Ist ja schließlich Gender-Time«, grinste er Herbstritt noch breiter an. Aber durchaus freundlich. Der nette Herr Bellheim. Der ahnte, worauf es ihr ankam.

Auf dem Weg zurück ins Präsidium konnte Herbstritt ihre Genugtuung kaum verbergen, dass sich die Verdachtsmomente, jedenfalls die Indizien, gegen ihre Lieblingsfeindin erheblich verdichtet hatten. Was Motiv und vielleicht auch Gelegenheit betraf. Wenn Rechenberg tatsächlich Frau Von der Kamp die Krypta gezeigt und niemandem davon erzählt hatte, könnte dies später auch Kaijsa Vesalainen getan haben. In eben demselben Überschwang wie Rechenberg. Und vielleicht, um einen Rückzug ihrer Schwiegermutter von dem für die finnische Komponistin so wichtigen Projekt zu verhindern. Diese Ansicht Herbstritts verstärkte sich nochmals, als ihr Ringwald von der Begegnung mit Winkelmann berichtete. Und ihr Chef musste ihr recht geben. Nichts sprach für einen anderen Täter. Kein noch so kleiner Hinweis. Das musste noch nicht heißen, dass Ingrid Von der Kamp bereits überführt war. Aber auch Ringwald sah im Moment keine anderen, einigermaßen Erfolg versprechenden Ermittlungsansätze.

PRIVATE ERMITTLUNGEN

FÜNF

Immerhin konnte er Schmitt die Auskünfte weitergeben, die er heute Morgen gleich nach Dienstantritt von seinem Kollegen der Abteilung Computerkriminalität bekommen hatte.
»Ich habe gute Nachrichten für dich. Unser Chef-Internetler hat mal versucht, deine italienische Website auf den Eigentümer beziehungsweise den Nutzer zu untersuchen. Weißt du, wer sich im Internet auskennt und sich verstecken will, kann das relativ einfach über verschiedene Provider im Ausland, zum Beispiel Russland oder Indien, Mexiko ...« Weiter kam Ringwald nicht.
»Peter, kannst du mir nicht einfach sagen, wer dahintersteckt?«, fragte Schmitt verzweifelt.
»Du hast recht. Ich habe auch keine Ahnung, wie das so geht in der schönen, neuen Welt. Ohne entsprechende technische und intellektuelle Ausstattung stehen wir beide dumm da. Ich weiß ja nicht einmal, was ein Provider ist.«
»Ich auch nicht. Jetzt sag schon ... Aber bloß nicht, was ein Provider ist. Nur, wem der Anschluss, oder wie das heißt, gehört.«
Ringwald sagte es ihm. Er gehörte dem Frankfurter Händler! Das war der zweite und wirklich große Schritt zur fetten Erfolgsprämie, dachte Schmitt.
»Ach, was ich dir noch sagen wollte, Ingrid Von der Kamp hat mich engagiert. Ihr habt sie wohl ziemlich auf dem Kieker. Kannst du mich darüber aufklären?«
»Bist du wahnsinnig? Wie kommst du denn auf die Idee? Ich kann dir doch nichts über unsere Ermittlungsergebnisse sagen. Das letzte Mal hat es mich schon fast Kopf und Kragen gekostet. Und kürzlich erst hat mich Frau Grosse-Blablabla

wieder angepfiffen. Nur weil ich deine Auskunft weitergegeben habe, dass Vesalainen ihren Mann verlassen wollte. Die du wiederum von deinem ominösen Winkelmann haben willst.«
»Hast.«
»Was?«
»Die du von deinem Winkelmann hast.«
»Meinetwegen. Aber mit mir kannst du nicht rechnen.«
»Auch nicht, wenn ich wieder mal etwas Interessantes für dich habe? Nach dem Motto, zeigst du mir deinen, zeig ich dir meinen?«
»Auch in dem Fall wirst du den kürzeren ziehen. Aber zeig mir erstmal deinen«, ging Ringwald frotzelnd auf Schmitt ein.
»Mal sehen. Fürs erste jedenfalls vielen Dank, mein lieber Peter.«
»Keine Ursache. Du mich auch.«
Anschließend traf sich Schmitt auf einen langen Kaffee mit Mälis in der Nähe der Uni. Sie teilte ihm mit, dass sie ihren *Agent Provocateur* leider nicht davon überzeugen konnte, direkt mit ihm über seine Bemühungen zu sprechen, einen gefakten Diebstahl und Versicherungsbetrug zu begehen beziehungsweise begehen zu lassen. Schmitt war allerdings relativ egal, ob er unmittelbar mit *seinem* Zeugen sprechen konnte oder Mälis ihm berichtete, was der in Erfahrung gebrachte hatte.
»Das geht ja Schlag auf Schlag«, freute sich Schmitt. »Heute früh klärte mich Ringwald über die Eigenarten des Internets auf und konnte mir eine wunderbare Auskunft geben. Aber jetzt erst mal du.«
»Das geht eigentlich ganz schnell. Mein Geiger nahm wie verabredet mit deinem Herrn Rinnen Kontakt auf. Der und sein Kompagnon konnten es kaum erwarten, das Geschäft anzubahnen. Sie kamen noch am selben Abend angedüst. Ist ja nicht weit. Sie schauten sich die Violine an und die Vermittlung ging klar. Einen festen Preis nannten sie nicht. Das sei erst möglich, wenn sich ein Käufer gefunden habe. Was aber bei ihren *weltweiten Kontakten*, wie sie sagten, kein Problem darstelle. Sie wollten wissen, zu welchem Zeitwert das Instrument versichert ist, um einen Anhaltspunkt für den zu erzielenden Preis

zu haben. Für eine *gut in Schuss befindliche* Carlo Landolfi wären zweihunderttausend Euro eigentlich recht wenig, meinten sie zu dem Wertgutachten, das vor zwölf Jahren für die Versicherung ausgestellt wurde.«

Mälis machte eine Kunstpause.

»Und dann?«, drängelte Schmitt.

»Und dann ließen sie die Katze aus dem Sack, nachdem mein Bekannter äußerte, dass er mit einer wesentlich höheren Summe gerechnet habe und vor allem das Geld auch relativ schnell benötige. Das sei alles kein Problem, wenn er bereit wäre, ein bisschen über das eine oder andere an bürgerlichem Quatsch hinwegzusehen. Sie könnten ihm einhunderttausend sofort bar auf die Kralle geben und nach dem Verkauf den erzielten Preis. Dazu benötigten sie lediglich ein neues Wertgutachten. Sie seien überzeugt, dass diese wunderschöne Violine sicherlich zweihundertachtzigtausend bis vielleicht sogar etwas über dreihunderttausend Euro wert ist. Sie hätten da einen für solche Gutachten vereidigten Geigenbauer an der Hand, der stelle ordentliche und selbst international anerkannte Wertbestätigungen aus. Verlange aber fünf Prozent des von ihm ermittelten Preises. Das sei kein Problem, versicherte mein Geiger. Tja, und dann müsse er sich das Instrument stehlen lassen, damit der doppelte Wert *eingespielt* werden könne, wie sie sich ausdrückten.«

Mälis erzählte ihm weiter, dass sie sehr überzeugend darlegten, dass die Versicherungen sowieso alle zumindest halbe Betrugsunternehmen seien. Wieviel Versicherungsprämien er denn schon seiner Gesellschaft in den Rachen geworfen habe ohne jede Gegenleistung. Und dass er ja niemandem schaden würde. Die Versicherung sei selbst rückversichert, die Beiträge würden dadurch nicht höher und so weiter und so fort.

»Mein Bekannter berichtete mir, dass er unglaublich eingelullt wurde und am Ende ernsthaft erwog, seine Violine diesem profitablen Zweck zuzuführen.« Auch Mälis konnte geschwollen. »Andererseits käme er nicht so ohne weiteres wieder an ein dermaßen optimal zu ihm passendes Instrument.«

Schmitt war fürs erste sprachlos. Obwohl ihn die Geschichte nicht wirklich überraschte. Hatte er doch Rinnen und Konsorten im Grunde von Anfang an in Verdacht. Aber derart eindeutig und offen damit konfrontiert zu werden, war etwas anderes. Und so, wie die Bande vorging, erstaunte ihn die Reaktion eines Teils der angesprochenen Musiker nicht. Jedenfalls derer, die ihr Instrument auf diese Art verscherbelten. Besonders, wenn Rinnen und Kompagnon wenigstens mit ihnen ehrlich umgingen. Und warum sollten sie nicht? Ihr Geschäftsmodell beruhte schließlich darauf, die Versicherungen zu betrügen und nicht ihre Kunden. Und die Musiker, die letztlich nicht auf diese Masche ansprangen, *verpfiffen* diese Schwindler nicht, weil sie damit auch ihre Kollegen hingehängt hätten, die auf solche Angebote eingingen. Und weil die *Gentlemanverbrecher* vermeintlich nichts wirklich Schlimmes taten und niemanden ernsthaft schädigten.

»So, Schmitt, nun musst du mir berichten, was Ringwald Schönes für dich getan hat.«

»Auch dessen Ergebnisse oder besser gesagt, die eines Experten im Polizeipräsidium, führten zum Frankfurter Instrumentenhändler. *Luigi Casapollo* ist natürlich nur ein Fake. Und über tausend verschiedene Wege, Provider oder so ...« Mälis blickte ihn belustigt an. »... landete die Kripo schließlich in Frankfurt.«

Mälis musterte Schmitt nachdenklich.

»Meinst du denn, dass die beiden, Rinnen und Kumpel, das alles alleine ausgeheckt haben? Da muss doch irgendjemand zumindest die ersten Kontakte hergestellt haben, zu den Musikern und zu dem Geigenbauer, der die Wertgutachten ausstellte. Zu denen können doch nicht einfach irgendwelche Leute von der Straße kommen und mitteilen, dass sie gerne Instrumente klauen und verticken.« Mälis konnte auch Slang.

»Meinst du zum Beispiel Winkelmann?«

Mälis zuckte mit den Schultern und verzog skeptisch das Gesicht.

»Ich kenne ihn ja nicht. Aber denk einfach mal drüber nach.«

Die Saat des Zweifels war gelegt. Das sah Mälis Schmitt an.

»Und wenn wir schon beim Nachdenken sind«, fuhr sie fort. »Mein liebster Banker auf der ganzen Welt ...« Schmitt schloss ergeben die Augen. »... hat demnächst Geburtstag und ich beabsichtige, ihm als wirkliche Überraschung ein schönes Geschenk zu machen. Will ich morgen kaufen. Es ist nicht übermäßig groß, aber doch immerhin so...« Schmitt bekam einen Schreck. Da soll ich doch wohl nicht mitkommen und das etwa tragen. »..., dass ich das nicht bei mir in der Wohnung verstecken kann. Und offen rumstehen soll es ebenfalls nicht, auch wenn es verpackt ist. Mein Liebster ist viel zu neugierig. Kann ich das vielleicht in deiner Wohnung deponieren? Ich hole das Geschenk an seinem Geburtstag bei dir ab und falls du nicht zu Hause bist, kann ich deinen Ersatzschlüssel benutzen.« Sie lächelte bezaubernd. Wie das nur Frauen können, wenn sie etwas wollen.
Schmitt war so erleichtert, dass er fast spontan zugesagt hätte. Aber ganz ungeschoren sollte sie nicht davon kommen.
»Nee, das ist mir nicht recht. Bei mir kann es schon mal nicht so doll aussehen. Dann liegen zum Beispiel Socken rum, Unterwäsche im Wohnzimmer, in dem ich, wie du weißt, ja auch schlafe, schmutziges Geschirr. Also ... Hast du denn nicht einen Keller, der groß genug ist?«
»Nein, der ist nicht geeignet. Und nun hab dich mal nicht so. Wie lange waren wir verheiratet? Ich kenne doch den Schlamper Schmitt, auch wenn sich das bestimmt noch verschlimmert hat in den letzten Jahren.«
Schmitt überlegte. Gefallen gegen Gefallen?
»Dann musst du mir aber auch einen Gefallen tun. Kannst du bitte deinen Banker fragen, ob er wegen Winkelmann mal in seinem Computer nachschaut? Vielleicht hat er ein Konto dort. Würde mich nicht wundern, wenn er bei der einzigen international tätigen deutschen Bank Kunde wäre. Und womöglich kann dein Freund ein bisschen schnüffeln nach Kontoständen, größeren Geldflüssen, die verdächtig sein könnten, so was in der Richtung.«
Schmitt wurde noch nicht mal verlegen ob seines Ansinnens.
»Du bist vielleicht ein ... Ich sag's lieber nicht. Wie kannst du nur

auf so eine Idee kommen? Ich werde ihn doch nicht in eine Situation bringen, die ihn seinen Job kosten kann. Weißt du, also mir fehlen die Worte.«

»Aber du hast mich doch auf diese Spur gesetzt. Dass da einer wie Winkelmann dahintersteckt.«

»Dahinterstecken könnte. Du hörst immer nur das, was du hören willst.«

»Also fragst du ihn nun? Willst du das denn nicht auch wissen? Nachdem du mir schon so geholfen hast mit deinem Geiger!«

Schmitt kannte seine Mälis mittlerweile fast besser als zu Zeiten ihrer Ehe und wusste, dass sie zu gerne auch ein bisschen Detektiv spielte.

»Na gut, ich kann ihn ja mal fragen. Aber du darfst dann eine Auskunft, die Winkelmann eventuell noch verdächtiger machen würde, keinesfalls verwenden.«

»Wie werde ich denn! Aber im Ernst, ich will nur einen Ansatz haben. Und vielleicht hat er dort ja auch gar kein Konto.«

Nach einer kurzen Pause atmete Schmitt tief und befriedigt ein und noch tiefer und befriedigter wieder aus.

»Ach, liebe Susanne, ich danke dir vielmals. Und deinem Bekannten richte bitte auch meinen herzlichen Dank aus. Wenn ich die Prämie von der Garant für die sichergestellten Instrumente bekomme, machen wir eine große Sause. Ich gehe dabei davon aus, dass Rinnen und Kompagnon die Käufer der Instrumente hinhängen, um eine möglichst geringe Strafe zu erhalten. Und die Instrumente somit in den Besitz der Versicherung gelangen. Das wird noch eine lustige Abrechnung. Die ehemaligen Eigentümer erhalten die Instrumente zurück, müssen der Versicherung aber die ausgezahlte Versicherungssumme ersetzen. An die Weiterungen will ich gar nicht denken. Und ich nehme fast an, dass die anderen am Versicherungsbetrug Beteiligten gegebenenfalls straflos davon kommen, wenn sie nur brav der Versicherung den Schaden bezahlen. Hab ich alles schon erlebt. Und die Polizei blickt mit ihrer nicht abgeschlossenen Ermittlungsarbeit auch in die Röhre. Was soll's. Ich jedenfalls werde diesmal gut rauskommen. Und wieder im Geschäft sein.«

DIE INSTRUMENTENVERSICHERUNG

FÜNF

Dachte Schmitt. Und dachte mit ihm auch Mälis, die sich für ihn freute. Dachte aber nicht die Garant.
»Steven, Garant-Versicherung. Guten Tag.«
»Schmitt. Herr Steven. Guten Tag. Und gute Nachrichten. Die Diebstähle und Versicherungsbetrügereien sind, was mich angeht, aufgeklärt.«
Schmitt erzählte Steven alles haarklein, bis auf die Sache mit Winkelmann. Die war noch nicht spruchreif. Der Fall an sich sei hiermit gelöst. Alles andere sei jetzt Sache der Garant und der Polizei und er bitte darum, die Erfolgsprämie ja nicht zu vergessen, weil jetzt die Instrumente wieder auftauchen werden. Zum großen Teil jedenfalls. Stevens reagierte überrascht und ausnehmend freundlich. Selbstverständlich werde die Garant sich an die Vereinbarung halten. Gar keine Frage. Und ob er Schmitt in etwa fünfzehn Minuten zurückrufen könne.
Es dauerte dann doch fünfzig Minuten und erfreulich für Schmitt war es auch nicht.
»Es tut mir sehr leid, aber unsere Rechtsabteilung ist der Auffassung, dass die Indizien und Verdachtsmomente nicht ausreichen, um die Polizei zu informieren. Wir wollen schließlich keine Verleumdungsklage riskieren. Und aufgrund dieser Sachlage können wir natürlich auch keine Prämienzusage machen. Im übrigen bedankt sich unser Vorstandsvorsitzender ausdrücklich bei Ihnen für Ihre ausgezeichnete, wenn auch im Ergebnis erfolglose Arbeit. Und lässt Ihnen durch mich mitteilen, dass unser Vertragsverhältnis mit Ablauf des 19. Oktober vereinbarungsgemäß ausläuft. Sie müssen sich nicht mehr bemühen. Ihre Tätigkeit endet bereits mit dem heutigen Tag. Tja,

unter uns gesagt, diesen oder ähnlichen Scheiß muss immer ich übermitteln. Sorry. Aber mehr kann ich dazu nicht sagen.«
Mehr konnte auch Schmitt dazu nicht sagen. Er schäumte vor Wut und schmiss den Telefonhörer auf die Gabel. Hätte geschmissen, wenn er noch ein Telefon mit Gabel gehabt hätte. Die heutigen Telefone konnte man leider nur noch wütend auf den Boden, an die Wand oder ins Klo werfen. Diese Alternative war ihm allerdings zu teuer. Besonders jetzt. Ohne lukrativen Job. Und ob er von Ingrid Von der Kamp ordentlich bezahlt werden würde, ließ sich auch noch nicht absehen. So drückte er nur zornig die Beendigungstaste.
Komisch, dass ich wieder mal auf die Garant reingefallen bin. Ich hätte es doch besser wissen müssen. Die werden natürlich meine Ermittlungsergebnisse nutzen und mit Rinnen und Co. verhandeln. Die Polizei lassen sie außen vor. Mich haben sie ausgebootet. Von wegen zehn Prozent des Wertes beziehungsweise der Rückkaufsumme. Hatten die nie vor zu zahlen. Die einigen sich nicht nur mit Rinnen und Kumpel, sondern auch mit den Bestohlenen und mit den Käufern. Da sitzen sie schließlich am längeren Hebel. Eine Allianz der Betrüger und Diebe. Gut, ich habe immerhin vierundzwanzigtausend Euro verdient. Aber gerechtigkeitshalber müsste ich ein Vielfaches erhalten. Spesen konnte ich auch nicht abrechnen, da fielen keine an. Und jetzt, da das Vertragsverhältnis zu Ende ist, kann ich auch keine mehr schinden oder vortäuschen. Die werden nun extrem pingelig und geizig sein. Mich brauchen sie ja nicht mehr. Schweinebande. Früher wie heute. Dachte er verbittert.
Und so endete der Tag für Schmitt. Anfänglich gut gelaufen, dann miserabel abgeschlossen. Wie eine Parabel auf sein Leben.

POLIZEILICHE ERMITTLUNGEN

FÜNF

»Das ist aber ein bisschen wenig für einen Haftbefehl, meinen Sie nicht?«

Grosse-Uckermann wiegte am nächsten Morgen zweifelnd ihren gestylten Kopf hin und her. Ringwald hatte sie in einem kurzen Vortrag auf den aktuellen Stand der Ermittlungen gebracht und ihr seine Schlussfolgerung eröffnet, dass Ingrid Von der Kamp die Morde begangen habe. Er kannte mittlerweile die Leitende Oberstaatsanwältin und ihren brennenden Ehrgeiz gut genug, um zu wissen, dass sie für eine spektakuläre Verhaftung selbst den eigenen Mann nebst dem gemeinsamen Kind dem Teufel zum Fraß vorwerfen würde. Auch wenn sie mit diesem Ehrgeiz schon einmal ins Klo gegriffen hatte.

»Frau Grosse-Uckermann, selbstverständlich hat niemand Frau Von der Kamp sozusagen mit rauchendem Colt neben den Leichen gesehen. Aber sie hatte anders als weitere denkbare Täter für beide Morde ein Motiv. Sie wollte nachweislich aus ihrer Sponsorenverpflichtung aussteigen. Das war aber zum einen rechtlich nicht möglich, zum anderen ist sie wohl vom Charakter her niemand, der sich in eine offene Feldschlacht begibt. Und nachdem sie durch die Tötung Rechenbergs nicht zum erhofften Ziel gelangte, war ihre Schwiegertochter fällig. Zumal sie diese *treulose Person* nicht mehr unterstützen und wohl lieber zum Projekt des Kammerorchesters zurückkehren wollte. Es gibt einen sehr starken Moment, der dafür spricht, dass sie diejenige war, der Rechenberg die Krypta zeigen wollte. Auch Vesalainen hatte durchaus Grund, ihr voller Stolz diesen Aufführungsraum vorzuführen. Sie ging fälschlicherweise davon aus, dass ihre Schwiegermutter nichts von den Trennungsvorhaben wissen konnte. Von der Kamp hatte in beiden Fällen die Gelegenheit. Und als ehemalige Medizinstudentin kennt sie sich bestimmt in der Wirkung von Giften aus. Die Art und Weise des spurlosen Erstickens einer bewusstlosen Person mittels einer Plastiktüte dürfte ihr ebenfalls geläufig sein. Zumindest kann sie dieses Wissen im Internet sehr leicht abrufen. Motiv, Gelegenheit, fehlendes Alibi, medizinisches Wissen, alles, aber auch alles spricht für Ingrid Von der Kamp als Täterin. Ich sehe nichts Entlastendes. Und nichts, was eine andere Person belastet.«

Ringwald war wie immer überzeugend. Aber das reichte Grosse-Uckermann nicht.

»Was ist Ihre Meinung, Frau Herbstritt?«

»Ich bin ganz und gar der Meinung, dass niemand anderer für die Taten in Frage kommt als Frau Von der Kamp. Das bin ich schon lange. Allerdings ist leider ziemlich sicher, dass, wenn es zum Prozess kommt, nach jetzigem Stand der Dinge ohne ein entsprechendes Geständnis zumindest im Fall Rechenberg eine nicht ganz eindeutige Indizien- geschweige denn Beweislage besteht. Anders im Fall Vesalainen. Trotzdem halte ich es für sinnvoll und notwendig, jetzt einen Haftbefehl für beide Morde zu erwirken. Der Rest, wie zum Beispiel ein Geständnis, wird sich dann schon ergeben.«

Ringwald konnte seine Bewunderung für die junge Kollegin nicht verhehlen. Auch wenn er diese Art und Weise, letztlich alles offen zu halten und für nichts wirklich Verantwortung zu übernehmen, ganz und gar nicht schätzte. Aber Chapeau, dachte er. Zum einen hatte sie mit ihrer klaren Stellungnahme zur Täterin ihn als Zauderer dastehen lassen. Zum anderen wäre sie im Falle der Erfolglosigkeit eines Haft- respektive Gerichtsverfahrens fein raus. Schließlich konnte sie darauf verweisen, bereits im Vorfeld auf die schwierige Beweislage hingewiesen zu haben.

»Hm.« Die Leitende Oberstaatsanwältin ließ sich das Gehörte noch einmal durch den Kopf gehen. Schließlich handelte es

sich um einen prominenten Fall, wenn auch nur in der Regional- und der Musikfachpresse. Mit der Verhaftung der Witwe eines deutschlandweit berühmten Nudelherstellers landete die Sache allerdings nicht nur in den großen überregionalen Leitmedien, nicht nur in Funk und Fernsehen, sondern auch bei der Regenbogenpresse und den *bunten* Blättern. *Gala, Tina* und nicht zuletzt bei der Namensgeberin, der *Bunten* selber.
Grosse-Uckermann konnte nicht widerstehen.

»Gut. Ich werde den Haftbefehl erwirken. Der nach unserer werten Geschäftsordnung zuständige Richter lässt sich in der Regel von meinen Argumenten überzeugen. Halten Sie sich bitte für die Verhaftung bereit. Ich denke, dass wir in einer Stunde nach Wolfersbergen aufbrechen können.«

Tatsächlich tauchte sie erst nach fast zwei Stunden auf. Das liege aber nicht daran, dass die Überzeugungsarbeit bei Richter Kellenberg schwieriger gewesen sei als angenommen, sondern daran, dass Kellenberg zunächst anderweitig beschäftigt war. Außerdem könne sie nun leider die Verhaftung nicht höchstselbst vornehmen, weil sie durch die Verzögerung bei Gericht nun dringend in ihrer Staatsanwaltschaft gebraucht wurde.
Ringwald war es recht. Er konnte die immer mehr um sich greifende, geschäftige Wichtigtuerei mancher Mitglieder der höheren Etagen bei Justiz und Polizei sowieso zunehmend weniger ertragen. Darüberhinaus verstand er nur zu gut, dass Grosse-Uckermann in der Zwischenzeit nach dem Termin bei Kellenberg vielleicht klar geworden war, in einem spektakulären Fall möglicherweise erneut auf die Nase zu fallen. Und dass sie sich deshalb zunächst lieber bedeckt hielt. Herbstritt und er erbaten bei den uniformierten Kollegen Verstärkung. Um halb eins fuhren sie, Ringwald wie immer in seinem privaten PKW, auf dem Beifahrersitz Herbstritt, nach Wolfersbergen. Die beiden uniformierten Polizisten folgten in ihrem Streifenwagen.
Die Von der Kamps saßen nebst Dirk Vesalainen gerade beim Mittagstisch, als sie durch die Staatsmacht unsanft gestört wurden. Ringwald eröffnete Frau Von der Kamp den Haftbefehl

und wies sie auf ihre Rechte hin. Auf ihren verblüffend gemäßigten Protest erklärte er, dass sie selbstverständlich alle Rechte habe, den Haftbefehl außer Kraft setzen zu lassen. Dies solle aber besser ihr Anwalt übernehmen. Der sei schließlich genau für solche Fälle da. Sie jedoch müsse jetzt erst einmal mitkommen. Er rate ihr, ein paar Sachen für die Übernachtungen einzupacken, auch wenn es vielleicht nur bei einer bliebe, was er allerdings bezweifle. Alles ganz gesittet, unter erwachsenen, kultivierten Menschen. Natürlich werde er, Ringwald, auf Handschellen verzichten. Wie gesagt, alles sehr gesittet. Nach ihrer Bitte an Mann und an Sohn, ihren Rechtsanwalt Gebhart zu benachrichtigen, begleitete Ingrid Von der Kamp die Polizisten zum Streifenwagen, einen kleinen Handkoffer am rechten Arm, und stieg ohne weiteren Kommentar hinten ein.

Ringwald starrte dem Polizeiauto hinterher, mit einem mulmigen Gefühl, das er sich nicht so richtig erklären konnte.

»Chef, das ist ein Grund zum Feiern, meinen Sie nicht? Heute Abend um acht im *Schwanen*? Sie laden mich natürlich ein.« Herbstritt grinste ihn schelmisch an. »Der erste gemeinsam abgeschlossene Fall!«

Das *Gasthaus zum Schwanen* war eine sehr biedere Kneipe, unmittelbar an das alte Gebäude der Kriminalpolizei angrenzend, als die noch nicht in den Neubau des Polizeipräsidiums umgezogen war. Und obwohl das schon fast zehn Jahre her sein mochte, blieb der *Schwanen* bei den Kolleginnen und Kollegen eines großen Teils der Dezernate ein beliebter Treff, wenn es was zu feiern gab. Legendär für seine Exzesse. Natürlich vor allem die der leberschädigenden Art.

Ringwald war schon längere Zeit nicht mehr dort gewesen. Dazu fühlte er sich mittlerweile zu alt. Die jungen und ganz jungen Kollegen kannte er sowieso nicht mehr. Und Mithalten kam für ihn auch nicht in Frage. Die dafür notwendige Konstitution traute er sich einfach mehr zu. Andererseits versprühte Herbstritt so eine unverfälschte Freude über den Erfolg der Ermittlungen, der ja auch ihrer war, dass er kein Spielverderber sein wollte. Seine Frau hatte sicher Verständnis dafür, wenn er nach langen Jahren erstmals wieder sehr spät und sehr krumm und schief mit dem Taxi nach Hause kam.

»Einverstanden. Acht Uhr. Aber vorher wartet der ganze bürokratische Kram auf uns. Berichte schreiben, eine Zusammenfassung für unsere Pressestelle und dieser ganze Papiermist. Das werden uns brüderlich, schwesterlich oder fifty-fifty teilen.« Sprach's, hielt Herbstritt die Tür seines Wagens auf, stieg selber ein und fuhr gemächlich zurück nach Ostratal.

PRIVATE ERMITTLUNGEN

SECHS

Schmitt war fassungslos. Ingrid Von der Kamp verhaftet! Wie er Ringwald kannte, hätte der eine solche Entscheidung nicht getroffen. Nicht ohne hundertprozentig von ihrer Schuld überzeugt zu sein. Seinen Job für die Garant war Schmitt los. Die Sache mit Winkelmann und dessen möglichen Bankgeschäften wollte er aber weiterverfolgen. Aus purem Interesse. Das musste jetzt jedoch warten. Schließlich hatte er eine Mandantin. Und die brauchte seine Hilfe. Und zwar schnell. Seine Berufsehre war noch nicht verschüttet.
Er rief in der Villa Von der Kamp an und verabredete sich mit Dirk Vesalainen. Wieder vermisste er schmerzlich seinen alten 306er. Schmitt dachte mit Grausen weniger an die Straßenbahnfahrt in Ostratal, auch nicht an die Bahnfahrt nach Wolfersbergen, sondern vielmehr an den für seinen Geschmack überlangen Fußmarsch zur Rinklinstraße. In der Bahn fand er in einem liegengebliebenen Exemplar des heutigen *Volksboten* eine Seite mit *Tipps für alle Lebenslagen*. Dort wurden unter anderem Hinweise gegeben, wie man sich in Restaurants am besten hinsichtlich nicht komplett verzehrter Speisen verhielt. Das ging vom neutralen »Hat prima geschmeckt, aber es war viel zu viel.« über »Können Sie mir den Rest bitte einpacken. Hund/Katze/Kanarienvogel soll ja auch mal etwas Feines bekommen, ha ha.« Gerne würden die Reste auch in mitgebrachte Tupperware verpackt. Ganz unauffällig. Besonders beliebt würden sich Gäste machen, die sich an Buffets diese Frischhaltebehälter vollstopften. Die Autorin berichtete auch von einem selbst erlebten Fall, in dem eine Dame, offensichtlich der höheren Einkommensklasse, den Ober bat, das restliche Fleisch einzugefrieren.

Sie hole es in einer Woche ab ... Schmitt war so amüsiert über diesen Artikel, dass er vor lauter Überschwang die Ostrataler Tageszeitung fast wieder abonniert hätte.

Kurz vor Einbruch der Dämmerung kam er um halb fünf bei der Villa an. Dirk Von der Kamp öffnete. Ihm war anzusehen, dass ihn die ganze unselige Geschichte mit dem Mord an seiner Frau und nun der Verhaftung seiner Mutter als eben dieser Tat Verdächtige in den Grundfesten erschüttert hatte. Er beteuerte, dass er sich seine Mutter überhaupt nicht als Mörderin vorstellen könne, dass sie mit seiner verstorbenen Frau in bestem Einvernehmen gelebt habe und dass sie um keinen Deut von ihrer phänomenalen Unterstützung für die zeitgenössische Musik in Ostratal abgerückt sei. Er könne sich auch nicht ansatzweise erklären, warum alle Welt behaupte, seine Kaijsa hätte sich von ihm trennen wollen. Weder beruflich noch privat sei da etwas dran. Und seine Mutter hatte doch ein Alibi, das müsse nur ordentlich nachgeprüft werden. Irgendjemand in dem von ihr angegebenen Lokal werde sich schon erinnern. Und als ob es noch einer absurderen Spitze bedürfe, wolle die Polizei ihr obendrein auch noch den Mord an Rechenberg anhängen.

»Ich bitte Sie, Rechenberg! Einen der wenigen Menschen hier in der Region, den meine Mutter wirklich geschätzt, ja gemocht hat. Und einer der wenigen, der nicht ständig um sie herumscharwänzelte, weil er etwas von ihr wollte, vorzugsweise ihr Geld, sondern der sie als sicher nicht immer ganz einfachen, aber insgesamt liebenswürdigen Menschen angenommen hat.« Er verstummte kurz. »Auch wenn sie das nicht immer und jedem gegenüber war.«

Damit konnte Schmitt nichts anfangen. Er fragte nach dem Herrn des Hauses, was ihm einen scharfen Blick seitens Dirk Vesalainens einbrachte.

»Ich meine, Herrn Von der Kamp.«

»Ich weiß, wen Sie meinen. Aber der ist nicht der Herr dieses Hauses. Meine Mutter und er leben in strikter Gütertrennung. Die gilt bekanntlich über den Tod hinaus. Er bekäme zwar einen bestimmten, festgelegten Anteil ihres Bar- und Wertpapiervermögens, nicht aber Haus und Grundstück«, stellte Dirk Vesalainen mit sichtlicher Befriedigung fest. »Er ist in der Garage, bei seinen Lieblingen.«

Schmitt bedankte sich, verließ das imposante Haus und wendete sich dem Nebengebäude zu. *Die Garage* wäre für manch kinderreiche Familie ein unerreichbares Wunschdomizil gewesen. Sie bot Platz für mindesten acht Autos, mit diversen Zwischenabteilen für Zubehör, Werkzeuge und Reinigungsutensilien. Ein dicker Mercedes, ein ebenso dicker Audi und drei ältere, aber umso gepflegtere Edelkarossen standen dort. An einer davon wienerte und arbeitete im Schweiße seines Angesichts, im *blauen Anton,* mit Schutzbrille, Atemmaske und Baseballkappe der kaum wiederzuerkennende Gatte der Hausherrin. Als Schmitt eintrat, blickte er auf und entledigte sich der Schutzutensilien.

»Ich grüße Sie, Herr Schmitt.«

»Guten Tag. Es tut mir sehr leid, dass wir uns unter diesen Umständen wiedersehen müssen.«

»Das ist meine normale Arbeitskluft. Ach so, Sie meinen, wegen der Verhaftung meiner Frau.« Von der Kamp war wohl nicht nur ein Frauenheld, sondern auch ein Witzbold, dachte Schmitt. Denn es war offensichtlich, dass er das Missverständnis nur vorschob. »Ja, das ist ein dicker Hund. Meine Frau hat so wenig jemanden umgebracht wie ich.«

Gut vorgebaut, dachte Schmitt. Er blickte sich in der Garage um. An der einen Ausfahrt entdeckte er einen Sinnspruch. Scheint wohl wieder in Mode zu sein, dachte er. Zumindest bei älteren Herren. *Traue jedem, vertraue keinem.* Mit Laotse unterzeichnet. Schmitt kniff die Augen zusammen. In einer ein bisschen kleineren Schrift entdeckte er: *Mao, vielleicht auch Sitting Bull.* Wider Willen musste er lachen.

»Guter Spruch. Von Ihnen?«, und deutete auf das Schild.

»Kann schon sein. Weiß ich gar nicht mehr. Auf jeden Fall nicht von Laotse, Mao oder Sitting Bull. Und wenn, dann nur zufällig. Der da drüben ist auf jeden Fall von mir.« Von der Kamp deutete

auf eine Ecke neben einer der Edelkarossen. *Wer Parfüm hat, braucht kein Wasser. Wer Kuchen hat, kein Brot.*
»Na ja, ziemlich nah an Marie Antoinette, meinen Sie nicht?«, goss Schmitt etwas von dem Wasser in den Wein.
Von der Kamp grinste, sagte aber nichts.
»Herr Von der Kamp, Ihre Überzeugung, dass Ihre Frau keine Mörderin ist, reicht leider nicht aus, um sie zu entlasten. Die Polizei könnte im Gegenteil auch Sie als verdächtig einstufen. Und zwar des gemeinschaftlichen Mordes.«
Auch Schmitt konnte witzig sein. Kam aber selten gut an. Jetzt auch nicht.
»Wieso sollte ich denn Kaijsa umbringen? Das ist ja absurd. Noch nicht einmal die Kriminalpolizei ist auf diese Idee gekommen.«
Schmitt suchte nach einer Sitzgelegenheit. Er schob eine Dose beiseite, die auf einer Holzbank stand.
»Was ist das denn?«, fragte er Von der Kamp neugierig, weil ihm die Beschriftung überhaupt nichts sagte.
»Das ist ein chemisches Lösungsmittel. Gamma-Butyrolacton, kurz GBL. Das brauche ich zur Herstellung spezieller Farben und Lacke für die Arbeiten an meinen Oldtimern, die mir meine Frau finanziert. Und gleichzeitig ist das ein Grundstoff für Liquid Exstasy. K.o.-Tropfen, einfacher gesagt. Hier, sehen Sie.« Er zeigte Schmitt die Erläuterungen auf der Dose. »Ich habe mal ein paar Semester Chemie studiert. Deshalb fiel es mir auch nicht schwer, damit umzugehen. Und stellen Sie sich vor, bei der Hausdurchsuchung vor einigen Tagen haben die Superbullen das ganz einfach übersehen. Kein Wunder, dass die nie die Richtigen fassen.«
»Vielleicht wussten sie da noch nicht, wonach sie gezielt suchen sollten. Ich glaube nicht, dass das Vorhandensein dieser ominösen Dose bei der Kripo heute noch irgendjemanden kalt ließe. Das dürfte sich ziemlich belastend für Ihre Frau auswirken. Und für Sie.« Ein Schuss ins Blaue. Mehr hatte Schmitt nicht.
»Und was für ein Motiv sollte ich gehabt haben?«

»Was weiß ich? Ein Verhältnis mit Frau Vesalainen, das Ihnen lästig wurde?« Schmitts Blick, mit dem er den alten Autobastler musterte, sagte alles: Ich weiß, dass du ein Sexstrolch bist und die Finger nicht von jüngeren Frauen lassen kannst. Und von etwas älteren auch nicht. »Kann sein, ganz gewöhnliche finanzielle Probleme. Sie wollten nicht, dass Ihre Frau für so ein Projekt Millionen zum Fenster rauswarf. Geld, das Sie irgendwann einmal zu erben hofften. Wenn die Polizei erst mal loslegt, dann bleibt kein Auge trocken.«

Aber Von der Kamp war nicht so leicht einzuschüchtern.

»Das mit der Erbschaft ist noch unabsehbar weit hin. Als Motiv taugt das nur, wenn ich vorhätte, demnächst meine Frau umzubringen.«

Schmitt legte den Kopf schief. »Das ist jetzt aber sehr weit hergeholt. Meinen Sie nicht?« Schmitt rückte den Kopf wieder gerade.

»Eben. Und was das Verhältnis angeht: Ich mochte Kaijsa durchaus. Aber so einen sexuellen Notstand habe ich nun doch nicht, dass ich mich an ... Sie haben sie doch selbst kennengelernt. Sie hatte die erotische Ausstrahlung eines Papierkorbes. Still und unscheinbar in der Ecke stehen. Armes Mädchen. Machte dem Vernehmen nach erfolgreich Musik. Soweit man in diesem Genre Erfolg haben kann. Und dann dieser Ehemann. Etwas Langweiligeres ist kaum vorstellbar. Und was dessen erotische Ausstrahlung angeht: Dagegen ist eine gebrauchte Männersocke richtig sexy. Meine Frau mit ihrer spitzen Zunge hat sie auch nicht gerade liebevoll behandelt. Kein Wunder, dass Kaijsa wegwollte.«

»Sie wussten davon?«

»Das wussten alle hier im Haus. Vielleicht der Obertrottel Dirk nicht. Nur Kaijsa hatte keine Ahnung von der Kenntnis der anderen.«

»Sie können sich sicher vorstellen, dass das für Ihre Frau nicht gerade überaus entlastend ist.«

»Aber es ist die Wahrheit. Tut mir leid. Und die Wahrheit ist auch, dass meine Ingrid unbedingt aus dem Vertrag mit der Stadt aussteigen wollte.«

Schmitt war baff. Das ist ja eine schöne Bescherung, dachte er.
»Können Sie das belegen?«
»Nein. Ingrid ist ein bisschen hintenherum. Intrigant. Ich mag sie ja. Ich weiß, wie man sie nehmen muss. Und ich kann mir einiges erlauben. Wie heißt es so schön in dem alten Schlager: Weil ich so sexy und so leidenschaftlich bin. Aber wenn man nicht mit ihr umgehen kann, ist sie ein Biest. Und Kaijsa konnte nicht mit ihr umgehen. Ingrid hätte nie ohne gute Karten den Bruch mit der Stadt riskiert. Wie sähe das denn in der Öffentlichkeit aus. Deshalb hat sie darüber bestimmt nicht mit ihrem Anwalt, dem unsäglichen Dr. Gebhart, geredet. Ich habe es ihr angemerkt. Mir hat sie es gesagt. Wenn auch nur durch die Blume.«
»Aber Sie trauen ihr trotzdem nicht zu, den Vertrag durch ein *Fait accompli* zu beenden.«
Von der Kamp grinste so breit wie das offene Tor der brasilianischen Nationalmannschaft bei der WM 2014.
»Natürlich nicht.«
»Haben Sie das alles der Polizei gesagt? Auch die Sache mit dem Lösungsmittel?«
»Nein. Werde ich auch nicht.« Kunstpause. »Es sei denn, ich werde gefragt und gerate unter Druck. Dann muss ich natürlich auch vom Medizinstudium meiner Frau berichten. Und dass sie auf dieser Basis ebenfalls in der Lage wäre, aus GBL etwas herzustellen, das k.o.-Tropfen ziemlich nahe käme.«
Schmitt war überzeugt, dass Von der Kamp alles daransetzen würde, damit seine Frau noch möglichst lange in U-Haft sitzen, vielleicht sogar verurteilt werden würde. Er hätte sie damit auf legale Weise vom Hals und könnte, wenn auch nicht in Saus, dann doch wenigstens in Braus leben. Es sah nicht gut aus für Schmitts Mandat. Der Besuch hatte nicht die geringste Entlastung für die Hausherrin gebracht. Frustriert verabschiedete er sich von dem in seinen Augen schmierigen Casanova. Auf wen die Frauen auch immer reinfallen, dachte er bekümmert. Andererseits wollte er nicht im Traum mit Von der Kamp tauschen, nachdem, was er alles über Madame in Erfahrung gebracht

hatte. Wobei er überzeugt war, dass nicht alles stimmte, was Monsieur von sich gab.

Der Weg zurück war für Schmitt noch schwerer als der Weg hin, zumal es mittlerweile herbstdunkel war und zu regnen begann. Und sein Trench war nicht imprägniert.

RINGWALD

EINS

Ringwald und Herbstritt waren nicht die einzigen Polizisten, die sich am Abend im *Gasthaus zum Schwanen* trafen. Der Schuppen war zwar nicht randvoll, aber gut gefüllt. Und die meisten Gäste, von denen nur einige wenige nicht der Zunft der Gesetzeshüter angehörten, waren ebenfalls gut gefüllt. Ringwald war beim vierten Weißbier und Herbstritt beim dritten Rotwein angekommen. Die zwei *Willis* rechneten sie schon gar nicht mehr mit. Voller Übermut repetierten sie ihre Ermittlungen. Selbst Ringwald wurde sich immer sicherer, mit Ingrid Von der Kamp die Richtige hinter Gitter gebracht zu haben.
»Kommen Sie mal mit. Ich muss Ihnen etwas zeigen«, raunte ihm Herbstritt plötzlich geheimnisvoll ins Ohr.
Ringwald war verdutzt.
»Was denn?«
»Nun kommen Sie schon.«
Die Oberkommissarin führte ihn durch den Toilettengang in den dunkeln Hinterhof der Kneipe.
»Und? Was wollen Sie mir zeigen?«
»Meine Dankbarkeit«, flüsterte sie. »Sie haben mir wirklich viel beigebracht bei diesem ziemlich einzigartigen Fall.«
Herbstritt war ganz nah an Ringwald herangetreten, legte ihm die Arme um seinen Nacken und küsste ihn. Sie öffnete die Lippen ein wenig. Ihre Zunge suchte mit Erfolg einen Weg in seinen Mund. Dann drängte sie sich an den Hauptkommissar und zeigte ihm mit ihrem kreisenden Unterleib, was sie unter *ihrer Dankbarkeit* verstand.
Ringwald wusste zunächst nicht, wie er reagieren sollte und zuckte automatisch zurück. Als er des Denkens noch fähig war.

Dann überließ er sich den Künsten seiner Oberkommissarin. Knutschte seit Jahren erstmals wieder wie ein Weltmeister und erkundete mit seiner Linken, wie weit er an ihrem Busen gehen konnte. Während seine Rechte ihre linke Pobacke umfasste und das willige Hinterteil Herbstritts fest an seine untere Region presste. Sie seufzte lustvoll auf.

Ringwald schoss durch den Kopf, dass die ganze Geschichte hier im wenig anheimelnden, mit Getränkekisten, leeren Bierfässern und Unrat vollgestellten, düsteren Hinterhof des *Schwanen* ein Irrsinn war. Fast dreißig Jahre älter, seit Generationen verheiratet, das ganze Gegenteil eines Adonis. Aber das Wissen auf Einsachtzig Höhe einerseits und die süßen Kitzeleien sowie der stramme Max im Lendenbereich andererseits widersprachen sich vehement. Schließlich setzte der untere Körperteil die eigentlich notwendigen Folgen des Denkens endgültig außer Kraft.

Herbstritt spreizte ihre Beine, nahm die linke Hand Ringwalds von ihrer Brust und legte sie in ihren Schritt. Er begann schneller zu atmen, öffnete den Knopf ihrer engen Jeans, zog den Reißverschluss runter und führte seine Hand hin zu ihrem primären Geschlechtsmerkmal. Er spürte, dass sie feucht war, berührte mit dem Zeigefinger ihren Kitzler und versuchte dann, mit dem Mittelfinger in ihre Vagina einzudringen. Ringwald drückte seine Assistentin an die Wand, öffnete mit der rechten Hand seinen Gürtel; die Hose, die zu rutschen begann, und wollte ...

Seine Kollegin versuchte nun, ihn wegzudrücken. Dabei drehte sie sich und ihn wie zufällig ein kleines Stück nach links.

»Lassen Sie das, Herr Hauptkommissar«, sagte sie laut und deutlich.

Ringwald reagierte zunächst nicht.

»Hören Sie auf, ich will das nicht! Nein!« Sie wurde laut.

Ringwald unterbrach verblüfft seine etwas unbeholfenen Versuche eines One-Night-Stands.

»Sie spinnen wohl. Was ist denn in Sie gefahren? Wollen Sie mich vergewaltigen? Ich geben Ihnen einen Kuss und Sie ...«

Herbstritt stieß Ringwald zurück. Da stand er nun mit kurzem

Hemd, die Unterhosen in den Kniekehlen. Sein Penis schrumpfte auf Pinkelgröße und vor Entsetzen noch weit darunter.

»Entschuldigung. Ich dachte ...« Ringwald stotterte sinnloses Zeug, mit dem er zum Ausdruck bringen wollte, dass er geglaubt habe, sie wolle mit ihm, hier an Ort und Stelle ...

Herbstritt war empört, ließ ihn mit seinem Gebrabbel ohne ein weiteres Wort stehen und ging erhobenen Hauptes in den Gastraum zurück.

Der Herr Hauptkommissar lehnte sich an die Mauer, die vor wenigen Minuten noch der Haltepunkt spätmännlicher Freuden sein sollte und wusste immer noch nicht, wie ihm geschah. Übergewichtige Einmeterachtzig, Naturglatze mit extrem kurz geschnittenen Resthaaren, aus Geiz geborener Sparschnitt, bequeme, von keinerlei Modehauch berührte Treter, mit seiner im wahrsten Sinne des Wortes heruntergelassenen, einheitsgrauen Hose. Nur noch einmal seinen Trieben folgend. Einmal noch. Der Altlinke. Im Herbst seines Lebens doch noch Verlierer. Wie hatte er glauben können, dass seine Assistentin auf eine erotische Ausstrahlung reagierte, die er seit langem auf dem Weg nach Nirgendwo verloren hatte? Wenn auch nur aus Dankbarkeit? Soviel konnte Herbstritt gar nicht trinken, um zu vergessen, dass er ein in die Jahre gekommener, verbrauchter Mann war. Alter Narr. Die Erotik der Macht? Als sowieso bald abgehalfterter KHK? Ringwald stand da mit leeren Augen und zerfurchtem Gesicht. Er hoffte, dass Herbstritt seinen Ausrutscher nicht zum Anlass von Weiterungen nahm. Diese Hoffnung sollte sich allerdings am nächsten Tag zerschlagen.

Ringwald mühte sich aus den Federn, wenn auch etwas später als gewöhnlich. Der gestrige Abend steckte ihm in mehrfacher Hinsicht in den Knochen. Er hatte wenig geschlafen. Der Hinterhofausraster ließ ihn nicht zur Ruhe kommen. Und auch der Restalkoholgehalt machte ihm noch zu schaffen. Dennoch schleppte er sich gegen neun Uhr in sein Büro. Herbstritt saß da wie der blühende Frühling und ließ sich nicht das

Geringste anmerken. Der Chef der Mordkommission schöpfte Hoffnung, dass alles vergessen und vergeben war.

»Herr Hauptkommissar, kann ich Sie bitte mal sprechen? Wegen gestern Abend?«

Falsch gehofft.

»Ja, natürlich«, brummelte Ringwald.

»Sie werden verstehen, dass die Vorkommnisse letzte Nacht für Sie nicht ohne Folgen bleiben werden. Es gibt zwei Möglichkeiten: Entweder, ich zeige Sie an, oder Sie stellen in den nächsten zwei Tagen Ihren Antrag auf Pensionierung zum 31. Oktober, zum nächsten Monatsende. Das notwendige Alter haben Sie ja schon lange erreicht. Totale Erschöpfung. Das trifft es sogar recht gut.«

Jetzt musste sie auch noch Witze machen, dachte Ringwald müde.

»Aber es ist doch nicht wirklich was passiert«, versuchte er eine lächerliche Gegenwehr.

»Darauf würde ich es nicht ankommen lassen. In weiser Voraussicht hatte ich eine kleine, lichtstarke Kamera so im Hof platziert, dass alles dokumentiert ist, was Sie angestellt haben. Ich war, wie Sie sich vielleicht erinnern können, kurz vor unserem *Tête à Tête* auf der Toilette und schaltete sie ein. Später habe ich uns in die *richtige* Position gedreht, wenn Sie sich bitte daran erinnern wollen. Tut mir leid.«

Ringwald war erschlagen. Dieses kleine Luder. Erpresste ihn mit einem Sexfilmchen. Erpresste ihn mit Erfolg. Sind das die heutigen Zeiten?

»Und was haben Sie davon? Rache? Oder ist das nur Sadismus?«, fragte er, völlig am Boden.

»Nein. Viel einfacher. Der Polizeipräsident hat mir in Aussicht gestellt, dass ich Ihre Nachfolge übernehmen kann, sobald Sie in den verdienten Ruhestand getreten sind. Frauenförderung. Und beste Empfehlungen!«

Herbstritt lächelte unschuldig. Ringwald schüttelte den Kopf über so viel Unverfrorenheit. Das sind wohl die heutigen Zeiten! Er brauchte keine Bedenkzeit. Er setzte sich an seinen

Schreibtisch und hieb den Antrag in die Tasten seines Computers.

»Ende November geht doch auch. Dann könnte ich den Fall, unseren Fall noch zu Ende bringen.«

Die Oberkommissarin grinste ihn unverschämt an.

»Nein. Das werden *meine* ersten Lorbeeren. 31. Oktober!«

Ringwald überschlug dieses Ultimatum. Das hieße, dass er gerade mal noch zwei Tage im Amt wäre. Dann sein Resturlaub. Dann zu Hause die Wand angucken ...

»Wer sagt mir, dass Sie das neckische Filmchen nicht doch verwenden?«

»Das wissen Sie doch. Ihre jahrelange Erfahrung kennt die Antwort. *Da müssen Sie mir schon vertrauen.* Aber im Ernst. Ich müsste mich ja der Lächerlichkeit preisgeben, sollte ich das doch noch zur Anzeige bringen, Ihrer Frau schicken oder ins Internet stellen.«

Dagegen konnte Ringwald nichts einwenden. Er schrieb zu Ende, druckte das Pensionierungsgesuch aus und unterzeichnete es.

»Den Umschlag schreiben Sie. Und Sie geben den Brief auch in den Posteingang. Und ich werde Ihnen nicht die Genugtuung geben, Sie zu beschimpfen in den nächsten zwei Tagen, die ich selbstverständlich noch in Ihrer Gegenwart hier arbeiten werde. The show must go on.«

»Selbstverständlich. Ich danke Ihnen.«

Jetzt musste Ringwald aber erstmal in die Kantine, die jetzt Casino hieß. Ein süßes Stückchen essen. Und dann würde er sich für heute Abend mit Schmitt verabreden. Im *Neustädter Hof*. Der würde ihn wenigstens nicht in dessen Hinterhof zerren. Wenn der Neustädter Hof überhaupt einen Hinterhof hatte.

Am Abend war Ringwald immer noch völlig geplättet. Seiner Frau hatte er von seiner bevorstehenden Pensionierung erzählt. Er wolle nicht mehr mit solchen Juristen zusammenarbeiten. Und auch die obere Etage im Präsidium gehe ihm so auf die Nerven, dass er heute den Bettel hingeschmissen habe. Sie war entsetzt. Warum er das denn nicht zuerst mit ihr besprochen habe? Und was er denn nun machen werde, ganz ohne Hobbys? Er war froh, aus seiner Wohnung zu kommen. Trotz Herbstritts Erpressung konnte er sich eine gewisse Anerkennung für ihr Handeln nicht verkneifen. Auch wenn er das Opfer war. Eine solche Zielstrebigkeit und Kaltschnäuzigkeit hatte er in den mehr als vierzig Jahren bei der Polizei nicht erlebt. Und er hatte eine Menge karrieregeiler Jungdynamiker und Jungdynamikerinnen kennengelernt. Aber Herbstritt toppte sie alle. Die wird es nochmal weit bringen, dachte er halb bewundernd, halb angewidert. Oder hatte etwa Grosse-Uckermann die Hand im Spiel? In den letzten zwei Jahren war ihr Verhältnis zwar weitgehend sachlich, teils sogar fast schon vertrauensvoll. Bis auf die letzten Tage. Dennoch: Konnte eine junge Oberkommissarin sich die ganze Chose selbst ausgedacht haben? Schließlich wollte die Leitende Oberstaatsanwältin ihn schon vor zwei Jahren loswerden. Aber bei Lichte und ohne Verschwörungsfantasien betrachtet, blieb Ringwald dann doch bei der Alleintäterschaft von Herbstritt. Die wollte seinen Job und die bekam seinen Job. Da war er sich sicher.

Schmitt biss sofort an auf Ringwalds Bitte, ihn im *Neustädter Hof* zu treffen; er brauche einfach jemanden, mit dem er einen Abend lang in Ruhe ein paar Biere trinken könne.
»Und glaube bloß nicht, dass ich mit dir über die Fälle Rechenberg und Vesalainen quatsche«, stellte er sicherheitshalber klar.
»Wie werd' ich denn«, nuschelte Schmitt.
Beide trafen fast zeitgleich gegen sieben Uhr in *Schmitts Zweitbüro* ein und kamen nach einigem Hin und Her und diversen Belanglosigkeiten dann doch auf die Morde zu sprechen, wobei Ringwald das Thema Herbstritt und Pensionierung weiträumig umschiffte. Fünf halbe Weißbiere lösten bei Ringwald die Zunge.
»Ingrid Von der Kamp hatte eben als einzige Verdächtige nicht nur die Gelegenheit, sondern auch ein Motiv. In beiden Fällen.«
Schmitt: »Da hätten ja viele dasselbe Motiv.«
Ringwald: »Wer denn noch?«

Schmitt: »Na, zum Beispiel die Oberbürgermeisterin.«
Ringwald: »Wieso das denn?«
Schmitt: »Weil sie nicht wirklich das Ensemble wollte?«
Ringwald: »Die hätte doch genügend andere Möglichkeiten gehabt, das zu verhindern.«
Schmitt: »Joachim Von der Kamp?«
Ringwald: »Da hast du allerdings recht, aber Beweise hamwernich, Indizien hamwernich, gar nichts hamwer.«
Schmitt: »Bellheim, um Rechenbergs Stelle zu bekommen? Oder wenigstens eine bessere als jetzt?«
Ringwald: »Quatsch, die Leitung des Ensembles war fest mit Dirk Vesalainen verbunden.«
Schmitt: »Der Prior? Der, wenn auch spät, die Krypta doch nicht bespielen lassen wollte?«
Ringwald: »Jetzt spinnst du völlig.«
Schmitt: »Winkelmann?
Ringwald: »Warum der?«
Schmitt: »Na ja, er war ein Gegner des Ensembles für Neue Musik und deshalb Nutznießer von dessen Ende.«
Ringwald: »Als Liebling der Oberbürgermeisterin! Und die Vesalainen wollte doch zu ihm wechseln. Quatsch.«
Schmitt: »Aber Rechenberg war schwul und Winkelmann ist schwul und die beiden waren ein Pärchen.«
Ringwald schwieg und sah Schmitt mit zunehmend böserem Blick an. »Woher weißt du denn das schon wieder? Und warum hast du mir das verschwiegen?« Ringwald wurde laut, riss sich aber zusammen. Er musste an Grosse-Uckermann denken. »Das ist heute doch kein Grund mehr, Leute umzubringen. Und weißt du was, du kannst mich so langsam am Arsch lecken mit deiner Verdruckstheit.«
Stand auf, zahlte und stapfte aus dem Lokal. Er war stinkwütend. Erst die Herbstritt mit ihrer linken Tour, dann seine *Zwangspensionierung*, fünf Weißbiere und jetzt noch der verschwiemelte Schmitt! Diese Melange würde beim ruhigsten Zeitgenossen zum Aussetzer führen.

SCHMITT

ZWEI

Am nächsten Morgen rief Schmitt Mälis an, um zu fragen, ob ihr Banker schon etwas in Erfahrung gebracht habe. Mälis zögerte.
»Erfreut war er nicht. Ganz und gar nicht. Weißt du, was für ein Risiko er eingeht, wenn er illegal Konten abfragt und deren Bewegungen weitergäbe? Er würde hochkant ohne Abfindung rausfliegen und nie mehr eine Stellung bei einer Bank bekommen. Noch nicht einmal als Schalterangestellter!«
»Jaja, ich weiß. Aber ich verwende das ja nicht. Wenn es denn etwas zu verwenden gibt. Nur Winkelmann gegenüber als Drohung. Und wenn alles nichts fruchtet, als anonymen Hinweis an die Polizei.«
»Und du bist überzeugt, dass Winkelmann im Falle eines Falles nicht selbst zur Polizei geht und dich anzeigt? Dann wüssten die schnell, von wem du deine Weisheiten hast. Es wäre also gar nicht nötig, dass du es ihnen selbst erzählst.«
Schmitt ahnte bereits, dass der Mälis ihr Banker – Schmitt hatte manchmal Lust am Gassenslang – wohl etwas Bedenkenswertes rausbekommen hatte. Sonst würde sie sich nicht so zieren.
»Also gut. Aber von ihm hast du das nicht!«
Hab ich auch nicht, ich hab's ja von dir, dachte Schmitt ungeduldig.
»Mein Liebster hat tatsächlich einige merkwürdige Gutschriften neben den laufenden Einnahmen und Ausgaben gefunden, deren Inhalte und Größenordnungen sich ziemlich regelmäßig wiederholen. Sie betragen immer unter fünfzehntausend Euro, liegen also unter der Meldegrenze für Bargeldbewegungen. Die Gelder kommen von einer Luxemburger Bank und wurden

dort offenbar von einem gewissen Luigi Casapollo eingezahlt.«
Schmitt musste lachen. Und er kannte das System, hatte er es doch vor ungefähr vier Jahren in einem Erpressungsfall selbst angewendet. »Mal vierzehntausend, mal zwölftausend und so weiter. Eindeutig entweder Geldwäsche oder Provisionszahlungen, die nicht ans Tageslicht kommen sollen.«
»Von Luigi Casapollo! Na, da weiß ich schon, wofür das Geld gezahlt wird. Und du kannst es dir auch denken«, sagte Schmitt triumphierend.
»Ja, leider, aber bitte sei zurückhaltend mit diesen Informationen!«
»Klar, du kennst mich doch.«
Ja eben, dachte Mälis und bereute eigentlich jetzt schon, ihrem Ex die Auskünfte ihres Lebensgefährten weitergegeben zu haben.
Schmitt dachte über Winkelmanns Kontobewegungen nach. Er zweifelte nicht daran, dass sie im Zusammenhang mit den Instrumentendiebstählen und -verkäufen standen. Der saubere Herr Winkelmann. Immer charmant, offen und freundlich. Ein Hochstapler. Aber wie sagte schon der Angeklagte auf die bittere Bemerkung des Richters, dass er die arme alte Frau um ihr ganzes Vermögen gebracht habe, wo sie ihm doch so vertraut habe: Eben, Herr Richter, ohne dieses Vertrauen hätte ich sie ja nicht betrügen können. Winkelmann war eindeutig mit von der Partie. Er stellte die Kontakte her, war der solide Teil der Bande und machte auch Rinnen und dessen Kumpel quasi zu ehrbaren Leuten. Nicht unclever.
Und jetzt, fragte sich Schmitt. Was fange ich damit an? Ich bin nicht mehr für die Garant tätig. Ich werde ab Ende des Monats mittellos dastehen. Bis auf die Einkommen als Kaufhausdetektiv und als Nachtportier, wenn das Hotel mich wieder nimmt. Wie hatte Mälis über ihren Banker gesagt. Hochkant ohne Abfindung …
Nachmittags dann fasste er sich ein Herz und rief Winkelmann an, dessen Nummer er nicht noch einmal verlegt hatte. Er konfrontierte ihn mit den Tatsachen. Erstens, dass Rinnen und sein Konsorte die Instrumentendiebstähle als Schauveranstaltung

veranlasst oder selbst ausgeführt hätten und zweitens, dass er, Winkelmann, ihnen den Weg geebnet habe und im Gegenzug an den Gewinnen beteiligt worden sei. Wie erwartet, stritt Winkelmann alles ab.

»Ich bitte Sie, Herr Schmitt. Falls, und ich betone falls, Herr Rinnen und dessen Freund tatsächlich in irgendeiner Form in diese Verbrechen involviert sein sollten, betrifft mich das überhaupt nicht. Aber ich kann mir nicht vorstellen, dass dies der Fall ist. Den Freund von Rinnen kenne ich kaum, aber für Rinnen kann ich meine Hand ins Feuer legen.«

»Das ist doch Gesülze, Herr Winkelmann. Ich habe Belege, dass auf Ihr Konto aus Luxemburg regelmäßig hohe Summen überwiesen worden sind, die dort bar eingezahlt wurden. Immer fein unter der Meldegrenze. Von einem Herrn Luigi Casapollo. Ich bitte Sie, wer kommt denn auf so einen Tarnnamen. Aber immerhin lässt sich dessen Website bis zum Geschäftspartner von Rinnen verfolgen. Also hören Sie auf damit, abzustreiten, dass Sie Ihre Pfoten in diesen Machenschaften haben.«

Stille. Winkelmann überlegte. Nahm Schmitt an. Er überlegte lange. Schmitt ließ ihn.

»Und wie kommen wir nun aus der Kiste heraus? Sie mit Ihrem Wissen, und ich mit meinen Untaten?«, meldete er sich schließlich wieder. Mit seiner wiedergewonnenen Nonchalance.

»Sagen Sie es mir.«

Pause. Erneut lange Pause.

»Ich kann Ihnen fünfzigtausend Euro anbieten. Als Schweigegeld. Aber ich muss sicher sein, dass Sie dann wirklich stillhalten. Schließlich arbeiten Sie für die Versicherung und müssen denen berichten. Und was ist mit meinen Kollegen? Für den Fall, dass sie verhaftet werden? Die würden bestimmt auspacken.«

»Das ist sehr großzügig von Ihnen, Herr Winkelmann.« Schmitt würde schon niemandem von Winkelmanns Rolle erzählen. Schließlich war er ja nicht legal an seine Informationen gekommen. Und den *Liebsten* von Mälis würde er gehörig reinreiten,

wenn er sich, wem auch immer, offenbarte. Was er keinesfalls vorhatte. Nach einer kurzen Denkpause fuhr er fort: »Ich nehme Ihr Angebot an. Sie müssen mir schon vertrauen, dass ich von meinen Kenntnissen Sie betreffend nichts weitergeben werde, egal an wen. Und die Versicherung lasse ich außen vor. Also keine Sorgen wegen Ihrer Kumpane.«
Schmitt lächelte ob dieser Noch-nicht-einmal-Halbwahrheit in sich hinein. Andererseits würde die Garant Rinnen und Co. auch nicht an die Polizei ausliefern, sondern mit ihnen den üblichen Deal machen.
Wieder lange Pause seitens Winkelmann.
»Ich muss das Geld natürlich erst besorgen. Das liegt selbst bei mir ...«, Winkelmann hatte zu seinem ironischen Ton zurückgefunden. »... nicht einfach so auf meinem Girokonto rum. Das müssten Sie eigentlich wissen. Wie wär's mit morgen Vormittag gegen elf?«
»Ja. Gut. In Ordnung. Ich werde da sein«, klang Schmitts Stimme erfreut durch den Äther.

Um halb elf am nächsten Tag klingelte es bei dem Privatdetektiv in der Falkensteinstraße 28. Winkelmann war zu früh. Das machte Schmitt aber nichts aus. Schließlich hatte er keine anderen Termine. Für Ingrid Von der Kamp konnte er im Moment nichts tun. Die Arbeit im Kaufhaus begann erst am Nachmittag. Winkelmann war locker und freundlich wie immer. Man merkte ihm zwar an, dass er unter Druck stand, aber nicht zu sehr.
»Wollen Sie nachzählen?«
»Ja, bitte.«
»Sie trauen mir nicht?«
»Nicht von hier bis zur Küche.«
Winkelmann lächelte und öffnete den Koffer. Darin lagen fein gebündelt Hunderter, Fünfziger, Zwanziger. Schmitt nahm eines der Bündel heraus und blätterte es durch. Man konnte ja nie wissen ...
»In Ordnung. Es freut mich, dass man so zuverlässig mit Ihnen Geschäfte machen kann«, sagte er ironisch und klappte den Kofferdeckel zu

»Ganz meinerseits. Möchten Sie einen Calvados? Trinken wir darauf, dass Sie Ihre Zusicherungen einhalten und mich dauerhaft aus der leidigen Diebstahl- und Versicherungssache heraushalten.«
»Gerne.«
Schmitts Herz machte etwas ähnliches wie einen Freudensprung. Wie lange war das her, dass ihm ein Calvados angeboten worden war? Vier Jahre, fünf Jahre? Das war damals wohl Laile, der Schlagzeuger gewesen. Auch schon lange tot, dachte Schmitt melancholisch. Er holte zwei Gläser, wenn auch keine stilechten, und Winkelmann goss sich und ihm aus einer lederüberzogenen Taschenflasche einen Fingerbreit ein.
»Sehr zum Wohl.«
Schmitt trank genießerisch. Winkelmann nippte nur, fragte nach der Toilette und verließ das Büro. Nach wenigen Minuten kam er zurück. Er bemerkte versöhnlich, dass er zwar um fünfzigtausend Euro ärmer geworden sei, dafür aber eine Sorge weniger habe, denn die Sache mit den getürkten Instrumentendiebstählen sei ihm so langsam über den Kopf gewachsen. Schmitt hörte Winkelmanns Stimme wie aus immer weiterer Ferne. Ihm war wunderlich und leicht zumute. Gedankenfetzen ... Sprüche ... wanderten fröhlich durch sein Gehirn. Der völlig sinnfreie Schnack seines toten Vaters, den er immer zu den passendsten und unpassendsten Gelegenheit anbrachte: *Frauen und Kinder zuerst, der Rest geht in die Rettungsboote.* Er schloss die Augen. *Ich lag auf dem Sofa im bleichen Sternenlicht, im Schein anderer Tage ...* Wo hatte er das denn gele ...
»Herr Schmitt, hallo!«
Eine Stimme, ganz weit weg. Er öffnete mühsam die Augen. Winkelmann beugte sich über ihn, mit einer Plastiktüte in der Hand, die er jetzt über Schmitts Kopf stülpte. Anschließend entnahm er seinem Koffer eine Rolle Paketklebeband und eine Schere, schnitt einen gehörigen Streifen ab und umklebte den Rand der Plastiktüte sorgfältig so, dass sie dicht an Schmitts Hals anlag. Und damit kein Sauerstoff in dessen Lunge gelangte. Schmitt drehte den Kopf ein-, zweimal wie in Zeitlupe hin und her. Zu mehr war er nicht in der Lage.

Winkelmann konnte wie schon bei Rechenberg und Kaijsa Vesalainen dem Sterben nicht zusehen, nahm seinen Aktenkoffer, suchte nach Schmitts Schlüsseln, nahm auch diese mit und verließ die Wohnung. Im Treppenhaus streifte er die dünnen Kunststoffhandschuhe ab, die er sich an einer Zapfsäule der Tankstelle besorgt hatte, bei der er regelmäßiger Kunde war. Beim Verlassen des Hauses hielt er höflich wie immer einer kleinen, etwas pummeligen Blondine die Tür auf, ließ ihr den Vortritt und ging dann mit langen Schritten zu seinem Auto, das er etwas entfernt geparkt hatte. Wie üblich würde er geraume Zeit später zurückkommen, um den Tatort zu *säubern*, wie er diese Tätigkeit bei sich nannte. Jetzt jedoch musste er sich erst mal beeilen, denn um elf Uhr hatte er einen Termin bei einer gewissen Kriminaloberkommissarin Herbstritt, seinem Alibi gewissermaßen. Wenn auch nicht auf den Punkt genau.

Kurz nach elf betrat Winkelmann das Polizeipräsidium und fragte sich zu Herbstritt durch. Sie erwartete ihn schon, blickte vorwurfsvoll auf die Uhr und bot ihm dann einen Platz auf einem harten Holzstuhl an. Draußen am Türschild stand zwar immer noch Ringwalds Name oben und Herbstritts darunter, aber von ihm war weit und breit nichts zu sehen.
»Guten Tag, Frau Herbstritt. Es sind doch nur drei Minuten«, säuselte Winkelmann.
»Sieben«, verbesserte Herbstritt ihn, »Ich hätte da noch ein paar Fragen für das Protokoll über Ihr Verhältnis zu Frau Vesalainen und Frau Von der Kamp. Sie haben meinem Kollegen Ringwald erzählt, dass Frau Vesalainen sich zukünftig von Ihnen vertreten lassen wollte und Ihnen auch die Vermarktung des Ensembles für Neue Musik angeboten hatte. Und dass Frau Von der Kamp unbedingt aus dem Vertrag mit der Stadt Ostratal aussteigen wollte.«
»So ist das.«
»Könnten Sie das ein bisschen ausführlicher darlegen?«
Und so entspann sich ein interessantes Frage- und Antwortspiel. Winkelmann zog alle Register. Vor jeder weiteren Aussage,

mit der er Ingrid Von der Kamp belastete, überlegte er kurz, ob man ihm die Unwahrheit oder bestenfalls Halbwahrheit würde nachweisen können. Mit der Zeit macht ihm diese Herausforderung richtiggehend Spaß.

SCHMITT

DREI

Mälis machte sich auf den Weg, um bei Schmitt das Geburtstagsgeschenk für ihren Banker zu holen. In der Falkensteinstraße angekommen, hielt ihr ein gutaussehender, charmanter Kerl um die fünfzig zuvorkommend die Haustüre auf. Sie bedankte sich und dachte flüchtig darüber nach, dass es entgegen ihrer Meinung auch in dieser Generation wohlerzogene Männer gab, die zudem noch blendend aussahen. In der zweiten Etage angekommen, klingelte sie. Nichts. Sie klingelte nochmal, diesmal stürmischer. Nichts. Sie kramte ihren Schlüssel hervor und betrat die Wohnung. Sie durfte ja. In der Diele war das Geschenk für ihren *Liebsten* nicht, ebenfalls nicht im Wohn-/Schlafzimmer. Im Büro lag alles andere als ein Geschenk. Mälis erschrak fast zu Tode, als sie Schmitt so sah, ganz still, eine Plastiktüte über dem Kopf. Sie lief zu ihm und versuchte, die Tüte herunterzuziehen. Das gelang ihr nicht; das Klebeband saß zu fest. Sie rannte in die Küche, fand nach wenigen Sekunden, die ihr wie lange Minuten vorkamen, eine Schere, mit der sie das Mordinstrument aufschnitt.
»Schmitt, hörst du mich?«
Stille. Schmitts Gesicht war weiß und friedlich und zuckte mit keinem Nerv. Mälis tastete nach dem Puls. Sie spürte ein ganz entferntes Pochen. Schnell holte sie ihr Smartphone raus, rief die 112, schilderte den Notfall und gab die Adresse durch. Dann versuchte sie eine Mund-zu-Mund-Beatmung, die sie nie gelernt, geschweige denn praktiziert hatte. Mit dem Druck von Daumen und Mittelfinger gelang es ihr, den Mund ihres Exmannes zu öffnen, sie atmete tief ein und stieß ihren Odem fest in seine Mundhöhle. Mehrmals. Wie sie es in diversen

Fernsehfilmen gesehen hatte. Sie war unendlich erleichtert, als nach wenigen Minuten der Notarzt nebst Sanitätern kam, sie beiseite schob und ihr die Rettungsarbeit fachgerecht abnahm.

Winkelmann war höchst zufrieden mit sich auf dem Weg zurück zu Schmitts Wohnung. Alles gut. Er betrat, soweit er es beurteilen konnte, ungesehen das Haus und die Wohnung. Alles war unverändert. Allerdings lag ein Hauch von Stress über den Zimmern. Alles, bis auf ...
Winkelmann blickte hektisch um sich. Wo war Schmitt? In seinem Büro jedenfalls nicht. Und er konnte sich doch nicht wegbewegt haben! Winkelmann suchte in allen Räumen. Nichts. Langsam kroch Panik in ihm hoch. Was war denn hier los? Abstruse Gedanken kamen ihm in den Sinn. War er in der falschen Wohnung? Hatte er den Besuch bei Schmitt nur geträumt? Blödsinn, rief er sich zur Ordnung. Als einzige Erklärung kam in Frage, dass Schmitt gefunden und zum Leichenschauhaus abtransportiert worden war, während er die zwei Stunden im Polizeipräsidium verbrachte. Zusehends kehrte seine Fähigkeit zum rationalen Denken und Handeln zurück. Als erstes musste er so schnell wie möglich aus der Wohnung verschwinden, zunächst aber an allen Gegenständen, die er angefasst hatte, seine Fingerabdrücke abwischen. So viele waren das nicht, soweit er sich erinnern konnte. Gesagt, getan. Er legte den Schlüsselbund auf den kleinen Tisch in der Diele und zog die Wohnungstür hinter sich ins Schloss. Im Treppenhaus begegnete er niemandem. Er verließ auch das Haus unbemerkt, soweit er das beurteilen konnte, und ging zu seinem Auto. Glücklicherweise hatte er den Koffer mit dem Geld schon nach seinem vormaligen Treffen mit Schmitt mitgenommen. Und natürlich waren keine fünfzigtausend Euro darin, die zweite Schicht der Bündel bestand nur noch aus einer Banknote als Deckblatt und darunter aus zurechtgeschnittenem Papier. Es kam gar nicht in Frage, sich verdächtig zu machen und fünfzigtausend Euro in bar von seinem Bankkonto abzuheben. Schwarzgeld? Mit dem er Künstler bar auf die Kralle bezahlen wollte? Solche Fragen sollten erst gar nicht aufkommen.

Winkelmann fuhr mit seinem schwarzen Audi 6 Modell Protz in die Nähe des Bismarckplatzes, parkte dort und dachte nach. Sein erster Impuls war, sofort die Zelte in Ostratal abzubrechen und unterzutauchen. Und mit sofort meinte er sofort. Nach Hause, das Nötigste packen und ab. Aber dann gewann die Vernunft die Oberhand. Schmitt konnte sich nicht ohne Hilfe selbst befreit haben. Das war unmöglich. Und auch wenn er Hilfe gehabt hatte: Bei seinem Auffinden war Schmitt sicherlich schon tot. Andrerseits wäre er dann nicht abtransportiert worden. Denn eines wäre auf den ersten Blick klar: Dieses Mal handelte es sich eindeutig um Mord. Am Tatort hätte es also von Polizisten wimmeln müssen. Und das bedeutete, dass Schmitt noch lebte. Aber auch dann musste er sich keine Sorgen machen, dachte Winkelmann. Es war genug Zeit vergangen, um Schmitt irreparable Hirnschäden zuzufügen. Dazu reichten einige Minuten, nach ungefähr fünf hieß es in aller Regel Exitus. Die Plastiktüte war zwar offensichtlich zwecks Beweissicherung mitgenommen worden. Fingerabdrücke hierauf hatte Winkelmann jedoch – wie immer – vermieden. Und mit der Tat in Zusammenhang zu bringende DNA-Spuren auch. Die Hautpartikelchen, das eine oder andere Haar von ihm waren ohne Aussagekraft, zumal die Polizei nicht im Besitz von Vergleichsmaterial war. Außerdem deutete keine Spur auf ihn als Täter. Gar nichts. Und wenn doch jemand auf die Idee käme, welches Motiv sollte er haben? Zumal für alle drei Morde. Also kein Grund zur Panik. Im Gegenteil, alles war gut gelaufen. Keine Verbindung zu den Morden, keine Verbindung zu den Diebstählen und Versicherungsbetrügereien. Der Informant in der Bank, der Schmitt mit Daten versorgt hatte, würde sich hüten, nochmal das Risiko zu laufen, jemanden zu benachrichtigen. Oder ihm, Winkelmann, gegenüber selbst tätig zu werden. Zufrieden startete er seinen Luxuswagen und fuhr nach Hause. Den Kiosk auf dem Bismarckplatz würdigte er keines Blickes. Warum auch. Das war schließlich eine ganz andere Geschichte.

Mälis wartete im Großklinikum Ostratal auf weitere Auskünfte der Ärzte. Etwa eine Stunde nach der Einlieferung Schmitts hatte man ihr gesagt, dass er stabilisiert war und seine Atmung wieder einigermaßen zufriedenstellend, wenn auch vorläufig nur mit maschineller Hilfe, funktionierte. Inwieweit seine Hirnfunktionen möglicherweise beeinträchtigt waren, konnte noch nicht gesagt werden. Er sei schließlich einige Zeit von der Sauerstoffzufuhr abgeschnitten gewesen. Die k.o.-Tropfen würden sich in etwa drei Stunden verflüchtigt haben. Aber auch dann konnten die Ärzte nicht in Aussicht stellen, dass Schmitt sich an irgendetwas erinnern könnte, selbst wenn seine Hirnfunktion, wie gesagt, nicht wahr ...
Sie hatte sich als Ehefrau vorgestellt. Was sollte sie groß erklären. Sie wählte die Nummer des Polizeipräsidiums und bat, mit Herrn Hauptkommissar Ringwald verbunden zu werden.
»Herbstritt.«
»Hier spricht Mälis. Bitte geben Sie mir Herrn Ringwald.«
»Es tut mir leid. Herr Ringwald ist nicht im Hause. Er wird auch nicht mehr kommen.« Herbstritt ließ offen, ob er heute nicht mehr käme oder niemals mehr.
»Ich muss ihn dringend sprechen. Können Sie mir seine Privatnummer geben?«
»Nein. Das dürfen wir nicht.«
»Es geht um einen sehr guten Freund von ihm. Der hatte einen schrecklichen Unfall.«
Herbstritt zögerte.
»Etwa ein Herr Schmitt?«
»Ja, und jetzt rücken Sie die Nummer raus, sonst werde ich den Herrn Polizeipräsidenten bitten, das zu tun, verflucht noch mal!«
Mälis konnte ganz schön sauer sein. Nach einem weiteren, allerdings sehr viel kürzeren Zögern rückte die zukünftige Dezernatsleiterin Mord und Totschlag die Nummer heraus.
»Ringwald.«
»Hier spricht Mälis. Guten Tag, Herr Ringwald. Entschuldigen Sie, dass ich Sie privat anrufe. Ich mach's kurz: Vor etwa zwei

Stunden fand ich Schmitt in seiner Wohnung. Mit einer Plastiktüte über dem Kopf.«
»Was?«, schrie Ringwald ins Telefon. Und dann ruhiger: »Lebt er?«
»Ja, gerade noch. Er liegt hier im Großklinikum Ostratal. Auf der Notfallstation.«
»Bleiben Sie da. Ich komme sofort.«

RINGWALD

ZWEI

Ringwald hatte den Antrag zur Abwicklung seiner restlichen zwölf Urlaubstage mit Wirkung von morgen, Donnerstag, den 14. Oktober bereits gestellt. Er war also quasi nicht mehr im Dienst. Dennoch rief er Herbstritt an und informierte sie über die neueste Wendung. Er sei auf dem Weg ins Krankenhaus. Ihr rate er als noch wenige Stunden im Amt befindlicher Chef, dafür zu sorgen, dass Ingrid Von der Kamp aus der Untersuchungshaft entlassen werde. Im Falle Schmitt jedenfalls war sie ohne Zweifel unschuldig. Und da dieser Mordversuch sämtliche Umstände der beiden anderen Tötungsdelikte aufweise, spreche für die Täterschaft der Frau Von der Kamp nicht mehr das Geringste. Sofern Herbstritt nicht gegen alle Vernunft annehme, ein von ihr gedungener Mörder sei tätig geworden.
Gerade als er die Klinik betrat, klingelte sein Telefon. Der Polizeipräsident. Er habe zwar Verständnis dafür, dass Ringwald keine Freude mehr an seiner Arbeit habe, ihm ginge es ja oft ebenso, aber im Angesicht der neuen Entwicklungen in den Fällen Rechenberg, Vesalainen und nun auch Schmitt möge er doch bitte seinen Urlaubsantrag zurücknehmen und seinen Pensionierungswunsch auf den 30. November hinausschieben. Frau Herbstritt habe ihn informiert und sei der Meinung, dass nach der offensichtlichen Unschuld der bisherigen Hauptverdächtigen der Fall nochmals ganz von vorne aufgerollt werden müsse. Und für diese neuen Ermittlungen wäre er außerordentlich hilfreich, da die Kollegin sich zu sehr auf Von der Kamp konzentriert habe und jetzt nicht mehr den offenen Blick bla bla bla ... Ringwald glaubte das nicht zwei Sekunden lang. Aber er war ein zu guter und in der Wolle gefärbter Polizist, als dass er aus

einer Trotzreaktion heraus abgelehnt hätte. Auch wenn dieser partielle Rückzieher seine Begründung für die Pensionierung konterkarierte. Also sagte er zu und machte sich auf den Weg zu seinem alten Arbeitsplatz, nachdem er kurz nach Schmitt geschaut hatte. Der lag immer noch leichenblass und bewegungslos im Krankenhausbett. Angeschlossen an hunderte von Drähten und Schläuchen. Mälis sah auch nicht viel besser aus, wenn auch ohne Drähte und Schläuche.

Nach nicht ganz drei Stunden rief Mälis Ringwald aus dem Krankenhaus an. Schmitt sei zu sich gekommen, aber nur kurz. Er habe sie mit klaren Augen angesehen, dann den Namen Winkelmann gesagt, ebenfalls klar und deutlich, wie eine Krankenschwester als Zeugin bestätigen könne, und sei dann wieder ins Koma gefallen.

Am nächsten Morgen veranlasste Ringwald eine Hausdurchsuchung bei Winkelmann und nachmittags um drei wurde der Konzertmanager nochmals in das Präsidium gebeten. Herbstritt führte ihn in einen fensterlosen Raum mit dürftigster Ausstattung, der das letzte Mal zu Adenauers Zeiten gelüftet worden sein musste.
»Es tut mir sehr leid, aber einen anderen Besprechungsraum konnten wir leider nicht auftreiben.« Herbstritt machte sich nicht mal die Mühe, bedauernd zu klingen.
Winkelmann schien das nichts auszumachen. Er nahm Platz und blickte sich amüsiert um. Die Spiegelwand schien es ihm besonders angetan zu haben. Er lächelte Herbstritt an.
»Ja, in der Tat. Die Atmosphäre bei unserem gestrigen Gespräch war entschieden angenehmer.«
Herbstritt lächelte nicht zurück.
»Sie wissen, warum Sie heute hier sind? Es geht diesmal nicht darum, Frau Von der Kamp zu belasten, was Sie gestern ausweislich des Protokolls umfassend getan haben.«
»Habe ich?«, antwortete Winkelmann schnippisch. »Das war dann aber keine Absicht. Da muss mir jemand einiges in den

Mund gelegt haben.« Er grinste Herbstritt an. Die rührte sich nicht.

Ringwald musterte ihn lange und schwieg. Dann schaltete er das Aufnahmegerät an und spulte die Floskeln herunter: Datum, Uhrzeit, anwesende Personen ...

»Herr Winkelmann, es gibt einige Unklarheiten bezüglich eines Mordanschlags auf den Privatdetektiv Heinz Schmitt am gestrigen Tage. Den kennen Sie doch.«

Winkelmann wirkte plötzlich, kaum spürbar, konzentrierter. Er setzte die Ellbogen auf den Tisch und legte sein Kinn auf die gefalteten Hände.

»Ja, wenn auch nicht sehr gut.«

»Der ermittelte in einem Versicherungsbetrug. Es ging um gestohlene Musikinstrumente?«

»Richtig.«

»Er hatte einen Ihrer Mitarbeiter in Verdacht, einen gewissen Herrn Rinnen. Sowie dessen Bekannten, einen Instrumentenhändler.«

»Richtig«, wiederholte Winkelmann. »Aber ich gehe davon aus, dass der Verdacht unbegründet ist. Das habe ich Herrn Schmitt auch gesagt.«

»Er verdächtigte aber auch Sie wegen Mittäterschaft. Ausweislich der Aussage einer Zeugin hat er sogar versucht, an Daten bezüglich Ihres Kontos zu kommen.«

Jetzt wurde Winkelmann ganz aufmerksam.

»Davon ist mir nichts bekannt. Das wäre auch völlig unergiebig.«

»Haben Sie Kenntnisse über Partydrogen?«, fragte ihn Herbstritt.

»Sie meinen Ecstasy und so einen Kram?«

»Vor allem so einen Kram. Liquid Ecstasy, zum Beispiel.« Herbstritt war die Ruhe selbst.

»Ist das nicht dasselbe?«, fragte Winkelmann, ganz die Unschuld selbst.

»Wir haben in Ihrer Wohnung ein kleines Fläschchen mit dieser Flüssigkeit gefunden, auch als k.o.-Tropen geläufig.«

Winkelmann nahm den Kopf von seinen Händen, die er jetzt abwechselnd faltete und rieb.

»Die muss einer meiner lieben, jungen Freunde dort gelassen haben. Mir ist davon jedenfalls nichts bekannt.«

»Waren Sie und Rechenberg ein Paar?«, wollte Ringwald unvermittelt von Winkelmann wissen.

Der ruckte seinen Kopf in Richtung des Hauptkommissars.

»Wie bitte?«

»Sie haben mich schon richtig verstanden.«

Winkelmann schien nun ein bisschen verunsichert.

»Ja, wenn Sie es unbedingt wissen wollen. Und?«

Ringwald lehnte sich zurück. Seinem Gesicht sah man die Befriedigung an. Winkelmann begann jetzt zu schwitzen.

»Ist Ihnen nicht gut?«, fragte Herbstritt, triefend besorgt.

Winkelmann antwortete nicht.

»Waren Sie mal in Schmitts Wohnung?« Ringwald war wieder dran.

»Was?«

»Sagen Sie mal, hören Sie schlecht oder nuschle ich so oder was?«

»Nein, nein. Ich habe nur … Nein, ich war noch nie in seiner Wohnung.« Er überlegte fieberhaft. Hatte er doch einen Fingerabdruck hinterlassen?

»Eine Zeugin hat heute Morgen viertel vor elf jemanden aus dem Haus kommen sehen. Der Beschreibung nach könnten Sie das gewesen sein. Um die Fünfzig, freundlich und zuvorkommend, braungebrannt und gutaussehend.«

Unter normalen Umständen wäre Winkelmann geschmeichelt gewesen. Aber …

»Nein, das war ich nicht. Ich war ja auf dem Weg von meiner Wohnung zu Ihnen zwecks unseres Elfuhr-Termins«, wandte er sich Unterstützung heischend an Herbstritt.

»Sie kamen zu spät«, erinnerte ihn die Angesprochene.

»Sie sollen einen Aktenkoffer dabei gehabt haben.« Ringwald plauderte, ohne lauernden Unterton, ohne böse Unterstellung.

»Ich … Kann sein. Ich weiß nicht mehr.« Winkelmann bemerkte

seinen Fauxpas. »Habe ich einen Aktenkoffer zu unserer Besprechung mitgebracht?« Wieder wandte er sich an Herbstritt. Die sagte nichts.

»Nein, zu Schmitt«, verbesserte ihn Ringwald. »Wir haben den Koffer übrigens in Ihrer Wohnung sichergestellt. Am Aktendeckel und an einem der Geldbündel befanden sich Schmitts Fingerabdrücke. Können Sie das erklären?«

Winkelmann schwieg. Er schwitzte nun stark. Blufften die? Seine Hände bewegten sich nun fahrig auf der Tischplatte.

»Ja, es stimmt«, räumte er schließlich ein. »Ich war kurz bei Schmitt, um ihm fünfzigtausend Euro zu bringen. Er hatte mich erpresst mit der von Ihnen angesprochenen Sache des Versicherungsbetruges. Da habe ich tatsächlich ein wenig Beihilfe geleistet. Keine große Sache, aber ...«

»Bleiben wir doch erstmal bei Ihrem Besuch in der Falkensteinstraße, Herr Winkelmann«, sagte Ringwald freundlich, wie es meistens seine Art schien.

Winkelmann überlegte angestrengt.

»Schmitt wollte plötzlich mehr und wir kamen zu keinem Ergebnis. Ich schnappte mir deshalb meinen Koffer mit dem Geld und ging. Da lebte Schmitt noch.«

»Stimmt. Da lebte Schmitt noch. Gerade noch. Mit einer Plastiktüte über dem Kopf. Wer soll ihm die wohl übergezogen haben, wenn nicht Sie? Denn kurz danach trafen Sie unten die Zeugin, die sofort in die Wohnung ging, zu der sie einen Schlüssel hatte. Und da fand sie Schmitt vor.«

Winkelmann setzte an, um etwas zu sagen. Aber Ringwald fuhr ihm in die Parade, jetzt in scharfem Ton, mit seinem berüchtigten Stasiblick aus eisgrauen Augen.

»Und erklären Sie uns jetzt bitte nicht, dass da wohl die Zeugin ihre Finger im Spiel gehabt haben muss. So einen Blödsinn würde Ihnen noch nicht einmal der naivste Gutmensch abnehmen, der bis zum bittersten Ende die Unschuldsvermutung hochhält«, donnerte er den nun aus allen Poren schwitzenden Herrn Winkelmann an. »Und übrigens hat Schmitt tatsächlich überlebt und im Krankenhaus im Beisein von zwei Zeuginnen Ihren

Namen genannt. Auch wenn er mittlerweile wieder im Koma liegt, die vorliegenden Beweise reichen allemal. Herr Winkelmann, ich nehme Sie vorläufig fest als verdächtig des Mordversuchs an Heinz Schmitt, des Mordes an Kaijsa Vesalainen und des Mordes an Dr. Peter Rechenberg. Die Kollegen vom Dezernat Eigentumsdelikte werden diesen Tatvorwürfen sicherlich die der Beihilfe zum Diebstahl und zum Versicherungsbetrug hinzufügen. Sie haben Anspruch auf einen Rechtsanwalt. Alles, was Sie nun sagen ...«

Aber Winkelmann hörte schon nicht mehr zu. Er hatte den Kopf auf den Tisch gelegt und schluchzte wie ein von allen verlassenes Kind in der Dunkelheit.

Als er sich wieder beruhigt hatte, war er bereit zu einer umfassenden Aussage. Er brauche keinen Anwalt, er wolle alles offen auf den Tisch legen. Und zwar so, wie es sich zugetragen habe und nicht so, wie ein Jurist das interessenbedingt hinbiegen würde. Winkelmann war ganz der kleine Junge, der alles wieder gut machen wollte. Und der sich davon versprach, eine möglichst geringe Strafe zu bekommen. Was in seinem Falle ganz sicher ein Trugschluss war.

Nein, Schmitt habe ihn nicht erpresst. Das Angebot ging von ihm, Winkelmann, aus. Ein Schweigegeld. Schmitt sei ihm und seinen Mittätern zu nahe gekommen. Er habe sich nicht auf dessen Verschwiegenheit verlassen können. Und er hoffe inständig, dass Schmitt überleben möge und keine bleibenden Hirnschäden festgestellt würden.

Das Liquid Ecstasy habe er sich schon vor langer Zeit im Milieu besorgt, nachdem er gelesen hatte, was man alles damit anfangen könne. Er wollte damit mal ausprobieren, inwieweit er einem hübschen Hetero mal an die *Wäsche gehen könne*, sagte Winkelmann in vollem Ernst. Habe er aber dann doch nicht getan. Als Rechenberg ihm zunehmend auf die Nerven ging, erkundigte er sich im Internet nochmal wegen der Wirkung. Leider habe er improvisieren müssen, da die Angaben, welche Menge in wieviel Flüssigkeit und so weiter, zu ungenau waren.

Da kam es auf die gesundheitliche Konstitution an, auf Körpergröße und Gewicht. Aber wie sich herausstellen sollte, klappte das ja, wenn auch zu seinem jetzigen größten Bedauern, ganz gut. Rechenberg wollte lange nicht, dass bekannt wurde, wohin seine sexuelle Veranlagung ging. Obwohl es die Spatzen von den Dächern pfiffen. Aber in den letzten Monaten fand er die Idee plötzlich ganz spannend, zu heiraten. Das habe er, Winkelmann, hingegen ganz und gar nicht gewollt. So ein überflüssiger, stinkbürgerlicher Quatsch. Aber Rechenberg gab keine Ruhe. Und gefährdete damit auch seine, Winkelmanns, Ambitionen in Ostratal. Niemand hätte es akzeptiert, dass der Ehemann des Kulturbürgermeisters oberster Musikmanager der Stadt werden sollte. Patronage, Korruption! Nein, das wäre gar nicht gegangen. Und natürlich lag ihm auch das Ensemble für Neue Musik schwer im Magen, stand es doch konträr zu seinen mittelfristigen Plänen im Kunstbereich der Stadt. Und wie er wusste, auch denen der Oberbürgermeisterin. Rechenberg war so hin und weg von der Krypta als Aufführungsort, dass er sie ihm unbedingt zeigen wollte und fing wieder an mit seinen Heiratsplänen. Winkelmann hatte endgültig die Schnauze voll, nahm einen Flachmann, füllte ihn mit Calvados und gab nach Gutdünken einige k.o.-Tropfen hinzu. Des weiteren steckte er zwei kleine Gläser und einen Tupperbecher mit Deckel ein, besorgte sich an seiner Tankstelle ein paar dünne Kunststoffhandschuhe und betrat mit Rechenberg die Krypta. Die war übrigens wirklich beeindruckend, wie er bewundernd einfließen ließ. Er schenkte seinem Partner und sich ein und spuckte in einem unbeobachteten Augenblick seine Portion in den Tupperbecher. Wie er das übrigens auch bei Vesalainen handhabte. Bei Schmitt hingegen spuckte er den manipulierten Schnaps ins Klo. Als Rechenberg ohnmächtig war, zog er ihm die Plastiktüte über und umwickelte sie mit Paketklebeband. Dann ging er in den hinteren Bereich, weil er den Mann, den er geliebt hatte, nicht sterben sehen wollte. Kam nach zwanzig Minuten zurück in der Hoffnung, dass alles vorbei war. Er wusste schließlich nicht, wie lange *sowas* dauerte. Er zog das

Klebeband ab, entfernte die Plastiktüte, verstaute alles und ging. Auf Fingerabdrücke im Raum, an der Tür und sonst wo achtete er nicht. Er nahm an, dass es verdächtiger erscheinen würde, wenn alles abgewischt war, als wenn einige nicht identifizierbare Spuren vorhanden seien.

Und Vesalainen? Ging ihm mit der Zeit ebenfalls auf die Nerven, und zwar erheblich. Sie wollte nicht wahrhaben, dass er mit ihr und ihrem Projekt nichts am Hut hatte. Und als er mit Rechenberg so einfach davongekommen war, dass der Mord noch nicht mal als solcher erkannt wurde, war für ihn klar, dass er nun ohne Gefahr die nächste Klette loswerden konnte. Zumal er mitbekam, dass ohne Rechenberg das Neue-Musik-Projekt zwar nicht aufgegeben wurde, aber zumindest doch wackelte. Sobald auch die Komponistin beseitigt war, würde das Projekt sicher gemeinsam mit ihr endgültig beerdigt werden, was ihm und seinen Zukunftsplänen sehr zupass kam. Auch sie war so begeistert von der Krypta und glaubte wohl, ihn umstimmen zu können, wenn er den Ort erst einmal gesehen hätte. Da hatte sie allerdings Pech gehabt. Sie verabredeten sich am Bahnhof Wolfersbergen. Alles andere war dann schon Routine … Und auch, nachdem diese böse Tat als Mord aufgeflogen war, hatte er nichts zu befürchten. Es gab keine Spur, die zu ihm führte. Und dann musste ausgerechnet Schmitt mit seinen blöden und völlig unbegründeten, na ja, jedenfalls nicht eigentlich erkennbaren Verdachtsmomenten ihm auf einem absoluten Nebenkriegsschauplatz die Tour vermasseln. Aber wie gesagt, er wünsche ihm nichts Böses.

Winkelmann fand es schade, dass seine Arbeit in Ostratal endete, bevor sie richtig angefangen hatte. Er hätte so gerne bewiesen, dass er nicht nur in gewisser Weise ein Hochstapler war, was die Oberbürgermeisterin Dr. Scherpen übrigens wusste. Sie hatte es aber billigend in Kauf genommen, weil er mit seiner Art die neue Kulturpolitik perfekt verkörperte und ein Netzwerk unter anderem zu sehr berühmten Künstlern aufgebaut hatte.

In der späteren Vernehmung durch Kriminalkommissar Michael Kohl gab er ebenfalls alles zu und hängte Rinnen, seinen

Kumpel und die beteiligten Musiker ganz und gar und ohne jegliche Skrupel hin. Er beschönigte allerdings auch seine Rolle in keiner Weise. Darüber war die Garant-Versicherung natürlich gar nicht glücklich. Vermasselte Winkelmann doch damit nicht nur die ganze Rückkaufaktion. Es wurde später sogar ein Ermittlungsverfahren wegen Beihilfe gegen Unbekannt eingeleitet. Wahrscheinlich würde es Steven treffen. Wie immer, die Kleinen ... Obwohl Steven als Abteilungsleiter nicht gar so klein war. Vielleicht ließ sich dort ja auch ein zweiter Schmitt finden. Als ganz Kleinen.

Und der zukünftige Dezernatsleiter Eigentumsdelikte Kohl könnte, wenn er wollte, seinem schäbigen Naturell entsprechend durchaus tiefer in die Sache *Schweigegeld* eintauchen, als es Schmitt, Mälis und ihrem Banker lieb sein dürfte. Das wäre zwar nicht nett, aber für Kohl eine Möglichkeit, sich für Schmitts viele kleine Sticheleien zu rächen. Und Ringwald könnte seinem Schmitt nicht helfen, denn für ihn war der 30. November endgültig der letzte Arbeitstag.

SCHMITT

VIER

Soweit war es aber noch lange nicht. Ringwald besuchte, wieder in Amt und Würden, Schmitt am dritten Tag nach dem Mordversuch im Krankenhaus. Der wusste nichts von Ringwalds vorzeitiger Pensionierung. Wie auch. Das jedoch würde er auch heute nicht mitbekommen. Als Ringwald das Krankenzimmer betrat, fand er Mälis auf einem der Besucherstühle vor. Sie blätterte lustlos in einer Illustrierten. Schmitt lag nach wie vor ruhig und bewegungslos mit geschlossenen Augen da. Offensichtlich konnte er jetzt wenigstens ohne maschinelle Hilfe atmen. Er sah etwas besser aus, wenn auch kaum wahrnehmbar.
»Guten Tag, Frau Mälis. Und? Wie geht's unserem Patienten?« Ringwald gab sich betont jovial.
Aber Mälis lächelte nur. Ein kleines, müdes Lächeln. Dann presste sie die Lippen zusammen und schüttelte den Kopf.

ENDE

PERSONEN

SCHMITT, löst jeden Fall auf die eine oder andere Art. Meistens auf die andere
DR. SUSANNE MÄLIS, Schmitts Exgattin und immer noch bessere Hälfte
PETER RINGWALD, Kriminalhauptkommissar im baldigen Ruhestand
STEFANIE HERBSTRITT, Ringwalds Neu-Assistentin im Fahrstuhl nach oben
MICHAEL KOHL, Ringwalds Alt-Assistent, wandelt auf neuen Wegen
DR. EVAMARIA GROSSE-UCKERMANN, Leitende Oberstaatsanwältin mit grenzenlosen Ambitionen
DR. PETER RECHENBERG, verdienstvoller Kulturbürgermeister
DR. SANDRA SCHERPEN, Oberbürgermeisterin mit Hang zu libertärer Kulturpolitik
SIGMUND ALTENER, Opponent mit Hang zur traditionellen Kulturpolitik
ANDREAS BELLHEIM, charmanter, konventioneller Kunstverwalter
GÖTZ-EBERHARD WINKELMANN, charmante Hoffnung heutiger Kulturpolitiker/innen
BERTOLD RINNEN, ein Armbruster-Abklatsch (Erinnern Sie sich?)
INGRID VON DER KAMP geb. Nyhus, verw. Wohlers, verw. Von der Kamp, Mäzenin, Nudelfabrikentenerbin
JOACHIM VON DER KAMP, Witwentröster
KAIJSA VESALAINEN, unbegehrte Finnin, begehrte Komponistin
DIRK VESALAINEN geb. Nyhus, deren Gatte, Sohn der Mäzenin aus keiner Ehe
AXEL STEVEN, Fußabtreter des Vorstands der Garant-Versicherung
PROFESSOR DR. KARLFRIED BÖHRINGER, Rektor des Jesuitenkollegs
ARTO NIEMINEN, finnischer Musikwissenschaftler, führt Mälis in die finnische Musikgeschichte ein
KERRKO MÄKELÄ, finnischer Musikwissenschaflter, zeigt Mälis das wahre Finnland
LUIGI CASAPOLLO, ?

DANK

Ein großer Dank ist fällig bei Bernhard Wulff für seine mündlich und schriftlich ausführliche Einführung in die zeitgenössische Musik, die wesentlichen Vertreter, deren Eigentümlichkeiten, die unterschiedlichen Richtungen ... Wenn ich nur die Hälfte einigermaßen richtig wiedergegeben habe, bin ich zufrieden. Er wird es wegen der anderen Hälfte nicht sein ...

Ebenso Dank an Paul Wißler von der Stabstelle Öffentlichkeitarbeit des Polizeipräsidiums Freiburg, der mich auf den neuesten Stand in Fragen Besoldungs- und Ruhestandsrecht der Polizei in Baden-Württemberg gebracht hat. Das ändert sich heutzutage schneller als das Wetter im Hochgebirge. Oder als Prognosen über den Lehrerbedarf. Oder als ...

Und an den finnischen Pianisten Sami Vaananen, der nicht nur zur Wanderung von Susanne Mälis durch Helsinki hilfreiche Tipps gab, sondern mich vor einer falschen Schreibweise einer Örtlichkeit bewahrte, die fatale Auswirkungen gehabt hätte.

Selbstverständlich bedanke ich mich sehr bei Iris Hakelberg für das hervorragende Lektorat, insbesondere für die Kürzungsvorschläge. Ich neige leider hin und wieder zur Geschwätzigkeit ...

Und nicht zuletzt bei Saskia Bannasch für das erneut wunderbare Cover. Da gruselt es selbst den Autor.